Silvio Blatter

ZWEI AFFEN

Roman

DUMONT

Erste Auflage 2008

Umschlag: Zero, München
Gesetzt aus der Haarlemmer
Gedruckt auf säurefreiem und chlorfrei gebleichtem Papier
Druck und Verarbeitung: CPI – Clausen & Bosse, Leck
Printed in Germany

ISBN 978-3-8321-8050-8

Für
Lisa Blatter, die Regisseurin
Petra Amerell, die Malerin

Erster Teil

EIN FUNKE SPRINGT

Berlin 1976

1

So hatte er sich das nicht vorgestellt. Er stutzte und blieb auf der Schwelle stehen, zögerte, den Saal mit den vergitterten Fenstern zu betreten. Etwas störte ihn. Die Frau störte ihn. Mit dem Zeichenblock auf den Knien saß sie auf einem Klappstuhl und skizzierte. Ganz in die Arbeit vertieft, beachtete sie ihn nicht. Die Frau hob den Kopf nur, um ein Bild zu studieren, das kleine Ölgemälde, wegen dem auch er hierher gekommen war. Sie senkte den Blick wieder und radierte.

Es befand sich sonst niemand im Ostflügel des Museums. Stille. Wenn etwas knackte, war es die Heizung, wenn etwas sich bewegte, eine entfernte Tür. Der Zeichenstift der Frau schabte gleichmäßig übers Papier. Von draußen hörte man eine Amsel schimpfen, im Saal roch es nach frisch gebohnertem Parkett und Ölfarbe, die vor Jahrhunderten vermalt worden war. Im eher düsteren Raum leuchteten Lichtbahnen, besonnte Staubpartikel flimmerten darin. Man könnte hier das Vergessen üben, und das Erinnern. Man könnte hier an einem jähen Herzriss sterben. Um diese Gefahr noch zu steigern, erhob sich die Frau und trat nah an das Bild heran, als müsste sie sich eines Details versichern. Sie hatte kupferrotes Haar, ein lockiger Schopf, hinter dem das Bild verschwand. Das war das Letzte, was er sich wünschte. Nun musste er den Hals recken, um Einzelheiten eines Gemäldes auszumachen, das er wie ein etwas überbelichtetes und leicht flimmerndes Diapositiv seit dreißig Jahren im Kopf hatte: Zwei Affen. An einen eisernen Ring gekettet, kauern sie in einer gewölbten Fensternische, der Blick aus der Enge geht ins Offene. Martin trat einen Schritt zur Seite, jetzt sah er den hellen Himmel, nicht aber die Vögel, sie waren zu klein gemalt. Um sie zu erkennen, müsste er näher an das Bild herantreten, zu dicht an die Frau. Von ihr verdeckt war die Silhouette einer Stadt zu erahnen (er wusste, dass sie *zu erahnen* war, hatte verschiedene Reproduktionen des Gemäldes zu Hause). Vor der Stadt ein breiter träger Strom, im Hintergrund gingen Wasser und Himmel ineinander über; auch diese Partie, obwohl nun verborgen, stand ihm deutlich vor Augen. Martin kannte das Gemälde auswendig, es hatte ihn durch sein Leben begleitet. Es sprang ihn immer wieder an. Aus jedem beliebigen Hinterhalt. Vor einer Woche in einem Amsterdamer Kaufhaus, während er sich nach Gläsern und einer Weinkaraffe umschaute, war es plötzlich da. Als großes farbiges Poster: Pieter Bruegels *Zwei Affen*. Mehrere Exemplare hingen nebeneinander in der Abteilung Geschenkideen. Er blieb verdutzt stehen, fand keine Möglichkeit auszuweichen, er war dem Bilderfries ausgeliefert. In der Posterversion hatte er das Bild noch nirgendwo angetroffen. Der Himmel war zu blau, das Wasser zu gelb, das Fell der Affen machte einen schäbigen Eindruck, es war abgewetzt wie das Fell ehemals verhätschelter Plüschtiere, die nun keiner mehr liebte. Martin glich das Poster unwillkürlich mit dem Bild in seinem Gedächtnis ab. Doch die registrierten Abweichungen verminderten die Heftigkeit der Turbulenzen nicht, die das Gemälde in seinem Bewusstsein erzeugte, egal in welcher Reproduktion es ihm begegnete. Ohne lange zu überlegen und ohne neue Weingläser betrat Martin Holm das Reisebüro des Kaufhauses und buchte einen Flug nach Berlin. Die Zeit war gekommen, die Reise anzutreten, um das Gemälde, das in seinem Leben so viel in Bewegung gesetzt und ihm vielleicht sogar das Leben gerettet hatte, wieder zu sehen: Bruegels Original, eine Miniatur, kleiner als ein Bogen Briefpapier.

In den Tagen vor der Abreise, wenn er an der Prinsengracht entlang von seinem Büro nach Hause ging, legte er sich einen Plan zurecht; er hatte das Gefühl, sich auf das Wiedersehen mit dem Gemälde wie ein Taucher auf die Tiefe oder ein Bergsteiger auf die dünne Höhenluft vorbereiten zu müssen. Wenn er am Fenster stand und auf die im Kanal liegenden Hausboote herabschaute, glaubte er, er sei gut vorbereitet auf das Wiedersehen.

Beim U-Bahnhof, einem Fachwerkbau mit Reetdach, hatte ihm vor einer Viertelstunde ein Taxifahrer geraten, besser zu Fuß zum Museum zu gehen. Holm war losmarschiert, die Knöpfe des Mantels geöffnet, die Hände in den Taschen. Neugier und Vorfreude waren nun stärker als alle Bedenken. Was konnte ihm denn schon passieren? Der Wind rangierte fette Wolken, wahrscheinlich arbeiteten mehrere Winde gegeneinander, die Wolkenmassen trieben davon, brachen planlos auseinander und Lücken entstanden, die an blaue Puzzleteile erinnerten. Dem Blau mangelte es an Tiefe. Der Maler des Himmels musste ein dramatischer Realist mit problematischem Farbgefühl sein. Durch eine helle Allee gehend, Platanen mit sich schälenden Stämmen und zarten, frühlingsgrünen Blättern, hatte Martin Holm das von der Straße zurückversetzte Museumsgebäude erblickt. Klassizistisch. Fünf Säulen mit ionischen Kapitellen simulierten das alte Griechenland. Er nahm die Treppe in zwei Schritten, es ging ihm gut, er war bereit für das Bild, stand zuversichtlich vor der Tür aus massiver deutscher Eiche. Sie drehte schwer in den Angeln, er stemmte sich mit dem Körper dagegen, auch das Schloss klemmte, der Riegel, was er sofort bemerkte, schnappte nicht zu. An der Kasse fragte er den Angestellten hinter der Glasscheibe nach dem Saal, in dem Pieter Bruegels Gemälde hing. Dann zahlte er, gab den Mantel ab und ging dorthin, ohne einem anderen Kunstwerk auch nur einen Seitenblick zu gönnen.

Warum war er nicht viel früher schon nach Dahlem gereist? Er hatte den längst fälligen Besuch durch die Jahre vor sich hergeschoben, als hänge der richtige Zeitpunkt nicht von seinem Willen ab, sondern offenbare sich von selbst. Jemand hatte den Film der damaligen Ereignisse in seinem Gedächtnis zerschnitten. Überall lagen Schnipsel herum. Eine zerbeulte Karbidlampe. Tiefflieger. Kisten voller Gemälde. Lkws. Ein zerquetschter Fuß. Leitern ohne Ende. Wenn Martin die Erinnerung zuließ, glaubte er, den Geschmack von Salz im Mund zu spüren. Er hätte damals den Bruegel unbedingt mitnehmen sollen. Der Diebstahl wäre unbemerkt geblieben. Einzig der Katalog verschollener Kunstwerke wäre heute um eine Zeile länger. Bei diesem Rückblick verblüffte ihn, wie gering er mit sechzehn den Unterschied zwischen eigenem und fremdem Besitz achtete und dass er alles, was nicht unter Bewachung stand, sogleich als herrenloses Gut eingestuft hatte. Merkwürdigerweise quälten ihn auch heute keine Gewissensbisse, wenn er dachte, er habe damals einen Fehler gemacht, er hätte sich ein Herz fassen und sich in die lange Reihe der unbekannten Bilderdiebe eingliedern sollen. Die Geschichte wühlte ihn immer wieder auf, sie war noch lange nicht ausgestanden und gehörte zu ihm wie seine Lunge, seine Beine, sein Gleichgewicht. Leider entglitt sie ihm, sobald er anfing, sie jemandem anzuvertrauen. Dabei bemühte sich Martin, beim Erzählen wie ein Porträtist vorzugehen, der Strich um Strich mehr Ähnlichkeit erreichte. Trotzdem schaffte er es nicht, statt sich zu einem erkennbaren Gesicht zusammenzufügen, zersprangen die Züge. Vielleicht war es ja auch ein Verrat, die Geschichte preiszugeben, und er musste sich mit ihrer Fragilität abfinden.

Nun stand Martin Holm, statt glücklich am Ziel, konsterniert in einem Museumssaal mit dunkler Täfelung, dunklen Türrahmen und dunklem, gebohnertem Parkett dem verdeckten Gemälde gegenüber. Alles im Raum erinnerte ihn an Kulissen, als sei die unwirkliche Ausschmückung eines periodischen Tagtraums hier für ihn aufgebaut worden. In Gedanken war er schon hundert Mal langsam und mit angehaltenem Atem auf das Gemälde zugegangen, in der sicheren Erwartung, Erinnerung und Wirklichkeit würden übereinstimmen. Das Bild im Kopf und das Bild an der Wand wären plötzlich kongruent und das Wiedersehen eine geglückte Inszenierung. Doch die Premiere ging in die Hose. Eine Frau funkte dazwischen. Ungerührt stand sie da und zeichnete. Ihr Körper hatte sich zwischen ihn und das Bild geschoben. Zu Hause in Amsterdam, im Taxi zum Flughafen, im Flugzeug nach Berlin, in der U-Bahn nach Dahlem, jedes Mal, wenn er sich vorgestellt hatte, vor dem Bild zu stehen, sah er sich allein: ein groß gewachsener Mann Mitte vierzig, die Hände auf dem Rücken verschränkt, den Kopf leicht schief haltend, gefasst auf einen Erdrutsch. Seltsamerweise hatte er nie bedacht, es könnte sich schon jemand im Saal aufhalten und den kleinen Bruegel betrachten, ja in Beschlag nehmen.

Die Frau setzte sich wieder auf ihren Klappstuhl. Sie bereitete eine Kopie vor, hatte Stifte dabei, den Farbkasten, Pinsel, und sie räumte, so wie es aussah, ihren Platz nicht so bald, im Gegenteil, sie hatte sich vor seinem Bild eingerichtet und gehörte, wenn er die ihm zur Verfügung stehende Zeit bemaß, zur Ausstattung des Saales. Wie konnte er die Frau wegrücken? Über ihren Zeichenblock gebeugt arbeitete sie versunken, es sah schön aus, doch Martin Holm war im Augenblick nicht empfänglich für die Reize einer weiblichen Rückenansicht. Er musste die Frau vertreiben, unbedingt. Aber wie? Sie ansprechen mit dem Ansinnen, ihn doch für eine Weile mit seinem Bild, obwohl es auch ihr Bild zu sein schien, allein zu lassen. Er wollte das nicht selbst tun. Martin Holm entschied, in die Cafeteria zu gehen und einen Museumsangestellten um diese Gefälligkeit zu bitten. Er würde ihm ein schönes Trinkgeld anbieten. Holm hatte nun dreißig Jahre ohne das Bild gelebt und konnte diesen Umstand auch noch eine Stunde länger aushalten. Der Mann sollte die Frau vom Bild weglocken, ihr höflich nahelegen, doch einmal Pause zu machen. Ein Herr aus Amsterdam sei eigens hergekommen, um das Gemälde zu sehen, den kleinen Bruegel. Der Herr möchte für eine Weile … es sei eine freundliche Bitte … er spendiere ihr zum Dank für ihr Verständnis gern einen Kaffee und ein Stück Kuchen …

2

Sie kokettierte gern damit, keinen Funken Fantasie zu besitzen; schon als Kind. Es war ihre Art, sich zu verstecken, um nicht mit dem, was ihr alles so durch den Kopf ging, herausrücken zu müssen: Die eigenen Gedanken bildeten ein Refugium, in das sie niemanden ungeprüft einließ, eine intime Sphäre, für die Spielregeln galten wie für Körperkontakte.

– *Was denkst du, Lore?*

– *Nichts!*

– *Was machst du, Lore?*

– *Siehst du ja, ich male …*

Die Kunst war in ihrem Leben immer das Wichtigste gewesen. Beim Malen musst du die Dinge genau anschauen, hatte sie schon mit siebzehn im Tagebuch festgehalten. Ich lasse mich auf sie ein, warte, bis die Dinge sich zeigen. Sie tun das nämlich gern. Lore wartete kühl, sie vertraute darauf, den richtigen Moment zu erwischen: wenn der Blick sich zu erwärmen begann. Dann legte sie los. Der Erfolg wurde allerdings von ihrer Ungeduld geschmälert. Sobald sie ins Arbeiten geriet, verlor sie jedes Gespür für Zeit und für so profane Dinge wie Hunger, Durst und Müdigkeit oder Kälte. Bloß das schwindende Licht war nicht zu ignorieren. Erst wenn Formen und Farben verschmolzen, hielt sie inne, ungehalten. In der Finsternis kannst du dir das Bild vor Augen rufen, es hell aufleuchten lassen, aber die Hand verliert die Sicherheit. Die Hand braucht Licht. Schlecht arbeitete Lore, sobald sie sich fragte: Was tust du da? Dann kam ihr die Selbstverständlichkeit des Tuns abhanden, der Fluss. Du kannst mit einer Frage im Kopf Farben vorbereiten oder Stifte anspitzen; jedoch nicht Farbe auftragen oder einen Stift führen, notierte sie. Und Lore besaß eine seltene Gabe: Was sie anschaute und womit sie sich beschäftigte, blieb ihr im Gedächtnis haften. Fast magisch war ihre Fähigkeit, das Wesen der Dinge zu fassen. Es sah dann so aus, als fiele ihr das Arbeiten leicht. Beim gegenständlichen Malen setzte sie das gewählte Motiv vom Raum in die Fläche um, es glich einem Tausch oder einem schlichten Umklappen. Das glückte jedoch nicht ohne Widerstand. Im vergangenen Jahr war Lore manchmal einem Zitronenfalter gefolgt. Den ganzen Sommer über hatte er sich immer wieder an denselben Orten in der Stadt gezeigt, die sie sogar aufsuchte, um auf ihn zu warten. Es freute sie, schon da zu sein, wenn er herbeigeflogen kam. Das Beobachtete hielt sie erst auf der Leinwand fest, wenn sie es so weit verinnerlicht hatte, dass der Vorgang nicht komplizierter war, als beim Pfeifen die Tonart zu wechseln. Den Flug des schönen Falters fing sie in gelben Schwüngen ein. Seine Flugbahn zeichnete sie wie eine Fieberkurve auf. Die meiste Zeit brauche ich, schrieb sie, für das Hinschauen. Um das Typische in der Wiederholung zu erkennen. Lore ging wie der chinesische Maler vor, der für seinen Kaiser einen Hahn malen sollte. *Zunächst beobachtete er Hähne. Wenn der Kaiser fragte, wie lang er noch brauche, hielt der Maler ihn hin. Bis er eines Tages dann vortrat, sich tief verneigte und den Hahn vor den Augen seines Kaisers zu Papier brachte. Perfekt. Der Kaiser war entsetzt. »Für eine Minute Arbeit habe ich dich fünf Jahre bezahlt!« Der Kaiser ließ dem Maler den Kopf abhacken.*

Und dann die Farben, Lore behielt sie wie Muster im Gedächtnis, die Oberfläche der Flügel, ihre Rippenstruktur, das grünstichige Hellgelb, dem sie später auf ihrer Palette ein Tröpfchen Zinnober beimischte. Natürlich brauchst du beim Malen auch Fantasie, Lore räumte das ein. Bloß darf die Fantasie dich nicht daran hindern, wahrzunehmen, was bereits da ist, das sinnlich Erfassbare. Vor der Kunstakademie besuchte sie das Gymnasium und hätte schon dort am liebsten nur gezeichnet und gemalt, mit keinem anderen Fach wurde sie so richtig warm, dafür besaß sie die alle verblüffende Gabe, mit der linken Hand einen Vogel und gleichzeitig mit der rechten einen Fisch zu zeichnen, oder ein Herz und ein Haus. Und seit einigen Jahren stand Lore ganz im Bann des Kopierens, sie war eine Meisterin der Anverwandlung.

Beim Kopieren – seit zwei Tagen saß sie vor dem kleinen Bruegel, vor dem 1562 entstandenen Ölgemälde *Zwei Affen* – galten andere Gesetze. Das Sujet war schon in der Fläche. Um die Tiere nicht schemenhaft zu kopieren, war es hilfreich, sich die Affen als lebendige Körper vorzustellen, als belebte Wesen mit Volumen, mit einem Skelett, mit Fell und Geruch und Augen und Herzschlag. Geschöpfe. Es handelte sich um Rotkopfmangaben aus der Familie der Meerkatzen. Sie schaute das Gemälde lange an, entspannt, ohne es zu fixieren, und wenn sie dabei in Fahrt geriet, wenn sie losließ und in Trance glitt, verwandelte es sich in einen Guckkasten und offenbarte sich in drei Dimensionen. Diesen Effekt strebte sie mit der Versenkung an. Gelang es ihr nicht, das Bild räumlich zu sehen, war es schwer, es zu kopieren, obwohl sie schon den Zoo besucht und die Äffchen dort studiert und zur Vorbereitung skizziert hatte. Das Gemälde erzählte ihr auch, und das überraschte

Lore kaum, von ihrem Leben in Zürich, so wie es sich bis vor kurzem angefühlt hatte.

Lore Spescha war jetzt dreißig. Vor ein paar Wochen, an ihrem Geburtstag, den sie wie einen zu überquerenden Pass empfunden hatte, war sie am Morgen mit dem irritierenden Eindruck erwacht, zwei fremde Menschen lägen in ihrem Bett. Ein Mann und eine Frau. Ein junges Paar, mit dem sie nichts zu schaffen hatte. Warum lagen die hier? Mit ihren Ausdünstungen und Geräuschen. Obendrein nackt. Und mit einem Gesichtsausdruck, als hätten sie im Schlaf Kompliziertes zu erledigen? Sie glaubte im Halbschlaf, eine zufällige Zuschauerin zu sein, und beobachtete die beiden Personen nicht ohne Neugierde: Die wie hingegossen daliegende Frau hatte die Augen offen, starrte ins Leere – es war sie, helle graue Augen, Lore Spescha, in deren Haut, Nerven und Zellen sie in diesem Augenblick wieder zurückschlüpfte, wie ein Schatten, der sich verbotenerweise für zwei Minuten von seinem Gegenstand abgelöst hatte und wieder zurückbefohlen worden war. Sie dachte auch, und bezog den Gedanken auf den Mann neben ihr: Verschwinde aus meinem Leben. Diese Klarheit und Härte erschreckten sie, Lore Spescha wachte vollends auf, sie schämte sich. Aber muss man sich für einen Traum schämen, als wäre er ein böser Brief, den man geschrieben und abgeschickt hatte? Lore setzte sich im breiten Bett auf, lehnte sich gegen die Rückwand, legte die Arme um die angezogenen Knie und betrachtete den Mann, den sie soeben verstoßen hatte, im morgendlich grauen Licht, das seinen Körper weich zeichnete, mit einer diffusen Mischung aus Traurigkeit und Wut. Er war gut gebaut, schlank, hatte die geschmeidigen langen Muskeln eines Schwimmers, angenehme Züge, dichtes schwarzes Haar und blaue Bartschatten. Vor ein paar Stunden noch, im Schutz der Dunkelheit, hatten sie einander umschlungen und geliebt. Sie hatte ihre Fingernägel in seinen kräftigen Rücken gegraben; bestimmt war die Stelle gerötet. Wenn sie an ihrem Arm schnupperte, roch sie ihn, seine Duftmarke. Und nun dieser Stimmungsbruch ohne äußeren Anlass und ersichtlichen Grund. Was hatte sich verändert? War im Traum ein Verbindungsstück zertrümmert worden, ein Gelenk, ohne das nichts mehr ging zwischen ihnen? Weder eine Spur noch ein Hauch in diesem Zimmer erinnerte an die Zärtlichkeit und die Lust der vergangenen Nacht. Der Mann schlief auf dem Rücken, den Kopf von ihr abgewandt. Die eine Hand lag auf seiner Brust, die andere auf dem Geschlecht. Jetzt fühlte sie sich unfähig, ihn auch nur mit einer Fingerspitze zu berühren. Ein wenig fröstelnd, zog sie das Laken über sich. Sie könnte ihn zeichnen, das hatte sie schon oft getan, sie kannte die große Linie seines Körpers, hatte Muskeln, Sehnen, Knochen auch mit den Händen erforscht, seine Schenkel, die Form der Arme und Schultern ertastet, seinen Bauch, das Oval des Kopfes, verliebt in Details, verliebt in ihn. Er hatte sich immer gern von ihr zeichnen lassen, er glaubte, in den von ihr verlangten Posen verführerisch zu wirken, dabei schuf sie ihn nach ihrem Bild. Doch sie unterließ es jetzt, sie wusste, dass das Zeichnen ihr nicht helfen würde, es ergäbe sich keine Annäherung, sondern eine Abschiedszeichnung daraus. Eine Skizze, die sie jetzt anfertigte, könnte das letzte Blatt einer Serie sein, die sie lange beschäftigt hatte. Es war ihr lieber, davon auszugehen, die letzte Studie von ihrem Mann, von ihrem verflossenen Mann, sei schon gemacht. Thema abgeschlossen, die letzte Zeichnung war beendet und in einer Mappe abgelegt. Nichts hatte Bestand, die Kündigungsklausel war Teil des Vertrags. Sie liebte ihn nicht mehr, nicht erst seit der Spaltung, die sich in dieser Nacht, während sie nebeneinander schliefen und träumten, vollzogen hatte. Es gab schon früher deutliche Hinweise, Lore hatte sie zwar bemerkt, aber beiseite geschoben und das Scheitern nicht wahrhaben wollen. Das frühe Licht des Morgens hatte es nur sichtbar gemacht. Genauso wie das Puzzle auf dem Tisch. Der Vater hatte es ihr vor langer Zeit von einer Geschäftsreise mitgebracht. Jedes Mal, wenn Lore es sah oder nur daran dachte, entfachte es ihren Freiheitsdrang. Vor ein paar Tagen hatte sie wieder einmal angefangen, das Bild zusammenzusetzen. Sie hoffte, dass noch sämtliche Teile vorhanden waren. Trotz der Lücken, die das unfertige Bild aufwies, bildete es die Lebensumstände, unter denen sie litt, genau ab. Um den immer noch schlafenden Mann nicht zu wecken, stand Lore auf und ging ins Bad. Unter der Dusche fasste sie den Entschluss, ihn noch heute zu verlassen. Der dreißigste Geburtstag war ein guter Tag, um wegzugehen, einer, an dem man nochmals eine Rechnung aufmacht.

Sie spürte eine Bewegung in ihrem Rücken, erinnerte sich plötzlich an sich nähernde Schritte, an das knarrende Parkett, bevor sie die Stimme hörte. Einer der Wächter wandte sich an sie, und sie verstand sofort, worum es ging: Sie sollte den Platz vor dem Bild räumen. Lore Spescha hatte den Mann nicht beachtet, der das offenbar wünschte. Der verlegenen Erklärung des Wächters entnahm sie, dass er ein Herr aus Amsterdam war. Warum hatte er sie nicht angesprochen? Der Aufseher, ein umgänglicher alter Mann mit einer abgetragenen Uniform und vom jahrelangen Herumstehen in Museumssälen steifen Gelenken, wusste es nicht. Er stand neben ihr, leicht vorgeneigt, die Hände vor dem Bauch gefaltet, und brachte die Bitte vor. »Im Auftrag«, wiederholte er. »Gewiss haben Sie längst auch eine Kaffeepause verdient«, fügte er an, um ihr den Entschluss zu erleichtern. »Wenn Sie die Güte besäßen«, sagte der Mann. Er redete geschraubt, es war ihm peinlich, als Bote aufzutreten. Er knetete seine Finger, spreizte sie und schaute auf die Farbskizze, die Lore anfertigte, und ihm war, das Bild, das er schon tausendmal aus den Augenwinkeln erblickt hatte, vor dem er, alles in allem, schon wochenlang gestanden haben musste, das er aber noch nie bewusst betrachtet hatte, offenbare sich ihm jetzt. Es schien ihm plötzlich lebendig. Es war so klar modelliert und mit so leuchtenden Farben wie frisch restauriert. Es war, als hätte er seine Kurzsichtigkeit endlich mit einer Brille korrigiert. War das der Grund für das unerhörte Interesse des Herrn aus Amsterdam an dem doch unspektakulären Bild? Die eigens um es zu kopieren aus der Schweiz angereiste Frau schien sich daran ebenfalls nicht sattsehen zu können. Sie stand auf und wandte sich ihm zu.

Der alte Mann gafft mich an, mit Augen wie Knöpfen, den Mund konisch vorgestülpt, die Lippen lose, dachte Lore Spescha nicht ohne Ironie, als sei der Mann einer der beiden angeketteten Affen. Und genau das schien der altgediente Wärter mit der schlecht sitzenden Uniform im Augenblick selbst zu ahnen, vielmehr: Gedanken dieser Sorte begannen in seinem Kopf zu arbeiten, ein Argwohn wie fahles Licht, das unerwartet hereinsickerte, der blasierte Gruß der Sonne an einem wolkenverhangenen Tag. Aber das Museum mit seinen Allegorien war nicht der Ort für Sentimentalitäten, sondern sein ewiger Arbeitsplatz. Wenn der Aufseher anfinge, sich in den Themen der alten, von Visionen gepeinigten Meister selbst zu suchen, musste er verrückt werden. Wie sie. Er durfte sich nicht einmal aus Langeweile in den alten Schinken entdecken, sie wären böse Spiegel.

Lore packte ihre Malsachen zusammen, nickte dem Wärter zu, verließ den Saal und eilte, als sei ihr ein Ultimatum gestellt worden, durch die offen stehenden Türen. Beladen mit Klappstuhl, Mappe, Farbkasten und einer Tasche voller Stifte und Pinsel durchquerte sie Räume, jeder in einer anderen Farbe tapeziert und in ein eigenes Licht getaucht. Hastig lief sie an altniederländischen Gemälden vorbei, deren dunkle Rahmen aus massivem Holz die mit feinen Pinselstrichen, Verwischungen, Tupfern und transparenten Lasuren gemalten Bilder schier erdrückten.

Über eine Treppe erreichte sie die Eingangshalle. An kleinen Tischen saßen ein paar Besucher, tranken Kaffee und blätterten in Katalogen, schrieben eine Ansichtskarte. Lore musterte die Anwesenden, natürlich wollte sie den Herrn aus Amsterdam ausfindig machen (auch wenn sie ihn nicht zu grüßen gedachte), sie wollte es sich nur nicht nehmen lassen, ihn mit einem herablassenden Blick zu streifen. Doch sie konnte den betreffenden Herrn nicht identifizieren, und er gab sich ihr auch nicht zu erkennen. Sie wusste nicht einmal, wie alt er war, ob klein und dick oder ein Schlaks. Er könnte ein feinsinniger Geschäftsmann sein, ein Liebhaber der schönen Künste und ein kenntnisreicher Spezialist, oder ein Kunsthistoriker, der sich seit Jahren mit Bruegel beschäftigte. In ihrer aufwallenden Abneigung stellte Lore sich den Unbekannten stelzbeinig und spindeldürr vor, einem der honorigen Herren mit spitzem schwarzem Hut und weißer Halskrause verwandt, die Rembrandt hundert Jahre nach Bruegel so treffsicher in ihrer lächerlichen Respektabilität dargestellt hatte. Lust auf Kaffee und Kuchen hatte Lore eigentlich nie, schon gar nicht ließ sie sich einfach so einladen. Was der Typ sich einbildete. Sein Verhalten weckte ihren Trotz. Dabei hatte sie Verständnis für ihn. Der Mann wollte mit dem Bild allein sein, genau wie sie. Er hatte triftige Gründe, es fiel ihr nicht schwer, sich seine Enttäuschung vorzustellen. Sie hatte sich selbst schon geärgert im Museum, war erwartungsvoll hingegangen, um sich ein bestimmtes Gemälde in aller Ruhe anzuschauen: Doch eine Museumspädagogin dozierte davor und Kinder malten es ab. Auch Lore war am liebsten allein mit ihrem Bild. Es teilen zu müssen konnte sie eifersüchtig machen und quälen. Sie liebte diese glücklichen Momente, vereint mit dem Kunstwerk, die Intimität, die sich einstellte, wenn es ihr gelang, sich vollkommen darauf einzustimmen. Für den Mann war sie ein Störfaktor. Trotzdem hätte er den Mund aufmachen müssen. Er ist ein Schriftsteller, dachte Lore, das kleine Bild spielt eine Rolle in seinem Buch, er widmet ihm ein ganzes Kapitel, vielleicht verbindet ihn auch eine persönliche Geschichte mit den *Zwei Affen.*

Jetzt hatte Lore Durst, sie war ganz ausgetrocknet, während der Arbeit vergaß sie meist, genügend zu trinken. Sie holte ihre Jacke und lief durch die Allee zum U-Bahnhof. Bevor sie in die Stadt zurückfuhr, wollte sie etwas trinken, neben dem Bahnhof hatte sie eine Kneipe entdeckt, einer Buchhandlung gegenüber. Dort, im Restaurant »Luise«, kehrte sie ein, bestellte eine Apfelschorle und, weil sie nun auch hungrig war, ein Käsebrot.

3

Der Blick der Frau, das sah er gleich, schweifte über die Tische hinweg, sie suchte ein bestimmtes Gesicht, ohne es zu kennen, eine Unmöglichkeit, folglich entdeckte sie es auch nicht, obwohl nur wenige Besucher in der hohen Eingangshalle saßen, in die man auf jedem Stock von einer Galerie aus Einblick nehmen konnte. Warmes, gelb abgetöntes Licht. Die Frau wirkte gereizt, was er verstand, schließlich war sie eben von ihrem Platz vertrieben worden. Dann holte sie sich aber nicht den Kaffee und ein Stück Erdbeerkuchen, die er schon bezahlt hatte, sondern ihre Jacke: und jetzt, als sie das Museum verließ, die Mappe unter dem linken Arm, kerzengerade und mit streng verschlossenem Mund, nahm er sie zum ersten Mal nicht als Störfaktor wahr, sondern als eine attraktive Frau, jung, schlank, mittelgroß. Sie trug eine schwarze Cordhose mit breitem Schlag, Turnschuhe, eine indigofarbene Jeansjacke, offen, und einen grünen Schal. Sie hatte helle Haut, vermutlich sommersprossig, was ihm ohne Brille nicht festzustellen gelang, und rotes Haar, schulterlange Locken. Martin Holm schaute ihr hinterher, er konnte nicht anders, er musste es tun, konnte den Blick nicht von dieser Frau lassen, bis die Tür wieder zufiel und ihm die Sicht nahm. Doch mit der Falle stimmte etwas nicht, sie schloss nicht korrekt. Schon um sie zu öffnen, hatte die Frau sich mit der Schulter gegen die schwere Tür gestemmt, sie mit einem trotzigen Ruck aufstoßen müssen. Der Türschließer war nicht perfekt eingestellt. Unter dem Vorwand, den Mechanismus zu überprüfen, hätte Martin Holm sich am liebsten erhoben, um zur Tür zu laufen und die junge Frau nochmals zu sehen.

Vorbei am Wärter, der sich wie ein Komplize lächelnd vor ihm verneigte, eilte Martin Holm in den Gemäldesaal zurück, der nun leer war. Er genoss das. Das gleichmäßige Licht verstärkte die Leere, der Saal wirkte unberührt. Martins Herz klopfte, er schloss die Augen. Weltvergessen. Und dann sah er sich, genauso wie er es in der Fantasie eingeübt hatte, langsam, aber mit der Sicherheit eines Schlafwandlers, auf das Gemälde zuschreiten. Ihm war, als bewege er sich in einem alten Traum, er müsse durch einen verlassenen dunklen Gang, an dessen Ende …

Martin öffnete die Augen. Er stand jetzt ganz ruhig und gefasst vor dem Gemälde. Sah es. Und sah durch es hindurch. Sah es. Und traute seinen Augen nicht. Es präsentierte sich genauso, wie es damals gewesen war. Ja? Er wurde zum zweiten Mal von dem Bild überwältigt, aber ihm schien, er werde auch von Erinnerungen an die erste Begegnung wie von einer Flutwelle überrollt. Nach wie vor machten die beiden kleinen Affen einen betrübten Eindruck. Genauso elend hatten sie auch auf zahlreichen Abbildungen gewirkt. Nochmals: Ja. Er erkannte das Original. Nicht wieder. Er hatte, jetzt einmal abgesehen von seiner Erinnerung, die ja unbeständig war, keine Vergleichsmöglichkeit. Es war gewiss dasselbe Bild, warum sollte er die Echtheit bezweifeln, und rief auch erneut den Schmerz hervor, von dem er geglaubt hatte, er sei gänzlich ausgestanden. Aber er, Martin Holm, war natürlich nicht mehr dieselbe Person. Ein Mensch, hatte er letzthin gelesen, habe mit einer Amöbe mehr Gemeinsamkeiten als diese mit einem Salzkristall; er fühlte sich jetzt jedoch dem Salzkristall näher und verwandter als dem Jungen, der er damals gewesen war, und er empfand es als Ungeheuerlichkeit, dass sich in den letzten dreißig Jahren alles und alle Umstände verändert hatten, nicht aber dieses kleine Ölgemälde und sein Rahmen. Er hätte es gern in die Hände genommen, zumindest berührt, getraute sich aber nicht, das im Museumssaal zu tun. Mit einem Blick hatte Martin Holm zwar ermittelt, dass es nicht gesichert war. Es gab hier, abgesehen von der Späherei der Aufsicht, keine Überwachung und kein nennenswertes Sicherheitssystem. Die Fenster waren vergittert, am Abend wurden die Türen zugesperrt. Die Schlösser waren solide, europäischer Standard, und bestimmt mit einem Funkalarm und einer Warnglocke gekoppelt, die losschrillten, wenn jemand eine Tür knackte. Das war's dann auch schon. Mit ungeahnter Heftigkeit sprang ihn der Wunsch an, das Gemälde mitzunehmen, die beiden Affen zu entführen. Mit einem weiteren Blick erfasste er nämlich, dass der Abstand zwischen den Stäben der vergitterten Fenster weit genug war, um ein derart kleines Bild (mit der Abmessung zwanzig mal dreiundzwanzig Zentimeter) durchzuschieben. Man müsste es aus dem Rahmen lösen, was sich mit zwei Handgriffen bewerkstelligen ließe. Dann durch das Gitter führen. Vorsichtig, behutsam, das Bild hatte einen Millionenwert. Wegen seiner ihn selbst befremdenden kriminellen Energie behielt Martin die Hände auf dem Rücken verschränkt. Ein wenig verkrampften sich die Finger. Er liebte dieses Bild, das hatte er verdrängt, er begehrte es mit einer bodenlosen Leidenschaft. Das Bild war mit seinem Leben verstrickt, Pieter Bruegel hatte es vor vierhundertvierzehn Jahren in schicksalhafter Voraussicht für ihn gemalt, für Martin Holm. Der Wächter ließ ihn zwar mit dem unersetzbaren Bild allein, hatte sich im angrenzenden Saal aber gewiss so postiert, dass er den sonderbaren Herrn aus Amsterdam durch die offene Tür im Auge behalten konnte. Der arrogante Alleinanspruch auf das Bild hatte Holm zwar nicht direkt verdächtig gemacht, aber auffällig geworden war er damit schon. Nun trat er, alle Bedenken beiseite wischend, mit einem raschen Schritt an das Bild heran, griff mit beiden Händen nach dem breiten Rahmen aus Birnbaumholz und hob das Bild ein wenig an, als wollte er es von den Haken lösen. Er handelte ganz impulsiv. Nichts geschah. Martin war den *Zwei Affen*, wie bei einer Umarmung, körperlich nahe gekommen. Mit der Zunge berührte er, wieder in gebührendem Abstand zu dem magischen Bild, die Fingerspitzen: Salz, es schmeckte eindeutig nach Salz. Und ein unterdrückter Wunsch, so jäh wie unerfüllbar, kochte hoch: Er wollte dieses Bild besitzen.

All das bewirkte das kleine Gemälde durch seine unmittelbare Zartheit, Wucht und Gegenwart. Es war ein Stück Holz mit Farbe darauf. Es hatte aber auch eine andere Seite, der Farbanstrich war eine Malerei: zwei angekettete Affen. Die Hand eines Meisters hatte sie geschaffen. In der geglückten Darstellung vereinigten sich Materie und Geist, etwas Unerklärliches bewirkend, das mit Martins Seele korrespondierte. Und wie zum Beweis dafür hatte er den Geschmack von Salz im Mund. Dennoch gelang es ihm nicht, sich ausschließlich auf das Kunstwerk zu konzentrieren. Eine Fülle bewegter Bilder in seinem Kopf hinderte ihn daran, das Gemälde zu genießen. Was er sah, wurde überlagert von dem, was vor seinem inneren Auge stand, Schicht kam auf Schicht, ihm war, als trübe sein Blick sich immer mehr ein. Anhaltend unter Beschuss. Das innere Bild, das er sich von dem Gemälde bewahrt hatte, verlor seine Stabilität. Das winzige Ding an der Wand drohte aus seinem Rahmen zu springen, und auch das erneuerte Abbild in seinem Kopf erlosch. Ihm wurde schwarz vor den Augen. Martin versteifte sich, kämpfte gegen die plötzliche Schwäche an, gegen das drohende Einknicken der Knie; ob er die Augen offen hielt oder geschlossen hatte, hätte er nicht zu sagen gewusst, und er registrierte, dass sich, obwohl er, starr und ohne seinen Körper zu spüren, dastand, etwas entfernte, es zog sich an einen entlegenen Ort zurück, in eine absolute Stille, es versuchte in einen lichtlosen Korridor zu entwischen, in dem er, Martin, ein Pumpen spürte, sein Blut, seinen Atem, sein Herz: Er konnte das, schwindelig wie er war, nicht sortieren, kämpfte aber gegen ein Drehmoment an, das ihn fällen wollte, ihm war klar, dass ein Teil seines Bewusstseins davonschwamm, das musste er stoppen, vielmehr schon untergetaucht war, das musste er zurückerobern, energisch zurückpfeifen wie einen unfolgsamen Hund. Langsam ließ Martin sich zu Boden gleiten, vorsichtig, der Körper war ein Gefäß, randvoll mit kostbarem Bewusstsein, das wie eine Flüssigkeit überzuschwappen drohte. Im Schneidersitz, den Kopf auf beide Hände gestützt, saß er da in einer sich allmählich wieder lichtenden Schwärze.

»Fühlen Sie sich nicht gut«, hörte er eine ferne Stimme, jemand sprach zu ihm und hielt ihn zugleich am Oberarm fest, ein verschwommenes Gesicht beugte sich zu ihm herunter. »Benötigen Sie Hilfe?« Der unsichere Wärter ließ seinen Arm los, redete auf ihn ein. »Ist mit Ihnen alles in Ordnung?« »Keine Sorge, danke«, hörte Martin sich sagen, »mir fehlt nichts, ein leichter Schwindel.« Der Aufseher wollte ihm auf die Beine helfen. »Danke«, sagte Martin, »es geht schon, es geht mir gut.« Der Wärter wandte sich ab. Schließlich war es nicht verboten, sich im Museum auf den Boden zu setzen, es war nur nicht üblich, dass Männer in diesem Alter das taten, es war eher Studentinnen und Studenten vorbehalten. Martin Holm stand auf, sachte, er hatte sich im Griff, sein Kopf war klar, das Gleichgewicht war wieder hergestellt, ihm war nur flau im

Magen. Du bist unterzuckert, dachte er, das ist die Ursache; er hatte außer schwarzem Kaffee den ganzen Tag nichts zu sich genommen. Und jetzt war es schon spät am Nachmittag. Mit einem Mal glaubte er, einer der beiden Affen schaue mit entsetzten Augen zu ihm herab, Martin fühlte sich gemustert und geprüft. Irgendetwas an ihm schien die Aufmerksamkeit des Affen mit den Knopfaugen erweckt zu haben. Erwartete der Affe von ihm ein Stück Zucker oder einen Befehl, sah er in ihm einen Mitgefangenen?

An einem der Tische in der Empfangshalle aß Martin Holm den Kuchen, den er für die fremde Frau schon im Voraus bezahlt hatte, in den Kaffee gab er gegen seine Gewohnheit viel Milch und Zucker. Er hatte eine robuste Gesundheit. Dass er schlappmachte, war eine neue und irritierende Erfahrung. Er quälte sich selten mit Gedanken über das Lämpchen in seinem Körper, das ausgeknipst werden konnte, und erinnerte sich ungern, dass er mit sechzehn einmal umgekippt war, weil ihm schwarz vor Augen geworden war. Es war in der Nacht, beim Einsteigen in ein Auto gewesen, die Gestapo hatte ihn zum Sondereinsatz abgeholt. Bei Kaffee und Kuchen, während er sich rasch wieder erholte, zog er es vor, sich über den heutigen Vorfall zu amüsieren, sein Sit-in vor Bruegel, und sich vor dem Eingeständnis zu drücken, die ständige Angst, mit der er vor Auseinandersetzungen zurückscheute, habe sich auch im Gemäldesaal geäußert und ihn beinah zu Fall gebracht.

Inzwischen hielt er sich als letzter Besucher im Museum auf, einige der Wandleuchten waren schon gelöscht, Türen wurden geräuschvoll zugesperrt, dunkel gebeizte Holztüren, die neben dem gängigen Durchsteckschloss mit einer komplexen Zylinderverriegelung ausgerüstet waren. Mit Schließanlagen kannte Martin Holm sich von Berufs wegen aus; zehn Minuten genügten ihm, um jede dieser

Türen ohne Beschädigung zu öffnen. Die Vorstellung, die Schlösser in der kommenden Nacht gewaltlos zu überwinden, gefiel ihm. Dann liefe er durch die vom Mondlicht erhellten Räume mit den knarrenden Fußböden zu den beiden angeketteten Affen und befreite sie ebenso sachkundig von ihren Fesseln. Zu dritt flöhen sie aus dem Museum in Dahlem-Dorf, sie versteckten sich in Berlin und flögen dann nach Amsterdam. In seinem Haus an der Bloemgracht sah er sich mit seinen neuen Freunden Haselnüsse knacken.

Einzig sein Mantel und ein schwarzer Regenschirm hingen noch an der Garderobe. Es sah aus, als gehörten sie zusammen. Die Bedienung hinter dem Tresen räumte Geschirr in die Spülmaschine, schaute zu ihm hinüber und ließ dann die Schublade der Kasse aufspringen. Hinter vorgehaltener Hand zählte sie die Tageseinnahmen. Martin Holm trug das Tablett mit Tasse, Teller und Gabel zum Container und schob es ins dafür vorgesehene Fach. Ohne sich zu beeilen, zog er seinen Mantel an, knöpfte ihn zu und schlug den Kragen hoch, als müsste er hinaus in die Kälte.

Der nach gemähter Wiese duftende frühe Abend mit seinen unentschiedenen Lichtern stimmte ihn mild, er atmete tief durch, entspannte sich und hatte die Empfindung, die Luft sei gewürzt. In den vom Dämmerlicht verschatteten Gärten blühten Forsythien, biegsame Äste neigten sich über die Zäune. Bräche man sie ab, dachte er, liefe Saft heraus. Martin Holm erkannte auch Schlüsselblumen und bereits verblühte Krokusse. Die Farben verschwammen, Blau, Violett und Grün ließen sich kaum mehr trennen, Gelb und Rot dunkelten ein. Und die Vögel hockten ruhig in den Bäumen. Ein Hund schlug an. Von der Allee bog Martin in die Straße ein, die am neu gebauten Universitätsgebäude entlangführte. Hell erleuchtete Fenster, Licht fiel auf eine lange Reihe Fahrräder. Schon von weitem erblickte er die Frau mit der Zeichenmappe und dem Malzeug. Sie ging zügig zum U-Bahnhof. Vom Bahnhof war er noch weit entfernt, ohne zu rennen konnte Martin sie nicht einholen, und fiele er in Laufschritt, wäre das doch lächerlich. Warum eigentlich, korrigierte er sich und setzte sich in Trab. Er kam ihr näher, fast hätte er sie eingeholt; zu spät, sie hatte das Bahnhofsgebäude schon betreten, Martin verlor die Frau mit dem kupferfarbenen Lockenkopf aus dem Blick, sie stieg die lange Treppe zu den Gleisen hinunter. Und als auch er dort ankam, waren die Türen des Zuges schon geschlossen und ließen sich nicht öffnen, wie oft er auch auf den Knopf drückte. Der Zug hielt sich diesmal genau an den Fahrplan.

4

Lore Spescha war zum ersten Mal in Berlin. Ihr Hotel befand sich in einem Viertel mit schönen, bürgerlichen Häusern und Villen mit breiten Portalen, vor denen im Schatten der Bäume teure Autos parkten, die sie vornehm als Limousinen bezeichnete. Nicht allzu weit vom hässlichen Bahnhof »Zoologischer Garten« entfernt, wo sie ausgestiegen war, um vorbei an der Gedächtniskirche zu Fuß ein paar Minuten auf dem schäbigen Kurfürstendamm zu gehen, bevor sie in eine schmale Straße einbog. Der Duft blühender Kastanienbäume schlug ihr entgegen, als habe sie sich hinaus aufs Land verirrt. Dabei hatte sie eben noch, die Zeichenmappe etwas krampfhaft gegen den Körper gedrückt, ängstlich, als fürchte sie, beraubt zu werden, den Bahnhof durchquert, unsicher, wie sie mit den Junkies umgehen sollte. Lore wusste von den »Kindern vom Bahnhof Zoo«, aber nicht, wie entsetzlich der Alltag dort wirklich aussah. War sie dreist, eine Voyeurin, wenn sie ihre Neugier befriedigte, Eindrücke sammelte und möglichst kühl beobachtete, was da ablief? Sollte sie Geld geben, wenn sie angebettelt wurde? War es klüger, das Elend ignorierend an den Rauschgiftsüchtigen vorbeizuschauen, als wären sie Luft? Die mageren abgerissenen Gestalten, die sich, inmitten von Unrat, überall aufhielten. Einige sahen wie stillgelegt aus, Zombies. Andere bewegten sich unentwegt, haltlos, nervös, sie waren richtig aufgedreht. Die meisten Junkies schienen keinen Punkt zwischen Lethargie und Hetze zu finden. Alle waren sie blass und hatten entsetzlich geweitete Pupillen. Nicht immer war klar, wer ein Dealer und wer ein Süchtiger war. Ein Mann bot Lore Stoff an. Sie errötete, schüttelte den Kopf, wandte sich fast überhastet von ihm ab, vermied weitere Augenkontakte. Hier lehnten einige gegen die Mauer, rauchten, dort lagen sie krumm in Nischen, oder sie kauerten beim Ausgang. Dazwischen ihre Hunde, schmutzige Tiere ohne Halsband. Ein Mädchen mit langem fettigem Haar saß, die Beine gespreizt, auf dem gefliesten Boden, schnürte sich den Arm ab, der schon schlimm zerstochen war. Ein vogelgesichtiger Junge hielt das brennende Feuerzeug unter einen Löffel und erwärmte Heroin. Zusammen zogen sie die Spritze auf. Ein Dritter hatte die Nadel bereits in die Vene an der Ferse gestoßen, hellrotes Blut rann über den nackten Fuß.

In ihrem Zimmer, das geräumig war und auf einen Innenhof hinausging, zog Lore die schweren Vorhänge zurück und öffnete das Fenster. Gleich war der Geruch blühender Kastanienbäume wieder da, eine milde Luft, die nicht im Einklang mit den zerklüfteten Wolken stand, die den Himmel bedeckten und deren Konturen rosafarben gleißten. Der nur spärlich beleuchtete Innenhof suggerierte Ruhe, obwohl der Straßenverkehr auch hier zu hören war, ein Grundrauschen und Huptöne und Sirenen. Lore stand am Fenster, sie hatte im Zimmer kein Licht angemacht, versuchte gierig die Atmosphäre aufzunehmen, das Spannungsfeld Berlins, den Dunstkreis der geteilten Stadt. Sie hatte ihr Leben auch getrennt, mit einem harten Schnitt, nun stand da ebenfalls eine Mauer und sie brauchte einen Passierschein. Dabei hatte sie vor ihrer Flucht vergeblich gegen die Ringmauer rebelliert, die ihr Mann hochzog. Von ihrer Warte aus ein Skandal, von seiner ein Schutzwall. Du verlässt mich mutwillig, so beurteilte er ihre Entscheidung, von ihm wegzugehen. Sie hingegen warf ihm vor, alles zu eng zu sehen.

Im Innenhof lärmten Vögel, zwei Amseln, aufgeregte Männchen, machten sich das Revier streitig. Am Boden rangelten sie um ein Weibchen. Im Schatten waren sie kaum von bissigen Ratten zu unterscheiden, bis sie senkrecht hochstoben und aufs nächste Dach flogen, wo sie sich weiter befehdeten. Sobald das schwächere Männchen vertrieben war, begann das resultierende Paar mit dem Nestbau. Lore schloss das Fenster, zog den Vorhang vor und machte das Licht an. Sie fröstelte nun ein wenig und ließ im Bad heißes Wasser in die Wanne laufen, schüttete ein Badesalz hinein und blieb eine Weile auf dem Rand sitzen, eine Hand im Wasser. Es duftete nach Zimt. Schaum bildete sich. Wieder im Zimmer nahm sie ihre Skizzen und Entwürfe aus der Mappe und legte sie nebeneinander aufs Bett. Sie hatte auch Farbproben gemacht, mit Buntstiften und Gouache. Auf einigen Blättern hatte sie sich nur an Details versucht und diese vergrößert. Kettenglieder, die Reflexe des Lichts darauf. Den Oberkörper, er war bei Affen stärker ausgebildet, muskulöser. Die Arme waren länger, die Beine kürzer als beim Menschen. Lore hockte sich vor dem Bett nieder, nahm die Haltung des Affen ein, dessen Gesicht im Profil zu sehen war. Sie machte den Rücken rund wie er, das Tier presste die Arme an den Körper und kauerte so tief in der Hocke, dass Arm und Schenkel sich berührten. Es war schwer, diese Stellung einzunehmen und zu halten, ohne aus dem Gleichgewicht zu geraten, es brauchte Kraft, die Balance zu finden. Einem Kind fiele es leichter, dachte sie. Und den Affen gelang die Haltung, weil der Schwanz sie stabilisierte.

Die Schwänze der beiden Affen waren ausgesprochen lang, ihre Spitzen, merkwürdig hell, fast in der Farbe des Bodens gehalten, erweckten den Eindruck, in den Stein eingelassen zu sein. Als ob die Kette nicht genügte, war der Schwanz des Affen, der dem Bildbetrachter zugewandt dahockte, mit dem Stein verschmolzen. Es bestand für die gefangenen Tiere keine Aussicht auf ein anderes, ein besseres Leben, dachte Lore und gab ihre unbequeme Lage auf. Sie erhob sich und schaute im Bad nach dem Wasser, prüfte die Temperatur und drehte dann den Hahn zu. Statt sich auszuziehen und in die Wanne zu steigen, ging sie ins Zimmer zurück, nahm eines der Blätter, die nebeneinander auf dem Bett lagen, und setzte sich an den kleinen Tisch, um daran weiterzuarbeiten. Kein Gemälde bedeutete ihr so viel wie dieses Werk von Pieter Bruegel. Das war sonderbar, denn sie hatte es vor ihrer Reise nach Berlin noch nie im Original gesehen. Bruegels Darstellung rührte sie, berührte sie, seit sie den *Zwei Affen* in ihrer Kindheit begegnet war. Ihr Vater hatte die Tiere, ohne es zu wissen, eingeschleppt. In geschäftlicher Angelegenheit war er nach Holland gereist und in Amsterdam, bevor er in den Zug zurück in die Schweiz einstieg, hatte er eine Stadtrundfahrt gemacht. Dabei war er auf dem Flohmarkt gelandet. Nicht ganz ohne Absicht. Seine Frau sammelte alte Dosen. Er wollte ihr eine Freude bereiten und eine schöne, emaillierte Dose mit einem niederländischen Motiv mitbringen, er schaute sich um, dachte an Tulpen, Brücken, Windmühlen, Schiffe und wurde auch fündig. Und ganz nebenbei kaufte er eine einfache Blechdose, deren Deckel man mit einem Bügel auf- und zuschließen konnte, eine aussortierte Kaffeedose, die ihm zwei Mädchen anpriesen. Sie erinnerten ihn an seine Tochter, an Lore. Die Mädchen schüttelten die Dose wie ein Kaleidoskop und öffneten sie, darin lagen Teile eines Puzzles: fein gearbeitet, aus Holz geschnitten und schön bedruckt, glatt und kaum größer als ein Daumennagel. Er schüttelte einige heraus, sie glitten in seine offene Hand, waren dunkelbraun, ocker- und kremfarbig, blaustichig, grünlich, viele Puzzleteile waren hell, einige fast schwarz. Es war angenehm, sie in der Hand zu halten. Lores Vater beschloss, die Dose samt Inhalt für seine Tochter zu kaufen, gab die kleinen Teile wieder in die Dose zurück und schloss den Deckel. Die Mädchen lachten und redeten auf ihn ein. Mit seinem Niederländisch war es nicht weit her. Die Mädchen begriffen gleich, dass er angebissen hatte und das Puzzle in der Dose unbedingt haben musste. Die Größere, sie hatte eine Zahnlücke wie Lore und ein wenig abstehende Ohren, schrieb den Preis mit dem Zeigefinger in die Handfläche. Er war lächerlich gering. Ob sie denn eine Vorlage für das Puzzle hätten, fragte der Vater. Vorlage? Ja, ein Bild, was das Puzzle denn darstelle? Und fehlen auch keine Teile? Wir wissen es nicht, sagte eines der Mädchen, das andere kicherte.

Das Wasser in der Wanne wurde allmählich kalt, und Lore Spescha war noch immer mit ihren Skizzen und Gedanken beschäftigt. Draußen war es jetzt dunkel, kein Mond schien in den Hof hinein, von den Vögeln war nichts mehr zu hören. Lore arbeitete, abgeschottet wie auf einer Insel. Das entsprach der Lage der Stadt, West-Berlin war ein Eiland, umschlossen von einem Eismeer. Sie glaubte die Spannung zu spüren, eine Energie erzeugte Risse, die sich im Eis fortsetzten. Sie legte den Stift beiseite, rieb die Augen. Lore war müde, die Augen, sie hatten genug gesehen und begannen zu schmerzen. Morgen konnte sie mit der Malarbeit beginnen, sie hatte eine Leinwand auf Keilrahmen gespannt und einen Kreidegrund aufgetragen. Sie hatte ein Set neue Pinsel gekauft, Farbtuben, Malmittel, Terpentin. Es konnte losgehen. Sie freute sich auf die Arbeit, nahm sich vor, schon früh nach Dahlem hinauszufahren und vielleicht eine andere Station als »Zoologischer Garten« zu benutzen. Mit dem Direktor war vereinbart, dass Lore schon vor der Türöffnung in den Gemäldesaal durfte, seine Sekretärin schloss ihr ab acht Uhr auf. Und jetzt brauchte sie nicht ein laues Bad, in dem sie fröre oder gleich einschliefe, sondern einen Drink.

Sie zog den Stöpsel der Badewanne heraus. Während das rosa Wasser, auf dem Schaumreste lagen, ablief, schminkte sie sich vor dem Spiegel. Sie benötigte viel Zeit für die Augen, die Lippen gingen schnell. Zuletzt öffnete Lore ihr Haar und hob es mit den Händen an. Sie überlegte, das Haar mit einer Hennapackung aufzufrischen, aber die Prozedur war jetzt zu aufwendig. Da schlürfte der Ausguss das letzte Wasser in die Tiefe. Die nasse Wanne sah aus wie benutzt, hatte einen Schmutzrand. Lore zog sich sorgfältig um, schlüpfte in das rote Kleid, das vorn geknöpft wurde und ihr bis zu den Knöcheln reichte. Sie wählte eine Halskette, ließ die Ohrringe weg, steckte den breiten Silberring an die rechte Hand. Sie fühlte sich schön. Und stellte sich vor, ohne Ziel und Wunsch durch die Straßen zu flanieren, sie war jetzt frei.

Einige Häuserreihen vom Hotel entfernt entdeckte sie eine Kneipe. Durchs Fenster sah sie hinter dem schwarz lackierten Tresen lauter glitzernde Flaschen, das Regal füllte die ganze Wand. Ein paar Gäste saßen an der Bar und an den Tischen. Der Eingang war mit einer Lichterkette geschmückt. Lore setzte sich an den Tresen und bestellte beim Kellner einen Drink. Er lächelte freundlich, bediente sie aber nicht, weil er durch einen Spalt in der Tür auf den in einem überfüllten Hinterraum laufenden Fernseher schaute, der in einem überfüllten Hinterzimmer lief. Ein Reporter berichtete aus dem Friaul, wo ein Erdbeben gewütet hatte, tausend Menschen verloren in einer Nacht ihr Leben. Die Tür wurde von einem dicken Mann mit umgebundener Schürze geschlossen, und der Kellner hatte jetzt Zeit, für Lore einen Campari-Orange mit Eis zu mixen. Er machte das mit wenig Schwung und eher gelangweilt, als sei er damit unterfordert. Lore liebte diesen Drink, hatte ihn aber auch gewählt, weil seine Farbe so gut zu ihrem Kleid und ihrem Haar passte. Sie zog an dem langen Halm. Aus einer Musikanlage klangen leise Songs der neuen Platte von Pink Floyd, und Lore Spescha stellte mit einem Mal fest, dass sie die einzige Frau in dem Lokal war, die ohne Begleitung am Tresen saß. Der Tag bekam zum zweiten Mal einen Sprung. Lore sackte ein wenig in sich zusammen, all das Kühne, das sie sich vorgenommen hatte, könnte scheitern, weil ihr der Mut und die Ausdauer fehlten. Ohnehin könnte die Entscheidung wegzugehen ein Fehler gewesen sein. Sie hatte die Stimme ihres Mannes im Ohr: Du spinnst, schreit er, immer willst du das haben, was du nicht hast, statt das, was du hast. Es stimmte nicht, sie bezeichnete sich selbst als eine pragmatische Frau, weder hing sie vergangenen Zeiten nach wie ihr Mann, dessen Blick sich verklärte, wenn er von seiner Zeit als Schwimmer schwärmte, noch sah sie sich umstellt von lauter Dingen, die sie nicht haben konnte. Sie litt nicht unter einer unstillbaren Sehnsucht, Lore wusste, was sie wollte, im Prinzip, aber es war ihr auch klar, dass sie es nicht geschenkt bekam, sondern für alles kämpfen musste. Bis jetzt hatte sie nichts Wichtiges versäumt, gar das Leben verpasst. Lore hatte einen Traum und wollte ihn umsetzen, sie orientierte sich an hochgesteckten Zielen. Ihr Mann war ihr dabei keine Hilfe gewesen, er hatte seine Frau nicht unterstützt, sie fühlte sich missachtet; er hatte sie zu wenig als Malerin wahrgenommen und nicht bemerkt, wie viel das eigene Arbeiten ihr bedeutete, wie wichtig Kunst für seine Frau war, bis sie dann Ernst gemacht hatte. Wenn Lore Spescha mit ihren Lebensumständen nicht zufrieden war, dann aus dem einfachen Grund, weil sie an ihre Chance glaubte und sie unbedingt nutzen wollte. Sie hatte ein gutes Vorgefühl, war keine Phantastin, die sich um Schranken nicht kümmerte, bei ihr nahm die Grenzlinie aber einen anderen Verlauf, Lore hatte ein weiter abgestecktes Feld im Blick als ihr Mann. Und sie baute auf ihr Talent. Als sie sich entschieden hatte und mutig fortging, als sie ihrem Mann klarmachte, dass sie nicht mehr länger mit ihm zusammenbleiben wollte, wusste sie im Voraus, was er anführen würde. Sie nahm ihm seine Einwände übel, bevor er sie aussprach, und verachtete ihn wegen seiner kleinlichen Haltung. Für ihn hieß Leben *Zugeständnisse machen.* Kampflos wird er aufgeben, unterstellte sie ihm, sein Einwurf, wusste sie, wird wie eine verkappte Einwilligung klingen: Lore, ich hoffe, du weißt, was du tust. Sie sagte Ja, er sagte Aber. Sie fürchtete sich nicht fortwährend vor der Zukunft: Die war etwas Fernes, Verschwommenes, das, wie der Horizont, nie dort blieb, wo es war, sondern weiterwanderte. Ihr Mann suchte ständig den Horizont ab, entdeckte im Fernglas die Kanonen des Gegners, den Wall der feindlichen Armee, die keinen Durchbruch erlaubte, er identifizierte sich mit dem einäugigen General Kutusow aus »Krieg und Frieden« – zumindest fand er immer ein Haar in der Suppe. Nun saugte sie ihren roten Drink durch den Halm, war nicht ohne Wehmut und froh, dass nicht die Tür ging und ihr Ex hereintrat, der athletische Mann, fünf Jahre älter als sie. Er sah gut aus, hatte ein kluges Gesicht und konnte sehr überzeugend sein. Er war Spezialist für russische Literatur, bekennender Tolstoianer, aus »Krieg und Frieden« und »Anna Karenina« zitierte er auswendig. In seiner Jugend war er Wettschwimmer gewesen. Noch jetzt beherrschte er das, konzentriert und ohne jemals müde zu werden, seine Bahnen zu ziehen. Unangreifbar wie ein Wal, der keine Feinde kennt. Er sprang vom Startblock ins Bassin und schwamm eine Länge unter Wasser. Schwimmer und Walfische bewegten sich in einem anderen, in ihrem ureigenen Element und tauchten nur auf, um mit geschlossenen Augen Luft zu schöpfen. Dem entsprach eine weitere Fähigkeit. Ihr Mann, vielmehr ihr abgelegter Mann, so umschrieb es Lore, neigte dazu, im kaiserlichen Russland des neunzehnten Jahrhunderts zu verschwinden. Er war ein meisterhafter Stratege des Rückzugsgefechtes. Einsam zog er durch russische Steppen. Sie saß versonnen an der Bar, in die man von der Straße wie in ein Aquarium hineinschauen konnte, und betrachtete sich im Spiegel über dem Tresen. Mit einer eher kühlen Neugier blickte sie in einen düsteren Raum hinein, in dem in silbrigem Licht eine Frau saß. Lores Blick konnte sich für diese junge Frau im Spiegel erwärmen. Sie sah gut aus, ansprechend das kupferrote Haar, und hatte eine Aura, vielmehr Unschärfe, als sei sie in Öl gemalt. Als müsste Lore der jungen Frau gut zureden und Mut machen, lächelte sie, *du bist die angehende Malerin Lore Spescha, dein Wunsch, nur noch zu malen und als freie Künstlerin zu leben, erfüllt sich.* Lore freute sich unbändig, diesen Schritt gewagt zu haben. Allein ging sie ihren Weg. Gerade weil sie das alles unbedingt wollte, hatte sie ihrem Mann gegenüber oft ein schlechtes Gewissen gehabt. Der ewige Skeptiker fand ihre Sehnsucht farcenhaft, die angestrebte Karriere so utopisch wie die Vision von einem selbstbestimmten Leben. Du nimmst dich zu ernst, warf er ihr vor. In ihren Augen konnte eine Künstlerin sich gar nicht ernst genug nehmen. Jetzt war Lore stolz auf sich, es kam ihr wie ein Wunder vor, in Berlin zu sein. Die Frau im Spiegel lächelte zurück, *eine junge, begabte Malerin; jetzt kopiert sie im Museum meisterlich Bruegel, später wird sie berühmt werden.* Lore wandte den Blick ab und schaute sich in der Kneipe um. Einmal mehr hatte sie sich von Lichtgirlanden anlocken lassen. Sie saß in einer verrauchten, von bizarren Gestalten bevölkerten Bar, in einer Lokalität, die keine Frau gern allein aufsuchte, nicht einmal in Berlin. Beklommen kaute sie auf einem Eiswürfel herum, ohne den geringsten Wunsch, einen der in dieser Kneipe verkehrenden Stammgäste kennenzulernen.

Auf dem Weg zurück zum Hotel blieb Lore bei einem türkischen Imbiss stehen und kaufte einen Döner. Den aß sie im Gehen aus der Hand. Er war gut, heiß und würzig, sie verschlang ihn gierig, als mache ihr den Happen jemand streitig, schleckte zuletzt sogar die Finger ab und wischte mit dem Handrücken über den Mund. Noch bevor sie das Hotel erreichte, stieß ihr die Speise dann unangenehm auf, sie hatte einen gärenden Kloß im Magen, der Atem roch penetrant nach Zwiebeln. Lore fürchtete, ihr werde gleich übel, und hoffte, im Hotel, in der Minibar, finde sie einen Magenbitter. Gedanken an den verlassenen Mann, der sich ihre Ehe als eine Zufluchtsstätte gewünscht hatte (wie der Romanheld Lewin) tauchten auf, und Lore litt unter Gewissensbissen. Schuld ohne Reue? Nein, Lore bereute nichts. Würde es wieder tun. Genau so. Sie hatte richtig gehandelt. Was Trauer nicht ausschloss, ein Nachglühen. Lore hatte es in Kauf genommen, ihren Mann zu verletzen. In einem Anflug von Überdruss hätte sie den fetten Döner am liebsten sofort erbrochen, einfach hinaus mit dem Zeug, warum hatte sie diesen Fraß so gierig verschlungen? Die Vorstellung, sich wie eine Betrunkene in einer nächtlichen Berliner Straße zu übergeben, war auch ekelhaft, das Gefühl zu ersticken, die Säure im Mund, der widerliche Gestank. Es geht vorüber. Das unwiderlegbare Argument rettete sie: Alles geht vorüber.

Im Hotel brannte kein Licht. Lore drückte die Klingel, ein älterer Herr, der einen nachtblauen Anzug und ein weißes Hemd mit Krawatte trug und auf Hochglanz polierte Schuhe, öffnete ihr die Tür und ließ sie ein. Dem Mann folgend, als bräuchte sie einen kundigen Führer in einem Labyrinth, gelangte Lore zur Rezeption. Eine ältere Dame, elegant kostümiert wie der alte Herr und sorgfältig geschminkt und frisiert, gab Lore den Zimmerschlüssel, ein fast zierliches, wie ein Spielzeug anmutendes Ding, das an einer massiven, von einem Messingreifen umschlossenen Holzkugel hing. Lore überlegte, ob die beiden ein bewährtes Ehepaar seien oder bloß Kollegen im Nachtdienst. Sie hatten einen vertrauten Umgang miteinander, ihre Gesten und Blicke verrieten jedoch kein Gefühl des Zusammengehörens, weder Liebe noch Hass oder die abgekühlte Form beider, Gleichgültigkeit. Zwischen ihnen schien es eine genaue Aufgabenteilung zu geben, alles war abgestimmt, beruhte auf Absprache und bedurfte keiner Worte mehr. Sie waren da, jeder ein Bestandteil im Alltag des anderen, berechenbar wie ein unbewegliches Möbelstück, das seine Funktion erfüllte, ohne Emotionen aufkeimen zu lassen, geschweige denn Intimität; sie waren ein Gespann in der Arbeit, danach ging jeder seiner Wege. Lore nahm ein Bonbon aus einer Schale. Es war in Zellophan verpackt und schimmerte wie ein dicker Rubin. Während sie es aus der Verpackung wickelte und in den Mund schob, schaute sie auf den Fernseher, der auf einem kleinen Schrank stand. Das Bonbon setzte sofort einen intensiven Geschmack frei, Wildbeere. Sie sah den Abspann einer Diskussionsrunde über den Selbstmord der Terroristin Ulrike Meinhof, die sich in ihrer Zelle in Stuttgart-Stammheim am Fenster erhängt hatte. Lore wandte sich ab. Die Ziehung der Lottozahlen. Das Paar, untätig nun, schien Lore nicht weiter zu beachten. Der Herr, der mit hinter dem Rücken ineinander verhakten Fingern dagestanden hatte, ohne andere Aufgabe, als seine Haut auszufüllen, einen Schatten zu werfen und auf den nächsten Einlass begehrenden Gast zu warten, drehte sich zum Bildschirm hin. Er hatte das Aussehen eines ältlichen Junggesellen, eines Hagestolz. Eine Million brächte ihn ins Wanken. Sein Glück war es, nicht zu gewinnen und weiterleben zu dürfen wie bisher. Die Dame erinnerte Lore an eine mehrfache Witwe, eine Überlebende mit Beschädigungen, die sie geschickt zu tarnen verstand. Sie hatte den Lottoschein vor sich liegen und glich ihre Zahlen mit den sechs Richtigen ab, die der Zufallsgenerator durch ein System durchsichtiger Röhren in ein Behältnis schubste: 1-9-10-28-46-49. Alles an dieser Frau, der Restbestand einer ehemals beachtlichen Schönheit, schien gegen die Schwerkraft anzukämpfen. Mit dem Millionengewinn würde sie sich unverzüglich auf eine Weltreise begeben und mit einer Kreuzschifffahrt den Anfang machen.

Ringe mit schweren Steinen steckten wie Überbleibsel verflossener Ehemänner lose an ihren knochigen Fingern.

5

Sie ist dir entwischt, dachte Martin Holm, du hast sie entwischen lassen. Er stand auf dem Bahnsteig und schaute der abfahrenden U-Bahn, in der sie saß, enttäuscht hinterher. Der Zug durchquerte ländlich anmutende Vororte, bevor er in den Tunnel einlief und unter der großen Stadt verschwand. Er blieb auf dem Bahnsteig zurück und hatte keine andere Wahl, als auf die nächste U-Bahn Richtung Berlin zu warten. Er setzte sich auf eine Bank mit hoher Lehne, die ihm indisch vorkam; ja, eben noch hatte er im Museum aus einem vergitterten Fenster des Gemäldesaals, der die alte niederländische Malerei beherbergte, auf die in rötlichem Sandstein gearbeitete Kopie des Sanchi-Tors geschaut, das Wahrzeichen der Sammlung indischer Kunst, unter dem ein Pferd mit Reiter locker durchschreiten konnte. Die Sitzbank spielte im Gemenge von Epochen, Kulturen und Kontexten darauf an. Einladend stand sie da: unter einem Himmel, der stahlblau über der geteilten Stadt leuchtete, thronte mitten im Kalten Krieg. Martin Holm streckte die Beine von sich, legte die Füße übereinander und schloss die Augen. Es war ihm jetzt alles zu viel. Die Arme vor der Brust verschränkt, wirkte er kompakt, kräftig, aber auch verletzlich. Sein Herz pochte. Er bemühte sich, an nichts zu denken, sich dem Zwang zu widersetzen, den Tag rekapitulieren, die letzte Stunde sezieren zu müssen. Wie oft hatte er das schon getan? Wie oft hatte er die Gegenwart mit Erinnerungen verplempert? So wie die Leute, wenn sie in Amsterdam beim Chinesen sitzen und von dem Schnitzel schwärmen, das sie vor einem Jahr in Wien gegessen haben. Man sollte ein Patentschloss entwickeln, dachte er, das es einem erlaubte, die Vergangenheit ausbruchsicher wegzusperren. Aber die Selektion missglückte ihm auch diesmal, dem Ansturm der Bilder und Gedanken hielt kein Hindernis stand, es wurde überrannt. Martin Holm war wegen eines Gemäldes hergekommen, und nun hatte sich dieses mit einer Frau gegen ihn verschworen, zumindest verbündet hatte sein Bild sich mit einer jungen Malerin, die es kopierte. Jedenfalls hatte der Wärter ihm verraten, Frau Spescha, eine Schweizerin aus Zürich, sei hier, um eine Kopie der *Zwei Affen* anzufertigen. Als er die Frau erblickte, die Malerin vor seinem Bild, hatte er mit Verärgerung reagiert und ohne lange zu fackeln dafür gesorgt, dass sie ihren Platz räumen musste. Aber jetzt? Wenn seine Gedanken ihn in den Gemäldesaal zurückführten, sah er sie, die vertriebene Frau Spescha, in einem ganz anderen Licht. Er geriet A ins Träumen. Und B wollte er sich in den Hintern beißen. Das passierte ihm oft, es war fast die Regel, wenn er allein unterwegs war. Er sah fremde Frauen, und sich an ihrer Seite. Er stellte sich vor, dass die Wege sich kreuzten. Ja, Frauen liefen ihm über den Weg. Eine Reise war so etwas wie ein Film, den er sich anschaute, den er visionierte, weil er selbst darin mitspielte. Das Buch vom Träumen. Jetzt verstieg er sich zur Annahme, der Wunsch, Bruegels Gemälde zu sehen, sei der Scheingrund für seine Reise nach Berlin gewesen. Ein ihm, Martin Holm, selbst verborgenes Motiv habe sich heute offenbart: Er habe die *Zwei Affen* lediglich aufgesucht, sie gewissermaßen ferngesteuert aufsuchen müssen, um dieser Frau, die er in seiner Verblendung vertrieben hatte, zu begegnen. Zugleich regte sich in ihm ein Widerstand gegen diese flatterige Denkweise. Sei auf der Hut, ermahnte er sich.

Es war nebensächlich, ob er in die nächste U-Bahn einstieg oder nicht: Die Frau, deren Vornamen er nicht kannte, war weg. Zufällig könnte er ihr an diesem Abend wieder begegnen, in einem Restaurant, wo sie aß (Fisch, stellte er sich vor), in einer beliebten Bar, wo sie einen Drink nahm (einen Cuba libre), vor einem Kino, wo »Einer fliegt über das Kuckucksnest« lief (er hatte den Film in Amsterdam schon gesehen). Oder besuchte sie ein Theater, stöberte sie in einer Buchhandlung, traf sie einen Mann? Es war unergiebig, sich das auszumalen, es gab zahllose Möglichkeiten, so viele wie Tauben auf dem Dach. Obendrein sollte es ihm gleichgültig sein. Warum nur ging sie ihm nicht aus dem Kopf? Er wehrte sich gegen das süße Gift, das in sein Blut träufelte. Man konnte alles wünschen, aber nicht alles wollen. Es war sinnlos, es zu wollen, schürte nur das seltsame Begehren, die fremde Frau wiederzusehen, die Malerin mit dem roten Haar, die er mutwillig vertrieben hatte. Jetzt erinnerte er sich, als säße sie zum Vergleich noch vor dem Gemälde, dass Bruegel den Scheitel der beiden Affen kupferrot gemalt hatte, man könnte glauben, die Fellzeichnung sei die Vorwegnahme der Mütze, die der Maler auf dem als Selbstbildnis vermuteten Stich trug. Der Schopf der Frau besaß dieselbe Farbe.

Die U-Bahn war schon längst aus Martin Holms Blickfeld verschwunden, er starrte weiterhin ins Leere, als bestehe die Aussicht, dass sie umkehrte, ins Unbestimmte hinein verlor sich sein Blick, das, abgesehen von der Erde, deren Farbe ihn an Rost und die Toskana gemahnte, ein austauschbarer Bahndamm mit ein paar struppigen Büschen und schlanken Bäumen war, mit schnurgeraden Geleisen und gleißenden Schienen, die nach dem mathematischen Gesetz für Parallelen keine andere Wahl hatten, als sich in der Zukunft einmal im Universum zu schneiden. Genauso wie sich sein Weg und der Weg dieser Frau Spescha einmal wieder kreuzten. Aber nicht irgendwo in der Ferne, sondern im Berlin der Gegenwart, tröstete er sich und kniff die Augen zusammen, als ströme zu viel Licht durch seine Pupillen. Er zwang sich, seinen Blick zu fokussieren, von verschwommen auf scharf umzustellen. Doch was er nun sah, seine blassen Hände mit sichtbaren Venen, seine polierten Schuhe, den schmutzigen Zementboden des Bahnsteigs, brachte ihn auch nicht weiter. Alle Einzelheiten waren aus dem Zusammenhang gefallen. Die Unruhe, die ihn umtrieb, war auch von der Frau verursacht, sie und das Wiedersehen mit dem Gemälde waren der Grund für seine Verwirrung. In den vergangenen dreißig Jahren hatte es immer wieder Phasen gegeben, in denen er sich am liebsten mit dem Rücken zur Vergangenheit gestellt hätte. Die Erinnerungen an das Frühjahr 1945, als er zum ersten Mal mit dem Bild konfrontiert wurde, trafen ihn manchmal wie Kugelblitze. Jetzt gefiel ihm die Idee, dass die Frau sich das Gemälde beim Kopieren aneignete und einverleibte, und damit seine Geschichte. Es war absurd, so zu denken, aber er dachte es trotzdem. Die Frau trat über ihre Beschäftigung mit dem Bild mit ihm, Martin Holm, der sich ebenfalls mit dem Bild auseinandersetzte, in Verbindung. Sie schlugen sich mit demselben Gegenstand herum. Sie bildeten eine Seilschaft. Derartigen Gedanken nachzuhängen war auch angenehm; Martin Holm liebte es, sich treiben zu lassen, es fühlte sich an, wie er sich als Junge den Flug mit einem der unerreichbaren Zeppeline vorgestellt hatte, die durch den Himmel seiner Kindheit schwebten. Sie gehörten einer anderen Welt an und benutzten den Himmel nur vorübergehend. Silber und Blau, das war die Zukunft. Noch wusste Martin Holm nicht, warum die Frau nach Dahlem gereist war, um das Bild zu kopieren, noch wusste sie nicht, warum er sich hier aufhielt. Gut möglich, sogar wahrscheinlich, dass er und sie, wenn sie das Bild betrachteten, verwandte Empfindungen hatten und analoge Überlegungen anstellten. Martin Holm bildete sich ein, in den Gedanken der Malerin lesen zu können. Dasselbe billigte er auch ihr zu, er wünschte sogar, dass sie seine Blackbox knackte. Noch wusste sie das nicht, noch kannte sie ihn nicht, aber sobald Martin Holm sich zu erkennen geben würde (sich ihr vorzustellen war sein Ziel für morgen), wäre der Bann gebrochen: blickte sie durch seine schwarzen Pupillen in sein Innerstes hinein. Sie schlüge das geheime Logbuch auf. Jeder war für den anderen ein Gegenleser, sie war seine Gegenleserin. Und was las er: Sie versteht mich. Und was las sie? Leider hatte sich ihr Gesicht ihm entzogen, Mund und Augen, die Nase. Er fand keine Linien dafür, keinen deutbaren Ausdruck, kein besonderes Merkmal zur Wiedererkennung unter allen Umständen, an jedem Ort und zu jeder Zeit: wie er eine ehemalige Geliebte an Kleinigkeiten wiedererkennen würde, an einem kleinen Leberfleck auf der Oberlippe, an der Delle des Nabels, an einem Sprenkel in der Iris, an der Form der Stirn, der Hände, ihrer Fesseln. Hatte die Frau die Lippen geschminkt, wie sahen ihre Zähne aus, hatte sie graue oder grüne Augen? Und ihr Duft? Einzig das Kupferrot des Haars war immer noch da, und ihre Hand, die den Zeichenstift übers Blatt führte. Das Kupferrot verband sich mit der Tonsur der beiden Affen. Doch jetzt erinnerte er sich an ihre Rückenansicht, ganz deutlich, wenngleich leise flimmernd, sah er eine zeichnende Frau ohne Gesicht. Was, überlegte er, während er versuchte, das weiße Oval mit Zügen zu füllen, und hoffte, sie stellten sich einfach so ein, der Mund zuerst, schön geschwungene Lippen, was, Ingenieur Holm, hast du mit deinem Leben angefangen, von dem nun, statistisch betrachtet, schon mehr als die Hälfte vorbei ist?

Gerade als er beschloss, sich in Dahlem-Dorf, von dem er bis dahin nur das Museum kannte, ein wenig umzusehen, in einem Restaurant etwas zu essen, ein Bier zu trinken, und nicht nach Berlin zu fahren, um dort die Frau zu suchen, die Malerin, kam der nächste Zug. Er stieg ein. Während die Bahn mit einem Ruck losfuhr und er kaum merklich ins Polster des Sitzes gedrückt wurde, war ihm, als bleibe er wie ein Reisender, der sich allein in einer fremden Stadt aufhielt, einen Schritt hinter sich zurück, um sich zu beobachten. Die U-Bahn näherte sich von Station zu Station der Stadt.

Martin Holm stellte sich vor, wie er die nächsten Stunden und den bevorstehenden einsamen Abend verbrachte. Es war wenig aussichtsreich, die Frau mit dem kupferfarbenen Haar in Berlin zu finden. Sie wiederzutreffen war trotzdem kein vergeblicher Traum. Es war ganz einfach. Er musste sie gar nicht in der Stadt suchen, sondern sich morgen in die Cafeteria des Museums setzen und warten, bis sie wiederkam.

Plötzlich verminderte die U-Bahn das Tempo, fuhr langsam und ohne Stopp durch einen düsteren Bahnhof, der absolut leer war. Berlin-Mitte. Spärliches Licht, mit Brettern vernagelte und mit Stacheldraht verbarrikadierte Ausgänge, zugemauerte Tore, herausgebrochene Wandstücke, herumliegender Schutt, Fenster mit zerschlagenen Scheiben, Putz, der von den Wänden heruntergefallen war, dicke Brocken lagen mit anderem Unrat und Schrott auf dem Bahnsteig. Die Häuschen der Aufsicht, die ehemaligen Fahrkartenschalter, Kioske und Buden: Alle Bauten waren verkommen, stillgelegt, verwahrlost. Außer Betrieb. Die U-Bahn, in der Martin Holm saß, war hier ein Durchläuferzug mit Anhalteverbot. Die Ostzone ragte ins Westgebiet hinein, der Potsdamer Platz war durch die Mauer, den *antifaschistischen Schutzwall*, abgeschottet, unter der Erde befand sich der Geisterbahnhof. Um in der Stadtmitte von einer Weststation zur nächsten zu gelangen, mussten die Züge die Ostzone passieren, beobachtet und gesichert von Soldaten der Grenzpolizei, die in den maroden Häuschen verborgen vor Sehschlitzen saßen. Es war gespenstisch.

Er ging dann irgendwo essen, den gegrillten Fisch, eine schmackhafte Seezunge, von der er sich vorgestellt hatte, sie liege zum Verzehr bereit auf dem Teller der Frau: mit Petersilie garniert, Salzkartoffeln als Beilage, grüner Salat. Ein Viertel Weißwein, ein zweites Viertel, ein drittes. Kein Kaffee; Koffein um diese Zeit wäre ein

Verstoß gegen den Pakt, den er mit seinem Herzen geschlossen hatte. Eine Nachspeise lag drin. Ein Eisbecher mit heißer Schokolade. Martin Holm blieb in dem Restaurant sitzen, als sei er ein angeketteter Affe. Nur hatte er sich die Fessel selbst angelegt, um nicht sinnlos durch die Stadt zu streunen, auf der schwachen Fährte einer Frau, die er hier aus der Nase verlor und dort wieder zu orten meinte. Nein, er blieb stur sitzen vor seinem letzten Wein und bestellte dann ein Taxi zurück zum Hotel.

Auf seinem Zimmer durchsuchte Martin Holm die Minibar, trank noch ein Bier, hingefläzt auf dem Sofa vor dem Fernseher. Die schwedische Popgruppe, die in aller Munde war, stellte ihre neue Platte vor. Ein romantisches Feuer war zu sehen. Das Flackern der Flammen auf dem Bildschirm erinnerte Martin Holm an die elektrischen Kaminfeuer in den USA. Er hatte keinen Sinn dafür, seiner Ansicht nach konnte man sehr viele Dinge gefühlsecht imitieren, nicht aber Feuer und Liebe.

6

Sie saß schon wieder vor dem Gemälde, hatte eine Staffelei aufgestellt, auf der eine kleine Leinwand befestigt war, die er nicht einsehen konnte. Er trat ein wenig näher, spürte seinen Herzschlag, hoffte, er verrate ihn nicht bei der Malerin, die ganz auf ihr Tun konzentriert war, so schien es. Aber sie tränkte den Pinsel nicht neu mit Farbe, sondern rieb ihn mit einem Lappen ab, steckte ihn in die an der Staffelei angebrachte Halterung und schaute auf, ohne zu lächeln. Mit einer abwartenden Haltung hatte er gerechnet. Ihre Miene war nicht abweisend. Das hatte ihm vorläufig zu genügen. Sogleich erkannte er ihr Gesicht wieder, es war mit den weit auseinanderstehenden Augen einprägsam wie ein von Meisterhand gemaltes Porträt, unverständlich, dass er es hatte vergessen können. Jetzt sah er auch die angefangene Arbeit. Die Frau hatte eine Vorzeichnung gemacht, die Umrisse definiert und von dem mittleren Grau ausgehend, in dem die ganze Leinwand gehalten war, angefangen dünne Farbe aufzutragen, hier hellere Töne, dort dunklere Abmischungen. Alles lag noch im Bereich der Unschärfe.

»Guten Tag«, sagte er, »ich bin Martin Holm.« Da er sich nach dem gestrigen Ausfall wie ein Heuchler vorkäme, wenn er ihr nun aufgeräumt die Hand hinstreckte (sie hielt immer noch den Lappen), verneigte er sich leicht. Er wusste, dass diese Haltung etwas Gespreiztes hatte, etwas Steifes. So wirkte der groß gewachsene Mann in den mittleren Jahren (oder schon an deren Ausgang) angespannt, als fürchte er, das Spiel schon versiebt zu haben, bevor es richtig begonnen hatte. Noch sträubte sich in ihm auch etwas gegen die innere Umschichtung. Er war allein wegen des Gemäldes hierher gereist, nun hatten die *Zwei Affen* Konkurrenz erhalten. Die Frau stach sie aus, und er war sich nicht ganz im Klaren darüber, ob er die Verschiebung wünschte, ob er das, was mit ihm geschah oder zu geschehen drohte, zulassen sollte oder im Keim ersticken. Mit einem verlegenen Lächeln sagte er: »Ich habe Ihnen gestern einen Strich durch die Rechnung gemacht, bestimmt haben Sie sich über mich geärgert, es tut mir leid.« Martin Holm stockte. Noch immer verriet das Gesicht der Frau nicht, was sie dachte und empfand, nichts, das sich sicher verwerten ließe, es sei denn, er läse Skepsis in ihrem Blick; sie verengte die Augen ein wenig, was vielleicht auch an dem kühlen Morgenlicht liegen mochte, hell und fast körperlich spürbar strömte es durch die hohen Fenster herein.

»Spescha«, sagte sie, »Lore Spescha … ja, es stimmt, freundlich war das nicht … nicht gerade die feine Art.«

»Das Gemälde lässt mich nicht los«, versuchte er sich zu rechtfertigen, »ich habe es lange nicht mehr gesehen, ehrlich gesagt, ich habe es gestern zum ersten Mal in einem Museum gesehen und war darauf fixiert, der einzige Besucher zu sein, allein im Saal mit den *Zwei Affen* … verzeihen Sie darum mein schroffes Gebaren.« Er stand vor ihr, mit lose herabhängenden Armen. Er merkte, wie skeptisch sie ihn musterte. Unter ihrem Blick veränderte sich sein Gesicht. Ohne sein Dazutun formte seine Mimik jenen Ausdruck, den Frauen meistens sympathisch fanden. Martin Holm wusste aus Erfahrung, wie er nun wirkte, nur eine Minderheit fand, *wie ein Angeber*. Lore Spescha reagierte seiner Hoffnung entsprechend: »Nun, sind Sie heute bereit, die *Zwei Affen* mit mir zu teilen?«

Der Wärter, der gestern den Boten gespielt hatte, schaute in den Gemäldesaal hinein. Er sah den Herrn aus Amsterdam, den langen Blonden. Er trug einen sommerlichen Anzug, hatte die Manschetten umgekrempelt, dazu ein grünes offenes Hemd mit großem Kragen. Die Malerin lachte nun, und auch der Herr lachte, sie wischte die Hände am blauen Malerkittel ab, den sie jetzt anhatte, da sie anfing, mit Ölfarben zu arbeiten. Der Mann zeigte mit dem Finger auf eine Stelle des Bruegels, so nah durfte er den Herrn nicht an das Bild heranlassen, eigentlich müsste er nun den Saal betreten, zielstrebig zum Besucher hineilen und ihn darauf hinweisen: Zu wenig Abstand, mein Herr, bitte halten Sie den Abstand ein. Sie sind viel zu nah am Bild. Doch er wandte sich ab. Im anschließenden Saal setzte er sich auf einen Stuhl. Er war allzu nachlässig, er wusste es selbst, man darf keinem Besucher trauen, aber er versah seinen Dienst nun schon mehr als zehn Jahre, und noch nie hatte jemand auch nur versucht, einem der Gemälde einen Schaden zuzufügen. Es passierte hier nichts. Er hatte zehn Jahre lang für die Katz aufgepasst. Und ein paar tausend Besucher darauf hingewiesen, dass sie zu nah vor einem Gemälde standen, und stets prompt deren Unwillen ausgelöst. Es kamen nicht perverse Bilderhasser ins Haus, sondern Kunstliebhaber mit leuchtenden Augen. Das Beste, was er tun konnte, war, sie in Ruhe zu lassen. Vereint mit ihren sogenannten Meisterwerken. Auf denen sie in stiller Andacht oder verstiegener Einfalt Dinge entdeckten, die er beim besten Willen nicht erkennen konnte. Er hatte nur ganz gewöhnliche Augen: Seine Augen sahen ausschließlich das, was man sehen konnte. Tut mir leid, müsste er sagen (aber keiner fragte ihn nach seiner Meinung über das Unsichtbare). Er arbeitete jeden Tag hier. Bilder hatten kein Geheimnis, er konnte das beurteilen. Sie hingen da, sonst nichts. Es war ihm entfallen, wann er aufgehört hatte, die Gemälde wahrzunehmen, sie anzuschauen und sich absonderliche Sachen dabei zu denken. Er hatte es eingeübt, durch die Gemälde hindurchzusehen. Das Erhabene war ein Hirngespinst. Es gab Tage, an denen er die Gemäldegalerie hasste, schlüge doch ein Blitz ein und setzte alles in Flammen … er würde kein einziges Kunstwerk retten, nur seine eigene Haut. Denn erst wenn es hier drin brannte, käme er aus diesem elenden Museumsgefängnis hinaus an die frische Luft. Wo ein Schwarm Vögel nicht in den Himmel gemalt war und für immer in derselben Formation verharrte, sondern im Karacho vorüberzog. Nur nicht zu viel denken, wenn er seinen Gedanken freien Auslauf gab, wurde alles kompliziert. Manchmal stellte er sich Nächte vor, in denen all das Gemalte seine Pose aufgab und in vollkommener Erschöpfung erschlaffte. So wie einem Ballon die Luft ausging. Es hatte aber auch Zeiten gegeben, schon lange zurückliegende Nächte, in denen die dargestellten Menschen und Tiere die Gemälde verließen, um in seine Träume zu schlüpfen und ihn zu drangsalieren. Die zwei Affen, sie hockten da, angekettet. Sie wirkten harmlos wie die meisten Figuren auf den Gemälden der alten Meister. Doch er traute gerade ihnen nicht über den Weg, sie waren hinterlistig, er musste ihnen nur lange genug den Rücken zuwenden, dann machten sie sich über ihn lustig: Sie strecken dir die Zunge heraus, sie drehen dir eine lange Nase. Die zwei Affen auf dem Gemälde, das war ihm gestern sauer aufgestoßen, ähnelten Museumswärtern, die gegen das Gähnen ankämpften, schlimmer noch, Wärterkollegen mit Schlafsucht. Er vertrieb diese Gedanken. Es war alles Unsinn. Das Schwierigste an seinem Beruf war der Unsinn, der einem fortwährend durch den Kopf ging. Du kannst die Gedanken so wenig zum Stillstand bringen wie die Zeit. Nichts hilft. Die Frau im Malerkittel und mit Pferdeschwanz und der schlanke Herr mit den sündhaft teuren Schuhen unterhielten sich angeregt. Beide lachten, es klang, als teilten sie ein geheimes Wissen, wahrscheinlich den Kunstfimmel. Jetzt wurde es für einen Moment still. Ihm war lieber, sie steckten die Köpfe zusammen, als dass sie die Nähe der *Zwei Affen* suchten. Der Wärter überlegte sich, aufzustehen und nachzuschauen. Aber er blieb sitzen. Das Eis zwischen den beiden war offenbar gebrochen, gut so. Gestern war die Frau noch stinksauer gewesen, der Herr nervös, gereizt, als stehe alles auf Messers Schneide, jetzt aber … Jetzt erhob der Wärter sich endlich, mühsam. Es war nicht sein Job, die Bilder zu betrachten, aber seine Pflicht, die Besucher im Auge zu behalten, es war egal, was sie erzählten, glaubten, fragten oder dachten, solange sie nicht mit den Armen herumfuchtelten und mit dem Finger auf Dinge zeigten, von denen sie die Pfoten lassen sollten. Aufmerksamkeit war der Punkt, zumindest sollte ein Wärter aufmerksam wirken. Er musste durch die Räume sperbern. Doch er fühlte sich immer mehr mit einem Wanderer verwandt, der seine kräftezehrende Reise fortsetzte, obwohl er das Ziel schon lange aus den Augen verloren hatte, und nicht nur das, der ewige Marschierer hatte auch vergessen, was hinter ihm lag. Die langen Trampelpfade kamen ihm vor wie Schächte ins Nichts.

Martin Holm war beruhigt. Die Erleichterung umflutete ihn wie eine Art Licht. Das Zerwürfnis war ausgeräumt, Lore trug ihm die hässliche Intervention nicht nach, zu der er sich gestern hatte hinreißen lassen. Über das kleine, von beiden hochgeschätzte Bild war es leicht, ins Gespräch zu kommen. Er schien nicht zu merken, wie frei er mit Lore redete, als sei sie eine langjährige Bekannte, ja Freundin, der man alles anvertrauen durfte. Sie hörte ihm gern zu, aber seine Aussprache machte sie stutzig, sein Singsang:

»Sie klingen nicht wie ein Holländer.«

»Ich bin in Eisenach geboren und in Thüringen aufgewachsen, in den Zweiten Weltkrieg hinein«, erklärte er.

»Eisenach?«

»Die Stadt liegt jetzt in der DDR. Wenn ich in Deutschland bin, komme ich mir wie ein Niederländer vor, etwas fremd, in Amsterdam denke ich manchmal, ich sei ein Deutscher geblieben, obwohl ich viel mehr Jahre meines Lebens in den Niederlanden verbracht habe als in Thüringen, in Eisenach, der Geburtsstadt von Bach. Und Sie, woher kommen Sie?«

»Aus Zürich.«

»Hat Bruegel auch Sie am Wickel?«

»Ich bin tatsächlich hergekommen, um dieses eine Bild zu kopieren«, bestätigte Lore, »es beschäftigt mich seit meiner Kindheit, und einmal im Jahr befrage ich es wie das Orakel. Wenn es antwortet, ich spiegle deine Situation, schrillen bei mir die Alarmglocken.«

»Die beiden Äffchen scheinen sich dem Schicksal ergeben zu haben«, nahm Martin den Faden auf.

»Mehr noch«, meinte Lore, »sie sehen einem traurigen Ende entgegen, sie haben keine Chance.«

»Warum kopieren Sie das Gemälde? Schaffen Sie einen neuen alten Meister, sind Sie eine Fälscherin?«

»Jetzt muss ich passen«, sagte Lore und lachte.

»Ich stelle mir vor, dass die Nachahmung so etwas wie eine Eroberung ist«, nahm Martin den Faden auf.

»Beim Arbeiten dringt man in das Innere ein, da sind Sie auf der richtigen Spur«, holte Lore aus, »alles rundum verschwindet.«

»Leider kann ich nicht malen«, gestand Martin, »dafür habe ich die Äffchen im Zoo fotografiert. Rothäuptige Colubus-Affen aus der Familie der Meerkatzen.«

»Im sechzehnten Jahrhundert Raritäten, teure Accessoires für Reiche und Schausteller«, ergänzte Lore, »Indienfahrer sollen die Tiere in die Niederlande eingeführt haben. Auf der Kirmes waren Affen beliebt wie gezähmte Indianer, die trommelten und tanzten.«

»Macht es Ihnen etwas aus«, fragte Martin, »wenn ich hier bleibe?«

»Ich hasse es, wenn mir bei der Arbeit jemand über die Schulter schaut.«

Lore nahm den Pinsel aus der Halterung, prüfte, indem sie die Spitze zwischen den Fingern rieb, ob er sauber sei. Rasch mischte sie einen Farbton, trug ihn auf, wischte den Strich mit dem Daumen weg, machte die Farbe etwas heller und setzte von neuem an. Ohne sich weiter um Martin Holm zu kümmern, trieb sie die Arbeit voran, sie malte geschickt und sorgfältig, sie hatte sich Gedanken darüber gemacht, wie der Duktus von Bruegel wohl gewesen war, wie lange er an dem kleinen Bild malte. Hatte er sich mehr als einen Nachmittag damit beschäftigt? Ja. Lore war sich sicher. Unmöglich, es an einem einzigen Tag hinzukriegen. Bei aller Könnerschaft nicht. Die Genauigkeit der Ausführung, all die heiklen Details (nur schon die Lichteffekte auf den Kettengliedern), die differenzierte Schattierung des Bodens: All das sprach dagegen. Gewiss hatte ihn das Bild eine Woche an die Staffelei gefesselt. Es war Lore wichtig, es herauszufinden und ein Gespür für das richtige Tempo zu entwickeln. Ihre Hand musste genauso arbeiten, wie die Hand von Bruegel es getan hatte. Sie glaubte, dies sei der Schlüssel zum Gelingen. Fände sie den Rhythmus nicht, würde das Bild steif, ein Abklatsch. Sie musste in Bruegels Tempo malen. Nachahmen hieß nicht mitfühlen, sondern die fremde Sicht und Arbeitsweise verinnerlichen.

Lore bereitete mit einem schmaleren Pinsel ein Malachitgrün vor, setzte die Farbe jedoch nicht direkt ins entstehende Bild, sondern zur Prüfung auf einen Rest Leinwand mit derselben Grundierung. Sie verglich die Farbe mit der des Originals und erwog, noch einen Tropfen Türkisblau dazuzugeben oder das Malachit mit Grünspan zu tauschen. Sie schwankte, ob der geringfügige Unterschied, den sie zu sehen glaubte, eine Nuance der gewählten Farbe oder des gegenwärtigen Lichts im Gemäldesaal war. Sie wusste nicht, ob sie den Unterschied sah oder fühlte. Messbar war die Differenz nicht, aber sie registrierte einen abweichenden Empfindungswert. Die Farben waren instabil wie das Licht. *Zwei Affen* verwandelte sich in eine Augentäuschung. Lore wandte sich von der Arbeit ab und begann sich mit Martin zu unterhalten.

»Das Gemälde tanzt aus der Reihe, finden Sie nicht auch? Bruegel hat nichts Vergleichbares geschaffen.«

»Es soll ein Abschiedsgeschenk für einen Freund gewesen sein.«

Martin verkniff es sich, Lore über die Schulter zu blicken, und wandte sich wieder den *Zwei Affen* zu, ihrem Zauber und der unterschwelligen Drohung. Lore Spescha war überrascht, der lange blonde Holländer hatte etwas Gewinnendes, sah aber in seinem Anzug, obwohl er die Manschetten umgeschlagen hatte, etwas zu förmlich aus (oder war er bloß eitel, ein Angeber?). Sie musterte Martin. Er näherte sich dem Bruegel fast ehrfürchtig, stand etwas neben dem Bild. Versonnen, die Hände auf dem Rücken verschränkt. Ein Siegelring, den er um den Finger drehte, fiel ihr auf.

»Als Bruegel das Bild malte, befand er sich in einer schwierigen Lage«, sagte sie, »Umzug nach Brüssel, Heirat. Die angeketteten Affen könnten auf den drohenden, mit der Ehe einhergehenden Verlust seiner Unabhängigkeit gemünzt sein.«

»Glaube ich kaum«, widersprach Martin.

»Glücklich sehen die Affen nicht aus«, stellte Lore fest.

»Im Zoo sind sie munter, lausen einander das Fell und scheinen sich zu amüsieren«, antwortete er.

Mit ganz geradem Rücken saß Lore auf dem Klappstuhl; ihre harten schmalen Malerinnenhände lagen reglos in einem warmen Lichtfleck auf ihrem Schoß.

»Als ich das Gemälde mit sechzehn zum ersten Mal sah, stockte mir der Atem, es führte mir das eigene Elend vor Augen, ich sah, um Ihre Worte zu wiederholen, einem traurigen Ende entgegen. Das Bild weckte dann meinen Fluchtinstinkt.«

»Vor was sind Sie geflüchtet, von wo?«

»Ich passe«, sagte er und grinste. Dabei war Martin gar nicht zum Lachen, hin- und hergerissen zwischen dem Wunsch und der Befürchtung, wieder einmal am Anfang einer Geschichte zu stehen, deren Verlauf er zu kennen glaubte. Die Sonne drang durch das untere Drittel der Fenster flach in den Saal und beschien die Täfelung, das dunkle Holz begann zu leuchten.

»Die Ketten enden in einem Eisenstift. Der Stift ist durch einen kleinen Ring gesteckt worden«, sagte er zu Lore, »ich kenne diese Art der Verriegelung. Es ist ein Knebel. Zieht man den Stift, der den Ring kreuzt, etwas zurück, lässt er sich leicht drehen, und die Verbindung ist gelöst.«

Jetzt verzog Lore das Gesicht zu einer Grimasse.

»Warum grinsen Sie«, fragte Martin.

»Mir geht eben ein Licht auf«, antwortete Lore.

»Und was ist der Grund dafür?«

»Vielleicht Sie.«

Lore kniff die Lippen zusammen, als hätte sie besser geschwiegen. Dann sagte sie: »Ihre Sicht auf das Bild verblüfft mich: Die Äffchen haben sich in ihr dumpfes Schicksal ergeben und gelangen darum nicht zur Erkenntnis, dass sie sich selbst befreien könnten.«

»Sie haben mich durchschaut«, lachte er, »für mich hat das Bild tatsächlich eine Moral. Rette dich selbst. Schauen Sie, beim Äffchen, das rechts hockt, sieht man die Schließe deutlich«, sagte Martin und stellte erstaunt fest, dass die Iris ihrer Augen die Farbe von hellem Rauchquarz hatten.

»Meine Eltern sind sich wegen der *Zwei Affen* in die Haare geraten«, erzählte Lore beherzt, »nach dem Streit saßen sie verbiestert am Tisch und bestraften sich unversöhnlich mit Schweigen; ich sehe die *Zwei Affen* auch als unglückliches Ehepaar, als Beziehungskiste, das Paar hat sich auseinandergelebt und bleibt trotzdem aneinandergekettet.«

»Ich kaufe Ihnen das Bild ab«, erklärte Martin trocken.

Lore lächelte, sie fühlte sich geschmeichelt und war überrascht, wie eindeutig und klar er sein konnte.

»Ihre Kopie ist bestens angelegt«, rühmte er sie, »man sieht gleich, dass Sie eine fabelhafte Malerin sind.«

Lore nahm das Lob gern an, sein Beifall tat ihr gut. Zugleich reizte er ihren Widerstandsgeist.

»Wer sagt denn, dass ich es hergeben möchte?«

»Gehört das nicht zum Metier?«

»Manchmal ist es beinahe unmöglich, sich von einem Bild zu trennen«, lenkte Lore ein.

»Ich bin sicher, dass Sie es mir überlassen, sobald ich Ihnen mein Haus in Amsterdam gezeigt habe, in dem es hängen soll.«

Lore Spescha drückte ein wenig Farbe auf die Palette, ein Bergblau, die Beschäftigung mit der Palette kam ihr gelegen, sie wollte sich ihre Verblüffung nicht vom Gesicht ablesen lassen. Ihre Mimik sollte ihm nicht verraten, was ihr durch den Kopf ging. Doch Martin Holm schien es zu erahnen. Gegen ihren Willen. Ich weiß, was du denkst, drückte sein Gesicht aus, und genau dies ging ihr gegen den Strich. Eingebildeter Kerl. Sie konnte etwas ganz anderes wollen. Das Gegenteil von dem, was er annahm. Das Gewundene ihrer Überlegung verstimmte sie. Trotzdem war es allein ihre Entscheidung, ob sie das Bild behielt oder verkaufte. Was wollte der Typ von ihr? Warum dachte er, sie reise nach Amsterdam, um sich sein Haus anzuschauen? Sie beobachtete ihn, eisig. Trotz seiner Komplimente trat er zu siegessicher auf. Der saloppe Anzug passte dazu. Der für seine Hand zu fein gearbeitete Siegelring, die protzige Uhr (eine schwere Patek aus Genf), die teuren Schuhe, die er im Hotel gewiss auf Hochglanz hatte polieren lassen.

»Auf Wiedersehen, Lore«, sagte er.

Immerhin zeigte er Interesse für ihre Arbeit, erkannte sie als Künstlerin …

»Auf Wiedersehen«, sagte sie und konnte es nicht vermeiden, dabei zu lächeln und mit dem Kopf zu nicken, obwohl sie aus Trotz lieber verneint hätte.

7

Am nächsten Tag regnete es in Strömen. Der Himmel über Berlin war so düster und bleifarben wie der Himmel über Amsterdam; nur verschwand der Regen vor dem Fenster seines Hotels nicht im schlammigen Wasser einer Gracht, sondern schlug heftig auf Asphalt; es hörte sich ganz anders an. Gelegentlich, wenn er an einem tristen Sonntag länger im Bett blieb als unter der Woche, war es ein Ritual: der Regen als Hörspiel. Wie klang es, wenn der Regen auf die mit Teerpappe bedeckte Kajüte der bulligen Hausboote trommelte, die vor dem Haus an der Grachtmauer lagen? Wie hörte es sich an, wenn der Regen in die grünen Kronen der Platanen rauschte, in deren Blattwerk sich erschrockene Vögel versteckten? Martin Holm hatte ein genaues Gehör. Er orientierte sich überall nach Geräuschen, erfasste jeden Raum vom Hall her. Und wenn er irgendwo erlauschte, wie ein Schlüssel sich im Schloss drehte, setzte sein Ohr die Sequenz, die sich lösenden Sperren, in ein Profil um, das er danach aufzeichnen konnte. Geräusche erzeugten Räume randvoll mit Informationen und kryptischen Botschaften. Wenn man die Geräusche eliminierte und die Luken dicht machte, verschwand das Leben. Geräusche hatten für Martin Holm etwas Ermutigendes. Wie Musik. Musik war der Stille abgetrotzt, Balsam. Die Stille war sein Kreuz. Um Stille zu fassen, um Stille einigermaßen auszuhalten, brauchte er Geräusche. Das konnte ein tropfender Wasserhahn sein oder ein Schrei in der Nacht, Stille war ohne die sie strukturierenden Geräusche böse, ein Mysterium. Still und starr. Es stimmte. Stille löschte alles aus. Geräusche waren manchmal lästig und nervtötend, aber schon in Ordnung. Geräusche verknüpfte Martin mit Bewegungen. Stille bedeutete für ihn die Hölle. Das Abdämpfen aller Schallwellen auf null – bis in die monströse Stille. Und die Stille hatte einen Zwilling. Die Dunkelheit. Wenn Martin Holm sich vor etwas fürchtete, wenn ein Zustand ihm Angst einjagte, dann war es die Vorstellung absoluter Dunkelheit, die undurchdringliche Schwärze in einem schalltoten Raum.

Gestern, als er den Gemäldesaal in einer Art geordnetem Rückzugsgefecht verließ und eine unverbindliche Lore Spescha seinen Abschiedsgruß nur zögerlich erwiderte, war er ohne eine besondere Empfindung vom Gemäldesaal hinunter zur Cafeteria gegangen. Er setzte sich an einen der freien Tische und bestellte Kaffee. Das Getränk wurde in einer geräumigen Tasse serviert, war viel zu hell und schmeckte nach nichts. Nicht einmal als amerikanischer Milchkaffee konnte ein derart lasches Gesöff durchgehen. Es verhielt sich zu Kaffee wie Katzengold zu echtem Gold. Martin Holm war soeben bei Lore abgeblitzt und trotzdem nicht zerknirscht. Schlechter Kaffee und eine Abfuhr. Das warf ihn nicht aus der Bahn, vielmehr stachelte es ihn an. Martin Holm war ein hartnäckiger Mensch, unangenehm geduldig und keineswegs ein unvermögender Mann. Er hatte ein Ziel, einen guten Plan und die Mittel zur Verwirklichung. Er winkte die Bedienung herbei, beanstandete etwas borniert den Kaffee. Das lernen die Deutschen nie, dachte er, wie ein anständiger Kaffee zubereitet wird. Die den Kaffee anbelangende Anspruchslosigkeit der Deutschen, man musste darüber hinwegsehen. Seine Laune erhielt erst einen Dämpfer, als Lore Spescha aus dem Saal herunterkam, um eine Pause zu machen. Sie gönnte ihm zwar ein knappes Lächeln, setzte sich aber nicht zu ihm, sondern an einen der kleinen runden Tische, die in der Empfangshalle herumstanden. Lore wählte ihren Platz so, dass er keinen Augenkontakt mit ihr aufnehmen konnte. Da blieb ihm nichts anderes übrig, als ihren Rücken zu betrachten, der bestimmt Bewunderung verdiente, aber in dem blauen Malerkittel kräftig wirkte, wenig anziehend.

In der Nacht war Martin Holm einmal aufgewacht. Der an einer Plane zerrende Wind und der Regen hatten ihn geweckt. Eine Stunde lang lag er schlaflos, suchte nach den Zusammenhängen des Traums, aus dem er gefallen war, fand aber nichts. Die Bilder hatten sich in eine Stimmung verwandelt, die wie ein Chamäleon mit einem Farbwechsel reagierte, wenn er sie zu deuten suchte. Das verwunderte ihn nicht, Martin Holm war ein schlechter Schläfer und ein unbegabter Träumer. Jede Nacht wachte er mehrmals auf, von Traumdeutungen hielt er wenig: Er träumte einen Haufen Unsinn zusammen, daran hielt er fest, mehr war da nicht. Er ging zur Toilette, und die Minute, die er im kalten Neonlicht und mitten in der Nacht in dem weiß gefliesten, mit zu vielen Spiegeln ausgestatteten Bad vor dem Klo stand, den weichen Penis in der Hand, und hörte, wie sein Strahl laut ins sich dabei verfärbende Wasser der Schüssel traf, kam ihm sehr lang vor, lang genug, um sich einsam und verlassen zu fühlen. Als er wieder ins Bett stieg, dachte er, es sei viel zu groß für eine Person, man konnte sich darin verlieren, man konnte in dem Bett lange und vergeblich nach einer versteckten Frau suchen. Er hörte ein Flugzeug, also brach bald der Tag an. Martin Holm stellte sich vor, in der Nacht über Berlin zu fliegen. Ob er vom Flugzeug aus die Teilung der Stadt bemerkte? Ob Berlin wahrnehmbar eine unterschiedliche Beleuchtung und Lichtfülle hatte? Mehr Lux im Westen als im Osten. Mehr Mondschatten im Osten als im Westen? Bei der Landung vor drei Tagen hatte er die Teilung der Stadt kurz vergessen. Waren überhaupt Mauerteile zu sehen gewesen? Und beim Flug über das Land hohe lange Zäune, dass man hätte denken können, elektrisch geladene Zäune hinderten Vieh am Weglaufen (es soll nicht in die Felder der Nachbarn einbrechen und sie abgrasen). Ein Reisender bemerkte nicht gleich, dass Westberlin eine Insel war. Das Auge blendete den wahren Status aus, stellte Normalität her. Zu sehen gab es Häuser, Straßen, Menschen, Verkehr. Das Vorwissen zog die Mauer hoch, machte sie sichtbar und riesig. Mit dem Bild *Zwei Affen* als Anhaltspunkt, etwas bang, er betrat ja vermintes Gelände, jedoch ohne Gedanken an eine neue Frau oder gar Liebe, war er in Berlin eingetroffen. Martin Holm verliebte sich nicht so leicht; seit Jahren war es nicht mehr der Fall gewesen; du hast es nicht zugelassen, dachte er, jetzt aber, ahnte er, war er an eine Frau geraten, die den Code, ihn zu knacken, kannte. Das Herz ein Safe. Lore Spescha hatte die Kombination instinktiv erfasst und probierte mit den Zahlen herum, als wüsste sie selbst noch nicht, dass sie stimmten.

Er saß im freundlich hellen Frühstücksraum seines Hotels und blätterte in der Zeitung, überflog Schlagzeilen, las einen Bericht über Kindersoldaten in Angola an. Er war die deutschen Zeitungen nicht mehr gewohnt, vermisste sein »NCR Handelsblad«. Sogar »De Telegraaf« hätte er in Berlin als Lektüre akzeptiert. Von der türkischen Bedienung ließ er sich schwarzen Tee bringen, er hatte sich geschworen, in Deutschland keinen Kaffee mehr zu bestellen, die dünne Filterbrühe verursachte ihm Magenbrennen. Das Buffet war reichlich, er holte sich Schinken, Wurst und mit Körnern durchsetztes Mischbrot. Es schmeckte ihm, Wurst war eine Stärke der Deutschen. Leberwurst und Rauchschinken und Landbrot aus Thüringen. Er liebte das. An den Wänden hingen gerahmte Fotos, winterliche Stadtansichten, rund um den Potsdamerplatz, die Grandhotels Bellevue, Fürstenhof, Rheingold, Esplanade in den zwanziger Jahren. Die Aufnahmen erinnerten Martin Holm an seine Eltern. Im braveren Segment des wilden Berlin hatten sie sich altmodisch verlobt; nach Thüringen zogen sie, als der Vater als Ingenieur bei BMW in Eisenach Arbeit fand. Die Vorstellung, das junge Brautpaar Holm könnte von Duke Ellington und den »Chocolate Kiddies« gewusst, gar eine Show von Josephine Baker besucht haben, erheiterte ihn. Sein Papa im Gehrock mit Zylinder gäbe eine komische Figur, seine Mama im kniefreien Kleidchen konnte er sich gut vorstellen. Zugleich stimmte ihn die Unwahrscheinlichkeit traurig. Die Fotos waren leicht gelblich, aber gestochen scharf. Auf den Dächern der berühmten Hotels lag Schnee.

Martin Holm blieb unter dem Vordach des Hotels stehen, zögerlich, derart stark war der Regen. Nasse Füße, das musste er nicht haben. Noch hing er den Fotos der legendären Blütezeit nach, dem matten Bronzeton, und überlegte, während er zur Probe den Schirm aufspannte, ob der Schnee in der geteilten Stadt im Osten wohl länger auf den Dächern liegen blieb als im Westen, wo er wegen der besseren Heizungen bestimmt rascher davonschmolz. Der Regen trommelte auf das gläserne Vordach, eine kleine, von Stahlpfeilern getragene Kuppel. Er schaute hoch und sah, wie die Regenschnüre vom Widerstand, auf den sie trafen, verformt und zerstört wurden, fette Tropfen platzen. So könnte er als Zuschauer auch vor der Mauer stehen. Nichts von ihr war jetzt zu sehen. Aber sie stand da. Es gelang ihm nicht, sie wegzudenken. Die Teilung hatte etwas Aufdringliches. In einem Areal seines Gehirns war sie sichtbar, als sei da in einem weitläufigen Haus ein Zimmer, in dem immer das Licht brannte. Sein Gehirn, dachte er, sei wie eine Walnuss gebaut, es bestehe aus zwei fast symmetrischen Hälften. Die eine Hälfte mochte von Ostberlin nichts wissen. Sie funktionierte wie die verkehrte Kopie des DDR-Stadtplans, auf dem der Westteil ein weißer Fleck ohne Häuser, Straßen und Plätze war.

Sobald er sich überlegte, Richtung Bahnhof Friedrichstraße oder Heinrich-Heine-Straße zu gehen, wurden seine Schuhe schwer, die Gravitation nahm mit jedem Schritt zu. Martin Holm wollte seinen Reisepass keinem Grenzsoldaten vorlegen müssen, ergeben wartend, während der Mann Seite um Seite umblätterte und willkürlich Fragen stellte, bevor er den fetten Stempel der DDR hineindrückte. Einen Schandfleck. Einen Echtheitsbeweis. Ein mit dem Stempel der DDR versehener Pass galt auf der ganzen Welt als garantiert nicht gefälscht, einer schärferen Kontrolle wurde ein Pass nirgendwo unterzogen. Hinter der Mauer lag für ihn zuallererst Thüringen, Eisenach, Merkers und Bad Salzungen: Orte, die aufzusuchen ihm schwerfiel, seit nach dem Krieg alle Bemühungen, seine Familie wiederzufinden, gescheitert waren. Die abgeschnittenen Orte waren mehr als bloß Stadtteile, unzugänglich, obwohl er einen gültigen Reisepass besaß und einen Passierschein beantragen könnte. Martin Holms Grundfrage war, ob er Deutscher oder Niederländer sei. Welche Sprache sollte er sprechen, wenn er den Pass vorwies? Wer bist du, woher kommst du, wohin geht die Reise? Zurück zu den *Zwei Affen*. Er hatte einmal gelesen, dass ein Chemiearbeiter in eine Wanne mit Salzsäure gestürzt und darin restlos aufgelöst worden sei. So spurlos konnten die Orte seiner Kindheit und Jugend (Eisenach, Bad Salzungen und Merkers), obwohl hinter dem Eisernen Vorhang, umstellt von der Mauer und abgeschottet von Wachhunden, nicht verschwunden sein. Er fühlte sich wie einer, der das sinkende Schiff im letzten Augenblick noch verlassen hatte und vom Rettungsboot aus zusah, wie es absoff. Wenn er zurückkehrte, um das Wrack zu heben, zumindest um ein paar ihm wichtige Dinge zu bergen, müsste er als Taucher mit dem Senkkasten in die Tiefe hinabsteigen. Er stellte sich vor, es zu tun. Er stellte sich vor, es zusammen mit Lore Specha anzugehen. Ich zeige dir etwas, würde er sagen, komm, wir haben keine Zeit mehr zu verlieren, und in Taucheranzügen sprängen sie ins Wasser. Und bei dem Tauchvorgang versuchte er, Lore seine Geschichte zu erzählen, Lore vorzubereiten auf alles, was sie gleich zu sehen bekäme, aber dort, tief unten, war es ja stockfinster, und unter Wasser und im Taucheranzug mit Maske war das Erzählen umständlich, fast unmöglich: Hörte sie ihn denn, verstand Lore ihn?

Unter der gläsernen Kuppel, die Regenwand vor Augen, glaubte Martin Holm die Mauer zu spüren, ihre Wucht. Ihm war nicht geheuer. Er dachte hier viel mehr daran als in Amsterdam, zu Hause war sie weniger massig, weniger hoch. Aus einem Taxi, das im Schritttempo vorgefahren war, stieg ein Paar. Der Mann spannte den Schirm auf, hielt ihn mit beiden Händen fest, der Wind drohte ihn umzustülpen. Die Frau suchte unter den Schirm zu flüchten und zugleich den Pfützen auszuweichen. Beide wirkten unbeholfen, Tänzer, die einander in die Quere kamen. Er kämpfte um den Schirm, sie dachte, er verliere den Wettstreit, und rannte los, direkt auf den Eingang zu, Martin Holm müsste nur die Arme öffnen, um sie zu empfangen. Als sie ankam, war sie bis auf die Haut nass und flüchtete gleich ins Foyer. Der Mann, mit dem Schirm beschäftigt und ebenfalls durchnässt, folgte ihr und machte eine Geste, als habe er sich zu entschuldigen. Martin Holm überlegte, nochmals auf sein Zimmer zu gehen und das Ende des Unwetters dort abzuwarten. Die noch jungen Bäume vor dem Hotel hielten alle auf die gleiche Weise eine groteske Schieflage. Die Autos pflügten durch das Wasser. Farbiges Licht spiegelte sich in der Nässe. Scheibenwischer arbeiteten mechanisch und ohne Wirkung gegen das Regenwasser, das in Kaskaden über die Frontscheiben lief und den Fahrern die Sicht nahm. Es war fast unmöglich, den richtigen Weg zu finden, auf Kurs zu bleiben. Einige gaben das blinde Navigieren auf, hielten am Straßenrand an. Vor dem eleganten Hotel parkte noch immer das Taxi, der Fahrer blieb im Auto wie in Gewahrsam sitzen. Unter der Regenglocke war Berlin wieder vereint, das Wasser versickerte in den Auffangsystemen.

8

Das Unwetter entlud sich über Berlin, ein meteorologischer Scherz. Lore Spescha wartete im Hotel auf eine Lücke zwischen den Güssen, die sie nutzen wollte. Augen zu und durch. Sich unter dem Schirm duckend, machte sie sich hartnäckig auf den Weg vom Hotel zur U-Bahn. Der Regen prasselte herab, die Stadt war dabei sich zu verflüssigen, sie wurde geflutet, aber Lore hatte sich nie von etwas abhalten lassen, sie wollte ihre Zeit nutzen, es zog sie dringend nach Dahlem. Trotz Schirm, Regenschutz und fester Schuhe kam sie sich wie ein Kamikaze vor, eine Getriebene ohne Freiheit, die sich ihren Zweifeln verschloss. Sie hoffte auch, dass bei diesem

Wettersturz kaum jemand sich aufraffte und das Haus freiwillig verließ, schon gar nicht, um weit in die Vorstadt hinauszufahren und das Museum zu besuchen. Die alten Meister konnten warten. Sie behaupteten ihren Platz, er war ihnen sicher, und liefen einem nicht davon. Bruegels *Zwei Affen* hatte schon mehr als eine Sintflut und Schlacht überstanden. Länger als 400 Jahre war dieses Gemälde unversehrt geblieben. Wo auch immer es hing oder verwahrt wurde. Niemand wusste darüber Bescheid, es gab keine lückenlose Aufzeichnung. Wahrscheinlich war das berühmte Gemälde für hundert und mehr Jahre unauffindbar gewesen, verschollen wie andere Bruegels; und das könnte sich wiederholen. Es war in Vergessenheit geraten und hatte auf dem Dachboden eines Schlosses in einem massiven Bilderschrank überdauert, zu dem es keinen Schlüssel mehr gab. Das kleine verletzliche Kunstwerk, eine dünne Haut aus Ölfarbe, die man mit den Fingernägeln wegkratzen könnte, trotzte der Zeit, wirksamer als Bauwerke aus Stein und Eisen, die zermalmt wurden, und tausendjährige Reiche, die gewaltsam aufflogen und als Asche herabregneten.

Dass die U-Bahn nach Dahlem-Dorf ausfallen könnte, wurde Lore erst klar, als sie im halligen Bahnhof die lauten und sich widersprechenden Durchsagen hörte und die Anzeigen von Ausfällen, Umleitungen und Verspätungen las, einige Strecken waren lahmgelegt. Zwei Stockwerke unter der Straße, im Untergrund, war es laut, feucht und kalt. Alles sah ärmlich aus, vernachlässigt. Trübes Licht, beschlagene Fliesen. Die Botschaften der Werbung. Eine schmierige Schattenwelt. Auf den vor Schmutz starrenden Boden setzte sich nicht einmal ein verlauster Hund. Als der Zug dann kam, stiegen mit Lore nur zwei Frauen ein, es miefte nach nassem Haar, nasser Kleidung und verschwitzten Körpern. Die in Gullys abfließende Wassermenge überschwemmte bestimmt die Kanalisation und trieb die Ratten ans Tageslicht. Die Frauen setzten sich Lore gegenüber. Sie waren wie Original und Kopie. Lore könnte die eine Frau malen und das Porträt der anderen schenken, sie würde es nicht bemerken. Beide trugen bis zu den Knien umgekrempelte Jeans, offene, von der Nässe aufgeweichte Schuhe mit Plateausohlen und rot getupfte T-Shirts. Sie waren Lore schon auf dem Bahnsteig aufgefallen, die Blümchen auf den Taschen ihrer mageren Hintern. Die eine Frau trocknete mit dem Ärmel ihr Gesicht, in dem die dunklen Kuhlen unter den Augen wie Daumenabdrücke in Wachs aussahen, und wiederholte auswendig die Lottozahlen. Statt der eins hatte sie die zwei angekreuzt, anstatt der neun die zehn. Sie schüttelte den Kopf. Verstehst du das? Beide waren gleich dünn und hatten dasselbe schwarze stachlige Haar, einen Bürstenschnitt wie ein Mann. Ich hatte bei jeder Zahl plus eins, was das wohl bedeutet? Bedeutet es, dass ich ganz nah dran war? Bedeutet es, dass ich beim ... Es bedeutet gar nichts, sagte ihre Freundin ruppig und kramte im Chaos ihrer Handtasche herum, bis sie einen Kaugummi fand. Wenn du kein Auto besitzt, ist es scheißegal, ob es kein VW oder kein Rolls-Royce ist. Sie wickelte den Kaugummi aus dem Papier, er hatte dieselbe Farbe wie ihr Lippenstift, pink, und schob ihn in den schmalen Mund. Lore erspähte die bewegliche Zunge, die gleich begann, den Streifen zu bearbeiten, sie war gierig und dick und das blasse Rot hatte einen Blaustich.

Der Platzregen war in Dahlem weniger heftig. Das Wasser versickerte im dunklen Schotter zwischen den Gleisen. Asphalt, Stein, Ziegel und Metallteile glänzten, der heftige Regen hatte sie gewaschen, den Staub, die Blütenblätter und den Ruß wie ein Hochdruckgerät weggespült. Der Sturm hatte es auf die Stadtmitte abgesehen und die Randlage verschont. Ein paar Bäume waren zerzaust und Blumenbeete, klebrige Akazienblüten sammelten sich im Rinnstein, ein weißer Matsch. Nun klarte der Himmel auf, irgendwelche Kräfte pumpten ihn mit Blau voll, die Felder dampften, und Regenschirme waren nichts anderes mehr als nasse Dinger, mit denen niemand gern in Berührung kam. Lore Spescha hatte sich mit Abmischungen von Brauntönen beschäftigt, die Körper der beiden Affen modelliert. Sie arbeitete allein im Gemäldesaal, so hatte sie es sich gewünscht, und war doch unruhig, es gelang ihr nicht, sich ganz auf die Malerei zu konzentrieren. Jedes Geräusch, das einer der Wärter machte (oder der Wind), lenkte sie ab, mehr noch, sie verknüpfte es mit Gedanken an Martin Holm, sie wartete doch nicht etwa auf ihn? Lore Spescha ärgerte sich über sich selbst, tatsächlich hatte es dieser Mann geschafft, sich nicht nur in ihre Welt einzuschleichen, sondern sich darin festzusetzen, er war in ihrem Kopf, ein Schatten, ein Farbtupfer, ein Hauch, ein vibrierender Ton. Er war wegen desselben Bildes wie sie nach Berlin-Dahlem gereist, dafür erhielt er Pluspunkte. Er hatte ihr das Angebot unterbreitet, die Kopie zu erwerben, von der sie selbst noch nicht einmal wusste, ob sie gelang. Sein Interesse schmeichelte ihr, obwohl es nicht ungewöhnlich war. Kopien alter Meister verkauften sich gut, jedes Mal, wenn sie im Museum arbeitete, sprach jemand sie an, der das Bild unbedingt zu kaufen wünschte. Die *Zwei Affen* bildeten gewiss keine Ausnahme. Aber gerade dieses Bild wollte sie nicht hergeben. Lore kopierte den Bruegel für sich selbst.

So ambivalent hatte sie noch nie reagiert, so überfallartig war noch nie ein Mann in ihr Leben gekommen. Lore war sich im Unklaren, von was zu viel und wovon zu wenig vorhanden war; zu alt, sein Alter, dieser Mann war zu alt für sie und sollte sie gefälligst in Ruhe ihre Arbeit verrichten lassen. Tat er das nicht? Warum lösten sein Interesse und sein Haus in Amsterdam solche Überlegungen in ihr aus? Am liebsten vergäße sie ihn auf der Stelle. Wäre er doch eine Figur auf einer Zeichnung, dann könnte sie ihn ausradieren. Aber das war er nicht. Obendrein konnte bei der Tilgung ein Geschmier entstehen, das feinkörnige Papier aufgeraut und verletzt werden. Dann wäre die Zeichnung verdorben, dann bliebe darin, wie vergrößert unter der Lupe, nur mehr das Verschwundene, das, von dem es bloß noch die Spuren der Auslöschung gab. Es sei denn, sie hätte das Pech (oder wäre es ein Glück), dass hinter der verwischten Stelle das Gesicht Martin Holms durchschimmerte und in ihrem Kopf wie ein gestochen scharfes Bild dastünde. Sie wischte ihre Bedenken beiseite, wollte sein Angebot annehmen und ihm vorschlagen, eine zweite Kopie für ihn zu malen. Sie beschloss einen satten Preis dafür zu fordern und war, nach ihrer Entscheidung, plötzlich auch neugierig auf sein Haus in Amsterdam, ja, sie konnte sich eingestehen, dass sie es immer gewesen war, und stellte sich den Raum vor, in dem ihr Bild dann hängen würde. Die Möglichkeit, mit Martin Holm einen ersten Sammler zu gewinnen, stimmte sie zuversichtlich. Die Freiheit war ohne Geld nicht zu erreichen, Lore musste Käufer finden; und natürlich wollte sie auch erfahren, warum dieser Mann hinter dem kleinen Bild her war.

Der Affe links auf dem Gemälde, der mit dem roten, mützenartigen Scheitel, mit schwarzen Knopfaugen und weißen Augendeckeln, von dem Lore angenommen hatte, er schaue in den Raum hinein, er hege eine Erwartung und schaue den Betrachter mit ausdrucksvoll fragenden Augen an, blickte jetzt nach innen, war ganz in sich gekehrt. Je länger sie das winzige Gesicht betrachtete, umso mehr nahm es menschliche Züge an. Der Affe war scheu und verschüchtert, eingeschüchtert von all dem, was um ihn herum geschah. In der Freiheit müsste er zugrunde gehen wie in der Gefangenschaft. Er erinnerte sich an einen tropischen Wald in Afrika. Insofern Affen ein Gedächtnis besitzen, das derartige Eindrücke speichert, überlegte sich Lore. Vielleicht kehrte er aus einer Ahnung heraus dem offenen Hintergrund des Bildes den Rücken zu. Der zweite Affe, im Profil und mit gesenktem Kopf dargestellt, starrte, wenn er die Augen nicht sogar geschlossen hielt, den Boden an, er hockte da wie in Trance. Gleich beginnt er, wie ein geistig Behinderter, mit dem Körper zu schaukeln, vor und zurück, stellte Lore sich vor, und das berühmte Gedicht vom Panther fiel ihr ein, der in seinem Käfig hin und her wandert und sich im allerkleinsten Kreise dreht *(ihm ist, als ob es tausend Stäbe gäbe und hinter tausend Stäben keine Welt)*. Die beiden Affen kauern unter einem niedrigen Mauerbogen, an Ketten gebunden, die in der Mitte der Bodenplatte an einem eisernen Ring befestigt sind. Das war die Konstellation, Lore hatte sie fest umrissen. Aber nun drehte es sich um Nuancen und Empfindungen. Im Gegensatz zu dem gefängnisartigen Vordergrund öffnet sich im Hintergrund des Bildes der Mauerbogen zu einem Fenster, das den Blick auf einen breiten, von Schiffen befahrenen Fluss freigibt. Zu erkennen sind Umrisse einer Stadt und eine sich im bläulichen Himmel verlierende Weite. Die Anordnung der Kirchtürme, die mittelalterliche Silhouette, lassen den Schluss zu, dass es Antwerpen ist. Aber, und das beschäftigte Lore Spescha mehr als die lokale Zuordnung, die Farbe schillerte und schimmerte, sie war instabil, ein Türkis oder Grünspan, sie entzog sich, sie ließ es zu, dass das Licht mit ihr spielte, und für Lore, die Kopistin, war dieses permanente Schillern quälender als die konkrete Frage, was uns Bruegel mit seinem Miniaturbild sagen wollte, zu dem keinerlei weiterführende Mitteilungen oder klärende Hinweise von Seiten des Künstlers vorlagen. Letztendlich war es genauso absurd, die Farbe, die Bruegel im Auge hatte, zu fassen, wie wissen zu wollen, was sein Anliegen war. War es bedeutsam? Gab es Botschaften, die Gültigkeit über Jahrhunderte behielten? War es schlimm, wenn Pieter Bruegel uns heute nichts mehr zu sagen hatte? Wenn wir seine Sprache nicht verstanden? Nicht die Allegorien seiner Zeit? Und war das Bild weniger wichtig, falls Bruegel damit nie etwas hatte aufzeigen wollen? Weil einzig die Malerei sein Anliegen war? Doch Lore konnte sich nicht vorstellen, dass Bruegel, Meister und Mitglied der Malergilde Antwerpen, beim Malen keine Absicht hatte: Das war zu modern gedacht. Der Moralist Bruegel wollte immer eine Geschichte erzählen, aber der Begriff *Geschichte* war auch ein Wort aus unserer Zeit, es ging ihm um ein Sinnbild, um eine Paraphrase, um das Gleichnis. 1562 hatte Kunst ohne Zweck und Ziel, ohne allegorische Bedeutung keine materielle und geistige Grundlage, die meisten Gemälde malte Bruegel im Auftrag, und seine reiche und mächtige Kundschaft hielt mit Vorgaben nicht zurück. Im Affen erkannte der Mensch im Mittelalter ein Stück seiner eigenen Natur, seiner Leidenschaften und seiner Triebe. Die *Zwei Affen* symbolisieren den Menschen, der in tierische Versklavung geraten ist, weil er sich nicht von christlichen Werten hat leiten lassen. Die Gemälde jener Zeit waren, je nach Genre, mit Symbolen und Inhalten bestückt, der Künstler konnte sich ganz der Form, ihrer Ausgestaltung und der malerischen Ausführung widmen. Es ging jedoch nicht zuerst um seine Sicht der Dinge. Die Malerei galt als Handwerk. Der Lehrmeister hatte dem Schüler Bruegel geraten: »Was im Leben nicht schön ist, sollst du in der Kunst vermeiden. Und die Schönheit des Lebens ist nicht vollkommen, wir Künstler vervollkommnen sie. Wenn du das nicht verstehst, wirst du dein Leben lang Farbe reiben, ein Knecht bleiben und Leinwand grundieren. Du musst idealisieren.« Das Gemälde *Zwei Affen* erfüllte diese Maxime nicht. Ebenso wenig verfolgte Pieter Bruegel tierschützerische Anliegen, 1562 litt man nicht mit *süßen* Äffchen. Aber es zeigt sich in den meisten seiner Bilder der Moralist. Mit der Darstellung eines als unabänderlich empfundenen Zustandes hätte Bruegel sich niemals zufrieden gegeben. Lore schloss sich Martin an, doch ließe sich die Fessel wirklich so leicht lösen? Kleinen Affen, hatte Martin erklärt, habe man damals eine Kette um die Lenden gelegt, einen Lederriemen hätten sie durchgebissen. Mit einem Lächeln gestand er, Fachmann für Schließsysteme zu sein.

Das Bild tauchte zuverlässig in ihrem Leben auf, wenn sie zu wenig Spielraum hatte. Freiheit müsste die Norm sein, eine Selbstverständlichkeit. Bevor der Vater das Puzzle nach Hause brachte, hatte sie sich nie den Kopf darüber zerbrochen. Es fiel ihr wie Schuppen von den Augen, als das Bild zusammengesetzt war und die Mutter und der Vater sich in die Haare gerieten: Du bist ein abhängiges und gehorsames Kind. Viele Abende hatten sie gebraucht, um das Bild zusammenzufügen. Sie sortierten tausend Teile nach Farben, nach Ecken, mutmaßten, da sie keine Vorlage besaßen, was das Ganze wohl darstellen sollte, und kamen nur stockend voran. Dem Vater ging schon bald die Geduld aus. Bis dann Lore das Sujet erahnte. In der Schule hatte sie eine Abbildung gesehen, ein paar Puzzleteile, die Kettenglieder, das zwergenhafte Affengesicht, riefen ihr das Kunstbuch wieder in Erinnerung. Sie durfte den Band nicht nach Hause mitnehmen. Der Lehrer erlaubte ihr jedoch, die Abbildung mit Buntstiften abzuzeichnen. Sie verbrachte den schulfreien Nachmittag damit, während der Lehrer Hefte korrigierte, und erlebte, wie schwierig und befriedigend es war, ein Kunstwerk zu kopieren. Der Keim ihrer Liebe zu Gemälden war nun gelegt, der Wunsch geweckt, eine Malerin zu werden. Eine Künstlerin, die nicht Blumen, Landschaften oder Pferde malt, sondern Bilder von Bildern. Am Abend verblüffte sie ihren Vater. Wie leicht sich die Teile des Puzzles plötzlich zusammenfügten. Lore verriet nicht, dass sie das Bild gesehen und abgezeichnet hatte, sie wollte ihrem Vater imponieren, er sollte über sie staunen. Lore schien es den Teilen anzusehen, wohin sie gehörten, die Lücken schlossen sich wunderbar. Lore sonnte sich in Vaters Lob und genoss seine Aufmerksamkeit. Der Vater liebte sie und bewunderte seine kleine Tochter. Ihre Vorstellungskraft verblüffte ihn. Als Lore, lang bevor die Eltern das Sujet erkannten, mit einem Lächeln sagte, »es sind bestimmt zwei angekettete Affen«, klatschte der Vater in die Hände, als wollte er applaudieren. Doch dann geschah etwas Unerwartetes. Die Mutter, eine ohnehin zurückhaltende Frau, war immer stiller geworden. Sie hatte sich kaum mehr beteiligt, Mann und Kind die Teile suchen, sortieren und ineinanderfügen lassen. Doch als das Puzzle zusammengesetzt auf dem Tisch lag, herrschte sie ihren Mann ungewohnt streitlustig an, als müsste sich ein über lange Zeit gestauter Groll entladen: »Wir beide. Das sind wir zwei. Du kannst wählen, welcher der Affen du bist.«

Jetzt wählte Lore Spescha einen feinen Pinsel, um die Vögel zu malen, die man auf den ersten Blick fast übersah, so winzig waren sie, ferne Vögel, zwei etwas größer, aber immer noch viel kleiner gemalt als die Nussschalen neben den Affen. In den beiden Vögeln hatte sie als Kind die Hoffnung gesehen und die Verkörperung der Freiheit, sie stellte sich als Mädchen vor, die Herzen der beiden Affen seien in die zwei Vögel geschlüpft und flögen mit ihnen fort. Auf jener Kinderzeichnung, die sie im Klassenzimmer anfertigte, waren ihr die Vögel zu plump geraten, sie ähnelten schwerfälligen Papierfliegern.

Als sie das Bild in der Schule aus einem Kunstbuch kopierte, hatte sie eine Entdeckung gemacht. Zunächst hatte sie es angeschaut und sogleich Mitleid mit den armen Kreaturen empfunden. Menschen hatten sie gefangen und angekettet, sie hasste Tierfänger und Tierquäler. Als Lore dann versuchte, das Bild zu kopieren, fiel ihr auf, dass sie beim Abzeichnen den Äffchen näherkam als beim Anschauen. Mit dem Stift das Fell schraffieren war – wie das Fell streicheln. Aber ihre Haltung veränderte sich. Schaute sie das Bild lange an, schossen ihr Tränen in die Augen und sie hätte am liebsten wegen der Äffchen und wegen sich selbst losgeheult. Sobald sie mit den Stiften arbeitete, ließ dieser Drang nach. Aus Nähe wurde Distanz, aus Anteilnahme wurde Versunkenheit. Sie brauchte beides zugleich. Lore suchte die Linie für den Rücken, wählte

Farben, beobachtete, verglich, sie übertrug die Form des Gesichtes auf ihr Blatt. Bei diesem Transfer trat das Weinen in den Hintergrund, die Tränen versiegten. Zeichnen und Weinen schlossen sich aus. Solange sie nur schaute, kroch sie zu den Äffchen in die Fensterwölbung, beim Zeichnen blieb sie davor. Sie bannte den Gegenstand, stellte ihn vor sich hin, um ihn ganz wahrzunehmen. Sie vergoss nicht heiße Tränen, der Blick kühlte ab. Lore verstand, dass Zeichnen der beste Schutz vor Schmerz war.

Sie unterbrach die Arbeit, die Hand zitterte, es war fast unmöglich, die Vögel ohne Stütze für den Arm zu kopieren. Als Bruegel sie malte, musste er eine ruhige und sichere Hand gehabt haben, er war damals ja auch nur zwei oder drei Jahre älter als Lore jetzt. Ihr Unvermögen verstimmte sie. Lore riss sich von dem vollkommenen Gemälde los, das vor ihr hing, wandte sich von der angefangenen Kopie auf der Staffelei ab und versuchte, auch die verschiedenen Abbilder in ihrem Gedächtnis zu verscheuchen, von denen keines das Entrückte, Schwebende, diese Verletzlichkeit suggerierte, die das Original besaß: Die schlichten Abbilder und banalen Kunstdrucke, die sie kannte, waren handfest, sie wirkten sogar stärker, dinglicher, anhaltend, weil sie zum Konglomerat ihres Lebens gehörten, während Bruegels Meisterwerk, in dessen Nähe sie sich seit einigen Tagen aufhielt, das sie mit dem Finger berühren könnte (wenn sie sich getrauen würde), Jahrhunderte von ihr entfernt lag, in einem Zeitschacht, tief versunken, in seiner verführerischen Ferne und Unerreichbarkeit irrealer als die farbstarke Kinderzeichnung, die sie in einer Mappe aufbewahrte, und das derbe Puzzle vom Flohmarkt in Amsterdam in einer Dose aus Blech.

Lore Spescha trat ans Fenster, jetzt, am späten Nachmittag, erinnerte nichts mehr an die Sturzflut, abgesehen von mehreren flachen Pfützen im Hof, in deren Mitte das monumentale Sanchi-Tor thronte; Lore wusste nicht einmal, ob auf den mit Figuren und Ornamenten reich verzierten Sandsteinsäulen neben den Tänzerinnen und Elefanten auch Affen dargestellt waren. Dort unten, beim Tor und inmitten glitzernder Pfützen, ging Martin Holm und schaute zum verschlossenen Fenster hoch, hinter dessen Gitter Lore Spescha stand. Es war unmöglich, dass er sie sah oder erkannte. Aber er wusste, dass sie dort war. Lore gefiel der Gedanke, er habe seinen Auftritt inszeniert. Martin Holm durchschritt das Sanchi-Tor genau in dem Augenblick, in dem sie in den verwunschenen Hof hinunterschaute. In der Abfolge der Zeit, das wusste Lore, im Verlauf der Jahre ergab die Summe der kleinen Zufälle, die einem laufend zustießen, jenes Ding, das man ein Schicksal nannte. Das Unausweichliche. Sie wusste auch, was sich anbahnte, wohin sie steuerte, wohin es führte, es war nicht mehr aufzuhalten. Doch der Mann schlug die falsche Richtung ein, statt sich dem Museum zu nähern, entfernte er sich davon.

9

Wenn Martin Holm überschlug, wie viele Liter Regen pro Quadratmeter gefallen waren, und ihr Gewicht in Tonnen berechnete, fand er es als Ingenieur bemerkenswert, dass Berlins Kanalisation diesem Andrang standhielt. Am Nachmittag sah der Himmel gereinigt, glasklar, federleicht aus. Mit dem Taxi war Martin nach Dahlem hinausgefahren, er fühlte sich heute den deprimierenden Geisterbahnhöfen nicht gewachsen. Dann bedrängte der Taxifahrer ihn, berichtete von umgestürzten Bäumen und notwendigen Umwegen, von überfluteten Kellern und dem Einsatz der Feuerwehr, deren durchdringend hohe Sirenen und Dreiklang-Hörner noch jetzt überall zu hören waren. Katzen seien vor überschäumenden Gullys auf Bäume geflüchtet und vom Wind von den Wipfeln auf Dächer geweht worden. Der Platzregen habe die Vögel erschlagen, Tauben und Sperlinge seien tot vom Himmel gefallen. Auch kein Flugzeug kam mehr hoch, der Flughafen stellte den Betrieb ein. Die Transporter und die Passagierflugzeuge, in einer Blase dichten Regens, sahen aus wie bewegungslose Wale. Die Luftbrücke, Berlins Lebensader, war unterbrochen, tot. Totalausfall. Und nun, ein paar Stunden später, schien alles fast wieder wie zuvor, so als sei nichts gewesen, ein Sturm im Berliner Wasserglas, die Luft trug die Vögel wieder, die Feuerwehr rettete Katzen, das Blau war gnadenlos rein. Im Hotel, als die Außenwelt noch wackelte, hatte Martin auf seinem Zimmer einen kurzen Brief geschrieben. Er saß am Sekretär aus rötlicher Buche, schrieb mit einem Kugelschreiber auf Papier mit dem Briefkopf des Hotels, das auf einem Set aus sattgrünem Leder lag. Der gelbe Schein einer Tischlampe fiel auf seine breiten, blond behaarten Hände und wärmte die käsige Haut. Nichts lenkte ihn vom Eigentlichen ab, vom entspannten Gang der Gedanken, vom Akt, sie mit einem lockeren Schwung schriftlich einzufangen, solange er nicht den Kopf anhob, seinen Blick, denn vor ihm hing ein Spiegel, und sich selbst im Spiegel betrachtete.

Liebe Lore, –

Martin Holm hatte die Sache hin und her gewendet und sich am Ende seiner Überlegungen, die einer Selbsterforschung näherkamen als einem Kalkül, fest entschlossen, seiner inneren Stimme zu folgen und den Gemäldesaal, in dem Lore arbeitete, heute nicht zu betreten, obwohl er dann auch den Bruegel nicht sehen, die *Zwei Affen* nicht besuchen konnte. Er faltete den beschriebenen Bogen, steckte ihn zusammen mit Fotos aus seiner Brieftasche in den Umschlag und klebte ihn zu. Der Verzicht fiel ihm schwer. Doch den

Bildersaal nicht zu betreten war auch ein Sieg der Vernunft. Der kleine Bruegel war eine Großmacht in seinem Leben. Und Lore, zunächst ein Störfaktor und lästiges Element, entpuppte sich als neue Hauptfigur. Dazu als Lockvogel, sie lockte ihn von dem Bild weg zu sich hin und war mit dem Bild doch verbunden. Unwillkürlich musste er an Bruegels *Die Vogelfalle* denken und an sein Gemälde *Die Elster auf dem Galgen*, überhaupt an die wunderbaren Vögel, die durch seine Bilderwelt flogen. Gesprächsstoff für Lore und ihn. Nein, jetzt nicht. Um seinen Willen zu stärken, stellte er sich beim Eingang in den Gemäldesaal ein Schild vor: Bitte nicht stören. Im Museum angekommen fiel es ihm dann unendlich viel schwerer als vermutet, sich an seinen Vorsatz zu halten. Was im Hotel klar und eindeutig zu sein schien, wie in Stein gemeißelt, kam ihm vor Ort bröckelig vor, die Argumente zerfielen. Warum wagte er es nicht, Lore Spescha zu stören und unbekümmert auf sie zuzugehen? War der Verzicht wirklich notwendig? Du möchtest ihr etwas Bedeutsames sagen, weichst aber aus. Ob er nicht umdenken, sein Urteil revidieren sollte? Nein, er blieb definitiv bei seiner Meinung, stieg nicht die Treppe hoch, trat nicht durch die Tür, ging nicht über das dunkle Parkett, um Lore gegenüberzutreten. Um vor der Frau und vor den *Zwei Affen* theatralisch auf die Knie zu sinken. Er sah das wie eine noch ungeschnittene Szene im Film seines Lebens, die er sich wider besseres Wissen ausmalte. Das Gemälde und die Frau verdickten sich in seinem Kopf zu einer einzigen Komplikation. Martin Holm verstieg sich ins Einsame. Das Ziel war so fern wie der Himmel, den man mit Leitern unmöglich erreichte, nicht mit dem ausgeklügeltsten Leiternsystem.

Liebe Lore, hatte er geschrieben, *man wird an einem Punkt ins Leben geworfen und an einem anderen herausgerissen. Der kleine Bruegel, die »Zwei Affen« – ist mein Schicksal. An zwei Punkten meines Lebens, die unterschiedlicher nicht sein könnten, stoße ich mit ihm zu-*

sammen. Auch scheint es mir kein Zufall zu sein, dass Sie und ich, dass wir uns vor diesem Bild getroffen haben. Unsere Wege haben sich hier kreuzen müssen. Sie sind in Zürich losgefahren, ich bin in Amsterdam gestartet, beide hatten wir die Gemäldegalerie in Berlin als Ziel und die »Zwei Affen« im Kopf und im Hintergrund eine Leerstelle, die nun ausgefüllt ist. Was das Bild Ihnen bedeutet und warum Sie hier sind, gerade jetzt, um eine Kopie davon anzufertigen, ja warum Sie überhaupt das Bild malen, möchte ich gerne erfahren. Und ich habe auch das Bedürfnis, Ihnen zu erzählen, was meine Beweggründe sind, was mich mit diesem Bild seit dreißig Jahren verbindet. Dann werden Sie bestimmt auch verstehen, warum ich die Kopie, die Sie in Arbeit haben, erwerben möchte. Ich habe die Hoffnung, dass ein Rad, das sich ununterbrochen gegen meinen Willen in meinem Kopf dreht, ein Hamsterrad, eine Gedankentretmühle, auf einen Schlag zum Stillstand kommt, wenn dieses kleine Bild in meinem Haus hängt. Es bannt die Geschichte. –

Wenn er sich das genau überlegte, so stand es ihm doch frei, seine Entscheidung rückgängig zu machen. Ja, es war keine gute Idee gewesen, den Brief an der Museumsgarderobe mit der Bitte abzugeben, ihn Frau Spescha auszuhändigen, bevor sie das Museum verließ. Es war ein dummer Fehler, ein unverzeihlicher Fehler, er hätte es gleich kapieren müssen, als er das erstaunte Gesicht der Frau an der Garderobe bemerkte, ihre Missbilligung, den Blick auf die Uhr, die wegen des besänftigenden Trinkgeldes unausgesprochen gebliebene Frage: Warum gehen Sie nicht selbst zu ihr hoch, Sie kennen ja den Weg? Doch er hatte der Frau an der Garderobe den in einem dezenten Beige gehaltenen Briefumschlag in die Hand gedrückt und hatte sich entfernt. Stumm, und stumm schaute er vom Sanchi-Tor aus zum Fenster hoch, hinter dessen Gitter er den Saal wusste, die *Zwei Affen* und Lore Spescha, zum hohen Fenster, das sich wie zum Spott in den Pfützen spiegelte.

Martin schritt unter dem Sanchi-Tor durch Richtung U-Bahnhof, blieb dann plötzlich stehen, als ziehe er beim Gehen an einem an seinem Rücken befestigten Gummiband, das sich nicht weiter dehnen ließ. Er drehte ab und kehrte mit raschen Schritten zum Museum zurück, leichtfüßig, als sei eine Last von ihm abgefallen, ein unnützes Kettenhemd. Er kannte auch diese Seite an sich, den cleveren Mann, der sich sofort entscheiden und zupacken konnte, den Geschäftsmann, Charmeur, das Schlitzohr. Er hatte den Nebel in seinem Kopf aufgelöst, diesen Hang zur Melancholie, in die er abzugleiten drohte, sobald er sich den Bruegel-Komplex vornahm. Blieb der eigene Schatten, über den er springen musste. Wenn eine Frau ihm den Kopf verdrehte, was Lore doch im Begriff war zu tun, hielt er es für seine Sache, den ersten Schritt zu machen. Die zuerst verdutzte, dann verlegene Frau an der Garderobe, eine mollige Dame in seinem Alter, schaute ihn an, ein ungläubiger Blick. Sie hatte eine turmartige Frisur, trug ein graues Strickkleid und bunte Ringelstrümpfe, in denen ihre Waden wie Keulen aussahen. Sie schüttelte den Kopf, anstatt ihm den Brief an Lore zurückzugeben. Sie habe ihn gleich nach oben getragen, sie habe den schönen Umschlag Frau Spescha ausgehändigt, erklärte sie verdattert, damit die Sache nicht vergessen gehe, nicht untergehe, es sei doch besser so, nicht wahr, erledigt ist erledigt, was wäre geschehen, wenn Frau Spescha das Museum unbemerkt verlassen hätte, ohne den Brief?

10

Martin Holm betrat den Bildersaal so ungestüm, dass ihm keine Zeit blieb, sich eine Taktik zurechtzulegen, eine kluge Wiedergutmachungsstrategie. Er ging schnell, und das Denken hinkte wie ein

Dopplereffekt hinterher, er eilte ihm zwei Schritte voraus, und für das, was er zu tun hatte, spürte er den Impuls immer erst, wenn es schon ausgeführt war.

Im Saal bot sich ihm dieser Anblick: Lore Spescha, den Brief in der Hand, stand lesend in einem Lichtkegel zwischen ihrem wie aufgegeben wirkenden Arbeitsplatz (Klappstuhl, Staffelei, Farbkasten) und dem hellen, schwarz vergitterten Fenster zum Sanchi-Tor. Sie war weniger groß, als er sie in Erinnerung hatte, schlank, was er trotz des unförmigen Malerkittels sah, sie hatte ein von Sommersprossen gesprenkeltes Gesicht und, ja, die Augen waren grau, hellgrau wie Kiesel. Der kleine Bruegel hing als letzte Koordinate an der Wand, versammelt in einer vermessen stillen Aura, eingefasst von einem dunklen, trichterförmigen Rahmen, halb so breit wie das Gemälde, der den gestauchten Mauerbogen, in dem die zwei Affen angekettet saßen, optisch vertiefte. Gebannt blieb Martin Holm stehen. Lore steckte seinen Brief in den Umschlag zurück, behielt aber die Fotos, die er hineingelegt hatte, in der Hand.

»Wo ist das«, wollte sie gleich wissen.

»In einem Kalibergwerk, in Thüringen«, sagte er.

»Der Typ ist doch Eisenhower?« Lore zeigte mit dem Finger auf einen Militär, einen US-General, der in einem dunklen, keller- oder verliesartigen Raum alte Gemälde betrachtete, sie standen aneinandergelehnt, unverpackt, ein ganzer Stapel. Die zweite Fotografie, ebenfalls Gemälde, zusammengepfercht im langen Lagerraum, der ein dunkler Stollen des Bergwerks war, man sah die Rückseiten der Bilder und goldene Rahmen. Über eines der Gemälde war zum Schutz eine Decke gelegt worden. Auf dem dritten Foto blätterte ein junger Soldat in einem Gewölbe, ähnlich demjenigen, in dem die beiden Affen Bruegels hockten, eine Mappe mit Stichen von Dürer durch, den Zyklus *Die Apokalypse.* Auf dem letzten Bild waren auf Schienen laufende Kippwagen zu sehen, mit denen in Bergwerken Güter transportiert wurden, hier Salz. Auf einer Lore stand ein Ölgemälde, eine Landschaft, ein zerfurchter Weg, winterliche Bäume.

»Sie haben die Fotos aber nicht selbst gemacht?«

»Nein, ich hatte keine Kamera.«

»Aber Sie sind dort gewesen, im Bergwerk?«

»Ich war sechzehn, im Frühjahr 1945, der Krieg war verloren, aber noch nicht beendet, die Amerikaner rückten vor, ich wurde eingezogen, kam zu den Gemälden ins Salzbergwerk.«

»Der kleine Bruegel war auch dabei?«

»Die *Zwei Affen* waren dabei, ja, aber das wusste ich nicht, ich hatte noch nie etwas von Bruegel gehört, das kleine Gemälde lag in einer eigens dafür gezimmerten Kiste.«

»Komm«, sagte Lore, »lass uns gehen.«

Lore reinigte die Pinsel, räumte ihre Sachen zusammen und verstaute sie in einer Abstellkammer. Die Fotos und der Brief beschäftigten sie, sie wollte jetzt Martins Geschichte hören. Sie hatte den Brief mit gemischten Gefühlen entgegengenommen. Wieder druckste der Kerl so herum. Sie schätzte das nicht, Männer, die ein Brimborium veranstalteten, statt Klartext zu reden. Sie hatte sich aber von Zeile zu Zeile mehr angesprochen gefühlt. Ihre Neugier geweckt, sie vielleicht sogar für sich eingenommen, hatte Martin mit einem Nachtrag, einem beiläufigen Postskriptum, das verriet, dass er etwas von der Sache verstand, von Bruegels Malerei:

PS. Warum kopieren Sie »Zwei Affen« auf Leinwand? Pieter Bruegel hat das Original auf eine Holztafel gemalt.

Zweiter Teil

FINSTERNIS

Thüringen 1945

1

Du könntest auch aussteigen, hörte sich Martin am Ende seines Traums selbst sagen, du könntest alles stehen und liegen lassen und einfach irgendwo hingehen; aber es stimmte nicht, es war Krieg. Im Strudel des Aufwachens half ihm nicht einmal der stumme Wunsch, die Augen geschlossen halten zu dürfen. Und jetzt war es zu spät dafür, er hatte die Augen bereits aufgemacht, lag beklommen im Bett, und das thüringische Märzlicht stach durch seine engen Pupillen in ihn hinein. Er empfand das Licht als barbarisch. Es hielt Bilder fest, die er lieber ausgelöscht hätte. Hässlich lagerten sie darin. Für immer eingegossene Fossilien. Er rührte sich nicht, stellte sich vor, es nie mehr zu tun, ja vergessen zu haben, wie man seine Glieder bewegte. Ein Märchen kam ihm in den Sinn, Dornröschen. Als kleiner Junge begriff er es nicht, es wollte ihm nicht in den Kopf. Seine Mutter erzählte ihm die Geschichte bei einem Sonntagsausflug auf dem Turm der Wartburg, und wenn er jetzt einen Wunsch frei hätte: Es wäre ein hundertjähriger Schlaf. Das schüfe Abhilfe. Die Augen fielen ihm zu, und nach dem Aufwachen im Jahre 2045 hätte er alles Unheil vergessen, der Krieg und die Erinnerung verpufften spurlos wie ein Traum. Martin mochte nicht an den bevorstehenden Tag denken, der Scheißtag soll dorthin gehen, wo der Pfeffer wächst. Aber Tage ließen sich nicht verschicken. Entmutigt blieb Martin im Bett liegen. Was für ein vollkommener Tag wäre es, wenn sich alles ringsum in Luft auflöste. Sein Zimmer, die Schuhschachtel, in der er hauste, der kleine Tisch, das Regal mit ein paar Büchern, die düstere Gegend vor dem Fenster, der öde Garten, die weiten, noch brachliegenden Äcker im hügeligen Land. Er verwünschte den Wald, der Wald stoppte den

Blick, die dunkelgrüne Wand, über die Martin auch dann nicht hinaussähe, wenn er sich den Hals verrenkte. Aber er verrenkte ihn sich nicht. Vor allem wollte Martin keinem Menschen begegnen, weder anstrengenden Eltern, noch dem stachlig sentimentalen Opa Rust. Und schon gar nicht Carel van Vliet, dem Belgier, dem scheuen Fremdarbeiter ohne ein Lächeln, der immer wieder in die Schlosserei kam, um Meister Rust die schwere Arbeit abzunehmen. Martin legte die Hände aufs Gesicht, als sei es in Gefahr, als müsste es gegen einen drohenden Schlag abgeschirmt werden. Der Wunsch, die Augen nicht zu öffnen, war unerfüllt geblieben, und es nützte auch nichts, sie nun mit den Händen zu bedecken und wieder zu schließen. Es war nun einmal kompliziert, mit geschlossenen Augen aufzuwachen, auch wenn das sehr wohltuend wäre, eine Fertigkeit, die zu üben sich lohnte. Es war wie mit lästigen Insekten, einmal im Anflug, vermochte nichts mehr sie zu bremsen. Mit geschlossenen Augen daliegen hatte mit Schlaf gar nichts zu tun, Wachsein und Schlaf waren gegensätzlich wie Wasser und Feuer. Martin versuchte herauszufinden, ob seine Hände wärmer oder kühler waren als das Gesicht, konnte es nicht gleich entscheiden. Kalt fühlte sich die Nase an und erinnerte ihn an die großen farblosen Nasen der Kriegsgefangenen und Fremdarbeiter, Nasen, die aus den hohlwangigen Gesichtern ragten, während die Augen fiebrig glänzten und prall waren, als müssten sie gleich in den Höhlen platzen.

Martin war sechzehn und hatte zu seinem Alter keinen gefestigten Bezug. Er fühlte wie ein Junge und sah wie ein Mann. Das mochte an der bleiernen Zeit liegen. Martin wünschte sich selbst ins Pfefferland, überall hielte er sich lieber auf als hier, aber auch dieses unsinnige Begehren funktionierte nicht: Er hatte nichts zu entscheiden, musste in Thüringen leben. Seine Wünsche waren ohne Belang. Auch geschahen keine Wunder. Verschwendete Jugend.

Toll wäre es, ein Junge zu sein, der in einer Baumhütte wohnte und ein Eichhörnchen als Freund hatte. Das Beste wäre es, im Leben wie bei einem Brettspiel dreißig Felder in die Zukunft vorzurücken, wo Frieden herrschte und er eine Frau, eine eigene Familie und eine ihm nicht das Mark aus den Knochen saugende Arbeit hätte.

»Alles liegt in Scherben«, schimpfte Opa Rust. Schon während ihm die Klage über die Lippen kam, schämte er sich für seine Worte und beeilte sich, sie glattzubügeln: »Wir stehen das durch.« Flugs wechselte er die Tonart und sagte: »Deutschland wendet das Blatt noch, ist doch klar, Martin, noch ist der Krieg zu gewinnen.« Er fuhr sich mit der Hand übers stoppelige Kinn. Nichts sprach für seine Annahme. Trotz der Angriffe, die feindliche Jagdbomber am helllichten Tag flogen, fantasierte Opa Rust angeberisch von einer grandiosen Geheimwaffe: »Sie steht Deutschland bald zur Verfügung, Martin, und dann, gnade ihnen Gott.« Das Gesicht, das er beim Behaupten und Beschwören machte, die steifen Lippen, mit denen er Gewundenes formulierte, der Blick ins Leere, wenn er sich aufspielte: Sie waren der Beweis für das Fadenscheinige seiner Worte. Der alte Mann wollte die Wahrheit ums Verrecken nicht akzeptieren, laberte im Haus herum oder verkroch sich und tat so, versunken in einem Ohrensessel, als müsste er sich von einer körperlichen Arbeit ausruhen, dabei drückte ihn die Zentnerlast des verbotenen Gedankens. Der besorgte Schwiegersohn hielt die Klappe. Ihm lag nichts an einem Meinungsaustausch, und eher hätte er die Zunge verschluckt, als dem alten Meister zuzustimmen. Ingo Holm, Mitte vierzig, tüchtig und ruhig, technischer Direktor der auf Befehl des Kriegsministeriums in die Grube Merkers verlegten Flugzeugmotorenfabrik, wirkte immer etwas übermüdet, besonders um die Augen herum, und hütete sich, seine persönlichen Ansichten preiszugeben. Überall witterte er Verrat und traute weder dem Schwiegervater noch Gerda, seiner Frau. Seine Ehe: ein Fiasko. Auch war es ein Fehler gewesen, nach einem Luftangriff auf Eisenach ins Haus von Opa Rust zu ziehen. Der seit dem Versailler Vertrag in seiner Ehre und deutschen Seele gekränkte Schlossermeister war imstande, sich als alter Mann noch dem Volkssturm anzuschließen. Der Krieg, glaubte er, sei ein Weltengericht. Und was in Gerda gefahren war, als sie vor zehn Jahren leichtgläubig und wild entschlossen in die NSDAP eintrat, verstand Ingo Holm noch immer nicht: wie töricht sie sich an den Schmeicheleien wegen ihres arischen Aussehens labte (goldblond, blaue Augen), wie leicht sie zu umgarnen und für abstruse Ideen zu gewinnen war. Ihre Begeisterung für das Völkische und Schneidige hatte seine Loyalität angekratzt, ihre Liebe. Und nun war der Lack ab. Ingo Holm begegnete seiner Frau eisig, wenn er zu Hause war, huschte sie lautlos und wie ein Schemen durch die Zimmer, als sei ihr Bewusstsein leergefegt. Aber Gerda hatte nicht nur düstere Momente. Ihre Stimmungen überstürzten sich, *himmelhoch jauchzend* wechselte ab mit *zu Tode betrübt*. Das Tausendjährige Reich, an das Gerda Holm zehn Jahre lang wie an einen göttlichen Plan glaubte, kam ihr jetzt wie ein schöner Schmetterling vor, der sich in eine hässliche Raupe zurückentwickelte. Sie blickte mit ihren blauen Augen nicht mehr unentwegt nach vorn in eine verheißungsvolle Zukunft, sondern sah sich genötigt, auch hinter sich zu schauen, sogar in sich hineinzublicken, alarmiert in den Abgrund, in das Durcheinander in ihrem selbstsüchtigen Herzen. Ihre Augen verschatteten sich. Auf den dicken blonden Zopf bildete sie sich nichts mehr ein. Gerdas Parteitreue war wie die befristete Wirkung einer Bräunungscreme verflogen. Wenn Ingo sie in aufgewühlter Stimmung vorfand, musste er sich beherrschen, nichts Bissiges zu sagen.

Gerda Holm war verliebt. Die Liebe ließ sie vor Glück erschauern und halb verrückt werden vor Angst. Es färbte ihre Handlungen, ob sie in der Küche Kaffee aufsetzte oder Eier und Zucker für einen Kuchen aufsparte. Es war eine Liebesgeschichte gegen jede Vernunft. Sie lag im Bett mit offenen Augen, konnte nicht schlafen, und der Mann, dessen Körperwärme sie neben sich auch ohne Berührungen spürte, war der falsche. Gott und der Führer waren dagegen, und ihr Mann wäre es ebenfalls, wenn er sie noch liebte. Sie hatte sich am Anfang, bei heimlich getauschten Blicken, starr vor Schreck gegen das Ungeheuerliche ihres Begehrens aufgelehnt. Und bevor sie den fremden Mann zum ersten Mal berührt hatte, seinen mageren Rücken, hätte sie solche Stromstöße für unmöglich gehalten. Seine Wirbel lagen wie kantige Perlen auf einer Schnur unter der Haut, und Gerda hätte jeden ausgelacht, der ihr etwas so Abartiges wie Fremdgehen prophezeite. Doch es war geschehen. Opa Rust, ihr Vater, spräche von einem höchst komplizierten Schloss. Es war zugeschnappt. Sie hatte sich in diese Liebe wie in einen verbotenen Raum hineingestohlen und die Tür hinter sich zugezogen. Gerda wusste, dass sie eine Gefangene war. Doch sie wünschte gar nicht frei zu sein. Nun war sie eine Frau mit einem geheimen Leben. Sie ging ihrem Mann aus dem Weg, redete nur mehr über Belangloses und praktische Dinge mit ihm, um sich zu schützen und ihn zu schonen. Gerda brachte den Mund nicht auf, sogar zu atmen fiel ihr schwer. Die Offenlegung, glaubte sie, wäre unerträglich. Doch Ingo dachte, die Täuschung sei eine Gemeinheit. Er stellte Gerda, sagte ihr ins Gesicht, dass er keine Schonung brauche. Du hast einen Liebhaber!, wurde er laut. Führ mich nicht länger an der Nase herum. Ich könnte dir sogar seinen Namen nennen! Er lachte jetzt, sie nahm es ihm übel, eine Sekunde lang dachten beide an die Innigkeit, die es einmal zwischen ihnen gegeben hatte, das Erloschene. Ihrem Sohn, Martin, war der Wandel ebenfalls aufgefallen, er zerbrach sich den Kopf. Was war mit seinen Eltern los? Irgendetwas musste vorgefallen sein, ein zentraler Dominostein musste umgeschubst worden sein und eine Kettenreaktion ausgelöst haben. Seine Mutter war verschlossen, in Gedanken immer woanders. Sie hatte ein Geheimnis, das sie hütete, auf jeden Fall vertraute sie es ihm nicht an. In ihrer Not legte Gerda Holm das silberne Mutterschaftskreuz ab, die Medaille verschwand in einer Schublade. Sie bezeichnete sich als eine doppelt Abtrünnige. So ein Dilemma. So ein Glück. Martin beobachtete seine Mutter mit skeptischer Neugier, sie hörte kaum zu, wenn er etwas erzählte, war flatterhaft in allem, schien die Balance verloren zu haben. Manchmal hatte sie verweinte Augen, er sah sie am Fenster stehen, doch sie schaute nicht hinaus, ihr Rücken bebte, und am Morgen knüpfte sie ihren Haarknoten nur flüchtig. Auf den ersten Blick war sie allerdings noch schöner geworden. Ein Glanz ging von ihr aus, den Martin bisher nicht bemerkt hatte, für Momente hob sie sich von allen anderen ab, schien sie von innen heraus zu leuchten. Martin fragte sich, ob er die Mutter bisher falsch gesehen hatte oder sie jetzt falsch einschätzte. Auch dünner war sie geworden, wenn sie die Hand heftig geschüttelt hätte, wäre vermutlich der Ehering zu Boden gefallen. Sobald sie bemerkte, dass Martin sie anstarrte, senkte sie die Augen wie jemand, der sich ertappt fühlte.

Ingo und Gerda Holm boten in diesen Tagen das Bild eines unglücklichen Paares. Sie wichen Berührungen aus, als fürchteten sie sich, die Finger zu verbrennen, und schauten aneinander vorbei, beide schwiegen sie, um Gehässigkeiten zu vermeiden. Es war eine Übereinkunft. Der Familienkram kettete sie zusammen, die schwierigen Auflagen der Zeit. Es war nicht leicht zurechtzukommen, schon gar nicht, wenn die Fliehkräfte stärker wirkten als die Anziehung. Alles war spröd, brüchig, bröckelte ab. Dabei ging es der Familie Holm-Rust vergleichsweise gut: Ihr Haus stand unversehrt da, niemand litt Hunger. Man dürfte sich nicht beklagen, wäre in den Ardennen nicht ein Sohn, Axel, in Gefangenschaft geraten. Immerhin befand er sich außerhalb der Schusslinie, was an sich erfreulich war, aber solche Gedanken getraute sich noch niemand zu äußern. Ein zweiter Sohn, Klaus, gehörte einem zur Verteidigung der Reichshauptstadt abkommandierten Regiment an, unbestreitbar ein Pech. Opa Rust, Schlossermeister mit eigenem Betrieb, Witwer, ein rüstiger Mann von siebenundsechzig Jahren, in dessen Haus sie wohnten, stellte sich taub; er wollte nicht in die Turbulenzen hineingezogen werden, in denen seine Tochter steckte. Ihn irritierte die Wende genug, die der Krieg genommen hatte: Der Siegeszug verwandelte sich in eine Katastrophe. Als sei es kinderleicht, zerbombte die Luftwaffe der Alliierten Berlin. Wie sollte er das fassen? Der Feind legte die Reichshauptstadt in Trümmer, ein militärischer Sieg war nicht mehr zu erzwingen, nicht einmal mit gnadenloser Härte. Es fehlte die Schlagkraft (Soldaten und Material), das Heer war ausgeblutet, die deutsche Lufthoheit eine nicht mehr aufrechtzuerhaltende Illusion. Im Gegenteil, jetzt hatte der unerbittliche Engländer Dresden im Feuersturm einer einzigen höllischen Nacht ausgelöscht.

Bilder zogen durch Martins Kopf. Ob er die Augen schloss (die blau waren wie diejenigen seiner Mutter, ohnehin war er nach ihr geraten, derselbe Schlag), ob er die Augen offen hielt, nichts half gegen das unaufhörliche Fluten. Er presste die Hände aufs Gesicht; sie waren klobig, die Haut rau und aufgescheuert von der verhassten Arbeit im Bergwerk. Obendrein wuchsen seine Hände, er konnte dabei zuschauen, so schnell wuchsen sie. Die Gelenke schmerzten, alle Gliedmaßen streckten sich, Arme und Beine glichen den Gliedern einer Heuschrecke. Er löste die Hände vom Gesicht, ballte sie zu Fäusten, trommelte auf die Bettdecke. Wut und Zorn schufen keine Abhilfe. Was er auch anstellte, er blieb im

Schlamassel drin stecken. Nichts führte an der Gegenwart vorbei. Sie nötigte ihn, ins Innere des Berges zu fahren, statt die Schule zu besuchen. Die Träume von einem anderen Leben besaßen das geringste Gewicht. Der Krieg erlaubte nicht, dass sie sich erfüllten. Draußen erstreckte sich das Trümmerland, eine heimtückische Gefahrenzone, der man besser den Hintern zuwandte. Diese Abkehr bewahrte ihn vor dem Schock, den er erleiden würde, falls er auf diese geschändete Welt schaute. Aber die Gefangenschaft lähmte ihn auch. Martins Weigerung, vielmehr die Weigerung seines Ichs, sich die Freiheit auszumalen, schädigte ihn. Doch wie sollte er sich die Zukunft vorstellen, geschweige sie planen, wenn es schon niederschmetternd war, sich die nahen Berliner Verhältnisse vorzustellen, Berlin, von dem heimkehrende und beurlaubte Soldaten erzählen. Übertrieben sie nicht, prahlten sie? Um ihn zu beeindrucken? In solche aufsässigen Gedanken abgetaucht, lag Martin auf dem Rücken in seinem Bett und starrte auf die niedrige Zimmerdecke, ohne ihren Stockflecken und Rissen Beachtung zu schenken. Er schaute einfach durch sie hindurch, gedankenverloren ins Bleierne des thüringischen Himmels über dem Haus. Wolken verschlossen seine Tiefe. Bei Fliegeralarm musste er sofort aus dem Bett und zum Luftschutzkeller. Ungeschützt übers Feld. Unter dem noch leeren Himmel. Die Vögel versteckten sich bei Alarm im Wald und unter den Giebeln der Fachwerkhäuser. Martin könnte die Strecke in fünf Minuten zurücklegen. Opa Rust nicht. Wenn die ganze Familie gleichzeitig losrannte, hätte Martin die beste Chance, den Bomben zu entkommen. Opa und den Vater erwischte es am ehesten. Mama war eine Läuferin mit Sportleistungsabzeichen. Nur rannten sie eigentlich nie, wenn der Alarm losging und die Sirene auf dem Dach des Gemeindehauses heulte. Sie hatten keine Vereinbarung getroffen, zogen nicht als Gruppe los, als Familie. Jeder ließ von den Dingen ab, mit denen er gerade beschäftigt war, und machte sich auf den Weg. Den Kopf gesenkt, in eigenen Gedanken, mit persönlichen Befürchtungen. In der Nacht spielte es sich genauso ab. Wachte Martin vom Geheul der Sirene auf, zog er sich an und trottete übers freie Feld zum Keller. Der Gang war schon fast Routine, er hatte geglaubt, er könne alles mit Gleichmut über sich ergehen lassen, bis er im Keller einmal bemerkte, dass er in der Panik vergessen hatte, Schuhe anzuziehen. Die Nützlichkeit des Kellers, die Notwendigkeit, sich bei Alarm dorthin zu begeben, war unbestritten. Selber schuld, wer die Gefahr verkannte und zu Hause blieb. Doch letzthin hatte die Mutter im Keller gefehlt. Zum zweiten Mal war sie trotz des Alarms daheim geblieben. Sie widersetzte sich dem Befehl des Gauleiters und des Ortsgruppenchefs und suchte den Luftschutzkeller nicht auf. »Du spielst mit dem Feuer«, hatte der Vater sie gerügt. Sie redete sich mit Platzangst heraus, was gar nicht zu ihr passte, und erwähnte den entsetzlichen Gestank, der im Keller vorherrschte. Muffige Kleider und Füße, Urin und Angst. Man saß dort eng zusammengepfercht, allein, isoliert in einer unfreiwilligen Gemeinschaft, jeder hoffte, die Bomber würden das Dorf verschonen, zumindest das eigene Haus. Entnervte brachen in Tränen aus wegen Zucker, Seife, Schokolade, sie weinten aus Sorge, eine Tasse Mehl, die in der Wohnung auf dem Tisch stand, könnte bei einem Treffer verschüttet werden. So schändlich ging das Aufgesparte kaputt. Man bereute die Dummheit, eine halbe Wurst nicht verdrückt und die Suppe auf dem Herd zurückgelassen statt aufgegessen zu haben. Die letzte Nacht war ohne Alarm geblieben. Keine schrille Sirene hatte die Schlafenden aufgeschreckt. Zumeist musste man in der Nacht in den Keller. Auf dem Weg dorthin hatte auch Martin sich schon abgesondert, hatte sich auf dem Feld in eine Kuhle gelegt, fahrlässig, und den riesigen Himmel betrachtet, die Konstellation der Sterne. Nach einiger Zeit der Stille, als er bereits nicht mehr damit rechnete, hatte Martin das Geschwader gehört und dann gesehen, wie die Maschinen näher kamen. An Scherenschnitte gemahnende Silhouetten. Starr, wie eine Mumie, lag er in der kühlen Bodenvertiefung. Piloten und Schützen liebten klare Nächte. Ein Himmel voll glitzernder Sterne war das schlechteste Schutzschild überhaupt, durchlässig für Kälte und Bomben. Unter dem freien Himmel bibbernd ahnte Martin, dass er die Sternennacht nie mehr ohne angstvolle Gedanken genießen würde. Ein Geschwader des Feindes könnte daraus hervorbrechen, Jagdbomber, gefährlicher als Meteoriten, jederzeit darauf aus, ihn zu töten. Sternschnuppen ähnelten fernen Mündungsfeuern. Die amerikanischen Maschinen flogen von Westen her an und zogen übers Dorf, ohne Abwurf. Auch tagsüber tauchten die Jagdbomber mit ihren roten Schnauzen nun häufiger auf. Erregt und voller Angst blickte er dann zum Himmel hoch, den sie kreuzten. Sie preschten über Dächer und Bäume, schossen auf alles, was sich rührte, als hätten sie ein Auge eingebaut, das nicht Farben und Formen unterschied, nicht Dinge registrierte, sondern auf jede Bewegung reagierte, das Bewegungen jagte. Letzthin Opa Rust. Den alten Mann hätte es beinahe erwischt, am helllichten Tag tauchten sie auf, feuerten auf ihn, als er mit dem Fahrrad unterwegs war. Er musste sich in den Straßengraben fallen lassen. Das Wissen, ohne militärischen Schutz zu sein, ist eine Demütigung, hatte er danach erklärt. Er war ernüchtert und verwirrt zugleich gewesen. Eine die Jagdbomber einschüchternde Abwehr existierte nicht mehr; die FLAB, zu der man Martin als Helfer eingezogen hätte, wenn es dem Vater nicht gelungen wäre, seine Freistellung zu erwirken, machte eine lächerliche Figur. Es brachte auch nichts, Kirchenglocken in Kanonenrohre umzugießen. Nach eigenem Gutdünken ließen die Piloten der US Air Force Bomben herabregnen. Wählerisch waren sie nicht. Martin zählte die Bomben eines Abwurfs, bleigraue Dinger, ähnlich Gasflaschen, die das Helium für die Luftballons an der Kirmes hergaben, er hörte die Detonationen, sah, wo die Bomben einschlugen.

Das Gymnasium war seit Februar geschlossen. Schon vorher war der Unterricht eine Farce gewesen. Martins Klasse wurde eingezogen, in der Kaserne sollten sie militärischen Schliff erhalten. Martin gefiel es, die Panzerfaust abzuschießen, er wetteiferte mit den Kameraden, wer den Karabiner 98k am schnellsten auseinandernehmen und wieder zusammensetzen konnte. Mit der FLAB-Kanone auszurücken flößte ihm Stolz und zugleich Angst ein. Auch Erste Hilfe und Sanitätsdienst gehörten zur Ausbildung. Das schadete nicht, obwohl der Gedanke an das Absägen der Glieder entsetzlich war. Nach drei Wochen zog Martin Handgranaten ab und legte Notverbände an, beides blind. Es war eine Ehre, dem Reich und dem Führer zu dienen, und Waffen konnte Martin eine ganze Menge abgewinnen, ihrer Schärfe und Präzision, wie der Verschluss und Abzug funktionierten, das Repetiersystem: Martin war mehr Mechaniker als Schütze, und er hasste den Drill, vor allem den Gesangsdrill, das Absingen der Soldatenlieder auf Befehl, sämtliche Strophen, auswendig. Er hatte auch schon Tote auf der Landstraße liegen sehen. Die Bordschützen hatten sie niedergemäht. Seltsamerweise kam der Tod immer überraschend. Den Opfern blieb keine Zeit, die Augen ganz zu schließen. Sie schlossen sie nur halb oder behielten sie sperrangelweit offen wie staunende Kinder. Fette Krähen flogen über die Felder, sie vermehrten sich unbedenklich und schienen nicht unter Futtermangel zu leiden. Zu ihrem Glück war ihr Fleisch zäh und nicht einmal als Suppenhuhn genießbar. Anwerber für den Volkssturm zogen unbeirrt durch die Dörfer, schlugen Plakate an. Ein ausländischer Arbeiter hing aufgeknüpft am Ast einer Platane, er hatte Tabak geklaut. Fahnenflüchtige wurden erschossen. Gestapo und SS waren Tag und Nacht unterwegs. Nichts war mehr unverfänglich. Man traf nie auf nur einen Gestapo- oder SS-Mann, sie traten nicht einzeln auf, sie waren Herdentiere. Einer deutschen Frau, die sich mit einem Ausländer *einließ*, schoren sie das Haar. Sie war eine *Hure*, ihr Liebhaber ein *Schänder*. Man machte kurzen Prozess mit ihm. Wer in SS-Augen gegen die *Volksgemeinschaft* handelte, hatte sein Leben verwirkt. Falls jemand, der lachte, *frech lachte* oder über die SS *blöd grinste*, war das ein *Verstoß*, der *streng geahndet* wurde, das heißt, schonungslos blutig. Die Männer sangen zu oft ihre Lieder. Die Spatzenhirne wussten die Wahrheit auswendig, alle Strophen und die Melodie. Bäume waren auch Galgen. Besonders geeignet die winterkahlen Bäume mit den dicken, gut erreichbaren Ästen.

Der Volksempfänger blieb vorsichtshalber eingeschaltet. Gerda wollte sich nicht mit ihrem Vater anlegen, und der alte Rust dachte, seine Tochter sei immer noch hörig. Doch Gerda hatte den bewunderten Führer endlich durchschaut, der Zauber war vorbei. Wenn Liebe andere blind machte, ihr hatte sie die Augen geöffnet. Was Soldaten auf Urlaub berichteten, was Carel van Vliet ihr erzählte, was sie letztlich selbst erkannte, wenn sie die braune Brille nur ablegte: Ihre Welt war zerschellt. Opa Rust verschanzte sich hinter dem Notizbuch, er tüftelte an einem unüberwindbaren Schloss herum und hatte sich geschworen, keinen Satz mehr mit dem Wort *warum* zu beginnen, es zeugte von Dummheit, immer alles wissen zu wollen. Er stellte den Volksempfänger ein wenig leiser, wenn der Führer, Göring, aber auch Gauleiter Sauckel den deutschen Durchhaltewillen beschworen, den heroischen Kampf: *Das Reich wird bis zum letzten Mann und bis zur letzten Patrone verteidigt. Wenn der Krieg verloren geht, wird auch das Volk verloren sein.* Der Führer wollte das so. Lauter Geschwätz, dachten Gerda und er zugleich und erschraken über den eigenen Sinneswandel und hofften, der andere merke es nicht. Beide hatten den Führer vor Augen, wenn er aus dem Volksempfänger sprach. Sein Porträtbild war so etwas wie das gemeinsame geistige Eigentum in den Köpfen der Deutschen. Die Maske und das Geheisere. Sein Blick bohrte sich durch alle Deutschen hindurch, die schnarrende Stimme blieb in jedem deutschen Ohr hängen. Doch hätte Hitler, ohne Zweifel am Sieg zu haben, solche Zerstörungen angeordnet? Warum orakelte er in seinem Bunker: *Was nach diesem Kampf übrig bleibt, sind ohnehin nur die Minderwertigen, denn die Guten sind gefallen.* Der Krieg war verloren. Die Mutter wusste es.

Auch Martin wusste es. Dafür gab es zahlreiche Hinweise. Er entdeckte im kleinen Bücher- und Studierzimmer, das Vater für sich eingerichtet hatte, in seinem Labor, wie er scherzte, in das einzudringen Martin leichtgefallen war, die Kopfhörer und den Detektor. Ingenieur Holm hatte ein Radio gebaut und eher nachlässig versteckt. Auch er hatte ein geheimes Leben. Die Drähte von Antenne und Erdung waren Martin zuerst aufgefallen. Jetzt darfst du dich nicht verplappern, dachte Martin und begann heimlich BBC zu hören. Ohne Billigung des Vaters, der, räumte Martin ein, es vielleicht auch gutheißen würde und ihn bloß gewarnt hätte, lass dich nicht erwischen, Martin. Das Abhören von Feindsendern galt als Radioverbrechen. Wer geschnappt wurde, verschwand im Gefängnis. Die Beobachtungen, die Martin in der Grube machte, wo er seit einem Zwischenurlaub Arbeitsdienst leistete, bestätigten das Gehörte. Er war der Gehilfe seines Vaters. Ingenieur Holm, unentbehrlich in der kriegswichtigen Produktion, diente dem Führer nicht als Offizier an der Front, sondern unter Tag. Das Schattenwerk im Wald bei Eisenach, wo Flugzeugmotoren gebaut wurden, war aus Sicherheitserwägungen verlegt worden. BMW produzierte jetzt im Schutz des Bergwerks, Ingo Holm fuhr jeden Tag vierhundertsechzig Meter in die Fabrik hinunter.

Martin war dem Vater dankbar. Hätte Ingenieur Holm seinen Einfluss nicht geltend gemacht und ihn von der Kaserne, dem Drill, den schneidigen Stimmen und polierten Stiefeln befreit, wäre er als Kanonenfutter an die Front geschickt worden. Der Arbeitseinsatz in der Grube, wie erschöpfend er auch sein mochte, gewährte ihm Deckung. Martin verschwand mit dem Förderkorb in der Tiefe, in einer unterirdischen Welt, in der alles Gewohnte fehlte. Eigentlich ein Grund zur Freude; Martin musste sich trotzdem täglich zum Abstieg ins Innere der Erde überwinden, er scheute vor der Tiefe zurück. Als kleiner Junge war er überall hochgeklettert, auf Bäume, möglichst weit in den Wipfel, oder er stieg mit der Leiter aufs Dach, um mehr zu sehen, mehr von der Welt. In die Tiefe hatte er sich nie gewagt. Allenfalls war er von einem Turm über die lange Wendeltreppe hinabgestiegen, dann über ein paar Stufen in den Keller, und mit der Leiter in einen Brunnen, oder beim Tauchen vier, fünf Meter unter Wasser. Tiefer nicht, die Tiefe war ihm nicht geheuer. Nun senkte sich der Förderkorb auf vierhundertsechzig Meter in die Grube ab und hielt bei der ersten Sohle an. In der undurchdringlichen Dunkelheit, in einer warmen Zone, wo Zeit und Stille verklumpten.

Wenn keine Transporte ankamen, war Martin in der unterirdischen Produktion beschäftigt. Er hasste diese Arbeit. Manchmal weinte er vor Erschöpfung und versteckte sich im Büro seines Vaters, um sich eine Pause zu verschaffen. Aber die Arbeit im Bergwerk stachelte auch seine Fantasie an und er stellte sich vor, das Ende des Krieges in einem sicheren Schacht abzuwarten. Wasser bräuchte er, Essensvorräte, eine Karbidlampe. Er lernte die Abläufe kennen, die Rituale der Bergleute, das Reglement, nach dem die Schicht ein- und ausfuhr. Er beobachtete, wie das Fördergut ans Tageslicht gelangte, wie es umgeladen wurde, wer wen kontrollierte. Er merkte sich Schwachstellen, entdeckte Lücken. Er unterhielt sich mit dem Betriebselektriker, mit dem technischen Sicherheitsdienst (es bestand immer die Gefahr, dass Grubengas austrat). Er machte sich beim Schichtmeister beliebt und beim Maschinisten, der den Förderkorb bediente, ließ sich die Handgriffe und Schalthebel erklären. Martin galt als flotter HJ-Junge, er war der Sohn des Chefs und hatte sich eine forsche Art auf dem Werkgelände herumzugehen angewöhnt. Sie erweckte den Anschein, er sei für Ingenieur Holm unterwegs. Dabei lungerte er herum, wann immer er sich wegstehlen konnte, und genoss insgeheim das Gefühl inneren Streunens. Im Stollen, in der Fabrik, bei der schweren Arbeit, glaubte er zu krepieren. In seiner Fantasie war er ein Agent mit einer wichtigen Mission. Der Vater ließ ihn gelegentlich zur Schonung im Büro arbeiten, dort schrieb Martin mit Sorgfalt Listen ins Reine, studierte ausdauernd die Pläne der unterirdischen Anlage, des Kalibergwerks, das sich über Quadratkilometer erstreckte und aus unergründlich verschlungenen Wegen bestand. Er hatte den Ehrgeiz, sich das Labyrinth einzuprägen, die Grube, von der er seit Jahren wusste, ohne sich je darüber Gedanken gemacht zu haben, die Zeche Kaiseroda bei Merkers. Unermüdlich merkte er sich endlose Stollen, verlassene Kammern, enge Gänge und aufgegebene Schächte, er könnte das ausgedehnte Straßennetz im Berginneren auswendig zeichnen, kilometerlange Wege, die sein Vater mit einem Motorrad von BMW befuhr. Das Bergwerk veränderte Martins Blick, er staunte über die unvorstellbare Tiefe, die Ausdehnung, die Idee des Ganzen. Eine technische Unterwelt. Darüber der Thüringer Wald, verstreute Dörfer, Straßen mit einem Belag voller Löcher, abgelegene Gehöfte und landwirtschaftliche Nutzflächen. Zu dieser Welt gehörten über Tag die Backsteinbauten der Kaliindustrie, die Bromfabriken und Salinenbetriebe, weitläufige Anlagen, in denen das abgebaute Salz verarbeitet wurde. Martin kannte das alles, es gehörte so unstreitig zur Gegend wie der Thüringer Wald (wo Wildschweine lebten) und die Hügel (eine Seilbahn führte Rohsalz), der See (leergefischt), die Kirche (die keine Glocken mehr besaß) und die Schwalben im Sommer (die vielleicht in diesem Jahr nicht kamen): Das alles zählte zum vertrauten Bestand. Es war sichtbar. Was sich in der Tiefe abspielte, im Inneren der Erde, hatte ihn vor seinem Einsatz nie sonderlich interessiert, er hatte sich kaum mit dem Bergwerk beschäftigt, bevor er selbst in diesem Hades verkehrte. Dort wurde zwar weiterhin Steinsalz gefördert, aber die Herstellung von Munition, Granaten und Flugzeugmotoren hatte Vorrang. Dazu kamen umfangreiche Einlagerungen in eigens dafür vorbereitete Schächte, geheime, von Berlin dirigierte Aktivitäten, von denen er als Helfer nicht allzu viel wissen sollte, ein Junge, der im Zweifel darüber war, was klüger sei, die Augen vor den Dingen zu verschließen oder die Vorgänge genau zu beobachten.

2

Der Zug kam im Februar an, begleitet von einer SS-Einheit und von schwer bewaffneten Panzern: 24 Waggons voller Behältnisse geheimen Inhalts mit dem Bestimmungsort »Grube Kaiseroda«. In Berlin war der Zug mit zahllosen Kisten, Koffern und Truhen beladen worden, die jetzt, im grauen Dämmerlicht, über den Förderkorb in die Grube geschafft werden mussten. Was war darin? Ingenieur Holm wusste Bescheid. Goldbarren, Tausende, verpackt in Munitionskisten und unscheinbaren Säcken. Platin, Silber, Münzen, Edelsteine, Schmuck und Zahngold, diamantbesetzte Etuis: Die Inventarliste war dick wie ein Buch. Ingenieur Holm war vor dem Transport benachrichtigt worden und hatte seinen Sohn als Träger aufgeboten. Ebenso Carel van Vliet, über den Ingenieur Holm eine schützende Hand hielt. Wie er das anstellte, warum er es tat, was es ihn kostete: Darüber verlor er kein Wort. Die Vorfälle in der Grube und das Elend in den Baracken machten Ingenieur Holm das Leben sauer, was geschah, fand nicht seine Zustimmung. Schweren Herzens wandte er sich davon ab, er ließ es geschehen;

es lag nicht in seiner Macht, die Verhältnisse zu ändern. Den kleinen Spielraum, der ihm blieb, nutzte er für Carel van Vliet. Allen konnte er nicht helfen, einem Einzelnen schon. Er klammerte sich an diese Gewissheit, es schien ihn zu befriedigen. Was er für Carel tat, ließ ihn ruhiger schlafen. Er schien an dem jungen Belgier einen Narren gefressen zu haben.

Martin hatte im Februar geholfen, die Behälter zum Förderschacht zu schleppen. Überall standen bis an die Zähne bewaffnete SS-Männer herum. Häftlinge aus Buchenwald verrichteten die Arbeit. Nach dem Einsatz verschwanden sie. Wohin, wusste Martin nicht, auch der Vater schwieg sich darüber aus, er behielt seine Mutmaßungen für sich und erwähnte nur kleinlaut, »eine Schande, wie die Leute gequält werden, es geht auf keine Kuhhaut.« Ingenieur Holm war im Bild, hatte schon oft erlebt (mit ansehen müssen), wie die sogenannten Fremdarbeiter nach dem Motto *Vernichtung durch Arbeit* genutzt und misshandelt wurden. Sie schufteten unter Tag in der Motoren- und in der Munitionsfabrik. Das vom Erdboden verschluckte Kommando hatte Schächte planiert und für die Aufnahme der Werttransporte vorbereitet. Männer aus dem Lager, kaum bekleidet, schlecht ausgerüstet, manche gruben mit den bloßen Händen. Zu essen bekamen sie eine dünne Suppe, fauliges Kraut und Kohlrüben. Viel zu wenig. Ihr Brot war mit Sägespänen gestreckt. Einige der Männer hatten den Hunger mit Kalisalz betäubt und waren unter unsäglichen Schmerzen gestorben. Andere brachen vor Entkräftung zusammen. Sie blieben trotz der Stockschläge im Salzstaub liegen, erbrachen schwarzes, stockiges Blut. Arbeitsunfähige wurden erschlagen, die Leichen verbrannt.

Carel van Vliet war mittelgroß, mager, hatte hellbraunes Haar, mochte Ende zwanzig sein, nahm Martin an (er hatte keinen Grund, den Belgier danach zu fragen). Carel half beim Ausladen der schweren Kisten. Er trug die erbärmlichen Kleider eines Fremdarbeiters, gehörte zu den Männern, die in ungeheizten Baracken zusammengepfercht wohnten, im Außenlager von Buchenwald. Carel war Techniker, er verstand etwas von Motoren und Propellern. Aus diesem Grund hatte die Gestapo ihn vor drei Jahren in Antwerpen aufgesucht, er sollte nach Deutschland zur Arbeit, und da er sich gegen seine Deportation wehrte, landete er mit gebrochener Nase, ausgekugelter Schulter und auf eine entsetzliche Weise froh, nicht noch übler zugerichtet worden zu sein, in einem Bahntransport und gelangte dann nach Eisenach an seinen Bestimmungsort: die BMW-Werke. Dort fiel er Ingo Holm auf, der Direktor begann sich um den belgischen Techniker zu kümmern, verschaffte ihm die eine oder andere Vergünstigung, schenkte ihm gebrauchte Schuhe, steckte ihm Brot zu, einen Apfel, ein Stück Wurst, sogar Schokolade. Das war streng verboten und konnte ihn das Leben kosten, aber bisher war alles gut gegangen, und Ingenieur Holm schätzte den Techniker van Vliet, siezte ihn, fachsimpelte mit dem jüngeren Mann und ließ ihn zu sich ins Büro rufen, grundlos. Vielmehr aus menschlichen Gründen: Er hatte noch Kaffee, Zigaretten, er hatte noch Kognak, woher auch immer, wie aus dem Berg herausgezaubert. Ingenieur Holm hätte dem Belgier natürlich keine Pläne zeigen dürfen und niemals Skizzen von Details. Carel war ein heller Kopf, sprach Deutsch mit einem belgischen Akzent. Beim Sprechen fiel sein Adamsapfel auf, von Woche zu Woche schien er dicker zu werden und der Hals sehniger. Auch seine Augen wurden größer, traten stärker hervor, blaue Augen, die hart wirkten ohne Wimpern, es sah aus, als seien sie abgesengt worden, dabei waren sie ihm nur ausgefallen. Es gelang Ingenieur Holm, Carel van Vliet von der schweren Plackerei zu entbinden, ihn zu schonen, ihm Arbeitserleichterungen zu verschaffen. Zu seinem Glück war Carel van Vliet als Belgier auch Niederländer und per Dekret germanischer Abstammung. Die Begünstigung reichte so weit, dass Carel van Vliet freigestellt wurde, um Opa Rust in der Schlosserei zu helfen, und nur in den Berg zurück musste, wenn Arbeitskräfte fehlten, etwa um die Sondertransporte einzulagern. Opa Rust war Fachmann für Schlüssel und Schlösser. Hin und wieder fuhr ein Auto der Gestapo vor und holte ihn ab. Irgendwo, meist in einem vornehmen Haus, in einem getäfelten Raum mit zugezogenen Vorhängen, unter den Blicken von schweigenden Männern in Uniform, hatte er einen Tresor zu knacken, ein Schloss zu entriegeln. Schubladen, Schränke, Türen: Wenn die Gestapo eine Öffnung ohne Gewalt anstrebte, war Meister Rust der gefragte Mann. Sein Enkel, Martin, der Gymnasiast und dem Groben eher abgeneigt, hatte auch ein Gespür für Schlösser. Er war ein begabter Lehrling. Jedes Schloss ließ sich ohne den dafür vorgesehenen Schlüssel entriegeln. Mit Gewalt oder mit Raffinesse. Opa Rust zeigte Martin, wie er einen Draht zu einem Dietrich bog oder einen neutralen Schlüssel zurechtfeilte, korrigierte, bis der Bart ins Schloss passte. Martin musste das üben. Es war Feinarbeit, Kunst, konzentriert den Widerstand zu spüren, auf den der Dietrich beim ersten Einführen traf, und die Sperre zu finden, die gelöst werden musste, damit der Riegel dann nachgab. Jedes Schloss war kodiert, Kerben, Einschnitte, Federn, Plättchen, die es zu überwinden galt, zu überlisten. Im Profil des Schlüssels lag die Lösung, der passende Schlüssel kannte den Code. Opa Rust hatte alle Modelle im Kopf und konnte die Verzahnungen auswendig aufzeichnen. Das beherrschte Martin weniger gut, dafür war sein Ohr besser, wenn es um Nummernschlösser ging, in denen die mechanischen Teile wie leise klickende Zahnräder und Federn ineinandergriffen. Martin entwickelte ein Ohr für Schlösser wie andere für Musik. Sesam öffne dich, Martin liebte diese Erzählung aus »1001 Nacht«. Er wäre gern ein gefürchteter Räuberhauptmann gewesen. Mit Säcken voller Gold und Edelsteinen, mit Schläuchen voller Wein. Dass die Zeche Kaiseroda eine Höhle Ali Babas war, hätte er nicht vermutet. Als er es feststellte, überschlugen sich in seinem Kopf fantastische Pläne. Außerdem war es eine stete Versuchung, nicht durch verschlossene Türen zu gehen, um in verbotene Zonen einzubrechen, in mit Reichtümern gefüllte Zimmer voller Schubladen und Safes.

Vielleicht weil Ingo Holm sich für die Parteizugehörigkeit schämte, konnte er seiner Frau nicht verzeihen, dass sie Hitlers Charme erlegen war. Gerda kam ihm neuerdings wie eine Person vor, die nach einem Rausch mit immer noch dröhnendem Kopf aus der Ausnüchterungszelle trat, in die Sonne blinzelte und nicht wusste, wie ihr geschah. Er misstraute der Läuterung seiner Frau. Entweder war sie scheinheilig oder dumm. Dabei war Ingo Holm selbst Mitglied der Partei. »Ich hätte sonst meine Stelle verloren«, schützte er vor. Jeder bastelte eine andere Rechtfertigung. Dass er als Vorgesetzter abgesetzt und entlassen worden wäre, stimmte, aber der freiwillige Beitritt war dennoch ein ständiger Stachel. Er war kein Nazi, trotzdem Mitglied der Partei. Also doch ein Nazi? Es tat ihm weh, so zu denken. Er tat sich schwer damit. Opa Rust, Schütze im letzten Krieg, missbilligte Halbherzigkeiten. Der Schlossermeister war nicht nur in die NSDAP eingetreten, weil er sonst keine Aufträge mehr erhalten hätte. Deutschland war beim Friedensschluss gedemütigt und übers Ohr gehauen worden (daran zweifelte der Veteran nicht). Hitler stellte die Gerechtigkeit wieder her (die Erfüllung dieses Versprechens bezweifelte er allerdings inzwischen). Der Zwiespalt quälte ihn. Was wäre, wenn der große Krieg nicht der Gerechtigkeit diente?

Fliegeralarm weckte Martin auf, die Mutter kam in sein Zimmer, schaute, ob er wach sei, befahl ihm, sofort aufzustehen. Sie kümmerte sich um ihn, das hatte er gar nicht erwartet. Der Vater war nicht zu Hause, er nutzte die Nacht für Büroarbeiten. Martin kleidete sich an, machte sich dann auf den Weg zum Luftschutzkeller. So hatte es sich abgespielt. Zusammen verließen sie das Haus. Die Mutter war dann bald hinter ihm zurückgeblieben oder wieder umgekehrt. Er hatte erst auf dem Feld bemerkt, nahe der Baumgruppe, dass sie fehlte, er war vielleicht am Anfang noch nicht ganz wach gewesen und nun voller Furcht. Was war geschehen? Die Mutter ging nicht mehr neben ihm. Hier und dort beobachtete er Gestalten in der Nacht. Sie bewegten sich ohne Hektik, Nachbarn, Leute vom Dorf, die stumm dasselbe Ziel anstrebten wie er, ihre Angst war mehr zu spüren als hör- und sichtbar, eine innere Angelegenheit. Seine Mutter war nicht dabei, sie fehlte, er hätte sie erkannt, gewiss, an der Art, wie sie ging, wenn sie in Eile war. Mama hielt die Arme beim Gehen vor der Brust verschränkt und schlenkerte mit den Unterschenkeln ein wenig nach außen. Das Kopftuch, die dichte blonde Tolle, die hervorschaute, der halblange Mantel, Martin hätte seine Mutter auch in der Dunkelheit niemals mit einer anderen Frau verwechselt. Mama blieb verschwunden. Die Nacht war düster, sternenlos, aber ein seltsam bleifarbener Widerschein durchwirkte den Himmel. Nichts geschah. Alle Gestalten, die eben noch vorbeihuschten, schienen sich verflüchtigt zu haben. Kein Licht, nirgendwo ein Licht, weder am Himmel noch im Dorf. Kein Geräusch. Stille wie auf dem Werkgelände, wenn die Maschinen noch nicht liefen und Martin wusste, dass sie gleich angelassen wurden, und den Lärm schon hörte, bevor er hervorbrach. Im Berg malochten jetzt die Fremdarbeiter. Der Vater hielt sich wohl im Sicherheitsstollen auf. Martin hörte sein Herz klopfen. Der Puls und der Atem hatten nicht denselben Rhythmus. Er bemühte sich, sie zu koordinieren, suchte den Gleichklang. Er atmete ruhig, war seltsam besänftigt, und obwohl sich um ihn herum nichts bewegte, hatte er das Gefühl einer Verlangsamung. Es lag etwas in der Luft, nicht eine Erwartung, nicht die Ruhe vor dem Sturm, sondern etwas friedfertig Anmutendes, das er zugleich als Trugbild durchschaute. Alles war bloß Verstellung, Täuschung, List, falsche Gewissheit. Der Schütze, der ihn töten würde, reinigte irgendwo noch sein Gewehr. Ohne sich dafür entschieden zu haben, zu seiner eigenen Überraschung, kehrte Martin mitten auf dem Feld um und trabte nach Hause zurück. Leere Straßen, nicht einmal ein streunender Hund unterwegs. Es wäre nun leicht, in dem verlassenen Dorf durch verschlossene Türen zu gehen. Martin verzichtete nicht nur darauf, weil dem Plünderer die Todesstrafe drohte, er fühlte sich mies, ihm war zum Weinen zumute, ohne dass er sich dafür schämte. Fast die Hälfte seines bisherigen Lebens war Krieg gewesen, er wuchs mit Kriegsgeschrei auf, in der Schule trichterte man ihm eherne Wahrheiten ein, die nun Risse und Mängel aufwiesen wie das Rathaus, nachdem eine Bombe es getroffen hatte. Die Lehrer waren der Klasse sogar in die Kaserne gefolgt. Nach dem Waffendrill sollten die Gymnasiasten in der Schulungsbaracke unterrichtet werden: *Ein Irrenhaus kostet (X) Reichsmark. Wie viele deutsche Familien könnten davon eine Wohnung bekommen, wenn …* Am Abend besuchten die Soldaten gern die Stabshelferinnen, um sich in der Unterkunft der Mädels zu vergnügen. Sie spielten am liebsten *Versteigerung*. Eine Helferin tanzte auf dem Tisch zu Radiomusik, die mitten im Takt unterbrochen wurde: *Leg ab, leg ab das Ding da …* johlten die Soldaten, *das Ding da brauchst du nicht mehr*. Die Helferin zog ein Kleidungsstück aus und ließ es zu Boden fallen. Wieder Musik, wieder Unterbrechung, wieder der Refrain. Bis zum BH. Nach dem BH mussten die eingezogenen Gymnasiasten kämpfen, um nicht weggeschickt zu werden. *Leg ab, leg ab das Ding da, Ding da.* Jetzt näherte sich das erste Geschwader. Jagdbomber. Der Abwurf war eher eine flüchtige Drohgebärde, *duckt euch,* als ein Angriff mit dem Zweck, den Ort auszuradieren. Martin fürchtete sich nicht, er stellte sich vor, unter einem bombensicheren Schirm durch das Dorf zu spazieren. An seinem Handgelenk schimmerten die

Leuchtziffern seiner Uhr grün. Bist du jetzt Fatalist geworden, lebensmüde oder tollkühn? Martin redete mit sich selbst, damit hatte er im Bergwerk angefangen. Als er sich die Pläne einprägte, die Übersichtskarte der Kalifelder. Die Namen und die Nummerierung der Orte unter Tag.

Im Zimmer der Brüder sprach jemand, unbekümmerte Stimmen, Axel und Klaus waren im Krieg, er hörte Mutter und Carel miteinander reden. Martin konnte nicht anders, als an der Tür zu horchen. Was in der Kammer vor sich ging, was sich dort abspielte, dass seine Mutter mit einem Mann im Bett lag, konnte er nur allmählich und unter Mühen verstehen. In diesem Moment blitzte es in seinem Kopf: Gerda Holm war nicht nur seine Mutter, sie war auch eine Frau, Männer fanden sie begehrenswert, nicht nur der Vater. Ihr Wimmern nun. Zunächst hörte es sich wie ein Stöhnen an, wie Schmerz. Aber Carel tat Gerda Holm nicht weh, er schlief mit ihr.

Fremdarbeitern, Deportierten und Kriegsgefangenen war der Zutritt in den Luftschutzkeller verboten. Kein Platz. Sie zählten nicht und waren tot nicht viel weniger wert als lebendig. Das Liebespaar nutzte die Stunde. Die Vorstellung, dass seine Mutter und Carel der Liebe wegen (und für Sex) den Tod in Kauf nahmen, beeindruckte Martin, aber er verachtete Mama auch für ihre Untreue, jählings. Und er sähe Carel van Vliet am liebsten hängen.

Fiele jetzt eine Bombe aufs Haus, stürbe Martin zusammen mit der Mutter und ihrem Geliebten, es trennte sie nur eine Tür, höchstens fünf Zentimeter Holz. Ein Haus bot zu wenig Sicherheit. Es schützte einen nicht besser als der Brustkorb das Herz. Martin setzte sich vor der Tür auf den Boden. Der Mut, durchs Schlüsselloch zu spähen, fehlte ihm. Die Mutter mit einem Mann im Bett strapazierte sein Empfinden für richtig und falsch. Das letzte Gefüge, die Familie, brach auseinander, er verstand auch seine Mutter nicht, das Ganze ekelte ihn an, und unter Schock sah er in dem unterernährten Belgier nur mehr den Feind, einen gefährlichen Fremdarbeiter, der ihm den letzten Rückhalt raubte und seine Familie zerstörte, er hasste ihn. Liebend gern würde er ihn verpfeifen. Genau das würde er tun, Carel anzeigen, wenn die Frau in der Kammer nicht seine Mutter wäre. Martin blieb auf der Schwelle sitzen, reglos, er spürte sein Herz schlagen, der Puls zuckte nervös am Hals. Ein Schauer lief über seinen Rücken. Der Körper bestand aus mehr als zweitausend Teilen, sie griffen perfekt ineinander, er hatte das gelernt, doch nun war er ein zerlegter Mechanismus. Nichts passte mehr, nichts ging, Martin könnte hier bis in alle Ewigkeit sitzen bleiben, scheintot.

Gerda unter Carel, Carel auf Gerda, Gerda auf Carel, Carel hinter Gerda: Stellungsmanöver vom Hörensagen schossen ihm durch den Kopf, und *Leg ab, leg ab das Ding da …* es war zum Taumeligwerden. Martin, obwohl sechzehn, hatte es noch nie gemacht, gevögelt, weder mit einer Freundin noch damals in der Kaserne mit einem der Blitzmädel. Nur allein hatte er geübt. Seine Brüder hatten davon erzählt. Wie sie ihm zuzwinkerten, elende Prahler, ihm auf die Schulter klopften, herablassend, deswegen musst du nicht erröten, Kleiner. Dabei war er gar nicht rot geworden, erst nachdem sie es ihm unterstellt hatten, war die Röte aufgeflammt. *Leckt mich doch.* Vor einigen Jahren hatte er Axel im Schuppen mit einem dürren Mädchen überrascht. Martin wollte sein Fahrrad richten, das Vorderrad hatte einen Plattfuß, und hörte, als er es aus dem Schuppen holte, ein Rascheln und Kichern, eine piepsige Stimme und die vertraute des Bruders. Näher herangehend hatte er Axel entdeckt, vielmehr Axels Hintern als blassen Schimmer zwischen den angewinkelten Beinen eines Mädchens. Ihre weißen Knie fielen Martin auf, den Kopf hielt sie zur Seite geneigt, das Gesicht lag im Schatten. »Axel«, hatte er leider vorlaut gerufen, »was machst du denn da im Schuppen?« »Hau ab, verpiss dich«, schrie der Bruder. Der sonst umgängliche Axel warf einen Gegenstand nach ihm, einen Schraubenzieher. Martin wich verstört zurück, rannte aus dem Schuppen, wartete voller Sorge, bis Axel endlich herauskam. Ob er immer noch wütend war, darauf erpicht, ihn zu verhauen? Axel trat dann heraus, grinsend. Hinter ihm ein Mädchen. Martin kannte sie, eine dünne Nachbarin, nur drei, vier Jahre älter als er. Sie hatte eine Brille auf der Knubbelnase, dicke Gläser, die ihre Augen vergrößerten. Eine Bohnenstange, kaum Busen. Sie trug die BDM-Kluft mit einer gelben Führerinnenschnur und versuchte sich hinter dem Bruder zu verstecken. »Was habt ihr denn im Schuppen gemacht«, wiederholte Martin seine Frage. »Dummkopf«, antwortete Axel und plusterte sich vor seinem kleinen Bruder und der Bohnenstange auf, »was sollen wir denn gemacht haben, was denkst du, he? Nichts haben wir gemacht. Ich habe ihr meinen Hammer gezeigt.« Er zog den Hosenbund derart demonstrativ hoch und schnallte den Gürtel ein Loch enger, um unverfroren zu signalisieren: Eben hatte ich die Hose noch unten, darum hast du meinen schönen Hintern gesehen, nun sitzt sie wieder vorschriftsmäßig. So läuft das, Kleiner. So ist das Leben der Männer. Das Mädchen hatte Ponyfransen und starr abstehende Zöpfchen mit einer Masche über den Ohren, die durchscheinend rot waren, weil das Licht sie von hinten beleuchtete. Sie wirkte etwas derangiert. »Bis bald«, sagte sie dann mit einem schmallippigen Lächeln, streckte den Arm steif zum Gruß aus und stakste davon. Sie hatte die weißen Socken nach unten gerollt. Martin schaute ihr hinterher. Das Bild des langen spillerigen Mädchens, das den Schauplatz stumm verließ, nachdem Axel ihr seinen Hammer gezeigt hatte, drängte sich ihm erneut auf, als er nun die Mutter in der Kammer der Brüder lachen hörte. Wieder einmal kam er ungelegen, störte er fremde Kreise und platzte in eine Szene hinein, in der sein Auftritt nicht vorgesehen war. Zur falschen Zeit am falschen Ort. Zum Glück lauschte er im Verborgenen, hatte er noch die Wahl, sich zu verkrümeln. Auch der Mann in der Kammer lachte jetzt. Nein, Vaters Lache war das nicht. So lachte offenbar Carel van Vliet. Martin gab dem Impuls nach und drückte die Klinke herunter; seine Neugier war stärker als der Wunsch, sich heimlich davonzuschleichen. Die Tür war zugesperrt. »Mutter«, rief er, »Mama, bist du da drin? Bist du allein? Was machst du, Mama?« Das Lachen verstummte, es wurde unheimlich still im Haus. In dieser Stille und Dunkelheit zogen die Bomber über das Dach. Aber es war unwichtig geworden, es war belanglos. Die Motoren überzogen den Himmel mit ihrem lächerlichen Lärm, der in der hartnäckigen Stummheit, die im Haus nun herrschte, unterging, im betretenen Schweigen des Liebespaares … in das hinein Martin plapperte: »Mama, was ist los, ist alles in Ordnung mit dir, Mutter, sag endlich etwas, brauchst du Hilfe, Mama?« Martin hörte, dass sich im Raum jemand bewegte. Gerda Holm stieg aus dem Bett, ging mit energischen Schritten durchs Zimmer, hölzerne Dielen knarrten, und öffnete die Tür. Martin erschrak. Die Mutter stand in einem fahlen Streifen Licht, eine Statuette, ihr Haar aufgelöst, ein wilder Schopf. Dass seine Mutter derart langes, dichtes Haar hatte, war Martin bisher nie aufgefallen, eine schwere Mähne. Gerda Holm trug den Morgenmantel halb offen, der seidene Gürtel hing auf der Seite herab. Sie schaute durch Martin hindurch, alle Farbe war aus ihrem Gesicht gewichen. Kalt, eine Eiseskälte strahlte sie aus, die ihn zurückweichen ließ. Martin stand verlegen vor der Tür, ein dummer Junge, der die Wahrheit nicht akzeptierte. »Mutter, bist du allein im Zimmer, wer ist bei dir drin, Mama?« Die Mutter hatte einen strengen Geruch, er schwelte aus ihrer Mähne und aus dem halboffenen Mantel, ein ihm unbekannter Duft. Er betrachtete eine Frau. Ein schwaches Licht umhüllte sie, das alle Umrisse weichzeichnete und die Formen verschliff. Oder erzeugten seine plötzlichen Tränen die Unschärfe? Die Mutter schaute dem Sohn unerbittlich in die Augen, ihm war, sie wolle ihn mit Blicken töten. In ihrem Gesicht verformten sich die Züge, die Brauen bildeten dunkle Bögen, der Mund war ein bewegliches Oval, das reine Augenweiß schimmerte. Die erboste Frau sprach kein einziges Wort. Martin erfasste eine kaum merkliche Bewegung, die sie mit dem Arm ausführte. Gerda holte aus und schlug zu. Mit aller Kraft verpasste sie ihrem jüngsten Sohn eine Ohrfeige. So wütend war sie noch nie zuvor gewesen, so außer sich. Er war verdutzt und beleidigt. Und nochmals schmierte sie ihm eine.

Martin, in die Heimlichkeiten der Mutter verstrickt, schämte sich, druckste herum, wich dem Vater aus, ihm vor allem. Es war nicht Aufgabe des Sohnes, dem Vater die Botschaft zu überbringen, seine Frau treffe sich während des Luftalarms mit einem Geliebten: Statt zum Luftschutzkeller zu laufen, schließt Mama sich mit Carel van Vliet in der Schlafkammer der Brüder ein.

3

Ein diesiger Tag im März, spärlich und zart zeigte sich das neue Grün, auf den Höhen lagen Reste von Schnee, die Schatten der Wälder schimmerten indigofarben. Die Lkws kamen von Hainsbach her, ein Konvoi, gesichert von der SS. Zum zweiten Mal, seit Martin in der Grube Kaiseroda arbeitete, ordnete der Führer eine Einlagerung an: diesmal Kulturgüter. Bomben zerstörten deutsche Städte. Der Vater hatte Martin eingeweiht und ihm gesagt, dass er zur Mannschaft gehörte, die das geheime Transportgut möglichst schnell in die Tiefe zu schaffen hatte.

Ein hoher Offizier trampelte in Vaters Büro, begleitet von einem älteren Herrn, der sich als Direktor der Nationalgalerie Berlin vorstellte. Der Vater schlug die Hacken zusammen (vielleicht bevorzugte er Schuhe mit weichen Gummisohlen, weil er dieses Geräusch hasste) und erhob den rechten Arm waagrecht zum Gruß. Auch Martin streckte den Arm aus. Es war ihm so beigebracht worden. Er hasste es, in die Augen des nach Parfüm und Zigarettenrauch riechenden SS-Mannes schauen zu müssen, und schlug sie nieder. Aber er würde sich nicht wundern, wenn der Herr Sturmbannführer ihn deswegen rüffelte und sogar anfasste: mit der Hand unterm Kinn, um es nach oben zu drücken, aufzurichten und waagrecht zum Boden zu justieren. Martins Nacken versteifte sich. Zähne und Kiefer ergaben, hart aufeinander gepresst, eine bissige Verkrampfung. Blick nun geradeaus. Martin hoffte, dass dieser militärische Augenblick bald enden möge. Er verabscheute das Strammstehen. In seiner HJ-Uniform kam er sich lächerlich vor; anstatt ein dummer Junge zu sein, würde er nun lieber als kühner Soldat an der Front kämpfen, knietief im Dreck, eingegraben in Schnee, ausgerüstet mit einer Panzerfaust. Doch Martin stand wehrlos in diesem ungeheizten Büro mit den blinden Scheiben und dem mechanischen Lärm, der vom Hof hereindrang, eine Vibration, die seinen Körper erfasste, laufende Motoren und zackige, die Hektik verratende Stimmen. Der Direktor der Nationalgalerie war weniger militärisch; kein raubeiniger Soldat, sondern ein geschmeidiger Schöngeist. Kunstbeflissen, ein chamäleonartiger Gelehrter und ausgewiesener Fachmann. Er trug einen maßgeschneiderten Anzug aus hechtgrauem Flanell. Ihm ging es um die Sache, um die extrem gefährdete Kunst. Das Kunsterbe der Welt musste vor der Welt gerettet werden. Er sprach den Satz aus, ohne mit der Wimper zu zucken. Käme ihre Kunst zu Schaden, wäre auch die Welt nicht mehr zu retten. Alles verloren. Nur mehr Ruinen. Martins Vater nickte, die Herren in Berlin haben Torschlusspanik, schloss er daraus und verstand sie, begriff es nur allzu gut und teilte ihre Befürchtungen. Ihm war ebenso mulmig zumute. In diesen unrühmlichen Tagen zöge er es, ebenso wie der Sohn, vor, ein schlichter Soldat zu sein, im Feld, in nachrichtenloser Ferne, die es einem erlaubte, ein reines Gewissen zu bewahren, ein tapferer Infanterist zu sein, ohne einen blassen Schimmer. Es war zu riechen, dass auch der Herr Direktor Schiss hatte. Heillose Angst vor dem schneidigen Sturmbannführer (einem promovierten Kunsthistoriker), vor der bevorstehenden riskanten Arbeit (in Gefahr gerieten dabei die Werke der Weltkünstler), dem Direktor grauste davor, eines der »Glanzstücke der europäischen Malerei« könnte irreparable Schäden erleiden. Einen Riss, einen Kratzer, etwas mit Geld nicht Wiedergutzumachendes. Die Kunst könnte Räubern in die Hände fallen. Nach den Goldreserven sollten nun »die Kunstschätze der Nationalgalerie und Werke von Weltrang der Gemäldegalerie«, so der Herr Direktor, in der Grube Kaiseroda eingebunkert werden, im bombensicheren Schacht.

Der Führer hatte die sofortige Verlegung in unterirdische Räume angeordnet. Doch der erste Aufnahmeort, wohin die erlesene Fuhre ging, das Bergwerk Hainsbach, erwies sich als total untauglich (obwohl dort schon der Kostümfundus der Staatstheater und der Berliner Oper lagerten). Die Stollen waren feucht und kalt. Zu viel Schmutz. Die Meisterwerke unter solch misslichen Bedingungen zurückzulassen war eine schreckliche Vorstellung für den Herrn Direktor gewesen. Dafür wollte er die Verantwortung nicht übernehmen, niemals, es wäre die Hölle, es handelte sich hier nicht um herkömmliche, irdische Güter, sondern um Ewigkeitswerte. Und Kunst konnte sich nicht zur Wehr setzen, ihre Schönheit war keine zureichende Waffe, Barbaren war sie schutzlos ausgeliefert. Schurken, die vor nichts Halt machten. Bedenkenlos würden sie Gemälde von Michelangelo mit dem Bajonett schlitzen. Zum Spaß einen

Rembrandt mit Kugeln durchsieben. Holzplatten aus Eiche, auf die alte Meister ihre Bilder gemalt hatten, rücksichtslos verfeuern. Ein Bruegel als Brennholz. Hartes, vierhundert Jahre gelagertes Holz. Die Farbschicht darauf hauchdünn. Verletzlichste Haut. Das Schlimmste war denkbar. Und dann dieser abscheuliche Schacht im hessischen Hainsbach. Eine Zumutung. Zur Verhinderung bleibender Schäden hatte der Direktor aus Berlin gefordert, die unersetzliche Fracht nach Thüringen zu überführen. Und zwar sofort. Er hatte sich von keinem SS-Mann abwimmeln lassen. Es fehlte der Treibstoff, es lag kein Fahrbefehl aus Berlin vor, die Lkws könnten während der Fahrt von Flugzeugen angegriffen werden; alle Gründe ließ er abblitzen. Der energische Direktor ordnete an, die Kunstwerke in das besser geeignete Bergwerk nach Merkers zu transportieren. Die Fahrt war bei allem Risiko unabdingbar für ihre Rettung. Die Grube hatte achtzehn Grad Celsius Wärme und trockene Luft. Dass diese Luft kalihaltig war, ignorierte er, vielleicht war es ihm aber auch nicht bekannt. Vom verheerenden Salzstaub, der sich in kurzer Zeit auf alles legte, wollte er nichts hören, und nichts vom grauen Dunst, der unaufhörlich einzuatmen war, ätzend für Lungen und Leinwände, und die Sicht trotz der hellen Lampen eintrübte.

Nichts ging dem Berliner Direktor schnell genug, doch der hartnäckigste Wille und der schärfste Ton brachten den Förderkorb nicht dazu, sich zu vergrößern und schneller in die Tiefe zu tauchen und wieder hoch ans Tageslicht zu fahren, wo er neu beladen wurde. Die Maschine hatte ihre begrenzte Kapazität, sie ließ sich nicht erweitern, wenn jemand vor Ungeduld mit der Faust gegen die Wand schlug oder ungehalten ein Machtwort sprach. Es war unmöglich, das Museumsgut in so kurzer Zeit, wie der ungeduldige Direktor sich das vorstellte, unter Tag zu schaffen. Viele Gemälde, manche ohne Verpackung, blieben die ganze Nacht auf dem offenen Ackerland stehen. Und Martin, der das von den Arbeiten zertretene Feld nach dem Abzug der Mannschaften überquerte, um den Heimweg abzukürzen, entdeckte eine vergessene Kiste. Er dachte zuerst, das Ding sei ein Schreibmaschinenkoffer, und freute sich. Eine Schreibmaschine hätte er, ohne mit der Wimper zu zucken, mit nach Hause genommen. War es aber leider nicht. Und obwohl es ihn lockte, auch dieses Ding mitlaufen zu lassen oder das Schloss zu knacken, entschied er sich dagegen (bestimmt ist ein Gemälde darin, was willst du damit anfangen?). Doch statt achselzuckend weiterzugehen, traf er die Entscheidung, umzukehren, den Fund zum Förderkorb zu bringen, der noch immer pausenlos in Betrieb war, und die kleine Kiste zu den vielen anderen auf die Fahrt in die Versenkung wartenden Gütern zu stellen.

Am nächsten Tag wies der Vater Martin an, mit dem Förderkorb in die Tiefe zu fahren. Er sollte am Fuß des Schachtes arbeiten, wo sich die heruntergeschafften Kisten in allen Größen stapelten. Sie mussten zum Füllort gebracht werden, es waren aber zu viele Kisten und zu wenig Männer. Es entstand ein Stau, und Martin sollte sofort mit anpacken. Den Transport einer flachen Kiste übernahm der Berliner Direktor persönlich, und bei der Unterbringung des Gemäldes legte er sogar Hand mit an. Die Kiste enthielt den epochalen »Mann mit dem Goldhelm«. Der Berliner Direktor nannte es eines der bedeutendsten Gemälde Rembrandts; es hatte Weltruf erlangt. Der düstere Ernst des Mannes, der betörende Glanz des Goldes: Für dieses Meisterwerk, erklärte der Direktor, gäbe er sein Leben hin. Unten im Schacht arbeitete auch Carel. Im gleißenden Licht der Lampen, das aus seinem Schatten ein Zerrbild machte, schritt Carel van Vliet langsam auf Martin zu. Ihre Blicke begegneten sich nur flüchtig. Martin fiel ein Glitzern in Carels Augen auf, bemerkte, wie schmutzig das Gesicht van Vliets war, wie abgetragen die Kleidung, wie schmal die Gestalt des Mannes, den er mit

Mutter in der Kammer erwischt hatte. Seine Mutter hatte es nicht für nötig befunden, mit dem Sohn über den Vorfall zu sprechen, und Carel war nicht wieder in der Schlosserei aufgetaucht, als hätte jemand ein Hausverbot über ihn verhängt. Auf dem Grubengelände und unter Tag hatte Martin es vermieden, auf Carel zu treffen. Jetzt sah er ihn zum ersten Mal wieder. Alles in ihm sträubte sich gegen die Begegnung, allein die Vorstellung machte ihn verlegen. Carel suchte immer wieder den Augenkontakt, er wollte sich erklären, Martin merkte das. Aber wie ein Gespräch anfangen, was sagen? Die Erwachsenen sollten das untereinander bereinigen. Als er Carel nun in diesem beklemmenden Schacht im Erdinneren gegenüberstand, schwankte er zwischen Hass und dem Wunsch, nachsichtig zu sein. Martin brachte kein Wort heraus, fragte bloß ins Leere hinein, was er zu tun habe. »Hilf dem Schlappschwanz beim Aufladen«, befahl ein Aufseher und boxte Carel in den Rücken, »fass endlich an, sonst mach ich dir Beine.« Der Aufseher, ein Unterführer der SS, hielt einen Stock in der Hand, drohte damit, schlug aber nicht zu. Martin und Carel beschränkten das Gespräch auf die wenigen, unumgänglichen Worte, wenn man zu zweit eine sperrige Kiste hochheben musste. Eiserne, von Fremdarbeitern geschobene Karren polterten über die Schienen. Trotz vieler Lampen war zu wenig Licht da, um den Schacht auszuleuchten. Flache Kästen fuhren in Bergungsräume. Männer und Karren tauchten tief in die Stollen ein, verschwanden in der Dunkelheit. Nur der Lärm und das eiserne Knirschen verrieten, dass in der Schwärze ein Schienenweg verlief.

Im Maschinenhaus drehte sich ein riesiges Rad, über seine Trommel glitten stählerne Seile und brachten den Förderkorb vierhundertsechzig Meter im abgeteuften Schacht punktgenau zur Sohle. Hier türmte sich das kostbare Bergungsgut. »Die Quintessenz aus allen Berliner Museen«, vertraute der Direktor der Nationalgalerie

Ingenieur Holm an. Die Herren standen nicht weit von Martin entfernt nebeneinander und beobachteten die Vorgänge. »Ist der blonde Junge Ihr Sohn?«, fragte der Direktor und winkte ihn herbei, als Ingenieur Holm bejahte. Martin gehorchte. Jovial legte der ältere Herr die manikürte Hand auf Martins Schulter. »Feiner Kerl«, sagte er: »Heute ist ein großer Tag.« Ingenieur Holm war abgestellt, um den Direktor zu begleiten und ihm Orientierungshilfe zu bieten. Er durfte nicht in der Dunkelheit der Stollen verloren gehen, in der absoluten Finsternis, die schon nach wenigen Schritten jeden umfing, der sich an einen Ort verirrte, an dem nicht gearbeitet wurde. »Eine wichtige Angelegenheit, dies hier«, sagte der Direktor, »ganz, ganz vorsichtig, mein Junge, damit nichts in die Brüche geht. Herrgott, es wäre fatal.« Er lachte und gab Martin einen Klaps. Der stramme Herr Sturmbannführer war oben geblieben, bei den Lkws. Vielleicht war der Direktor auch aus diesem Grund entspannt, es machte auch den Anschein, er komme aus dem Staunen nicht heraus. Sie waren Zeugen einer wundersamen Errettung. »In diesen Kästen liegen Dürers, Botticellis, Rembrandts«, schwärmte der Direktor, »hier haben wir erlesenes Ostasien, dort Meisterwerke von Giotto bis van Gogh, herrliche Ölgemälde, und vergessen wir die Skulpturen aller Zeiten und Völker nicht, die edle Nofretete … « Ein Albdruck war von ihm gewichen. Das Kulturerbe der Welt, für das der Führer ihm die Verantwortung aufgebürdet hatte, fand nun Zuflucht in einer gigantischen Höhle, wie der Direktor glücklich feststellte. Auftrag erfüllt. »Ein Irrsinn hat das Erhabene von der Erde vertrieben«, holte er aus, »vom menschlichen Genius geschaffene, dem Licht, der Schönheit und der Freude zugehörige Schätze.« Sie häuften sich im Bergwerk wie in einer verwunschenen Märchenwelt, so schätzte der Direktor die Lage ein, in einem Labyrinth von unentwirrbar vielen Stollen und Gängen im Salzgestein, das, von den Lampen angestrahlt, milchfarben schimmerte. Der Direktor ließ von Martin ab und setzte das Gespräch mit dem Vater fort, den er höflich Herr Ingenieur Holm nannte.

Martin und Carel sollten eine große Kiste auf einen Schiebewagen hieven, sie maß bestimmt zwei mal zwei Meter. Martin fasste das raue Holz an, fand einen Griff, hob die Last auf seiner Seite hoch. Carel van Vliet rührte sich nicht. »Die Kiste ist zu schwer für uns.« Martin tat so, als habe er nichts gehört, behandelte Carel wie Luft und zerrte weiter an der Kiste. »Sei nicht so eingeschnappt«, raunte Carel ihm zu. Er hatte das Bedürfnis zu reden, durfte die Arbeit jedoch nicht unterbrechen. »Es ist doch kein Verbrechen … deine Mutter und ich … es gibt Schlimmeres als ein Liebespaar, das den Fliegeralarm … um eine Stunde … dein Vater weiß Bescheid.« Martin schaute auf, direkt in die Augen Carels. Die Worte schnitten ihm nicht die Atemluft ab, sondern die Kraft. Seine Muskeln erschlafften, Martins Hände verloren den Halt, rutschten von der Kiste ab, die Last krachte auf den Boden. Carel schrie auf, die Kiste hatte ihn getroffen, unmöglich, den Laut zu unterdrücken, obwohl es ein Fehler war, derart zu brüllen, aber sein linker Fuß: Carels Schmerz war stärker als das überlebenswichtige Gesetz, stets unauffällig zu bleiben, am besten ganz unsichtbar. Und unhörbar. Der eingeklemmte Fuß tat entsetzlich weh, als hätte jemand mit dem Hammer auf den Spann geschlagen. Carel biss die Zähne zusammen. Kein Ton mehr, nicht einmal ein Winseln: Dafür wurde ihm schwarz vor Augen. Der Direktor der Nationalgalerie hatte das Rumpeln gehört, den Aufschrei. Nun sah er die abgestürzte Kiste. »Passt doch auf, ihr Kanaken«, schrie er, »verflucht«, er eilte entsetzt herbei, »so eine Schande.« Er stand vor der ramponierten Kiste, der Deckel der Verhüllung hatte sich gelöst, ein Gemälde wurde sichtbar,

in seinem Glanz, die thronende Muttergottes und Heilige, doppelt und dreifach wunderbar im trüben Bergwerksdunst, schoss es dem Direktor durch den Kopf, ein übermannshohes und ebenso breites Altargemälde des Meisters Carlo Crivelli.

Die liebliche, etwas gezierte Hoheit der Madonna, den kleinen Sohn auf dem Schoss, wie sie mit preziöser Gebärde den riesigen Himmelsschlüssel, den der göttliche Knabe kaum zu halten vermag, dem Heiligen Petrus übergibt, der im Gewande eines Papstes demütig vor ihr kniet,

sah sich der Direktor schon am Schreibtisch für einen Essay formulieren (dass er sein auch über dieses Ereignis in Merkers Auskunft gebendes Tagebuch in zwanzig Jahren verbrennen würde, ahnte er noch nicht). Das war die Mittelgruppe. Rechts und links standen andere Heilige.

Bischöfe in prächtigen Ornaten, mit Stab und Mitra, und ehrwürdige Äbte, mit sinnbildlichem Gerät ihre Wunderkraft erweisend.

Der Direktor, ergriffen, staunte selbst:

die Arbeiter traten näher, einzeln und schweigend,

nun ermunterte er sie sogar, winkte sie mit einem einladenden Handzeichen herbei,

Männer jeden Alters, halbe Knaben darunter mit glatten Gesichtern und eisgrau struppige Bärte, meist in unsäglich abgetragener Kleidung, immer willig, geduldig und meist sehr müde. Jetzt versammelten sie sich in lautlos staunendem Kreise.

Für einige Minuten stand der Betrieb still. Das Bild schien stärker zu sein als die Angst vor Peitsche und Willkür. Es spielte seine betörende Macht aus.

Kein Auge konnte sich sattsehen am bunten Beiwerk, dem Thronaufbau aus farbigem Marmor und Brokat, den üppigen Fruchtgehängen, den mit Bändern und Emblemen spielenden pausbäckigen Putten vor der Unendlichkeit silbrigen Wolkenblaus – das Ganze ein verklärter Abglanz des himmlischen Reiches hier in der Unterwelt. Wie ein Gleichnis war die Ordnung, das geistige Gefüge des Mittelalters angedeutet, fast mit der Gewalt einer Erscheinung.

Die Aufseher schritten nicht ein, sie fürchteten sich, einen Fehler zu machen, schrien nicht herum, sie wollten es sich mit dem Museumsdirektor nicht verderben, sondern ihm gefallen. Fügsam schlossen sie sich den Arbeitern an, von denen einige die Mütze abnahmen und Stirn und Mund mit dem Zeichen des russischen Kreuzes bezeichneten. Andere wandten sich brüsk ab, froh um die kurze Pause. Ein ausgemergelter Mann spuckte aus, Blut, und ein Junge in Martins Alter begann zu weinen, stoßweise, Knoten nach Knoten schien sich in seiner Brust zu lösen, krampfartig. Der Direktor der Nationalgalerie war berührt:

Sie verharren voller Ehrfurcht vor dem Heiligenbilde, im Bann seines heiteren Leuchtens …

Er musste seine Gedanken unbedingt festhalten, unverzüglich, mit einem Bleistift schrieb er sie in sein Notizbuch.

4

Die schwere Kiste hatte den Spann verletzt, der Fuß fühlte sich wie ein tauber Klumpen an, in dem, tief drin, sein Puls pochte, die kleinste Bewegung schmerzte. Carel van Vliet presste die Lippen zusammen, verbot sich jede hörbare Äußerung von körperlichem Schmerz. Die Aufmerksamkeit der Männer galt ungeteilt dem venezianischen Gemälde in dem schimmernden Licht, es berührte sie. Das Grün, Gold und Blau zog alle Blicke auf sich und lenkte alle Augen von dem Verletzten ab. Carel blieb unbeachtet, wie ein geschlagener Hund kroch er auf allen vieren aus dem Bannkreis heraus, um sich zu verstecken, hockte dann mit verzerrtem Gesicht auf dem Boden, den Kopf in den Nacken gebeugt, Schweiß auf der Stirn; er zitterte. Ohne die Augen zu öffnen, spürte er aber, dass sich jemand neben ihm niederließ und ihn berührte. Oder war er verrückt geworden, kauerte er selbst neben sich, war in seinem Kopf, in der Hirnrinde, etwas ins Toxische gekippt? Nein, der behämmerte Junge kniete neben ihm, Martin Holm. In der einen Sekunde, in der die Kiste mit dem alten Venezianer zu Boden krachte, ereignete sich nicht nur ein Unfall, sondern hatte sich Carels Leben verändert. Die Folgen waren zwar noch nicht abzuschätzen. Erneut hatte jemand die Würfel geworfen, dachte Carel, einen Schiedsspruch gefällt. Du hast keine Stimme in eigener Sache. Für Sekunden fühlte er keinen Schmerz mehr und glaubte davonzuschweben, dabei war ihm völlig einerlei, was weiter geschah, was von nun an mit ihm passierte. Carel war aus der Reihe getanzt. Nein. Du bist aus der Reihe gedrängt worden, wieder. Und musst nun dafür büßen. Andere entscheiden über dich und dein Leben. Sie spielen Schicksal. Du musst mit einer schwarzen Augenbinde dasitzen und warten. Er saß da, aufgewühlt, wie gefesselt, mit einem Klumpfuß, voller Furcht, diesen entsetzlichen Ort nie mehr verlassen zu können, im Salzbergwerk bei lebendigem Leibe begraben zu sein. Falls ein Wachsoldat entdeckte, dass er sich von der Arbeit fernhielt, würde er wegen Ungehorsams totgeprügelt werden. Er machte sich so klein wie möglich, am liebsten wäre er weggeschrumpft, hätte er sich hier selbst abgeschafft, das Nichts, das er war, Carel, auf einen Fuß reduziert, in dem ein Schmerz rumorte. Und Carel glitt weg: sah sich auf einem besonnten Platz sitzen, genoss Wärme und Licht, die reine Luft, endlich fiel ihm das Atmen leicht, alle Dinge waren farbig und rochen gut, er halluzinierte das Meer, saß mit einer Schüssel auf dem Schoß am Strand und futterte mit dem Löffel Vanillepudding und Himbeerkompott, und vor ihm wartete mit tropfenden Lefzen sein Hund, ein gelber Labrador, der einzige puddingfressende Hund Belgiens … Dann gab er sich einen Ruck. Ich falle als Arbeitskraft aus, wurde ihm bewusst, Carel van Vliet hat keinen Wert mehr, er lachte tonlos. Man wird ihn in die Krankenbaracke abschieben und dort ohne Arzt und Essen verrecken lassen. Der kaputte Fuß war sein Todesurteil.

Carel öffnete die Augen nicht. Alles, was er in dem matten Restlicht, das bis hierher reichte, zu sehen bekäme, ekelte ihn an. Er wehrte sich gegen den Brechreiz, sein Magen war leer, nur bittere Galle und Schleim käme heraus. Und er war erschöpft, es fehlte ihm der Wille, die Augen zu öffnen. Zugleich wusste er, dass dieses Elend nur zu überwinden war, wenn er seinen Willen zurückgewann: Ich will zurück nach Antwerpen, ich will mein Leben fortsetzen, dachte er trotz seiner Schmerzen, ich will an der Stelle, wo die Nazis den Stecker herausgezogen haben, den Stecker wieder hineinstecken, ich werde alles, was dazwischen liegt, als Episode ohne Strom betrachten, als eine Geschichte, die zwar aufgeschrieben wurde, aber nie wirklich stattgefunden hat. Um dort weiterzumachen, musste Carel van Vliet zuerst hier überleben. Das war der entscheidende Punkt. Er befand sich jetzt zwar abseits vom Geschehen, aber die Gefahr entdeckt zu werden war nicht gebannt. »Martin«, raunte er und drehte den Kopf nach rechts, wo der fassungslose Junge kauerte, »wir können hier nicht bleiben, wir müssen weg, wir müssen sofort verschwinden, du musst mich stützen, ich kann nicht gehen ohne deine Hilfe.« Martin rührte sich nicht, schwieg. Carel roch den Schweiß des Jungen, und, eine wohltuende Note darin, den Duft seiner Mutter. Er stieß Martin an und suchte den Augenkontakt, um seinen Blick zu fixieren: So wie die schöne Gerda sich ihm hingegeben hatte, würde sich auch ihr Sohn ihm überlassen. Carel musste den Jungen in den Griff bekommen, Martin war formbar, nachgiebiger Wachs in seinen Händen.

Einen Steinwurf entfernt zerstörte der Direktor der Nationalgalerie die Magie, mit der Carlo Crivelli alle in Bann hielt, als er sich bemühte, den aufgesprungenen Deckel der Kiste wieder zu schließen. Er ging ungeschickt und fahrig vor, etwas schroff, als habe er einen Fehler auszubügeln und bereue die Grenzüberschreitung, die er mit seinem Verhalten hervorgerufen hatte, die unbotmäßige Verbrüderung mit dem Feind. Er war wenig geübt im Umgang mit Brettern und Verpackungen und zerlumpten Männern, Ingenieur Holm sprang ihm bei. Die Aufseher, SS-Marionetten, deren Schnüre für eine lange Minute niemand gezogen hatte, rührten sich und begannen herumzuschreien, als hätten sie eben erst kapiert, dass die Arbeit unterbrochen worden war und die *Zeit eine Zeitlang* stillgestanden hatte, gleichsam in Hab-Acht-Stellung vor der Erhabenheit der Kunst. Nun wichen sie grimmig vor der aufgeplatzten Kiste zurück und trieben die Männer, deren Zusammenrottung ihnen plötzlich wie ein Aufruhr erschien, wieder in die Stollen zurück. Die Fremdarbeiter und Häftlinge hatten etwas Verbotenes gesehen, sie waren Zeugen einer Angelegenheit, die unter Geheimhaltung stand. Eigentlich müsste man ihnen die Augen ausstechen und die Zunge herausschneiden. Die Männer trotteten weg, zogen den Kopf ein, hoben schützend die Hände, als wenn sie Prügel erwarteten. Der Junge, der geweint hatte, bekam einen Schlag mit der Stahlrute, seine Stirn platzte auf, die Wunde war für eine Sekunde ein tiefroter Strich, dann ein Mäander. Die Arbeiter trugen wieder in Kisten verpackte Gemälde zu den Kippwagen, den eisernen Hunden, die zum geheimen Bergungsort fuhren. Der Förderkorb brachte Ladung um Ladung zur Sohle hinunter. Der Direktor und Ingenieur Holm ermahnten die stummen, wankenden Männer zu erhöhter Vorsicht.

Carel van Vliet stützte sich auf Martin, im Schutz der Dunkelheit schleppte der Junge den Liebhaber seiner Mutter in einen stillgelegten Schacht. Der mickrige Belgier wog nicht viel, Martin war erstaunt, wie leicht der Mann war, es kostete ihn kaum Kraft, ihn zur Schonung des Fußes ein Stück weit zu tragen. Und trotzdem empfand er diesen leichtgewichtigen Körper als große Last, als unnötiges Gepäck, das er sich selbst aufgehalst hatte.

Es war finster im Erdinnern, man sah die eigene Hand nicht vor dem Gesicht. In diesem abgelegenen Gelass, einem längst ausgebeuteten Schacht, vierhundertsechzig Meter unter Tag, in einem wohl seit Jahrzehnten nicht mehr betretenen Stollen, war es schwierig, sich vorzustellen, dass die Erde eine Oberfläche besaß, Geräusche und Farben, dass dort oben grünes Gras wuchs, dass sich dort Häuser, Tiere und Menschen befanden, der Wald und frisches Wasser, ein Fluss, der kleine See, und tausend Vögel, kleine Meisen, geschwätzige Finken, kaum zu glauben, dass der Kuckuck zu hören war und der Wind in Baumwipfeln und Milane gravitätisch über dem Land kreisten, ja: über Tage erhob sich ein Himmel, ein unermessliches Gewölbe, das über seiner Blautönung und der Nacht in ein alles verschlingendes Nichts mündete, damit der Kreis sich schloss. Und wenn er sich geschlossen hatte, war es vielleicht nicht das Schlechteste, sich hier unten aufzuhalten und im Salz auf bessere Zeiten zu warten: dort oben herrschte nämlich Krieg, der Himmel war eine Gefahrenzone, Häuser brannten ab, ein Mensch verwandelte sich im Bruchteil einer Sekunde in einen Leichnam, und in den Wäldern formierten sich die Linien des Feindes.

Carel und Martin hockten flüsternd nebeneinander. Im Stollen war ohne Lampe nicht zu erkennen, was mit dem inzwischen dick angeschwollenen Fuß geschehen war. Aber auch Licht hätte nicht viel weitergeholfen, dachte Martin. Abgesehen von der Wunde, die stark blutete, war im Inneren des Fußes etwas kaputt. Carel konnte das Gelenk nicht bewegen, es lag wie bandagiert in einer harten

Schwellung. Ebenso unmöglich war es, mit dem lädierten Fuß aufzutreten, bis zum Knie fuhr ein Stromstoß, wenn der Fuß den Boden berührte. Sie hockten lange schweigend nebeneinander, jeder in Gedanken vertieft. Martin war ratlos. Eine Verkettung unglücklicher Umstände hatte sie aneinander gebunden, hilflos saß er mit Carel van Vliet in einer Falle.

Nein, Martin konnte ohne fremde Hilfe aufstehen und weggehen. Er war nicht an den Mann aus Antwerpen gefesselt, konnte ihn hier sitzen lassen, kaltblütig im Stich lassen könnte er Carel van Vliet, niemand trauerte diesem Fremdarbeiter nach, wenn er im Stollen vor die Hunde ging. Vielleicht seine Liebste, aber diese Möglichkeit war Martin lästig, die Lebensgier und verzweifelte Liebe, die seine Mutter und Carel zusammengeführt und zur Paarung getrieben hatte, überstiegen seinen Verstand. In seinem Schädel passte das alles nicht zusammen. Es war Verrat. Durch Krieg und Zufall hatten sich ihre Lebenspfade überschnitten, und jetzt hatte Carels Bahn auch die seine gekreuzt. Eigentlich wollte Martin mit Carel nichts zu schaffen haben. Ebenso heftig lehnte er die Möglichkeit ab, auch sein Vater könnte Carel vermissen, Ingenieur Holm, der Gehörnte, der kluge und feige Vater mit seinen Empfindsamkeiten und schlaflosen Nächten. Was er wohl durchlitt und durchzustehen hatte: Achterbahnfahrten. Andererseits schien ihm nichts an sich selbst zu liegen: als stünde er über allem.

»Das Wichtigste ist Wasser«, begann Carel auf Martin einzureden, »du gehst zurück zum Schacht, wo sie die Kisten ausladen, du fährst mit dem Förderkorb hoch, wenn dich jemand fragt, warum du das tust und was du oben willst, dann sag, Ingenieur Holm habe dir befohlen, Wasser zu holen, verstehst du, und wenn jemand wissen will, wofür du das Wasser brauchst, wiederholst du stur, es ist ein Befehl von Ingenieur Holm, hörst du: Befehl ist Befehl ...«

Martin schwieg, Carel hatte recht. Wasser war wichtig und nicht schwer aufzutreiben. Und er musste unbedingt auch Brot in die Grube schaffen, aber woher nehmen, Essbares. Es war dunkel, viel zu dunkel hier, stockdunkel. Martin fürchtete die Dunkelheit, mit einem Mal war das Pechschwarz der Grube der wichtigste Grund seines Unbehagens. Er saß am Boden, die Knie gegen die Brust gepresst. Es war so still, dass man das eigene Herz hörte, damit konnte er umgehen, doch es war so finster, dass man sich selbst verlor, gar nichts mehr war zu sehen, als hätte der Körper sich verflüchtigt. In dieser vollkommenen Dunkelheit war man selbst nur noch die Idee eines Körpers, und das Herz, das man hörte, schlug losgelöst im Raum, und dieser schwarze Raum hatte kein Ende, es fehlte ein Licht, das ihn begrenzte. Eine Lampe musste er beschaffen, unbedingt, Karbid. »Hier, nimm meine Grubenmarke mit«, hörte er Carel sagen, »gib sie ab, damit bei der Kontrolle die Zahl stimmt.« Martin spürte die knochigen, nach ihm suchenden Finger Carels, hörte die weiche Stimme, den belgischen Akzent, und nahm die Marke, die Carel ihm in die Hand drückte. »Ich kann unmöglich zwei Marken abgeben«, sagte Martin, »die erwischen mich.« Doch er behielt die fremde Marke, stand auf, steckte sie in die Tasche.

Martin tastete sich zum belebten Schacht zurück, tappte klopfenden Herzens durch einen langen schwarzen Stollen. Basalt durchzog das Steinsalz, er wusste es, ohne die grob behauenen Wände und die gewölbte Decke im Dunkeln zu erkennen. Er entfernte sich so rasch wie möglich von dem stickigen Gelass, wo Carel lag, dem Loch, in dem er den Belgier allein zurückließ. Er hatte das Bedürfnis, den Mann mit dem verletzten Fuß zu vergessen. Am liebsten hätte er Carel aus dem Gedächtnis gekippt, wie eine Karre voller Salz auf die Halde. Doch er schaffte es nicht. Zwar entfernte er sich von dem geheimen Verwundetennest, aber Carels Gesicht verwandelte sich nicht in ein leeres Oval, seine Züge blieben, in aller

Deutlichkeit. Die scharf gebogene Nase, eingefallene Wangen, weit auseinanderstehende, wimpernlose Augen, sein Blick, die Iris mit gelben Einsprengseln, und große, dicke Ohren. Sie waren Martin zuerst aufgefallen, alles war beinahe durchsichtig an dem Mann, die Sonne schien durch seine Magerkeit hindurch, aber seine Ohren waren dick wie Gummisohlen. Es war unmöglich, Carels Gesicht und Gestalt aus dem Gedächtnis zu vertreiben, ihn zu vergessen, ihn wie nebenbei vom Förderband in die Leere fallen zu lassen. Martin roch einen Brodem, für den er keine Worte hatte. Er hatte Angst. Was er sah: Am fernen Ende des Tunnels zitterte ein weißer Schimmer, eher Dunst als Licht. Dorthin wollte er sich eigentlich nicht begeben, es war ein verhasster Ort, den er dringend zu umgehen wünschte, weil ihn bestimmt Strafe erwartete, der Pranger. Widerwillig ging er weiter, er hatte keine Wahl, und plötzlich, als wechselte er die Sphäre, trat er aus der beklemmenden Finsternis heraus ins Licht, erreichte er den chaotisch anmutenden Ausladeplatz, wo allerdings nichts mehr darauf hinwies, dass vor einer Stunde etwas Außerordentliches vorgefallen war, ein Ereignis, das es im Tagesrapport zu vermerken galt. Die unerhörte Begebenheit schien bereits vergessen zu sein, abgehakte Vergangenheit, eine Bagatelle und vernachlässigbar. Martins Befürchtung zerschlug sich, niemand hatte bemerkt, dass er weg gewesen war, keiner kümmerte sich um ihn, den Sohn des Herrn Ingenieur Holm (und fragte nach dem verschwundenen Belgier, der wie ein misshandelter Hund aufgejault hatte). Erleichtert schaute sich Martin nach dem Vater um. Dort, beim Förderkorb, stand er, im Gespräch mit dem Berliner Direktor. Er stellte sich zu den beiden Männern, steckte die Daumen in den Gürtel der Hose und fragte, als sei nichts gewesen, »müssen alle Kisten in denselben Schacht?« Falls ein Aufseher ihn beobachtete, sollte er den Eindruck gewinnen, Ingenieur Holm erteile seinem Sohn einen Auftrag oder der Sohn erstatte ihm Rapport über eine wichtige Sache. Der Vater knuffte Martin in die Seite und raunte ihm etwas Aufmunterndes zu, während der Berliner Direktor seine Suada von der Unermesslichkeit der kulturellen Werte fortsetzte, die nun eingelagert wurden, der hehren Kunst, geborgen im Salzwerk, dem von Deutschland verwalteten Welterbe, gewissermaßen in unverwüstlicher Ewigkeit. In diesem Augenblick liebte Martin seinen Vater. Ingenieur Holm schaffte es, den eitlen Direktor zufriedenzustellen und zugleich seinen Sohn spüren zu lassen, dass seine Aufmerksamkeit ihm galt. »Ja«, antwortete der Vater mit einem Augenzwinkern und ohne die näselnde Rede des Direktors zu unterbrechen, »alle angelieferten Kisten kommen in denselben Schacht.« Ganz in der Nähe hatten sie vor einem Monat schon den Werttransport verstaut, die ganze Reserve der Reichsbank: ungezählte Goldbarren und sämtliche Devisen, Kisten, Koffer, Truhen, Säcke, vollgestopft mit Banknoten. Dazu kiloweise Schmuck und Edelsteine. Ingenieur Holm zupfte leicht an Martins Ohr und fuhr ihm mit der Hand durchs Haar. Martin glaubte, ihm könne fortan nichts Böses mehr zustoßen, niemals, der Vater halte seine schützende Hand über ihn, und diese Gewissheit flößte ihm Mut ein, als er rasch zum Förderkorb schritt, zur Seilfahrt nach oben.

Vor dem Aussteigen hatte Martin dennoch weiche Knie. Er musste sich konzentrieren, den ganzen Willen aufwenden, um keine Fehler zu machen und strikt nach Plan zu handeln, Punkt für Punkt. Leider war dieser Plan vage, er hatte ihn gar nicht verlässlich im Kopf, und weil er zaghaft war, passte nichts mehr zusammen: Teile verschiedener Puzzles waren in eine Schachtel geraten. Die Gestapo wird dich gleich festnehmen, fürchtete er, die SS sperrt dich ein, du wirst wegen Verbrüderung mit dem Feind erschossen. »Was willst du oben«, fragte der Maschinist im Förderkorb. »Wasser holen«, antwortete Martin. Der Maschinist begnügte sich mit dieser Auskunft, er war träge und schlecht gelaunt, beschäftigte sich mit seiner rechten Hand, klaubte mit den Fingern der linken umständlich daran herum. Ein Splitter steckte darin und der Daumennagel war eingerissen; er hatte sich verletzt, als er bei einer der hölzernen Kisten selbst mit anpacken musste. Mehr wollte er gar nicht wissen. Martin ergänzte trotzdem: »Befehl von Ingenieur Holm.« Der Mann wandte ihm den Rücken zu, den Daumen hatte er jetzt im Mund, mit den Zähnen schien er geschickter zu sein als mit der linken Hand. Als sie endlich oben waren, beim Ein- und Ausstieg, und das schwere Gitter der Tür sich rasselnd öffnete, traute Martin seinen Ohren nicht. »Wirf die Marke in den Topf dort«, sagte der Mann mürrisch, ohne ihn anzublicken oder sich von seinem wunden Daumen ablenken zu lassen. Das war noch nie vorgekommen und eben noch unvorstellbar gewesen, ein Wunder. Bisher hatte Martin seine Grubenmarke dem Maschinisten immer in die Hand geben müssen. Nach Vorschrift. Martin war überrascht, mehr noch, er war erlöst. So leicht hatte er sich den Betrug nicht vorgestellt. Ohne Trick und Lüge. Das Austeilen der Marken vor der Einfahrt in die Grube und das Einsammeln nach der Ausfahrt war die Pflicht des Maschinisten. Und nun dies. Lasche Kontrolle. Ohne besondere Anstrengung führte Martin den ersten Schritt aus. Ihm war, er werde gleich einen großen Coup landen. Sein Plan, vor einer Minute noch verworren, bekam klare Konturen. Mit einem Grinsen verließ Martin den Förderkorb. Nun ging alles ganz schnell. Er legte nicht nur die eigene, sondern auch Carels Grubenmarke in den tönernen Topf: Damit hielten sich beide nicht mehr unter Tag auf. Er hatte Carels Anwesenheit in der Grube getilgt. Wenn man den Belgier am Abend vermisste, aber keine der am Morgen ausgegebenen Grubenmarken fehlte, wurde kein Suchtrupp in die Tiefe geschickt. Man nähme das Normale an, nämlich, er sei geflohen, und hetzte ihn mit Hunden, man stöberte ihn bald irgendwo in einer leeren Scheune oder am Waldrand auf, Flüchtige trieben sich in der Regel an Orten herum, wo sie etwas

Essbares zu finden hofften oder stehlen konnten. Man wird ihn heute oder morgen schnappen und gleich am nächsten Baum aufknüpfen.

Martin holte in einem Schuppen zwei Kanister und füllte sie mit Wasser. Dabei machte er von seiner Gabe Gebrauch, durch verschlossene Türen zu gehen. Er trug immer ein mehrteiliges Taschenmesser mit sich, einen Nagel, ein Stück Draht. Er öffnete den Geräteschuppen in weniger als einer Minute, es sah vielleicht so aus, als benötigte jemand einen Moment Zeit, um den richtigen Schlüssel am Bund zu finden. Ebenso leicht knackte er die Tür zum Werkgebäude II, wo sich im ersten Stock das Sanitätszimmer befand. Dem Blechschrank entnahm er Verbandszeug und Jod. Im Büro seines Vaters stahl er eine Fleischkonserve, die Dose, daran erinnerte er sich, stand in einem Fach von Ingenieur Holms Schreibtisch. Dreist ging Martin vor. Wäre sein Tun jemandem aufgefallen, wäre der Junge aufgehalten und gefragt worden, was er da mache, hätte er als Antwort ein knappes »Befehl ist Befehl« zu hören bekommen; eher gebellt denn gesprochen. Es lief jetzt alles wie eine positive Kettenreaktion ab. Seit das unüberwindbare Hindernis, für das er die Abgabe von Carels Grubenmarke gehalten hatte, beseitigt war, stand ihm nichts mehr im Weg, konnte nichts mehr anbrennen oder ihn bremsen. Mit zwei auffälligen Wasserkanistern und den Sachen, die er sich in die Taschen und unters Hemd gestopft hatte, ging er mit zügigen Schritten zum Förderkorb zurück. Das Schwungrad drehte sich langsam wie das Riesenrad, mit dem er auf der Kirmes in Eisenach einmal hatte fahren dürfen. Martin bemühte sich, trotz der an seinen Schulter- und Handgelenken ziehenden Gewichte aufrecht zu gehen. Und mutig zu blicken. Wenn er zackig marschierte, erweckte er am wenigsten Argwohn. Die Lastwagen standen in perfekten Reihen auf dem Werkgelände, es roch nach Benzin und ausgelaufenem Öl. Ein paar

SS-Männer, dem Abzeichen nach Fahrer, lungerten herum, eine Kühlerhaube stand offen, der Mechaniker verschwand fast im Motor, man sah nur mehr seinen Hintern und die Beine mit den schweren Schuhen. Erschöpfte Arbeiter, angetrieben von SS-Aufsehern, luden Kisten ab und schleppten sie schwerfällig über den grauen Platz. Die Männer trugen Armbinden, O für Ostarbeiter, P für Pole. Hunde rissen an kurzen Leinen, plötzlich angsterfülltes Geschrei, ein langer Mann ging zu Boden, wurde mit dem Stiefel in die Seite getreten und, da er sich nicht rührte, an den schlaff daliegenden Armen gefasst und weggeschafft. Danach wieder Stille. Eine Spur, als sei ein Sack über den Platz geschleift worden. Die Förderanlage ratterte. Schmutzige Salzbrocken kollerten auf eine Halde. Ein milder Tag, Vorfrühling, auf den angrenzenden Wiesen herrschten die Farben Rosa und Weiß vor. Die Sonne über dem Förderturm. Gebäude, Fahrzeuge, Kisten, Geräte und Männer warfen kurze Schatten. Niemand beachtete Martin, es war nichts Besonderes dabei, der Normalfall: Ein sechzehnjähriger Junge trug zwei Wasserkanister zum Förderturm. *Schnell wie ein Windhund.* Sonderbar wäre es gewesen, wenn Martin, die Hände in den Hosentaschen, über den Platz geschlendert wäre. Ganz und gar unmöglich wäre es gewesen, die Kanister rechts und links an einer Stange zu befestigen und sie quer über die Schultern zu legen. So trugen Chinesen und Neger Lasten, nicht aber ein deutscher Junge. Und nur Landstreicher hängten ihr Bündel an einen Stecken und schulterten es wie eine Fahne. Nein, deutsch war das nicht. Einen glatten, geraden Stock hätte er jedoch gebraucht, um für Carel eine Schiene zu basteln, falls ein Knochen gebrochen war. Er hatte plötzlich wieder eine Heidenangst. Beim Förderkorb (die Gittertür offen) hockte der verletzte Maschinist, ein Kamerad kümmerte sich um seinen Daumen, zog mit der Pinzette den Splitter aus dem Fleisch. Martin rief ihm zu: »Ich hab schon eine Marke aus dem Topf genommen.« Er schrie fast, gewiss war der Mann, der einen

Verband umgelegt bekam, mit Lautstärke zu beeindrucken. Es sollte auch klingen wie: Das ist jetzt die neue Regel. Dabei war es ein drastischer Verstoß gegen die Vorschriften. Der Maschinist, ein Hüne, schaute ihn kurz an, eher leidend als misstrauisch, die unter dem Verband pulsierende Wunde kümmerte den Mann mehr als der Junge, der lädierte Daumen pochte schmerzhaft, dazu der eingerissene Nagel, der Sanitäter hatte ihn tief ausschneiden müssen. Nun sickerte das Blut durch den Verband, es ließ sich nicht so leicht stillen. Der Mann, bleich und verdrießlich, schüttelte bloß seinen Kopf, der, getragen vom dicken Hals und gestützt vom fleischigen Nacken, etwas unbeweglich war. Missbilligend blies er Luft durch die Nüstern, wies jedoch Martin nicht zurecht. Heute war nicht sein Tag. Martin hütete sich, das Misstrauen des Kerls zu schüren, senkte den Blick.

Im Förderkorb fand er einen Platz zwischen hohen flachen Kisten, sie waren nicht beschriftet. Das Scherengitter schloss sich, neunzig Sekunden dauerte die Seilfahrt, und während Martin in die Tiefe fuhr, erfasste ihn ein Schwindel. In einer Viertelstunde der Selbstüberschätzung, als alle Türen sich ihm ohne Widerstand öffneten, damit er sich bediene, hatte er sich vorgestellt, wie es wäre, wenn er in die Grube zurückkehrte – ohne Marke. Es war riskant, keine Marke aus dem Topf zu nehmen und zu lügen. Martin hatte in den Topf gegriffen und nur vorgetäuscht, eine neue Marke herauszunehmen. Seine Hand war leer, die Faust umschloss keine Grubenmarke. Der SS-Mann hatte sich übertölpeln lassen. Nun, während der Förderkorb sich absenkte zur Sohle, war es zu spät, blieb ihm keine Möglichkeit mehr, das Vergehen zu korrigieren. Martin Holm verwandelte sich in eine Null. Seine Existenz löste sich wie ein Brocken reines Salz im Wasser auf. Zähltechnisch spielte er keine Rolle mehr. Das wurde ihm glasklar bewusst, darum klapperte er mit den Zähnen, als er unten ausstieg. Eine Null.

Ohne Grubenmarke befand er sich weiterhin oben und arbeitete irgendwo auf dem weitläufigen Gelände der Zeche, genau wie Carel van Vliet, der, nachdem Martin zwei Grubenmarken abgegeben hatte, unter Tag auch nicht mehr existierte, folglich ebenfalls einer der namen- und gesichtslosen, über Tag zwischen den Lkws und dem Förderkorb zirkulierenden Lastenträger war oder zu sein hätte. Zudem war der Mann, der am frühen Morgen Marken ausgab, nicht der Mann, der sie am späten Abend zählte. Nur die SS-Uniform war dieselbe. Wenn keine Marke fehlte, befand sich kein Arbeiter mehr in der Grube. Nach Schichtwechsel war kein Zeuge anwesend, der dafür bürgte, dass Martin mit Wasserkanistern in die Tiefe gefahren war und Carel den Schacht nie verlassen hatte. Die Grube hatte sie nicht ausgespuckt, die Grube hatte Martin und Carel verschluckt, und niemand wusste es.

Ohne angesprochen oder aufgehalten zu werden, eine Null, konnte Martin von der Sohle aus zum stillgelegten Stollen gehen, vorbei an den zahllosen, wie in Trance funktionierenden Männern, deren dünne Arme und Beine überlange Schatten auf die Wände warfen. Die Aufseher glichen in dem gespenstischen Licht Skulpturen. Breitbeinig aufgebaut. Im platten Gesicht bewegten sich Augen. Kiefer schnappten auf und zu, ohne dass Martin Befehle, Anpfiffe und Drohworte hörte. Ihre Verfluchung konnte jeden treffen. Martin bewegte sich in einem vielköpfigen Gewusel. Sein Ausscheren fiel nicht auf, weil keine allgemeine Richtung vorherrschte, alle arbeiteten vereinzelt, unfreiwillig, stumm, isoliert. Sie gehorchten einem Plan, in den sie keine Einsicht hatten, auch Martin nicht, der ihn leichtfertig durchkreuzte. Er durchquerte die beleuchtete Zone, entfernte sich, ohne einen Verdacht zu erwecken. Im Visier eines Aufsehers, der ihn mit den Augen verfolgte, war er ein Schemen, der sich im Schwarz verlor, plötzlich, als er in den zum stillgelegten Stollen führenden Schacht trat.

Carel lag immer noch am selben Ort. Mit seinem beschädigten Fuß hatte er gar keine andere Wahl, als auf fremde Hilfe zu warten. Martin stellte die Kanister ab, packte alle Dinge aus, die er hatte mitlaufen lassen, darunter eine Feldflasche aus dem Büro seines Vaters. Er füllte sie ab, was in der Dunkelheit schwierig war, jeder Tropfen war kostbar, er durfte kein Wasser verschütten. »Endlich kommst du zurück«, begrüßte ihn Carel, »bist du die Grubenmarke losgeworden?« »Ja«, antwortete Martin und reichte Carel die Feldflasche. »Danke.« Carel trank das Wasser in einem Zug aus, gierig. »Oben habe ich keine Chance«, erklärte er, »mit dem ramponierten Fuß stecken sie mich in die Krankenbaracke.« Er machte eine Pause. »Hast du Essen mitgebracht?« »Wir brauchen eine Lampe«, sagte Martin, »ich weiß, wo die Notlampen sind, ich hole eine Lampe, dann schauen wir den Fuß an.« »Er ist taub, ein Kloß ohne Gefühl«, klagte Carel, »hoffentlich kommen die Amerikaner bald.« Martin schwieg, Carels Hoffnung überforderte ihn. Was geschah dann, wenn die Amerikaner tatsächlich kamen? »Die Amerikaner oder die Russen«, redete Carel weiter, »für mich ist beides besser als die Deutschen.« Er schwieg kurz und sagte dann eindringlich zu Martin: »Schlechte Aussichten für dich und deine Familie. Weißt du eigentlich, was dich erwartet? Dein Vater und dein Opa werden bestimmt eingesperrt, Gerda und du wahrscheinlich auch. Vielleicht sogar erschossen.«

Später saßen sie im Schein der Karbidlampe wie in einer Hütte und besprachen, was zu unternehmen sei. Vorsichtig versuchte Martin den Schuh vom getroffenen Fuß zu lösen. Carel schossen Tränen in die Augen. »Nein«, sagte er zu Martin und keuchte, »schneid den Schuh nicht mit dem Messer auf, sonst ist er hinüber, ich habe nur dieses eine Paar.« Zuoberst am Spann, über dem Schuhrand, klaffte eine Wunde, ein Riss, der von der scharfen Kante der Kiste herrührte. Und im Fußgewölbe war irgendetwas kaputt. Martin träufelte Jod auf die Wunde und legte einen Verband an, dann richtete er den Fuß, stellte ihn sorgfältig ruhig, vertröstete den aufstöhnenden Carel, »der Schmerz lässt bald nach.« Eine Leiste, die er im Stollen entdeckte, benutzte er als Schiene und umwickelte sie mit Stofflappen, die er im Lampenschrank gefunden hatte. Nach der Prozedur zeigte er Carel die Fleischkonserve. »Du hast sie verdient«, sagte er und wünschte jäh, die Konserve sei vergiftet. Auf der Seite war ein Drehschlüssel angelötet. Der Belgier, mit dem Rücken gegen die Wand gelehnt, öffnete die Dose und begann das Fleisch zu essen. Mit der Hand klaubte er Stücke heraus, stopfte sie in den Mund, lutschte den Gelee von den Fingern ab, kaute stumm und mit geschlossenen Augen, verschlang das saftige Fleisch bis zum letzten Krümel, zuletzt war auch das Blech blankgeleckt.

Schweigend lagen sie nebeneinander im Stollen. Ohne Decke. Um Karbid zu sparen, machten sie die Lampe aus. Jeder hörte den anderen atmen. Der durch die Ruhigstellung gelinderte Schmerz war erträglich. Carel hatte jetzt weder Hunger noch Durst, eine gute Voraussetzung, um die Lage zu überdenken: Ist der verletzte Fuß ein Glück oder ein Unglück? Der Unfall hatte Carel ein Stück Freiheit geschenkt. Seit mehreren Jahren würde er zum ersten Mal eine ganze Nacht ohne Angst um sein Leben verbringen und ohne Bedrohung schlafen können. Von dem Jungen ging keine Gefahr aus, und all die Henker, die Carel verfolgten, suchten am falschen Ort. Er befand sich nicht in ihrer Reichweite. Zunächst musste er sich jedoch nicht um die Freiheit kümmern, sondern um das Überleben. Die Höhle war ein Zufluchtsort. Es konnte darin gar nicht finster genug sein. Deutschland hatte den Krieg verloren, von Westen rückten die Amerikaner heran (Carel hatte Informationen), von Osten näherten sich die Russen. Merkers und Buchenwald lagen zwischen den Fronten, die Zeche Kaiseroda bildete die Mitte.

Die Alliierten würden gewiss erfahren (oder wussten es bereits), welche Schätze und Reichtümer in der Grube eingelagert waren – und sich die fette Beute nicht entgehen lassen. Man konnte hier aufgerieben und am ersten Tag nach dem Krieg noch erschossen werden, den Deutschen konnte einfallen, die Grube zu sprengen, den Zugang dichtzumachen: Alles war möglich. Hier durfte er nicht bleiben, bestenfalls eine Pause einlegen. Danach musste er weg. Es wäre besser, den Amerikanern in die Arme zu laufen; aber das Laufen war jetzt sein Problem. Das Kommando, das vor Wochen den Schacht für die Aufnahme des Goldes vorbereitet hatte, war nach dem Arbeitseinsatz von der SS eliminiert worden. Nun standen den anderen Lagerinsassen Märsche bevor, die noch gehfähigen Häftlinge aller Außenstationen von Buchenwald sollten verlegt werden. Es sind Todesmärsche, hatte ein Kapo gesagt. Denn auch wer sie überlebte, endete im Vernichtungslager. Carel war nicht gehfähig, ihn würde man vor dem allgemeinen Aufbruch kurzerhand umlegen. Es war eine Frage der Zeit, gerade darum musste er höllisch aufpassen, immer auf der Hut sein. Alles Deutsche wird sich bald auflösen, ganz bestimmt, diese Gewissheit war ein ungemein starker Trost: Die Ordnung war schon destabilisiert, die Struktur zerbrochen, nur Dummköpfe und Unbelehrbare sahen in dem Flickenteppich noch ein funktionierendes System. Gerade darum waren sie gefährlich. Sie schossen wahllos und willkürlich auf jeden Schatten. Nein, es ging Carel jetzt nicht um die Freiheit, Vorrang hatte das Überleben, er wollte zurück nach Antwerpen. Und dafür brauchte er Martin, er musste sich Martin Holm gefügig machen. Er musste ihn weiter einschüchtern, ihn weichklopfen und glauben machen, dass die Amerikaner ihn ins Gefängnis sperrten und folterten und die Russen ihn gleich aufhängten. Ihn und seine Familie. Er musste den Jungen in den Goldraum schicken, niederländische Gulden sollte er dort holen, eine Tasche voll, einen Koffer voll Goldgulden. Carel war fiebrig, sein

Hals ausgetrocknet, er hatte jetzt Durst. »Füll nochmals meine Feldflasche«, sagte er in die Richtung, wo er Martin vermutete. Aber der Junge lag nicht mehr neben ihm.

5

Es war stockfinster. Martin hätte die Uhr nicht ablegen sollen; er trug sie jedoch selten bei der Arbeit, schonte sie. Der Vater hatte ihm erklärt, dass er Kisten schleppen müsse. Trüge er die Uhr, könnte er die Leuchtziffern sehen und die Zeit ablesen. Es war totenstill. Die Schicht musste schon ausgefahren sein. Die Aufsicht hatte die Marken gezählt, und da keine fehlte, befand sich kein Mann mehr in der Grube. Der Gedanke hatte nichts Beruhigendes, er ähnelte einem düsteren Kapitel in einem Zukunftsroman: Alle Menschen haben die Stadt verlassen, nur einer torkelt durch die leergefegten Straßen. Martin betrachtete Carel und sich als ein Paar, sie waren wie siamesische Zwillinge zusammengewachsen. Zumindest bildete jeder das Anhängsel des anderen. In dieser Tinte und Totenstille waren oben und unten, rechts und links austauschbar. Martin trennte sich mit einem Ruck von dem Belgier, er war es leid, mit ihm in der Hölle zu schmoren. Er nahm die Karbidlampe und verließ den Schacht. Carel schien nichts zu merken, er schlief oder schützte Schlaf vor. Es war Martin einerlei.

Eine Nacht umfing ihn, die im finstersten Traum nicht dunkler sein konnte. Er lauschte in die Leere hinein. Keine Signale. Verstört nahm er eine Stille wahr, so bodenlos wie das tiefste Grab. Zugeschüttet, versenkt in einer geschlossenen Gruft, zitterte er, schwitzte. Sein Kreislauf rebellierte. Martin setzte sich auf den Boden. Er hatte Carel verlassen. Wann? Weshalb? War er eben weggedöst, vor Erschöpfung eingeschlafen? Er rieb sich die Augen. Das half nichts, Augen waren in der Grube entbehrliche Organe, gleichgültig, ob Martin sie öffnete oder schloss. Es fehlte ein Sinn, auf den in der Grube Verlass war. Wozu brauchte er hier eine Nase? Eine Zunge? Das Rettende war, dass er sich in diese Dunkelheit nicht einzuschmiegen wünschte, dass sie ihm feindselig entgegenkam. Er sollte mit sich selbst sprechen, Martin müsste Geräusche erzeugen. Er legte die Hand auf den Mund, berührte die Lippen. Sie fühlten sich trocken an. Die Zeit stand still. Er wusste, dass seine Annahme unsinnig war. Aber er empfand das so: Die Zeit verstreicht nicht. An einem Ort ohne Licht existiert keine Zeit. Hätte er seine Uhr dabei, zitterten ihre Zeiger, bei der Zwölf rückten sie weder vor noch zurück. Nur die Ziffern leuchteten weiterhin. Das Ticken stürbe ab. Der Schock der Tiefe, der Dunkelheit und Stille setzte die feine Mechanik außer Betrieb. Seine Uhr tickte und leuchtete jetzt zu Hause auf dem kleinen Tisch in seinem Schuhschachtelzimmer. Sie zeigte die Zeit an, sekundengenau, im Takt einer aus dem Rhythmus geratenen Welt. Dort war jetzt vielleicht Bombenalarm, schlimmer noch: Das Haus brannte lichterloh; sein Zimmer war voll leckender Flammen, in der Hitze platzte das Glas der Uhr, die mit Phosphor beschichteten Zahlen und Zeiger fingen Feuer.

Ohne Licht kein Raum. Martin spürte, wie sich in der Nacht des Bergwerks die Grenzen verwischten. Boden, Decke, Wände, alles fehlte, was einen Raum umriss. Martin war, als treibe er in einer schwarzen Wolke, in einer gestaltlosen tintigen Leere, in die hinein er nun Dinge projizierte. In Schwarzweiß sah er sich selbst, einen sechzehnjährigen Jungen, der weder ein noch aus wusste. In Farbe erblickte er den nackten Hintern seines Bruders im Schuppen und das zur Hälfte verborgene Gesicht des Mädchens, das sich, nachdem es ganz zu sehen war, als das erzürnte Gesicht der Mutter entpuppte. Dann glaubte Martin einen Horizont wahrzunehmen, einen silbermatten, plötzlich in die Vertikale kippenden Streifen. Waren diese Punkte Sterne, Bomber, Salzbrocken oder irrlichterten Objekte unbekannter Herkunft auf seiner Netzhaut herum? Nachglühen, Schlieren, Sternschnuppen? Und sein Körper, seine Haut, die ihn einschloss, hielt sie der Dunkelheit stand, war sie dicht, floss er nicht aus, verströmte sich in das Lichtlose hinein und löste sich auf wie ein farbiger Tropfen, der nicht die Kraft besaß, die Schwärze aufzuhellen? Martin hatte jetzt nur noch Angst, sein Atem stockte, das Dunkle klemmte ihm die Luftwege ab, nein, es pumpte sie voll mit zähflüssigem Pech, ja er sog statt Sauerstoff Gift in die Lunge. Martin hielt den Atem an. Es tat ihm gut, nicht zu atmen, das war aber keine Lösung, sondern verschärfte das Problem. Er sog die Luft ein, den Geschmack von Salz, auch war ihm, als habe er Blut im Mund, und ein silberhaltiges Metall. Seine Gefühle erstarrten zu Ergussgestein. Gedanken flatterten durch sein Gehirn. Martin tastete nach der Lampe, hatte sie ausgemacht, um Karbid zu sparen, er fürchtete sich entsetzlich davor, sobald das Licht anging, erkennen zu müssen, dass er umzingelt war: von Aufsehern mit Peitschen, von SS-Männern, bereit den Fangschuss zu lösen, von Teufeln und Engeln.

Das Licht war ein Funke Leben. Es reichte aber nicht aus, um den Schacht auszuleuchten, nicht einmal den Stollen, in dem Martin nun ging. Es war so etwas wie ein Käfig, ein leuchtender Kokon, von dem umhüllt er ausschritt: zurück zum stillgelegten Schacht, wo er Carel van Vliet schlafend vorzufinden hoffte. Er musste den Verletzten zuerst wiederfinden. Das weitläufige Bergwerk war jetzt in seinem Kopf wieder ein klar durchdachter Bau, der nur auf den ersten Blick einem zertretenen Ameisenhaufen ähnelte. Die Kaligrube bestand aus einem überlegten Netz von Stollen, Pfaden, Abzweigungen, Gängen und Schächten, nichts war beim Bau dem

Zufall überlassen worden. Er rief sich die Karten und Lageskizzen, die er im Büro seines Vaters doch lang genug studiert hatte, vor sein inneres Auge, sah sich am Schreibtisch sitzen und die Wege mit dem Finger nachzeichnen. Wie bei einem gut überschaubaren Brettspiel rückte er Feld um Feld Richtung Ziel vor. Vom Schreibtisch aus, als hätte das Bürogebäude gläserne Böden, schaute er in die Grube hinunter, sein Blick schnitt durch Salzgestein und Basalt. Er beobachtete sich selbst. Im Kegel seiner Lampe konnte er, Martin, unmöglich in die Irre gehen. Er dachte, das Straßennetz der Grube auswendig im Kopf zu haben, genau wie den Grundriss eines vertrauten Hauses, glaubte, sich das komplizierte Stollensystem wie den einfachen Ortsplan von Bad Salzungen eingeprägt zu haben und so gründlich zu kennen wie die Pläne von Merkers und Eisenach: wie die eigene Hosentasche.

Erst als die Kisten ins Licht seiner Lampe gerieten, stutzte er, und ihm schwante, dass er sich verlaufen haben könnte. Drei massive Kisten, aus groben Brettern gezimmert, und eine kleine Kiste, die aussah wie ein Schreibmaschinenkoffer und die er sofort wiedererkannte, ein flacher Koffer aus glattgehobeltem Holz mit hübsch verziertem Schloss und Scharnieren aus Messing. Zum zweiten Mal war er darauf gestoßen. Ein Fund? Zufällig? Eher schien der Koffer ihn zu suchen. Jemand hatte die Kisten hier stehen lassen, um Martin Holms Leben umzulenken, deponiert auf dem steinigen Weg zu *Ort 20*. Wohin Martin ja nicht wollte, obwohl er genau dort gelandet war: Um hundertachtzig Grad in die verkehrte Richtung gelaufen, vermutete er, überrascht von der Wende. Er rief sich den Grubenplan zur Korrektur in Erinnerung, wo war er falsch abgebogen, welchen Stollen hatte er verpasst? Ratlos bückte er sich zu der kleinen Kiste hinunter, überlegte, eine Lageskizze in den Salzstaub zu zeichnen, der sich auf dem Deckel bereits angesammelt hatte. Seine Hände fanden selbsttätig zur Schließe. Ein Vexierschloss mit verdecktem Mechanismus, die Finger ertasteten ein stählernes Plättchen, schoben es beiseite und zogen einen Stift heraus; es war kein Schlüssel notwendig, weder Draht noch Dietrich. Martin klappte den hölzernen Deckel hoch. Ein Bild, hell, kaum größer als seine beiden Hände und von halb so breiten, dunkelbraun gebeizten Leisten gerahmt, lag in der Kiste.

Martin nahm das Bild vorsichtig heraus, hielt es mit beiden Händen am Rahmen, selbstvergessen glitt er an der Wand entlang zu Boden, hockte dann wie erschossen da, das Gemälde wie ein Buch auf dem Schoß. Er spürte, dass ihm Tränen in die Augen stiegen, wusste noch nicht, ob er aufgewühlt oder aufgebracht war, ergriffen von dem Gemälde, wütend darüber. Er hatte noch nie ein Ölgemälde in den Händen gehalten, noch nie ein ähnliches Bild gesehen, so zart und stark. Zwei angekettete Affen hockten in einer niedrigen Fensterwölbung. Sie schienen nichts miteinander zu tun zu haben, jeder siechte für sich allein, isoliert in der Gefangenschaft. Das Licht der Karbidlampe leuchtete die Darstellung aus, der dunkle Rahmen hatte die Wirkung eines Trichters, vertiefte das enge Gewölbe, in dem die zwei Affen hockten: in ihrer Vereinsamung verlorene Geschöpfe. Martin war, als fokussiere er die beiden Tiere durch ein umgedrehtes Fernrohr, nähere sich ihnen trotzdem, erreiche und berühre sie in der Ferne, im Elend der Versenkung, in die sie verbannt worden waren. Er roch ihre Angst, er spürte ihre Betäubung, hörte ihren flachen Atem, sie waren eingesperrt in einer Höhle, noch einmal vierhundert Meter tiefer in der Tiefe saßen sie im gleißenden Salz einer bisher unentdeckten Kristallgrotte. Sie waren wie er, ohne Chance. Die Einsicht machte ihn zornig. Er sah sich doppelt gespiegelt, eine Verhöhnung. Der eine Affe schaute zu Boden, gekrümmt. Quälten ihn Leibschmerzen? Der andere Affe schaute ihn, Martin, entgeistert an. Befürchtete er Schläge? In seiner Fügsamkeit funktionierte nicht einmal mehr der Instinkt, das Gesicht mit den Armen zu schützen. Ein paar zerbrochene Nussschalen lagen herum. Der Boden, auf dem die zwei Affen saßen, ein Rechteck, war durch eine lange Diagonale geteilt, die eine Hälfte erhellt, als falle Licht von Martins Karbidlampe auf die steinerne Fläche, als leuchte er, Martin, in das Verlies der Affen hinein. Die andere Hälfte des Bodens lag im Schatten. Im Bildhintergrund sah man eine Landschaft mit viel Himmel, eine breite Flussmündung und die Andeutung einer Stadt am Horizont. Dunstige Atmosphäre wie in der Grube. Im Wasser Segelschiffe. Fuhren sie aus dem Hafen heraus oder in ihn hinein? Am Himmel vorbeiziehende Vögel, einer Staffel Jagdbomber nicht unähnlich. Die Landschaft, so verlockend sie sein mochte, so vielversprechend sie von Leben und Freiheit erzählte, weckte bei den Affen kein Interesse. Sie beachteten das Offene nicht, ihnen fehlte ein Sinn für die Handlung, die der Ausblick nahelegte, nämlich dass man seine Lage verbessern könnte. Es sah nicht so aus, als dächten die beiden Affen darüber nach, sie hatten sich in ihr Schicksal gefügt.

Das Bild auf dem Schoß, die Karbidlampe neben sich, blieb Martin lange sitzen. Er war der entferntere der beiden Affen, der geduckte, gekrümmte, der die Arme auf den Bauch presste, der stumme mit dem gesenkten Kopf und den losen Lippen. Der nähere, dessen Haltung und Blick Vergeblichkeit ausdrückte, schaute ihn an. Die weißen Halbmonde über seinen Augen, das spitze Gesicht, fast ausgemergelt, auch das linke Ärmchen, dünn: Das war der Belgier, Carel van Vliet schaute ihn auch so bestürzt an, verschüchtert. Er wollte etwas von ihm, er forderte insgeheim, dass Martin sich um ihn kümmerte. Martin hatte Lust, auf den dürftigen Affen zu spucken. Das Bild ärgerte ihn, und er war versucht, das kleine Gemälde, das seine Situation gnadenlos spiegelte, zu zerstören. Martin war auch so ein blöder Affe. Gedemütigt. Eingeschlossen.

Gestutzt. Es wurde über ihn verfügt. Verdammte Obrigkeit. Er hasste sie aus ganzem Herzen. Hämische Feldwebel, dumme SS-Gefreite, brutale Wachmänner. Sie lachten wohl über das Bild wie über ihn; es amüsierte sie, die angeketteten Tiere zu sehen. Ihr Schicksal ließ sie gleichgültig, ja sie streckten den Affen die Zunge heraus, es machte ihnen Spaß, die wehrlosen Tiere zu necken und zu drangsalieren und dann abzumurksen. Martin überlegte, die Farbschicht mit der hellen Flamme der Karbidlampe zu versengen. Er drehte den breiten Rahmen um und drückte das Gemälde mit den Daumen aus der Fassung. Jetzt hielt er ein Stück bemaltes Holz in den Händen. Es war diffizil und alt, das teilte sich ihm mit. Das knapp fingerdicke Brettchen war mindestens so leicht zu verletzen wie die Farbe, die darauf gemalt war, so verwundbar wie die zwei abgebildeten Affen. Er könnte es mit einem Schlag zerschmettern. Aber dafür war es doch zu kostbar, zu sinnlich, zu schön. Er schmeckte mit der Zunge den Salzstaub auf den Lippen, legte dann die rechte Hand auf den Kopf, aufs dichte Haar, und zog sie langsam, den Handballen voran, übers Gesicht. Die Finger verzweigten sich über Stirn, Augen und Nase, er nahm Einzelheiten wahr, die ihm bekannt vorkamen, seine Züge. Noch nie hatte ein Bild ihn so überrumpelt, ihm deutlich gemacht, wer er war und was ihm fehlte. Gänsehaut breitete sich über Martins Beine und den Bauch aus. Er sehnte sich ins Freie, unbändig: Er, Martin Holm, war kein abgestumpfter Affe. Er bewegte sich, streckte die gesunden Glieder. Nichts an ihm war starr. Die Gelenke waren beweglich, die Lungenflügel dehnbar, blies er in die hohle Hand, spürte er den warm aus dem Mund herausströmenden Atem. Das Herz war nicht eine Verhärtung im Brustkorb. Es pumpte. Er war jung. Das kleine Bild war seine Rettung; er hatte sich in den finsteren Gängen des Bergwerks verlaufen, im Stollenverlies, ohne den Irrtum zu bemerken. Er wäre in dem Labyrinth irgendwo stecken geblieben. Niemand hätte ihn gesucht, weder die Spürhunde der

SS noch sein besorgter Vater. Es gab in dem Berg nur Stollen und Schächte. Jede Abzweigung führte weiter in die Tiefe, in die Hölle. Hilferufe fanden kein Ohr. Verhungert wäre Martin ohne den rettenden Fund. Ein Skelett geworden und dann Staub im Salz. Zufällig war er auf die Kiste gestoßen und fast darüber gestolpert. Wenn er etwas schneller oder langsamer gegangen wäre und den Arm mit der Lampe entsprechend mehr oder weniger geschwenkt hätte, wäre die Bilderkiste, kaum größer als der Kasten einer Schreibmaschine, nicht in den Schein der Lampe geraten. Plötzlich hätte sich der Grubenplan, von dem er glaubte, er könne ihn auswendig zeichnen, als Wirrwarr entpuppt, als ein Buch mit sieben Siegeln. Er war noch einmal davongekommen. An das Gegenteil zu denken machte ihn schwindlig. Er atmete zu nervös, zwang sich, tief Luft zu holen, bis der Brustkorb sich wieder gleichmäßig hob und senkte. Martin hatte nicht den Verstand verloren, sondern sich auf den richtigen Weg verirrt. Er wusste plötzlich wieder punktgenau, wo er sich befand, auf Sohle I, vor *Ort 20*, Norden. Der innere Kompass war neu justiert. Martin konnte den Blick nicht von dem kleinen Gemälde losreißen, überlegte, es unters Hemd zu stopfen und mitzunehmen. Behutsam strich er mit der Kuppe des Daumens über die Oberfläche, kühl und glatt fühlte sie sich an, der Tastsinn erfasste kleinste Erhebungen, jede Delle, wo der Maler die Farbe dicker oder dünner aufgetragen hatte, auch haarfeine Risse in der Farbhaut. Er steckte den Daumen in den Mund.

Das Karbid in der Lampe ging allmählich aus. Martin drehte das Bild um, auf der Rückseite des Brettes, die unansehnlich braun war, hafteten Reste von Farbe und Lack, klebten Etiketten. *Pieter Bruegel.* Der Name sagte ihm nichts. *Berlin, Bruxelles. The Metropolitan Museum of Art.* Martin drehte das Bild wieder um. Nichts hatte sich verändert, die Affen saßen noch genauso kleinlaut und verängstigt da; aber Martins Augenmerk richtete sich jäh auf ein bisher übersehenes Detail. Es zeigte einen Ausweg auf. Die Ketten der Affen endeten in einem Knebel, der durch einen Ring gesteckt war. Zögen die Affen den Knebel in eine senkrechte Position, ließe er sich durch den Ring zurückschieben, und sie wären frei. Zumindest wären sie die Fessel los. Danach müssten sie fliehen. Aus dem Gefängnis hinaus. Aber wohin? Sie könnten in den Raum hinein flüchten, ins Haus, in dem sie gefangen gehalten wurden, oder aus dem Fenster die Mauern hinunter ins Freie, zum Fluss, zur Stadt am Horizont. Aber was bedeutete das? Die Menschen würden sie dort wieder einfangen und anketten und zu ihrer Ergötzung tanzen und Faxen machen lassen. Auf einem der Segelschiffe waren sie hergebracht worden, deportiert aus einem anderen Land, aus dem Regenwald, in den sie aus eigener Kraft nie mehr zurückkehren konnten. Fern ihrer angestammten Welt fanden die verschleppten Affen in keiner neuen Umgebung einen ihnen gemäßen Lebensraum, war ihnen Freiheit und Glück nicht vergönnt. *Die Welt ist nicht so, wie sie sein sollte,* suggerierte ihm das Bild. *Dass die zwei Affen sich damit abgefunden haben, zählt nicht. Du musst dich von deinen Ketten befreien.*

Martin legte das Gemälde mit dem Rahmen in die Kiste zurück, klappte den Deckel zu und verriegelte das Vexierschloss sorgfältig. Wie ein Lieblingsbild, das zu verpfänden die Not ihn zwang, trug er die kleine Kiste aus Ahornholz mit den zwei Affen, seinen heimlichen Fluchthelfern, die dableiben mussten (ihm schwante jedoch, dass sie einen Treffpunkt vereinbarten: später im Leben), zum *Ort 20*. Der Schacht war finster. Ohne Bewachung. Wenn nach der Schicht die Zahl der abgegebenen Marken stimmte, und sie stimmte immer, war es unnötig, in der Grube eine Mannschaft zu halten. Martin stellte das Bild in der kleinen Kiste zu den großen Kisten voller Bilder. Es wäre ein Fehler, das Gemälde jetzt mitzunehmen, es konnte ihm auf der Flucht tausend Mal abhanden kommen. Es konnte beschädigt werden, zerstört. Man würde ihn als Dieb kurzerhand aufknüpfen oder mit einem Fangschuss erledigen. Da Freund und Feind nicht mehr an der Uniform zu unterscheiden waren, musste er jedermann als Feind betrachten. Er brauchte Carel, um sich durchzuschlagen. Je nach Situation musste einer den anderen schützen. Ein besseres Leben war möglich, er verknüpfte diesen Gedanken mit dem kleinen Bild. Martin war von der Vorstellung besessen, sich das Gemälde später zu holen. Die Idee war bizarr, jedoch nicht aberwitziger als diejenige, die ihm plötzlich durch den Kopf schoss: die Flucht über die Schachtsteigen zu wagen. Die Leitern führten aus dem Berg hinaus in den Wald. Seit Jahrzehnten unbenutzt. Langsam trottete er zum Stollen zurück, wo Carel wohl schlief, so tief, hoffte Martin, wie es nur möglich war, ohne tot zu sein. Er kreuzte Schächte und Stollen in der richtigen Reihenfolge, das Wegenetz deckte sich mit der Kopie in seinem Kopf. Er hatte das kleine Gemälde vor Augen: Die Knebel waren das Problem der zwei Affen, nicht seines, er war dabei, die Fessel zu lösen. Danach wird er Thüringen und Deutschland verlassen. Er stellte sich den Horizont auf dem kleinen Gemälde als Ziel vor. Das Meer. Carel van Vliet hatte recht, er musste verschwinden, bevor die Amerikaner oder die Russen ihn aufgriffen. Aber noch befand sich Martin unter Tag, saß statt am Strand vierhundertsechzig Meter unter dem Meeresspiegel fest. Über die alten Steigen zu flüchten war eine gangbare Route. Er kannte die Steigen von den Plänen her. Ursprünglich waren sie für den Notfall gedacht, falls sich Grubengase bildeten. Leiter um Leiter aus der Tiefe heraus, Sprosse um Sprosse um Sprosse, vierhundertsechzig Meter lang. Aus früher Zeit stammend, vor dem elektrisch betriebenen Förderkorb. Das plötzlich schwächer werdende Licht der Lampe ließ Martin rascher gehen, bald war das Karbid verbraucht und die Flamme erstickte.

Dritter Teil

ANNÄHERND VOLLKOMMENE TAGE

Amsterdam 1976

1

Lore seine Geschichte anzuvertrauen, alles, was ihn (sein Herz) im Innersten bewegte, kostete Martin Überwindung. Das Vergangene lag wie in einer Blase unter Verschluss, er hatte die Membran durchstoßen müssen. Danach erfüllte ihn Wärme und Dankbarkeit. Seine Züge kamen Lore weich vor. Lehm, den man formen konnte. Sie hatte verstanden, ihm das Gefühl zu vermitteln, mit ihr könne er über alles reden. Sie hörte zu, so, als atme sie jedes Wort ein. Das Erzählen war Martin trotz Lores Gabe zuerst wie eine Seilfahrt vorgekommen. Aber seine Anspannung hatte sich allmählich gelöst. Er ist aufgetaut, freute Lore sich. Martin spürte die zunehmende Wärme, ein dunkler Glanz kam in seine Augen und versiegelte sie. Ganz in mich hineinblicken, vermittelte sein Blick Lore, lasse ich dich noch nicht. Das unscheinbare und gleichwohl auffunkelnde »noch« machte sie stutzig. Dabei hatte sie es in seinen Blick hineingelegt, ihm ein vorübergehendes »noch« unterstellt und sich gewünscht. Sie kannte die Symptome, du bist dabei, dich zu verlieben. Lores Empfindungen waren rein und klar, was sie erschreckte, sie waren zu stark, um sich mit dem Verstand prüfen oder regeln zu lassen. Die alarmierende Einsicht brachte Lore durcheinander, aber es gelang ihr, den Notstand zu vertuschen. Martin war zu sehr mit sich beschäftigt (und hingerissen von Lore Spescha), um ihren Konflikt zu bemerken. Lore misstraute jedem drohenden Glück wie ein kleines Mädchen, das sich fürchtet, zu einem Fremden ins Auto zu steigen.

Lore trug das Haar hochgesteckt. Beim Zuhören, das so verschwörerisch wirkte, hatte sie die Ellenbogen auf dem Tisch aufgestützt und die Hände vor dem Mund gefaltet. Silberne Ringe steckten in ihren Ohrläppchen, glitzernde Stäbchen hingen daran. Die Augen hatte sie mit Kajal geschminkt, die Lippen mit Karmin nachgezogen. Abendessen in einem schönen Restaurant. Orientalische Teppiche, Kerzen, Tische mit weißen Decken, und ein junger Mann am Piano, der alle Stile verschmolz. Martin hätte nicht aufzählen können, was er gegessen hatte, welche raffinierte Vorspeise, welche süße Nachspeise ... der Wein schmeckte ihm, und bisher hatte er auch nicht zu viel davon getrunken. Nein, Kaffee mochte er nun keinen. Dafür war es zu spät geworden. Lore bat aber den freundlichen Kellner, noch eine Flasche von dem Rotwein zu bringen.

»Verstehst du jetzt, warum ich das Bild gern in meinem Haus hätte?«, fragte Martin.

»Bist du tatsächlich über die Leitern aus dem Bergwerk geflüchtet?«, wollte Lore wissen.

»Wir sind ein paar Tage im Schacht geblieben«, ergänzte Martin, »dann haben wir den Ausstieg gesucht; wir mussten aus dem Berg heraus, wir hätten es beide nicht länger ausgehalten.«

»Hunger, Durst?«

»Carel hatte Angst, mir war die Finsternis unerträglich.«

»Wie habt ihr so lange überlebt?«

»Die Nazis lagerten nicht nur Gold und Kunstwerke in der Grube ein, schon früher waren umfangreiche Transporte mit wertvollen Schriften angekommen, vollständige Bibliotheken, und ein hochrangiger SS-Mann hatte seinen privaten Weinkeller und französische Delikatessen nach Merkers anliefern lassen.«

»Du hast ihn aufgespürt?«

»Die Schächte, in denen Güter gestapelt wurden, lagen nicht weit auseinander. Wir hätten uns noch lange in dem blinden Stollen versteckt halten können, ich habe einige Kisten mit Dosen gefunden, Entenleber, Mirabellenkompott, ich habe sogar in elegante

Flaschen abgefülltes, französisches Mineralwasser entdeckt. Und eine Pistole mit einer Packung passender Patronen.«

»Die hast du auch eingesteckt?«

»Ich besitze sie noch immer, eine deutsche Luger.«

»Und dieser Carel, konnte der die Leitern hoch?«

»Ich musste ihn schleppen.«

»Er hätte doch mit seinem kaputten Fuß in der Grube bleiben und geduldig auf amerikanische oder russische Truppen warten können. Jeder Tag, der verstrich, war ein Zeitgewinn für Carel van Vliet.«

»Ja, das machte ihm Mut.«

»Es gab demnach einen triftigen Grund?«

»Wir wussten beide von dem Plan, das Bergwerk zu zerstören. Die Unterlagen befanden sich im Büro meines Vaters. Auch Carel musste die Papiere gesehen haben, vielleicht hatte mein Vater seinen Schützling eingeweiht. Die Sprengung war akribisch vorbereitet. Die Grube Kaiseroda durfte unter keinen Umständen in die Hand des Feindes geraten. Der Eingang, der Förderkorb, die elektrischen Installationen und zentrale Schächte mussten zerstört werden, das Dynamit war platziert. Die eingelagerten Güter sollten den Einsturz schadlos überstehen, ringsum würden verschüttete Stollen den Zugang zu den Schatzkammern abriegeln und das Bergwerk lahmlegen. In ein paar Jahren, dachten die braunen Herren, sei Gras über die Sache gewachsen und die Schächte könnten ausgebuddelt und die Schätze gehoben werden. Carel hatte Angst, bei der Aktion verschüttet zu werden, darum wollte er den Ausstieg über die Leitern wagen.«

Jetzt schwieg er und schaute Lore unbestimmt und wehmütig an, wie jemand, der weit weg ist, der gleich außer Sichtweite gerät und den man zurückhalten möchte.

Wie viel sie für die Kopie verlange, hatte Martin Holm sie im Taxi gefragt. Sie saßen beide auf der Sitzbank hinter dem Fahrer, Lore hatte ihre Handtasche zwischen sich und Martin gestellt, als müsste sie sich, nach der fast intimen Nähe im orientalischen Restaurant, wieder etwas von ihm abgrenzen. Dabei machte er keine Anstalten, ihr auf den Leib zu rücken, nicht einmal den Arm versuchte er um sie zu legen. Vielmehr spielte Lore mit dem Gedanken, Martin bei der Hand zu nehmen und auf einen letzten Drink auf ihr Zimmer einzuladen. Aber sie stieg aus, allein. Die Tür fiel zu, es hörte sich an, als schlügen zwei Kissen satt aufeinander. Kein Hall. Er war eingesperrt, sie ausgesperrt. Ein voreiliger Abschluss. Lore hob die Hand, kraftlos, war schon dabei, sich abzuwenden und zu entfernen. Da kurbelte Martin Holm das Fenster herunter, fragte in Lores Rücken:

»Wie viel?«

Sie drehte sich um, beide hatten sie in dem fahlen Nachtlicht eine ausdruckslose Miene. Lore nannte ohne lange zu fackeln und äußerst bestimmt, als habe Martin einen letzten Test zu bestehen, eine bedeutende Summe.

»Zwanzigtausend!«

Am folgenden Tag, als Lore in ihr Hotel zurückkehrte, enttäuscht, weil Martin sich in Dahlem nicht hatte blicken lassen, und bang, das Angebot könnte bloß ein Scherz gewesen sein, die Geschichte ein Hirngespinst, ihre Begegnung geträumt, steckte in ihrem Schlüsselfach ein weißer, mit ihrem Namen beschrifteter Umschlag. Darin lag das viele Geld in großen Scheinen. Martin Holm hatte den dicken Umschlag an der Rezeption für sie abgegeben und mit der Hand eine kurze Notiz auf die beiliegende Visitenkarte geschrieben: *Ich fliege nach Amsterdam zurück und freue mich sehr auf das Gemälde.*

2

Zwei Wochen später beendete Lore Spescha die Arbeit an ihrer Kopie. Der Direktor des Museums in Dahlem war sehr angetan. Er bewunderte das Gemälde in seinem Büro mit Blick auf das Sanchi-Tor. Der Sandstein glühte. Der Direktor bot ihr Tee und Kekse aus dem Supermarkt an, sie sollte unbedingt davon kosten, sie schmeckten wie selbstgebacken. Er würde die Kopie am liebsten erwerben, um das Original im Depot zu schonen, meinte der Direktor (nur halb im Scherz) und erwähnte Da Vincis mysteriöse »Mona Lisa«. Böse Zungen behaupteten, Leonardos Gemälde befinde sich in einem derart desolaten Zustand, dass es gar nicht ausgestellt werden dürfe, es läge einbruchsicher in einem massiven Panzerschrank, an seiner Stelle hänge im Louvre ein perfektes Duplikat, doch davon zu sprechen sei tabu, das bestgehütete Geheimnis in Paris. Auch das Original *Zwei Affen* war ein gefährdetes Stück. Bruegel hatte die Ölfarbe wie Wasserfarbe behandelt und sehr stark verdünnt. Als avantgardistisch umschrieb der Direktor die Technik. Vielleicht, so der gut gelaunte Direktor, hat im letzten Jahrhundert ein Restaurator bei einer zu gründlichen Reinigung das Gemälde in den heutigen Zustand versetzt. Keine Seltenheit, leider. Das Büro war freundlich und aufgeräumt, alle Möbel aus massivem Holz und poliert. Die Sonne schien herein, die elektrische Schreibmaschine auf dem Schreibtisch glänzte, sie sah aus wie eine dadaistische Skulptur, der Motor surrte, das eingespannte Papier gleißte. Lore, die selbst wie eine angestrahlte Figurine im Licht stand, schloss für einen Moment die Augen, um den hereinströmenden Duft einer Linde einzuatmen. Der Baum musste groß sein und eine mächtige Krone haben. Die schwere, an die ferne Kindheit erinnernde Süße der Blüten wirkte noch stärker auf Lore als der überirdische Nachmittag. Der Direktor stand mit dem Rücken zum offenen Fenster und hielt Lores Kopie mit beiden Händen. Das Gegenlicht schimmerte durch die nicht ganz blickdichte Leinwand hindurch. »Ich bewundere Ihre Arbeit, Frau Spescha, ich kann sie gar nicht genug loben«, äußerte er mit angenehmer Stimme, »schade, dass ich sie nicht hier behalten darf.« Er gab ihr die Kopie zurück, richtete sich unvermittelt auf und verabschiedete Lore: »Es war mir eine Freude, Sie bei uns im Museum an der Arbeit zu wissen, vielleicht ergibt sich ja wieder einmal eine Gelegenheit.«

Genau das hatte Lore hören wollen, sie strahlte, als sie dem Direktor die Hand schüttelte und sagte: »Wer weiß … ich überlege mir, eine zweite Kopie anzufertigen«, sie stockte einen Augenblick, »für einen Freund.«

Schon fünf Minuten später, als sie das Museum verließ und über die Treppe zum Weg ging, der zur Allee führte, bereitete ihr die Verstrickung, in der sie steckte, Kopfzerbrechen. Die Arbeit war abgeschlossen. Seitdem wog das Bild zehnmal so schwer. Lore war in der Pflicht. Sie hatte dem Direktor nur die halbe Wahrheit gestanden, sie war nicht am Überlegen, sondern hatte bereits beschlossen, nach Dahlem zurückzukehren. Die Kopie war verkauft. Sie hatte den prall gefüllten Umschlag akzeptiert, ihre *Zwei Affen* gehörten Martin. Lore wollte das Gemälde nochmals malen. Für sich selbst. Aber zuerst musste sie nun mit Martin einen Termin vereinbaren. Einen Liefertermin, genau gesagt, rief sie sich in Erinnerung. Der Vorgang war ihr unangenehm. Sie hatte seit Martins Abflug nichts mehr von ihm gehört und sich auch nicht um einen Kontakt bemüht, sondern ihre Bringschuld verdrängt. Am liebsten hätte sie alle störenden Gedanken an diesen groß gewachsenen Mann aus ihrem Kopf verbannt. Stattdessen hatte sie unentwegt an ihn gedacht, zumindest in ihrem Hinterkopf (oder in einem Winkel ihres Herzens).

Lore hatte die Fahrt mit der Bahn (unterbrochen von einer Woche in Hamburg) einem Flug nach Amsterdam vorgezogen. Sie freute sich auf das flache, grüne Land hinter den Deichen, die schnurgeraden Wassergräben. Die pausbackigen Wolken. Im Zug hielt sie ein paar niederländische Impressionen mit dem Bleistift fest: Gewächshaus stand neben Gewächshaus. In Meeresnähe benutzte sie Farbstifte: Möwen, ein Durcheinander am Himmel. Sie bewunderte, wie Bruegel Vögel malte, es sah aus, als sei ein ganzer Schwarm einfach in die Luft geworfen worden. Kaum mehr Strohdachhäuser und baufällige Katen, die Behausungen des mühseligen Bauernlebens, wie sie es von der alten niederländischen Malerei kannte. Auch kein Galgen mit einer Elster. Dafür putzige Häuschen mit spitzwinkligen Dächern, saubere Fenster, keine Gardinen. Es war nicht leicht, sich die Landschaft ohne den Straßenverkehr vorzustellen. Bald traurige Vorstädte, verlassene Sandplätze, ein Fußballtor ohne Netz; zwei Jungen, Schwarze, übten trotz der Sonne. Stapel gelber Ölfässer, ein roter Kran (auf dem Ausleger hockten fette Krähen). Mietskasernen mit tausend gleichen Fenstern und winzigen Balkonen. Mausgraue Autobahnzubringer unter dem wolkenlosen Himmel. Sein Blau war mit keinem Farbton zu fassen. Lore stellte sich vor, diesen Himmel mit vielen transparenten Schichten zu malen, bis er die Raumtiefe besaß, die sie empfand. Die Bahnlinie führte über einen grünen Damm. Der teilte das Land hässlich. In einer langen Kurve erblickte Lore weit vorn die Lokomotive. Sie fuhr gemächlich, als befördere der Zug schaulustige Ausflügler durch Tulpenfelder und Vogelschutzgebiete.

Lore reiste mit mehr Gepäck, als sie tragen konnte. Gut, dass Martin ihr angeboten hatte, sie am Bahnhof abzuholen. Sie freute sich auf Amsterdam und diesen schillernden Mann. Sein Bild war in ihrem Gedächtnis instabil. Seit er ihr das viele Geld gegeben hatte, war er noch unfassbarer geworden; sie sah ihn in Dahlem im Museum vor dem Bruegel stehen, seinen breiten Rücken und die darauf verschränkten, kräftigen Hände. Noch in Berlin-Dahlem hatte Lore von einem der Museumsschreiner eine für die *Zwei Affen* passende Kiste tischlern lassen. Sie hatte die Leinwand auf der Rückseite datiert und signiert. Wenn sie den Namen und das Datum auf ihr Gemälde schrieb, setzte sie damit den Schlusspunkt. Das Bild verwandelte sich schlagartig, es war sofort nicht mehr in Arbeit, kein Teil mehr von ihr selbst, sondern etwas, das sich von ihr gelöst hatte. Das signierte Bild war abgenabelt.

Bevor der Zug in den Bahnhof einfahren durfte, musste er eine Zeitlang warten. Lore fragte sich, ob es nicht besser wäre, wenn der Lokführer den Rückwärtsgang einlegte und über Hamburg nach Berlin zurückführe. Aber wäre das nicht auch schade? Alles, was in Amsterdam auf sie wartete, wartete dann vergeblich. Langsam ruckte der Zug vorwärts und stand nach ein paar hundert Metern endgültig still. Central Station. Das Abenteuer fand also statt.

Lore liebte es, unterwegs zu sein, nichts war definitiv, unterwegs gab es kein Zuhause, keine Fessel. Einen Augenblick zögerte sie noch, als habe der Ruck, mit dem der Zug anhielt, alles zum Stillstand gebracht, damit es auf eine andere Ebene gezogen und abermals ins Rennen geschickt werden konnte. Etwas benommen stieg sie aus. Eine schmutzige Bahnhofshalle. Lore sah sich nach einem Gepäckwagen um. Es roch nach Rost und Urin. Durchsagen in einer herben Sprache mit vielen weichen und kratzigen ch-Lauten, die sie an ihre Muttersprache erinnerten und die Lore doch nicht verstand. Es war drückend heiß. Lore begann zu schwitzen, verwünschte ihr Gepäck, den ganzen Plunder, den sie ständig mit sich schleppte. Stickige Luft. Die Hitze ein Gewicht, das sich herabsenkte, die Brust beschwerte. Zu atmen fiele schon ohne Koffer, Taschen und Bildkiste schwer. Da entdeckte sie ihn im Gedränge.

Es war wie ein Filmschnitt: Der Mann, der vor zwei Wochen, spät am Abend im Taxi, in Berlin weggefahren war, tauchte in Amsterdam wieder auf, am frühen Nachmittag stieg er von der Unterführung die Treppe zum Bahnsteig hoch. Täuschte sie sich? War das wirklich er? Hatte sie Martin Holm so in Erinnerung, die Figur, das Gesicht, seine Bewegungen? Fegte die Wirklichkeit das innere Bild weg? Er musste es sein. Die Stimme, Lore erinnerte sich untrüglich, sie hatte seine Stimme im Ohr, eine Täuschung hielt sie für unmöglich. Sobald er zu sprechen anfing, würden ihre Zweifel ausgeräumt. Der groß gewachsene, dunkelblonde Mann mit den langen Koteletten und der getönten Brille, die sie zum ersten Mal zu sehen glaubte, hatte Lore schon lange erkannt und fuchtelte mit den Armen, um sich bemerkbar zu machen. Rasch kam er ihr entgegen, lachte, er freute sich und versuchte es nicht zu verbergen.

»Hey, Lore, willkommen in Amsterdam.«

3

Er besaß ein Cabriolet, einen Ford Mustang. Lore wusste gar nicht, was sie davon halten sollte. Das weiße Auto mit dem schwarzen Interieur fiel ihr gleich auf. Es stand im Parkverbot vor dem Bahnhof. Und während er zielstrebig darauf zuging, als offenkundig wurde, dass dieses Auto ihm gehörte, musste sie dieses Gesicht gemacht haben, erhobene Augenbrauen, eine Schnute. Martin bemerkte Lores Argwohn, die Miene war leicht zu deuten. Mit einem Lachen ging er darüber hinweg:

»Es hat gleich gefunkt zwischen uns«, sagte er.

»Du hast dich in ein Auto verknallt«, spottete Lore.

»In ein Prachtauto«, grinste er.

Martin öffnete den Kofferraum und half Lore, ihre Sachen zu

verstauen. Als sie die hölzerne Kiste mit dem Bild sorgfältig hineinlegte, streiften sich ihre Blicke, aber keiner wagte es, eine Bemerkung zu machen. Martin klappte die Hecktür zu und schloss sie ab.

In ein Ford-Mustang-Cabriolet war Lore noch nie eingestiegen. Ein Auto war für sie ein Transportmittel. Dass Männer sich deren technische Daten merkten und den Markennamen ihres Autos wie den Kosenamen einer Frau aussprachen, fand sie lächerlich.

»Es ist ein Mustang der ersten Stunde, jetzt ein Oldie«, versuchte Martin Lores Skepsis zu mildern. »Den Winter mag er nicht, aber im Juni ist so ein Mustang genau das Richtige.« Martin ließ den Motor an. Das Ding schnurrte tatsächlich, Lore musste es sich eingestehen. Martin fuhr achtsam über den belebten Vorplatz der Central Station. Mehrere Straßenbahnlinien hatten dort ihre Kehre, und Horden von Tauben trippelten umher, ein schillernder Teppich aus Federn, die Vögel waren zum Fliegen zu träge und flatterten nicht weiter als bis zur nächsten Platane. Eine ungebührliche Frühsommerhitze schälte das Wesen der Stadt überdeutlich heraus: Stein, Staub, Bewegung. Jeder Stein wog eine Tonne, jede Bewegung erforderte Überwindung, der Staub leuchtete. Eigentlich müssten die bleischweren Spiegelbilder im glatten Wasser der Grachten untergehen. Aber sie schwammen obenauf. Martin hatte alle seine Termine verschoben, eine Sitzung abgesagt und sich den Nachmittag für Lore Spescha freigeschaufelt. Nun saß sie endlich neben ihm, müde von der anstrengenden Bahnfahrt, etwas gereizt. Aber das würde sich bald legen. Vielleicht hatte die Frau Hunger, ihre Laune besserte sich gewiss, nachdem sie gegessen und getrunken hatte. Sein Plan war, gleich mit Lore an die Bloemgracht zu fahren. Er war gespannt auf das Bild und nahm an, auch Lore sei erpicht darauf, es ihm zu zeigen. Es charakterisierte seiner Meinung nach Künstler, dass sie es schlecht ertrugen, nicht wahrgenommen zu werden. Künstler lebten und arbeiteten auf den Moment hin, in dem der Vorhang sich öffnete. Martin war bewusst, dass er behutsam mit Lore umgehen musste. Sie war zweifellos anfällig für die absurde Idee, er könnte sie gekauft haben. Sein Geld, die Vorauszahlung, habe sie genötigt, ihm das Bild nach Amsterdam zu bringen. Martin vertrieb die unfruchtbaren Gedanken, seine Schwäche, sich bildlich auszumalen, was in fremden Köpfen vorging. Er hatte keinen Zwang auf Lore ausgeübt, sondern ihr nur deutlich gemacht, wie gern er ihr Bild erwerben würde, wie viel ihm der Besitz bedeutete. Die Künstlerin hatte den Preis bestimmt, ihn vielleicht mit einer dreisten Forderung provozieren wollen. Er ließ sich auf das Spielchen ein. Für ihn war es einerlei, wie viel die Kopie der *Zwei Affen* kostete. Er hätte auch die doppelte oder dreifache Summe bezahlt. Martin Holm war der Mitinhaber einer renommierten Firma. Sie bauten Schließanlagen und Sicherheitssysteme. In Amsterdam entwickelte ein Team Produkte und Konzepte, in Haarlem besaß er eine kleine Fabrik. Dort wurden Prototypen gebaut. Er pendelte zwischen den beiden Orten, arbeitete oft auch zu Hause. Er erzählte das Lore beim Fahren und wies sie dazwischen immer wieder auf Dinge hin. Eine prunkhafte Drehorgel stand vor der Westerkerk, der Spieler hockte auf einem Stuhl daneben, den Kopf in die Hände gestützt. Martin überquerte die Prinsengracht und fuhr die Rozenstraat hinunter. Im Rückspiegel beobachtete er die Straßenbahn und, als er den Blick vom Spiegel löste, auch Lore. Sie hob die Hüfte leicht an, brachte den Körper in eine bequemere Lage, zupfte am Rock und schob den Saum ein Stück über die Knie hoch. Sie spürte die Musterung und hielt sich zurück; am liebsten hätte sie sich kühlende Luft zwischen die leicht geöffneten Schenkel gefächelt.

»Es kann noch so heiß sein, ein Ledersitz bleibt angenehm. Ist das nicht Luxus«, palaverte Martin und bewunderte ihre Beine. Lore lachte, sie hatte beschlossen, die Fahrt zu genießen, und zog die Finger wie einen Kamm durch ihr Haar. Da der Mustang im dichten Verkehr nur langsam voranrückte, bekam sie Gelegenheit, auf die Schaufenster der Geschäfte zu achten; den Laden für Künstlerbedarf merkte Lore sich.

»Wie heißt die Gegend?«

»Jordaan. Gleich biegen wir rechts ab und fahren in das Viertel hinein, es schließt an die Prinsengracht an, viele Künstler leben hier, es wimmelt von Kneipen mit Livemusik, Bars und Ateliers, Jordaan ist das lebendigste Viertel der Stadt.«

»Du wohnst hier?«

»Wir sind gleich da.«

Er fuhr nach dem Abbiegen über die holprigen Pflastersteine der schmalen, an der Bloemgracht entlangführenden Straße direkt vor sein Haus. Für ihn war ein mit einer Kette abgesperrter Parkplatz reserviert. Der Eingangsbereich des Hauses lag im Schatten, Bäume säumten die Gracht. Der Tür gegenüber lag ein Hausboot im tiefgrünen Wasser. Ein Hund stand auf dem Deck, knurrte und wedelte zugleich mit dem Schwanz, als Lore näher trat. Dabei konnte sie gar nicht weit genug zurückweichen, nicht einmal, wenn sie auf das Hausboot stiege, sähe sie das ganze Haus. Um die Fassade vollständig zu überblicken, müsste Lore sich auf die andere Seite des Kanals begeben. Sie stützte sich mit der Hand auf einem der hüfthohen Metallpfosten ab, die den Rand der Straße in regelmäßigem Abstand markierten, und betrachtete, den Kopf in den Nacken gelegt, Martins Haus. Ihr Hals ganz weiß. Das Haar schimmerte, war länger, als er geglaubt hatte, und das helle Grün der Bäume verstärkte seinen Rostton. Wie sie dastand, ihr unmöglicher Versuch, das Ganze mit einem Blick zu erfassen, prägte sich Martin ein. Er dachte, Lore sei schön; aber er durfte sich jetzt nicht durcheinanderbringen lassen, nichts vermischen. Der starke Eindruck, den sie als Frau auf ihn machte, war das eine. Und die Wirkung, die sie mit ihrer Kunst erzielte, etwas anderes. Er sah sich gezwungen, diese Bereiche gesondert zu betrachten. Es handelte sich um eine zweifache Verzauberung. Er wendete die Augen ab, musste den Blick richtiggehend von dieser jungen Frau losreißen. Es war der falsche Augenblick für Liebesbezeigungen. Das Laub der Platanen hing welk an den Ästen, einige der Blätter zeigten schon Merkmale der Dürre. Die sepiafarbene Fassade mit den horizontal geteilten Fenstern, deren untere Hälfte hochgeschoben werden konnte, strahlte einen Teil der gespeicherten Wärme wieder ab, Lore empfand die Hitze als eine unsichtbare, vorgebaute Wand.

»Nicht schlecht«, sagte sie.

»Komm«, antwortete er ungeduldig und schloss die Tür auf. »Lass mich jetzt das Bild sehen, Lore ... du hast mich lange genug zappeln lassen.«

Bis jetzt war das Gemälde, der eigentliche Grund von Lores Reise, noch gar nicht erwähnt worden. Sie hatten sich beide misstrauisch wie Kuriere verhalten, die heiße Ware übergaben, ohne Details zu kennen. Dabei war offensichtlich, was die hölzerne Kiste enthielt. Lore fand den richtigen Ton nicht, jede erklärende Bemerkung kam ihr banal vor, einfältig (du zeigst jemandem dein Sparschwein und sagst überflüssigerweise, es steckt Geld drin). Martin hatte Lore am Bahnhof abgeholt, eine Frau, die aus Berlin zu Besuch kam. Sie wollte sich in Amsterdam umsehen und wohnte bei ihm. Der unglückliche Gedanke, sie könnten den richtigen Zeitpunkt der Übergabe (ob feierlich oder beiläufig) schon vermasselt haben, war nun ausgeräumt. Lore fischte die kleine Kiste schon aus ihrem Gepäck heraus: »Ich zeige dir das Bild gleich ... bin selbst ganz aufgeregt, hoffentlich bist du nicht enttäuscht.« Lore klopfte mit dem Fingerknöchel auf die Bildkiste, überlegte, sie auf den Tisch zu stellen, und zögerte, als bräuchte sie nochmals Aufschub: »Wo kann ich mich zuerst ein wenig frisch machen ... ich bin seit dem frühen Morgen unterwegs und ganz verklebt.«

Martin nahm Lores schweren Koffer und stieg ihr voran die Treppe zum Gästezimmer hoch. Sie folgte ihm mit dem Rest des Gepäcks, die Bildkiste trug sie wie eine Tortenschachtel. Martin öffnete die Tür mit einem Code: »Daran musst du dich gewöhnen«, erklärte er und lachte, »jede Tür hat ein anderes Schloss; ich bin der Tester meiner eigenen Produkte.« Im dämmerigen Zimmer fielen Lore zuerst die Sitzmöbel auf, Martin hatte ein Faible für ausgefallene Stühle. Die Fenster waren mit Stores versehen, die sich dem Sonnenstand automatisch anpassten. Er zeigte Lore, wie die Flügel geöffnet wurden. Unten, auf einem Kiesplatz mit mickrigen Kübelpalmen, reparierte ein Mädchen ihr Fahrrad. Sie hatte es auf Lenker und Sattel gestellt und schälte einen roten Schlauch aus einem weißwandigen Reifen heraus. »Die Küche befindet sich nebenan«, sagte Martin, »die nächste Tür ist das Bad, Handtücher liegen im Schrank.« Er verließ den Raum, Lore hörte, wie er die Treppe hinunterging. Sie zog sich gleich ins Bad zurück, scheute sich plötzlich, die Tür zuzusperren; am Ende fehlte ihr der richtige Schlüssel oder Code und sie säße hier fest, eine lächerliche Gefangene. Auch im Bad fiel ihr der Stuhl auf, er war aus blauem durchsichtigem Kunststoff; sie legte ihre Kleider darauf. Die Dusche war der geeignete Ort, um schnelle Entscheidungen zu treffen, das Wasser regnete auf sie herab, es blieb nur wenig Zeit, das Kopfzerbrechen und Mit-sich-Ringen konnte auf höchstens zehn Minuten ausgedehnt werden. Länger stand Lore niemals unter dem Wasserstrahl. Ihre Ungeduld verschärfte sich, wenn sie beim Duschen die Augen schloss, es war eine Zerreißprobe, sobald Lore die Augen zumachte, begannen die Gedanken loszurasen und die Zeit schleppte sich dahin. Das Wasser, das auf sie herabprasselte, tat ihr auf der Haut weh.

Sie entschied sich, das Bild in der Kiste zu belassen und verpackt hinunter zu Martin zu tragen. Den Deckel vor seinen Augen langsam zu öffnen war wie eine Statue zu enthüllen. Lore stellte sich die Bildübergabe als Ritual vor. Dies würde den besonderen Umständen Rechnung tragen, ihr erlauben, bei allem Ernst ein wenig ironisch zu sein. Sie hörte Martin in der Wohnküche hantieren. Er hatte Champagner kaltgestellt, einen Imbiss vorbereitet, es war genau das, was Lore jetzt brauchte. Sie stellte die Bildkiste auf den Tisch.

»Stoßen wir an«, schlug Martin vor.

»Auf dein Bild, auf unser Bild«, sagte Lore.

Es konnte nun nicht länger im Dunkeln warten, jenseits des Scheinwerferlichts: Lore nahm einen Schluck, stellte das langstielige Glas ab, öffnete den Deckel und hob das Gemälde heraus, vorsichtig, als sei es zerbrechlich, ein Wesen, das Schaden nehmen konnte und obendrein etwas schüchtern war.

»Es ist unfasslich.«

Martin nahm ihr die *Zwei Affen* aus den Händen. Das weiche Licht, grünstichig, wegen der Bäume, durch deren Kronen es ins Haus drang, korrespondierte mit der Aura des Bildes, mit seiner auch befremdlich wirkenden Unergründlichkeit.

»Es übertrifft meine Erwartungen«, dankte er Lore.

Er mochte sich gar nicht mehr von dem Bild trennen, ging damit im Wohnraum auf und ab, hielt es hier vor die Wand, prüfte es dort, suchte eine geeignete Nische, einen herausragenden Platz im Gegenlicht. Er wurde nicht fündig. Unentschlossen stellte er das Bild auf einen Fenstersims. Es lehnte gegen die Scheibe.

»Wo soll das Bild hängen?«, fragte er Lore.

Alle Räume des Hauses hatten Holzböden, massives Parkett, und alle waren karg möbliert. Wären da nicht die ausgefallenen Stühle und Liegen gewesen, Hocker und Sessel aus Leder und Polyester, hätte sich Lore die Vermutung aufgedrängt, dieser Mann sei ein durch und durch nüchterner Mensch ohne Sinn für Ornamente und mit wenig Humor, ihm fehlte das für Flitter und Schnörkel notwendige Augenzwinkern. In den modernen, etwas kühl und unbewohnt anmutenden Räumlichkeiten (in denen es keinerlei Anzeichen für die regelmäßige Anwesenheit einer Frau gab) konnte Lore nicht auf Anhieb entscheiden, wohin das Bild gehörte. Es stammte aus der Vergangenheit, war wie Treibgut von längst versunkenen Gestaden angeschwemmt worden. Paradoxerweise war das Gemälde ganz neu, statt den Moder der Geschichte roch Martin die frische Farbe des Imitats. Es fiel Lore leicht, das Bild neutral zu sehen, ihre Hand hatte sich daraus verloren wie ein Duft, der sich verflüchtigte. Es war ganz still, im Glas knisterte der Champagner. Lore begann das Haus auf der Suche nach dem richtigen Ort für das Gemälde zu durchstreifen. Martin hatte es wieder an sich genommen, folgte ihr erwartungsvoll und geneigt, der Malerin die Wahl zu überlassen. Sie hatte ein geübtes Auge, es war ihr Fach. Martin war bereit, sich überraschen zu lassen, und hielt mit seiner Vorliebe zurück. Vor seinem Arbeitszimmer blieb Lore stehen. Er schloss die Türe auf. Zum ersten Mal hatte sie den Eindruck, in diesem Haus einen persönlich eingerichteten Raum zu betreten. Sein Arbeitsraum war sogar etwas chaotisch, Dinge lagen herum, Papierkram, Ordner, Bücher, Schreibzeug, verschiedene Metallteile. Und so kühl Lore sein Haus anfänglich vorkam, so intim war nun sein Zimmer. Büro, Werkstätte, Refugium …

»Im ganzen Haus nur Poster«, wunderte sich Lore. Sie blickte sich um, als suche sie in seinem Arbeitszimmer den Gegenbeweis. Vergeblich, es hing kein Original an der Wand. Hier aber, fuhr es Lore ein, passt es hin, das Arbeitszimmer ist der richtige Ort.

»Was hältst du davon«, fragte sie Martin, »wenn wir das Bild dort hinhängen?« Sie zeigte mit dem Finger auf eine schmale Wand zwischen zwei Fenstern.

»Es passt«, erklärte sie und setzte sich in einen Schaukelstuhl mit verchromten Kufen.

»Ja, wie für diesen Ort geschaffen«, bestätigte er sofort, »außerdem kann ich es anschauen, wenn ich am Tisch sitze und arbeite.«

Die Wahl entsprach seinem Wunsch, die *Zwei Affen* in seinem Arbeitszimmer aufzuhängen. Hier, im ersten Stock seines Hauses, in dem geräumigen Büro mit den Fenstern zur Gracht hinaus, verbrachte er mehr Zeit als im Wohnraum darüber. Ohne die Papiere, Skizzen, das aufgeschlagene Notizbuch oder seine graue »Hermes Baby« beiseite zu schieben, legte er das Gemälde auf seinen Schreibtisch. Es sah neben dem Globus, inmitten verschiedener Schließen und Verschlüsse sowie seltsam geschnittener Schlüssel aus, als sei es ein weiterer Stein eines Mosaiks, an dem Martin arbeitete, vielleicht der Schlussstein. Vom Schaukelstuhl aus schaute sie zu, wie Martin die Schublade seines Schreibtischs öffnete und einen ihr sofort vertrauten Rahmen herausnahm. Jetzt war Lore baff. Der Rahmen hatte die Anmutung und exakt das Format des Originals, das sie vom Museum kannte.

»Nein, das ist nicht wahr«, rief Lore.

Abrupt erhob sie sich aus dem Schaukelstuhl.

»Wo hast du den Rahmen aufgetrieben?« Sie schüttelte den Kopf, »unglaublich.«

Lore hielt sich die Hand vor den Mund, wusste nicht, was sie noch sagen sollte. Alles, was ihr zu sagen einfiel, waren Dinge, die sie nicht laut aussprechen wollte. Sie beherrschte sich, fürchtete aber, ihre Miene könnte verraten, was der Mund verschwieg. Dass Martin den Rahmen des Originals hatte nachbauen lassen, erfüllte sie mit Stolz. Es zeigte ihr einmal mehr, wie außerordentlich er ihre Arbeit schätzte, wie viel ihre Kopie ihm bedeutete. Denkbar, dass er der Kopie zutraute, das Original auf Distanz zu halten, mutmaßte Lore. Das Bild, zumindest sein Double, erhielt einen festen Platz in seinem Haus, es sollte sesshaft werden. Gegen die Erinnerung und die darin gelagerten Ängste war kein Kraut gewachsen. Fortan müsste er sich aber nicht mehr an das Bild erinnern, da er es täglich vor Augen hatte. War dies nicht ein kluger Schachzug? Der Rahmen war ein prachtvolles Stück. Altes Birnenholz. Dunkler, rötlicher Ton. Die Leisten halb so breit wie das Original. Lore biss sich auf die Lippen. Am liebsten hätte sie Martin umarmt, getraute sich aber nicht, es zu tun. Lore nahm den opulenten Rahmen in die Hände, das Lichtmaß stimmte, ihre Kopie passte präzise hinein. Gemälde und Rahmen bildeten eine künstlerische und handwerkliche Einheit und verdienten das Zertifikat »Echt«. Der Direktor der Gemäldegalerie in Dahlem hätte seine helle Freude an dem Werk. Lore schaute Martin an. Er lächelte, seine Augen waren ganz hell. Aber es arbeitete noch etwas Unerledigtes in ihm, noch lagen nicht alle Fakten auf dem Tisch. Zunächst war ihm die Überraschung geglückt, das befriedigte ihn, es war jedes Mal so, wenn sich abzeichnete, dass ein Plan aufgehen könnte. Martin ging mit dem nun gerahmten Bild zu der Stelle, die Lore vorher bezeichnet hatte, mit dem Finger hatte sie auf die Wand gewiesen, genau dort. Und genau dort hängte er das Werk auf.

»Sieht gut aus«, sagte er.

»Mist, dass ich auf Leinwand gearbeitet habe.« Jäh empfand Lore den Mangel: »Ich hätte als Bildträger eine Holzplatte wählen sollen.«

»Eiche aus dem Baltikum«, bestätigte Martin.

Insgeheim hatte er auf diese Wende spekuliert, es jedoch Lore überlassen wollen, den Makel festzustellen. Ein kleiner Schönheitsfehler, wenn sie es herunterspielte, ein Riesenfehler, wenn sie es aufbauschte. Das Bild war absolut gelungen, aber nur als dekorative Fälschung. Lore sah die Differenz nun in aller Deutlichkeit, es sprang sie richtiggehend an. Sogar mit Häme. Das fuhr ihr in die Knochen. Es war einer jener unergründlichen Momente, in denen Lore körperlich zu spüren glaubte, dass die Erde sich drehte, dass sie rasend schnell um die eigene Achse eierte.

4

Das Haus des Antiquitätenhändlers, ein Dutzend Ecken und Brücken weiter in einer Nebenstraße beim Rokin, war etwas abgesackt. Eiserne Stützen stabilisierten die sich neigende Fassade. Der Händler war ein dicklicher Mann mit einem faltigen Gesicht wie ein Mops. Das Haus war mit erlesenen Truhen, Schränken, Tischen und Stühlen vollgestopft, ein exquisites Sammelsurium. Die Möbelstücke hatten Jahrhunderte überdauert, man sah es ihnen an. Das Holz war dunkel, schwer und härter als Stein. Die Zeit hatte es veredelt. Glück und Zufall mussten sich trotzig gegen das Schicksal verbündet haben, damit ein vergoldeter Spiegel in einem herrschaftlichen Haus überlebte. Und ein paar Holztafeln im Lager eines Meisters der Malergilde Antwerpen. In einer Epoche, in der die erfolgreichen Kaufleute und Handwerker dem habsburgisch-spanischen Königshaus keine Steuern mehr zu zahlen gedachten und die Unabhängigkeit anstrebten. Während fanatische Calvinisten in Kirchen Altäre kleinhackten, Bilder zerfetzten, Heilige vom Sockel stürzten. Als die katholische Inquisition in ihren Folterkammern gnadenlos Knochen brach, Nägel ausriss, Augen zerquetschte und Ketzer bei lebendigem Leib häutete oder auf dem Scheiterhaufen verbrannte.

»Haben Sie den Rahmen gebaut?«, fragte Lore.

Der Antiquitätenhändler schaute sie verständnislos an. Ohne die selbst gedrehte Zigarette zu vernachlässigen, blätterte er in einem umfangreichen Ordner herum, ging dann in einen Nebenraum und kam mit einem flachen, in mehrere Papiere eingepackten Gegenstand zurück.

Der Händler war kein Kunsttischler, er hatte den wertvollen Rahmen für Martin Holm anfertigen lassen. Und er hatte für denselben Auftraggeber auch eine kleine Bildtafel aufgetrieben, Eichenholz aus dem Baltikum. Der Antiquitätenhändler sprach leise, um Diskretion bemüht, als befürchte er, eine Abhöranlage sei installiert. Er stellte keine einzige Frage. Entsprechend gering war seine Bereitschaft, Lores Wissbegier zu befriedigen. Er hatte seine Bezugsquellen, seine Kanäle, sein Beziehungsnetz und war nicht willens, der Kundschaft Einblick zu gewähren. Doch seine Ware war erstklassig. Lore resignierte. Der Mann wollte nichts sagen und nichts hören. Er war Kaufmann, ein Lieferant. Bestimmt interessierte es ihn nicht, dass Lore bereits eine Kopie der *Zwei Affen* angefertigt hatte und sich das Motiv nun nochmals vornehmen wollte. Der Ehrgeiz hatte sie gepackt, eine ihr selbst unerklärliche Leidenschaft. Nein, davon wusste der Mann nichts, Holm hatte es ihm nicht mitgeteilt und er hatte selbstverständlich nicht danach gefragt. Das faltige Gesicht verriet über seine Gedanken ebenso viel, wie Lore über sich selbst erführe, wenn sie in ihren Handlinien zu lesen versuchte oder Kaffeesatz studierte. Der Händler betrieb seine Geschäfte, als handle es sich um dunkle Machenschaften. Für Lore hatte das Verschwiegene einen Reiz. Die weißen Manschetten bedeckten seine Hände fast bis zu den Fingern.

Der Antiquitätenhändler öffnete die erste Schicht der Verpackung, nahm den rechteckigen Gegenstand heraus. Er war in Seidenpapier eingeschlagen. Er wickelte ihn sorgfältig aus und legte ihn behutsam auf den Tisch. Es war ein fingerdickes Brettchen mit einer magischen Anmutung, es ähnelte einem fremden Kultgegenstand. Lore stellte sich ein Ritual in einer fernen, vielleicht längst versunkenen Zivilisation vor, in der das unscheinbare Brettchen eine Rolle spielte. Sie konnte nicht anders. Dabei war ihr auf den ersten Blick gleich klar, was es mit der Holztafel auf sich hatte. Die Oberfläche war milchfarben und von einem Netz feiner Risse überzogen, die der Holzmaserung unter der Grundierung folgten. Es handelte sich um einen präparierten Bildträger, mehr als vierhundertjährige Eiche, die Rückseite fast schwarz, wie Bruegel ihn benutzt hatte, er und die anderen Meister seiner Gilde in Antwerpen. Sie nahm die Tafel in die Hände, die Abmessung stimmte, sie hatte das im Griff. Der Händler verzog keine Miene, als Lore ihm die Tafel mit einem beifälligen Lächeln wieder zurückgab; er packte sie umständlich, aber sorgfältig wieder ein. »Hier, Mevrouw«, sagte er förmlich zu Lore und händigte ihr das Ding aus. Er verneigte sich ein wenig, seine Augen waren von einem so trüben Blau, dass sie nichts spiegelten. Martin zählte dem Mann das Geld bar auf die Hand, eine erkleckliche Summe, ohne eine Quittung zu verlangen. Vorsichtig, als halte sie etwas höchst Zerbrechliches in den Händen, stieg Lore hinter Martin die steile Treppe hinunter. Sie fühlte sich als Teil einer Verschwörung, ja letztendlich hing das Gelingen des Unternehmens von ihr ab: Nur sie konnte den Bruegel kopieren, seine *Zwei Affen*, diesmal auf dem originalen Bildträger aus Holz und mit den 1562 verfügbaren Farben, Mal- und Bindemitteln.

Sie gingen die Gracht entlang nach Hause, Martin fasste Lore schweigend unter. Es war heiß, der Lärm der Autos war wie weggefiltert. Deutlich hörte Lore die Geräusche der zahllosen Radfahrer; loses Blech schepperte über dem Kopfsteinpflaster, Pedalen wischten über den Kettenschutz; jemand pfiff. Und das Licht spielte mit der Wahrnehmung. Indigofarbene Baumschatten flimmerten an den Rändern ins Violette. Gelbe Blätter trudelten aus den Kronen herab, erst wenn sie reglos auf dem Wasser lagen, stellte sich heraus, dass sie eindeutig keine Zitronenfalter waren. Träge Bewegungen. Die Spiegelungen der Häuser in der Gracht schienen von einer Wirklichkeit ablenken zu wollen, die besser im Verborgenen blieb. Die Passanten waren leicht bekleidet, ihre Haut glänzte, ein feiner feuchter Film. Gleißendes Licht modellierte die Körper, Lore sah jede Unebenheit und jedes Mal. Viele gemischte Paare, es fiel ihr auf; ein schwarzer Arm, der sich um eine weiße Schulter legte, ein weißer Arm, der sich um eine schwarze Taille schloss, es hatte etwas Anrührendes. Lore hatte das Bedürfnis, Fotos zu machen. Eindrücke verblassten, sie ließen sich leider nicht wie Fotos für später in das Erinnerungsalbum Amsterdam einkleben. So der Balanceakt des Jungen mit dem Mädchen auf dem Gepäckträger und einem Gitarrenkasten auf der Lenkstange des Fahrrads. Martin spürte, dass er mit Lore in einem ungezwungenen Gleichschritt ging. Er konnte nicht umhin, darin ein Glücksversprechen zu erkennen. Vielleicht gab es darum nichts zu bereden, bedurfte es keiner Worte. Zwischen ihnen herrschte im Augenblick ein fundamentales Einvernehmen. Lore und Martin waren dabei, zu zweit ein Puzzle zusammenzusetzen, jeder zog ein paar lose Teile aus der Tasche, und noch keiner wusste, wie das Bild am Ende aussehen würde, wenn es dann auf dem Tisch lag.

Zu Hause trug Lore die Schachtel in ihr Atelier hoch, packte sie aus und legte die kostbare Eichentafel auf den Tisch. Jetzt sah sie aus wie geschliffener Stein, Basalt. Nein, Wachs. Wie eine Wachstafel, aufnahmebereit, ein fügsames Medium, ja, Verfügbarkeit war seine wichtigste Eigenschaft. Die Bildtafel nahm alles an. Erst als Lore die Augen davon löste, fiel ihr auf, dass sie sich allein in dem lichtdurchfluteten Raum befand, Martin war ihr gar nicht gefolgt. Bei dem, was sie jetzt zu tun hatte, konnte ihr keiner mehr helfen, es war einzig ihre Angelegenheit.

Am späten Abend, als Lore sah, dass in Martins Arbeitszimmer noch Licht brannte, klopfte sie an seiner Tür. Er saß am Schreibtisch, zeichnete in ein Skizzenbuch. Sie tranken zusammen ein Bier, und Lore fragte, womit er sich zurzeit beschäftige. Er sprach von seiner Vision. Ihn interessierten Schlüssel mehr als Schlösser, er versuchte ein Schloss immer vom Schlüssel her zu entwickeln.

»Türen zu öffnen übt einen stärkeren Reiz auf mich aus, als sie zu verschließen«, gestand er, »und der Schlüssel ist ein Gebrauchsgegenstand, den man ständig dabeihat. Er sollte möglichst klein sein.« Sesam öffne dich war für ihn eine magische Formel. Ihm schwebte eine Fernbedienung vor. »Genauso wie der Fernseher mit der Fernbedienung gesteuert wird, möchte ich die Türen meines Autos öffnen. Allerdings ohne Kabel, das Kabel ist unmöglich.« Das Problem war, mit einem Strahl ein massives Riegelsystem zu bewegen. Martin stellte sich ein Gerät vor, »ein Ding wie ein Feuerzeug«, führte er aus, »mit dem man Wellen senden kann.« Er schnippte mit den Fingern, ganz leicht sollte das funktionieren. »Ich gehe auf mein Auto zu, schicke den Impuls, die Scheinwerfer leuchten auf, denn ich habe die Batterie aktiviert, Bolzen springen hoch, die Türen sind entriegelt« , fantasierte Martin Holm. »Der Strom aus der Batterie löst die Verriegelung, das ist der Punkt«, erklärte er Lore. »Das Ziel ist nicht ein Zeitgewinn, sondern die Kontaktaufnahme, ein Begrüßungsritual, der Strahl sagt *Hallo*. Die Scheinwerfer blinzeln, das Auto sagt *Welcome*. Ich höre ein sattes Plopp, *Einsteigen bitte*.« Er öffnete eine Schublade seines Schreibtischs, zeigte Lore weitere Pläne. »Daran arbeiten wir«, schloss er, »meine Firma steckt viel Geld in dieses Projekt.«

Einmal, als sie durch die Stadt streiften, setzten Lore und Martin sich gutmütig eine Weile ins Café Folk. Der dort auftretende Musiker kam ihnen bekannt vor, der Mann wohnte mit einer Hippiefrau und einem schwarzen Hund auf dem Hausboot vor ihrer Tür an der Bloemgracht. Er trug eine Wildlederjacke mit Fransen. Wenn er die Arme ausbreitete, hingen sie wie Federn von den Ärmeln herab. Er sah aus wie ein indianischer Jesus mit John-Lennon-Brille. Zwischen seinen Songs von Bekifften und Hausbesetzern erklärte er, Amsterdam zu lieben, »weil hier sogar Gefangenen ein Recht auf Freiheit zuerkannt wird«. Er war Amerikaner. »Bei uns bekommt ein Insasse, wenn er aus dem Knast abhaut, eine längere Haft aufgebrummt«, rekapitulierte er tieftraurig. »In den Niederlanden stoppt man die Uhr, solange der Mann auf der Flucht ist ...«

Die Lichter glitzerten in den Grachten. Was man aus dem Wasser auch lesen mochte, es hatte nichts zu bedeuten. Kein Ersatz dafür, dass am Himmel keine Sterne funkelten. Um Sterne zu sehen, war es viel zu hell, der Widerschein der Lichter bildete einen dichten Schild. Erst dahinter begann die eigentliche Nacht, ausgeleuchtet vom Licht der Gestirne, die längst anderswo kreisten. Wegen ihrer Lichtfülle liebte Martin Städte. Sie waren immun gegen den Druck der barbarischen Finsternis. Er hatte in Amsterdam noch nie eine Schrecksekunde erlebt, in der er die eigene Hand vor dem Gesicht nicht erkannte. Martin behielt alles im Gedächtnis, Details wie die Perlen einer Kette, die man vor allem nachts trägt. Er konnte nicht vergessen, es war seine Krankheit.

Wenn Lore sich an diesen nächtlichen Heimweg erinnerte, später, als diese Geschichte hinter ihr lag, nachdem sie sich von Amsterdam längst abgesetzt und Martin Holm verlassen hatte, fragte sie sich manchmal, ob sie beide damals ohne den Wein ein anderes Gespräch geführt hätten. Ob der Abend wegen des Alkohols diese Wende genommen hatte: Unvermittelt schmiegte Lore sich beim Gehen an Martin. Er genoss ihren Körper, fühlte sich erneut im Einklang mit ihr. Atmung, Herz, Temperatur, alles stimmte. Mit den Lippen berührte Lore seinen Hals im Winkel, wo er zur Schulter überging, sacht spürte er ihre Zähne dort, am Ansatz des dreieckigen Muskels, und ihm war, Strom fließe in seinen Körper, immer mehr Volt. In dieser Nacht schliefen sie das erste Mal miteinander, als müssten sie ihren Pakt mit dem Körper besiegeln.

Beim Händler, als der Bildträger, dieses präparierte Stück Holz aus dem Baltikum, so gut in ihrer Hand lag und sie wusste, dass seine Abmessung auf den Millimeter genau stimmte, glaubte Lore, sich auf der sicheren Seite zu befinden, etwas anderes als Gelingen sei nicht möglich, sie halte den perfekten Grundstein in den Händen, sie habe sich auf ein Spiel eingelassen, das sie beherrschte. In den folgenden Tagen war das Gegenteil der Fall. Kaum hatte sie ihr Atelier betreten, begann die Bildtafel sie zu beherrschen, und Lore verzagte vorerst an ihrer kalten, glatten, abweisenden Seite. Doch sie wollte sich jetzt durch nichts mehr aufhalten lassen, hatte den Starrsinn, das Handwerk so gründlich auszuüben, das Bild so haargenau (Pinselstrich nach Pinselstrich und doch in einem Zug) zu reproduzieren, nein, es nachzuempfinden, dass sogar ein Kenner unweigerlich ausrufen müsste: Himmel, ein Bruegel. Lore stellte sich die Situation vor, ihre erregende Süße, wenn sie die Einschätzung des Experten dann nicht gleich abwertend korrigierte, nein, es ist nur eine Kopie, sondern sie im Raum stehen ließe:

– Ein kleiner Bruegel?

– »Zwei Affen«, gemalt 1562.

– Aber wie kommt man zu so einem Bild?

– Da müssen Sie Holm fragen.

Und Martin wäre dann so frei, seine Geschichte von Merkers zu erzählen, von der Schatzkammer in der Tiefe, von dem Bilderkasten, über den er in der Dunkelheit zweimal beinahe gestolpert wäre.

– Sie haben das Bild damals geklaut, einfach so?

Lore stellte das Brettchen auf eine Staffelei und starrte es an. Versuchung und Projektionsfläche. Es erinnerte sie an eine prähistorische Scherbe und Mondgestein, an etwas, das aus einer anderen Welt stammte; es war ein blinder Spiegel und hatte statt eines Farbe aufsaugenden Grundes eine farbresistente Oberfläche. Lore spielte mit dem Gedanken, das fremde Ding in die Gracht vor dem Haus zu werfen, es söffe wie ein Stein ab. Der undurchsichtige Antiquitätenhändler hatte es dank seines Beziehungsnetzes aus dem Nichts gefischt, und Lore wünschte, es möge für ein paar weitere Jahrhunderte in der tiefsten Versenkung verschwinden: im grünen Schlamm der Bloemgracht. Das widerspenstige Stück Holz war für ein Gemälde vorgesehen gewesen, das nie zur Ausführung gelangte, seine Bestimmung war überholt, es war ein Überbleibsel, gehörte zu den Grundlagen eines ausgestorbenen Handwerks und Wissensgebietes, das Lore sich aus Büchern erschloss, deren ebenfalls aus dem Gebrauch geratene Schrift sie mühsam entzifferte. Was für Bruegel noch sonnenklar gewesen sein dürfte, stellte Lore vor komplizierte Rätsel. Aber sie wollte den alten Code knacken, war von der Aufgabe wie besessen, gerade weil sie so schwierig war. Auch wenn sich ihr der Sinn der Sache manchmal entzog: Sie wischte die Zweifel weg, setzte sich selbst unter Druck und wollte Martin Holm mit ihrem Können imponieren. Er glaubte an sie, und sie wollte seinen Glauben nicht enttäuschen. Und dem blöden Brettchen den Meister zeigen. Sie verdrängte die Einwände, offenbar hatte sie hinreichende Gründe, wenn sie auch vage waren und wie ein Chamäleon die Farbe wechselten. Lore liebte die Einsamkeit ihres Ateliers vor allem im nüchternen Morgenlicht, in dem sie am besten arbeitete. Vor dem unerträglichen Geflimmer der nachmittäglichen Hitze flüchtete sie in Johans Kneipe. Und die Abendstunden, wenn das Licht erschlaffte und Martin glaubte, sie hätten beide nach dem arbeitsreichen Tag einen Drink verdient, nutzte sie gern für eine weitere Sitzung mit den *Zwei Affen*. Das Atelier war Lores Refugium, und wie jede Zufluchtsstätte manchmal ein Gefängnis. Noch experimentierte sie mit Materialien und Techniken herum. Sie kam sich vor wie eine raffinierte Fälscherin mit einem großen Geheimwissen. Der Gedanke erschreckte sie nicht, er gefiel ihr, das Anrüchige daran. Sobald Lore anfinge, die Bildtafel zu bemalen, verschwände die milchig grundierte Oberfläche wie ein Gesicht unter Schminke, die Farbschichten löschten ihre Autonomie, reduzierten sie auf ihre Funktion: Das fingerdicke Brettchen war ein Bildträger und sonst nichts. Es wurde mit vierhundertjähriger Verspätung benutzt. Von einer Malerin, die ihre Meisterprüfung ablegte und sich dafür nach und nach in Bruegels Zeit zurückversetzte und in die Aura seines Ateliers eintrat. Und mit seinen Augen zu sehen begann. Die in seine Hand wie in einen Handschuh schlüpfte. Und je deutlicher das Sujet erkennbar wurde, zwei angekettete Affen, umso mehr verlor der Bildträger seine Macht, er wurde unsichtbar, vernachlässigbar, und Lore vergaß ihn zuletzt ganz. Sie glaubte an sich selbst, fast unvernünftig. Akribisch bereitete sie die Palette vor, verarbeitete Bleiweiß, rote und gelbe Erde, Krapplack, Azuritblau und Malachitgrün (Kupferkarbonate) mit Leinöl. Sie befeuchtete die schmalen weichen Pinsel. Verwandelte sich in Pieter Bruegel und schuf die *Zwei Affen* so vollkommen, dass sie darüber selbst erschrak.

5

Der heißeste Sommer seit Jahrzehnten. Hundstage. Die Stadt litt. Algengrüne Kanäle stanken, die Häuser heizten sich auf. Auch das Atelier von Lore in Holms Haus an der Bloemgracht war unerträglich heiß. Martin hatte Lore das oberste Stockwerk überlassen. Der Raum, in dem sie arbeitete, hatte Fenster auf die Gracht hinaus. Durch Bäume, in deren Krone schon viele Blätter verdorrt waren, schaute sie auf ein Hausboot hinunter, reglos dümpelte es im verdunstenden Wasser der Gracht, ein großer Hund lag ausgestreckt auf dem Deck, die Zunge hing ihm aus dem Maul. Das Tier teilte sich den Fleck Schatten mit einer Hippiefrau. Sie hockte untätig auf einem Schemel, hielt den Kopf gesenkt, wie ein Vorhang hing ihr Haar herunter, für das Lore, wenn sie den Schatten schwarz und den Hund indigo malte, die Farbe kobaltblau wählen würde, die dunkelste Sorte. Sie war so tief in ihre Malerei versunken, dass sich alles, was sie anschaute, in Gemälde verwandelte. Lore trat vom offenen Fenster zurück. Sie war schweißnass, und die Dünste von Leinöl, Dammar und venezianischem Terpentin, mit denen sie Farben zubereitete, vermischten sich und dufteten wie ein üppig aufgelegtes Parfüm, das unangenehm einzuatmen war. Ohne der frischen Kopie einen letzten Blick zu gönnen (sie hatte den Zustand auswendig im Kopf), verließ sie den Raum und stieg die Treppen hinunter und trat auf die Straße hinaus. Kein Fußgänger oder Radfahrer war unterwegs. In ihrem Atelier unter dem Dach und auf der Straße herrschte dieselbe Hitze, Lore hatte nicht das Gefühl, von drinnen nach draußen zu wechseln. Die Lunge war ein Ofen, der Sauerstoff verbrannte. Erhöbe sich eine der Tauben in die Luft, die aufgeplustert in Nischen und vertieften Kellerfenstern hockten, ihr fettes Herz würde in dieser Glut platzen.

Martin Holms Haus war das schönste an der Gracht. Vier Stockwerke hoch, sechs Fenster breit. Die Tür aus massivem Holz, grün gestrichen, mit Beschlägen aus schwarzem Eisen und einem getarnten Hightech-Schloss. Lore hatte die Lichtschranke gar nicht bemerkt. Sie fühlte sich wohl in dem überraschend weitläufigen Stadthaus, überhaupt war sie von Amsterdam beeindruckt. Die Gebäude aus rotem Backstein, die hohen Fenster mit weißen Rahmen, die treppenartigen Ziergiebel, obwohl sie nur Attrappe waren, Zuckerwerk. Zuoberst ragte ein mit einer Rolle versehener Balken aus der Fassade. Mit der Seilwinde wurden Möbelstücke hochgezogen und über die Fenster in die Wohnungen gehievt. Betten und Kochherde, Schränke und Tische.

Lore ging in die Kneipe gegenüber. Beim Öffnen der Tür ertönte ein Glockenspiel, als betrete man einen Laden. Johan stand hinter dem Tresen und spülte Gläser. Wie immer. Über ihm, an der Decke, drehte sich ein cremefarbener Ventilator mit einem flappenden Geräusch. Johan hatte eine verfilzte Mähne, dünne Arme und Beine, und das changierende Blau seiner Augen erinnerte sie an die Farbe des Bergsees auf dem Gemälde eines Schweizer Malers aus dem neunzehnten Jahrhundert. Johan grinste, als Lore hereinkam, er freute sich jedes Mal, die Malerin zu sehen, unterhielt sich gern mit der Frau aus Zürich. Seit ein paar Wochen kreuzte sie hier auf und verkürzte ihm die Zeit. Bier zapfen, Genever eingießen, Geld entgegennehmen, Toast-Hawaii in den Ofen schieben waren keine atemraubenden Tätigkeiten. Johan hatte sich ihnen ergeben. Wie der Kneipenkakadu sich mit seinem Käfig abgefunden hatte. Der Vogel gehörte zum Inventar, er krächzte, ahmte das böse Husten der Raucher nach, aus Rache dafür, weil sein weißes Gefieder, imprägniert vom Nikotin und Teer ihres Qualms, allmählich gilbte. Johan verglich seinen Sisyphus-Job (zu dem die Betreuung des Kakadus gehörte) mit dem des Ventilators an der Decke und bediente jeden neuen Gast zunächst mit freundlicher Herablassung. Er sah sich als künftiger Autor erfolgreicher Romane, sein Talent, von dem Lore wusste, weil Johan ihr seinen Traum anvertraut hatte, schlummerte noch. Doch es verschaffte sich Durchbruch, Johan schrieb schon an seinem Buch. Im Herzen Australiens ist eine Frau auf den magischen Pfaden unterwegs; an einem heiligen Ort schläft sie mit einem Fremden, ohne zu erkennen, dass er nicht ein Eingeborener, sondern ein Außerirdischer ist. Sie wird kontaminiert. Fortan leuchtet sie im Dunkeln, jedes Mal wenn die Nacht sich jährt, als hätte sie einen Leib aus purem Phosphor.

»Weißt du den Titel schon«, wollte Lore wissen.

»Die kontaminierte Frau.«

»Und wie entwickelt sich die Geschichte?«

»Eines Tages sieht sie den Mann wieder, in Utrecht, er verlässt das Gebäude der Militärakademie, vertieft in ein Gespräch mit dem Verteidigungsminister bemerkt er die Frau nicht.«

»Was zieht sie für Schlüsse?«

»Dass es noch andere Frauen geben muss, dass sie nicht die einzige Frau ist, die einmal im Jahr eine ganze Nacht lang leuchtet«, erzählte Johan und lachte.

Die Malerin und der Autor waren Komplizen auf dem steinigen Weg zum Ruhm. Er war der Meinung, ein großer Schriftsteller müsse zuerst einmal Liftboy, Kellner oder Taxifahrer gewesen sein, sozusagen der unbestechliche Beobachter auf dem Horchposten. In diesen Berufen hast du es unablässig mit Menschen zu tun, die kommen und gehen, hatte er Lore erläutert, zuerst siehst du ihr Gesicht, zuletzt ihren Rücken, und das lässt dir jede Menge Freiheit für deine Fantasie. Lore setzte sich an den Tresen und Johan brachte ihr ungefragt einen Kaffee und ein Glas Wasser.

»Kommst du mit der Arbeit voran?«

»Es ist zu heiß«, antwortete Johan, »und du?«

»Das Lösungsmittel verdunstet, plötzlich bist du wie besoffen«, lachte Lore, »Terpentin riecht wahnsinnig gut. Es macht dich high.«

»Wir sollten den Laden dichtmachen und abhauen«, schlug Johan vor, »ans Meer.«

»Dort beobachten wir, wie die Winde Wellen generieren«, neckte sie ihn.

Es wäre bestimmt besser, als die Zeit in einer etwas heruntergekommenen Bar zu vertändeln. Lore schaute Johan zu. Mit einem Tuch trocknete er Gläser, hielt sie hoch, um im hereinströmenden Sonnenlicht zu prüfen, ob sie auch restlos sauber waren. Johan liebte das nun einmal, blitzblankes Glas.

»Die kontaminierte Frau findet weitere Gespielinnen des Außerirdischen, die sich am Jahrestag ihrer Liebesnacht zu Hause verstecken. Die Gruppe stellt den Mann und setzt ihn außer Gefecht«, spann Lore Johans Plot weiter.

»Ich denke schon«, stimmte er ihr zu.

»Die Leuchtfrauen retten die Welt, indem sie seine üblen Pläne durchkreuzen, das Verteidigungsministerium, das Pentagon und die NATO rechtzeitig warnen.«

»Du sagst es!«

Vom breiten Fenster der Kneipe aus sah Lore in einer ganz anderen Perspektive auf das Deck und die mit Teerpappe bedeckte Kajüte des Hausbootes vor Martin Holms Tür. Sie überlegte sich eine neue Farbpalette. Rost für das Deck und Türkis für die Kajüte. An einer Leine hingen bunte Wäschestücke statt Flaggen. Strom wurde von der Straßenbeleuchtung abgezapft, das graue Kabel baumelte als lose Schleife herunter. Die Hippiefrau kam manchmal mit dem trägen Hund in die Kneipe. Sie ging barfuß, trug Latzhosen oder geblümte Wickelröcke und roch streng nach Zimt, Milch, Hanf und Fell. Lore verriet in ihrer Muttersprache, von der sie annahm, die Frau verstehe sie nicht, dem Hund mit den glasig matten Augen eines Teddys ihre um seine Herrin kreisenden Fantasien.

»Die Hündin heißt Breeze«, sagte die Hippiefrau auf Englisch, »was für eine Sprache sprichst du mit ihr?«

»Schweizerdeutsch.«

Die Hippiefrau erzählte, ihre Hündin sei ein reinrassiger Bouvier. Von Johan wusste Lore, dass sie die Hündin jedes Jahr decken ließ und die begehrten Welpen verkaufte. In Amsterdam war dieser große zottige Hund Kult. Vom Verkauf eines Wurfs konnte sie fast ein halbes Jahr leben. Außerdem handelte Clea mit Silberschmuck. Aus Marokko. Sie flog selbst hin, um in Casablanca und Fez die schönste Ware auszuwählen, zahlte nach Gewicht und verkaufte am Damrak Einzelstücke: Finger- und Ohrringe, Halsketten und Armbänder. Ihr augenblicklicher Freund, ein zappeliger Mann, war Hausbesetzer und Sänger. Er spielte Gitarre mit aufmontierter Mundharmonika und trat in Cafés auf. Da er keine Hand frei hatte, um sich die langen Haare aus dem Gesicht zu streichen, schüttelte er ungehalten den Kopf, wenn ihm filzige Strähnen zwischen Lippen und Harmonika gerieten.

»Bist du mit diesem älteren Typen zusammen«, wollte sie von Lore wissen, »der mit dem Mustang vorfährt?« Clea lächelte, sie hatte helle klare Augen. Lore war eingeschnappt, ihre Lippen verkrampften und fältelten sich.

»Ist er dein Lover?«

Lore schloss die Augen, atmete durch. Sie glaubte, Clea lasse sie mit Absicht spüren, dass eine Grenze sie trennte. Der dreißigste Geburtstag zog die rote Linie. Clea hatte natürlich noch nie über ihr Alter nachgedacht, sie war fraglos jung. Eine Frau in Lores Alter stand jenseits, sie hatte den Anspruch auf das Jungsein definitiv eingebüßt.

»Und wie machen sich ältere Herren so im Bett?«

Lore kreuzte die Arme so vor der Brust, dass die Hände auf ihren Schultern lagen. Ihr Liebesleben breitete sie gewiss nicht vor dieser Frau aus. Die Frage, ob Martin und sie jetzt ein Liebespaar seien, wünschte sie zuallerletzt mit ihr zu erörtern. Lore wusste es selbst nicht, es war noch nichts entschieden. *Du schläfst mit ihm? Ja. Du liebst ihn? Vielleicht.* Es war noch offen, eine Gewissensfrage. Musste es denn Liebe sein? Auf jeden Fall gefiel es ihr, die Finger über seinen langen nackten Rücken gleiten zu lassen; sie verhehlte sich nicht, was sie brauchte. Martins Körper war milchweiß, kräftig und roch gut. Lore und Clea würden niemals Freundinnen sein. Cleas Art, in den Tag hineinzuleben, löste bei Lore zwiespältige Gefühle aus; derart sorglos wäre sie manchmal auch gern, aber die Hippiefrau vergeudete auch ihre Zeit. So wie sie geduldig zuhörte, wenn Johan erzählte, verlor Lore rasch die Geduld, wenn Clea schwafelte. Zeit sei ohne Bedeutung, lehrte Clea, das Karma bestimme die Lebensweise. Lore schauderte bei dieser Vorstellung und ärgerte sich, weil sie sich selbst nötigte, Clea zu widersprechen und sich zu rechtfertigen. Die Hippiefrau mit den ledernen Fußsohlen und dem makellosen Teint, dessen Bräune zu leuchten schien, fühlte sich frei, weil es für sie noch keine Dringlichkeit gab und sie nichts unbedingt wollte.

»Was möchtest du mit deinem Leben anfangen?«, fragte Lore.

»Es leben«, sagte Clea und lächelte.

»Ja sicher, aber wie?«

Die Dinge fallen einem zu, davon war Clea überzeugt. Den klirrkalten Winter verbrachte sie mit Breeze in Nordafrika. Sie hatte ihrem Hund die Trägheit abgeschaut. Es wäre Lore niemals in den Sinn gekommen, Clea ins Atelier einzuladen, obwohl sie gewissermaßen Tür an Tür wohnten. Die Hippiefrau langweilte sich, sobald Lore über ihre Arbeit sprach, die Detailversessenheit, den Zwang zur Perfektion fand Clea pedantisch. Statt einmal in der Sache nachzufragen, hatte sie nur Spott übrig: *Ist das nicht Stress? Immer so unglaublich an sich glauben müssen, die ganze Zeit?* Clea hatte Lore ebenfalls nie aufgefordert, sich auf dem abgetakelten Hausboot umzusehen, gewiss war die Kajüte unsauber, Küche, Klo und Matratze. Die Frauen trafen einander zufällig in der Kneipe. Johan war Anfang zwanzig wie Clea und geriet in Verlegenheit, in Loyalitätskonflikte, wenn die Frauen gleichzeitig an der Bar saßen. Dann widmete er sich ausgiebig seinen Gläsern, polierte sie nicht nur, bis sie klar waren, sondern vollkommen unsichtbar. Lore mochte den ambitionierten Kellner und unterhielt sich angeregt mit ihm, redete über ihre Malerei (über die *Zwei Affen*) und hörte ihm gern zu, wenn er seine überbordenden Pläne ausbreitete. Beim Sprechen merkte Lore, dass er sich anstrengte, die Dinge zu ordnen und zu klären, sein Romanprojekt zu strukturieren, weil er eine Zuhörerin hatte, die sich für alles interessierte und nachhakte. Die junge Hippiefrau mit dem Stirnband, der langen Mähne und den haltlosen Brüsten im T-Shirt war Lore fremder als Breeze, die gutmütige Hündin. Zumindest so fremd wie die unergründlichen Philatelisten in Kammgarnhosen. Am Spui, wohin Lore ging, um in der Buchhandlung *Athenäum* deutschsprachige Bücher zu kaufen, stellten sie ihre Zeltbuden auf und untersuchten mit der Lupe Briefmarken: ob auch keine Zacke umgebogen sei. Clea trank ausschließlich Tee mit Milch und süß duftenden Gewürzen, ihren Jogi-Tee; aber Lore hatte noch nie beobachtet, dass sie bezahlte. Die Hippiefrau musste mit Johan eine Vereinbarung getroffen haben, ein Tauschgeschäft, vermutete Lore. Beide drehten ihre Zigaretten selbst, rollten grob geschnittenen Tabak in maisgelbes Papier, Clea bröckelte Haschisch hinein. Ihre Jugend verband sie, und beide besaßen dasselbe reine Augenweiß: Lore war für das Pärchen (zumindest für Johan) so etwas wie die große Schwester.

»Bei meiner Berliner Kopie habe ich zwei Dinge nicht bedacht, vielmehr, ich glaubte, sie vernachlässigen zu dürfen«, sagte Lore zu Johan, der mit seinen Gläsern fertig war und, weil er Durst hatte, nicht anders konnte, als eines davon wieder zu benutzen, und es mit Limonade füllte. »Ich habe Materialien verwendet, die Pieter Bruegel gar nicht zur Verfügung standen«, fuhr Lore fort, »Farben aus Tuben und eine mit Acryl grundierte Leinwand.«

»Und wo liegt das Problem?«, fragte der Kellner.

»Die Farben verraten, dass das Gemälde nicht ein Original ist, es ginge niemals als echter Bruegel durch.«

»Das ärgert dich nun?«

»Ich habe auf Leinwand gemalt, Bruegel auf Holz.«

»Hast du einen Bruegel malen wollen?«

Lore überlegte länger, als Johan dachte, sie müsste es tun. Dann lachte sie: »Nein, ich habe zunächst wohl keinen Bruegel malen wollen, sonst hätte ich nicht Chromgelb und Zinkweiß verwendet. Mit synthetischem Ultramarin kannst du unmöglich einen Bruegel malen wollen, mein Ziel war nicht eine Fälschung …«

»Sondern?«

»Eine täuschend ähnliche Kopie.«

»Und, hat es geklappt?«

»Ich denke schon, am Ende war ich mit dem Ergebnis sehr zufrieden«, sagte Lore überzeugt, »das Bild darf sich sehen lassen, ich hatte den schwierigen Bruegel kopiert, ich hatte *Zwei Affen* intus, wie gegessen, ich hatte ein eigenes Original geschaffen, das hat mich befriedigt.«

»Dem Bruegel zum Verwechseln ähnlich?«

»In einem Museum würde es von den Besuchern bestimmt akzeptiert, wenn auf dem Namensschild Pieter Bruegel stünde.«

»Aber es gehört Martin Holm?«

»Er hat es mir abgekauft, sozusagen blind.«

»Als es beendet war, hast du es ihm gebracht und bist in Amsterdam hängen geblieben«, fasste Johan zusammen.

»Und was hält dich hier fest?«, lenkte Lore von sich ab.

»Die schmutzigen Gläser, der Gestank der Grachten, die kackenden Tauben«, rezitierte Johan mit ernster Miene, »der Vertrag, den ich mit mir selbst geschlossen habe: Ich schaffe es hier! Wo denn sonst? Wo sollte ich hingehen? Warum? Etwa zurück? Dort, wo ich herkomme, gibt es nur Gurken und Käse.«

6

Lore arbeitete in ihrem Atelier, bis spät am Abend das Licht allmählich schwand und es zum Malen zu dunkel wurde. Sie blieb im Dämmer vor der Staffelei sitzen. Die Tage vergingen und Lore wanderte durch sie hindurch im ewigen Zwiegespräch mit Bruegel. Sie kam dem Meister so nah, dass sie glaubte, dahinter liege eine tiefere Bedeutung und es gelte, sie zu ergründen. So wie er auf einem einzigen Gemälde über einhundert Sprichwörter in ein visuelles Kreuzworträtsel verwandelt hatte, steckten in jedem anderen Bild mindestens einhundert Botschaften. Das Geheimwissen seiner Zeit. Am liebsten hätte sie alle seine Gemälde in ihrem Atelier aufgehängt, jedes Gemälde war ein komplizierter Einstieg in seine Epoche. Wenn sie träumte, gelangte sie am leichtesten dorthin. Mit Leib und Seele sei sie im sechzehnten Jahrhundert gewesen, glaubte sie beim Aufwachen und fragte sich, wie die lebensechten Dinge in die Träume gelangten. Aber was vermochte die Traumkulisse zu schaffen, wenn nicht Bruegels Gemälde selbst, mit denen Lore sich beschäftigt hatte und die sie im Gedächtnis behielt? Der Traum hatte Zugriff auf diese Vorlagen und tuschte Leerstellen nach, wie das Auge den blinden Fleck schloss. Die Szenerie geriet in Bewegung, im Traum verlor sich das statische Gefüge, die Bilder der untergegangenen Welt verwandelten sich in gegenwärtige Momentaufnahmen, eine Instanz hauchte Menschen und Tieren Leben ein, sie liefen und zappelten und sprachen. Sie erzählten. Leider glückte es Lore nie, im Traum auch den Goût einer Mahlzeit Bruegels in den Mund zu bekommen: Brot, Brei, Karnevalsgebäck, Bier. Wie die Speisen damals wohl schmeckten? Beim Frühstück, zwischen Tag und Traum, überlegte sie sich solche Dinge, nach nächtlichen Ausflügen in eine Vergangenheit, an die sich niemand mehr erinnerte, in die man nur über selbstgebaute Brücken gelangte mit Bruegel-Bildern als Kompass.

Sie hatte sich auch mit Büchern umgeben, sich lesend in Bruegels Zeit versenkt, in den Zeitstrudel, in den Bruegel hineingeworfen worden war. Als das habsburgisch-spanische Königshaus in der Reformation auch die Rebellion erkannte. Tausende von Hinrichtungen vor Tausenden von Schaulustigen. Scheiterhaufen und Galgen. Blut floss in Strömen, Städte und Dörfer wurden geplündert. In diesem Klima der Repression, in der *Eisernen Zeit*, in einem *Land der Torheit*, hatte Bruegel das kleine Gemälde geschaffen, in dessen Bann Lore stand. Sie benutzte die erste Kopie als Vorlage, dazu ihre Berliner Skizzen und Farbstudien. Zweimal flog sie nach Dahlem zurück, um Details und Nuancen im Gemäldesaal abzugleichen. Sie hielt sich bedeckt, damit weder der Direktor noch ein Wärter mitbekamen, dass sie jetzt mit einem anderen Anspruch arbeitete. Ihre mittelalterlichen Materialien und Bruegelschen Rezepte hätten sie stutzig werden lassen. Lore schämte sich ein wenig, das Vertrauen des hilfsbereiten Direktors zu missbrauchen. Er hatte sie freundlich begrüßt, wohlwollend behandelt, sich herzlich gefreut, sie wiederzusehen, und war ohne Verdacht geblieben. Sie hatte ihn nicht angelogen, noch zu viel ausgeplaudert. Trotz des schlechten Gewissens hatte der vorläufige Vergleich der Gemälde Lore glücklich gemacht. Sie übertraf ihr erstes Werk bei weitem. Das zeichnete sich bereits ab, und sie hätte die Steigerung nicht für möglich gehalten. Das Maß der Übereinstimmung machte sie verlegen, jede Einzelheit war identisch. Jeder Ton, die Anmutung, die Finessen, die Schwere und die Aufhellungen, die den Anschein erweckten, als sei die Farbe an diesen Stellen verblasst, dabei hatte sich die die Wirkung mit kunstvollen Lasuren erreicht, hauchdünn aufgetragenem Krapplack. Lore kämpfte gegen das selbstgefällige Erröten. Sie überlegte, eine Einzelheit geringfügig zu verändern, einen der Lichtreflexe auf der Kette wegzulassen, wie bei einem Vexierbild einen winzigen Fehler einzubauen und gleichsam einen unsichtbaren Fingerabdruck zu hinterlassen. Nicht ohne Stolz stellte sie sich vor, Martin und dem Direktor nach Abschluss der Arbeit beide Gemälde vorzulegen. Und sie dann, hinter dem Rücken verborgen, abwechselnd von einer Hand in die andere Hand zu geben (wie Kinder es mit zwei fast gleichen Dingen tun, wenn sie einen auf die Probe stellen wollen), um sie zuletzt nebeneinander zu hängen: Meine Herren, lieber Martin, sag mir nun, welches das Original ist und welches die Kopie. Denn beide Gemälde hätten das, was Malerei ausmachte und jeder Reproduktion fehlte: eine unerhörte, materielle Präsenz.

Wahrscheinlicher aber war es, fuhr es Lore durch den Kopf, dass sie nach der Ausführung der zweiten Kopie diese in den Rahmen einbaute und die erste Arbeit wieder an sich nahm. Zurücknahm zu den Akten, dachte sie. Hier ist das Gemälde, wird sie zu Martin sagen. Es ist vollkommen, dürfte seine Antwort lauten. Sie stellte sich vor, wie er es von der Wand nahm, mit den Fingern berührte und in einer Versenkung verschwand: in einen isolierten Raum ohne Türen und Fenster, die jemand von außen hätte öffnen können. Auch Lore nicht. Auftrag erfüllt, mit diesem Wort könnte sie in die schützende Ironie flüchten. In der Tasche hätte sie bereits ein Flugticket. Der pragmatische Ausweg aus dem halsbrecherischen Experiment, in das sie sich selbst hineinmanövriert hatte und in dem sie unbewusst schon von Anfang an einen Notausgang suchte, um unversehrt zu entkommen. Die plötzliche Wendung des Gedankens machte ihr zu schaffen, und sie mochte das nicht zu Ende spinnen, ihre vielleicht aus Resignation herrührende Neigung zu flüchtigen Begegnungen. Die Vorstellung von Abschied und Trennung war auch schmerzlich, Lore wird Amsterdam nachtrauern und Martin vermissen.

Es war still im Haus; seit Lore hier war, duftete es nach Ölen, und die Konzentration, mit der sie ihr Bild vorantrieb, übertrug sich. Martin, vom Büro nach Hause gekommen, wollte sie nicht stören. Er nahm ein Bier aus dem Kühlschrank und verzog sich in sein Arbeitszimmer. Lores Befürchtung, er werde ihr beim Malen ständig über die Schulter schauen, bestätigte sich nicht. Einmal mehr hatte sie sich Sorgen gemacht wegen etwas, das gar nicht eintrat. Im Gegenteil, Martin blendete den Grund ihres Hierseins aus und fragte nie, wie sie mit der Arbeit vorankomme. Kein einziges Mal äußerte er den Wunsch, sie im Atelier zu besuchen, als hätte er kein Bedürfnis, das entstehende Bild zu sehen, sogar das Interesse an Lores Arbeit verloren. Darüber war sie verwundert und am Anfang fast ein wenig beleidigt gewesen, bis ihr plötzlich bewusst wurde, dass für ihn der Entstehungsprozess keine Bedeutung hatte. Martin scherte sich nicht darum. Für ihn waren die *Zwei Affen* nicht Schicht für Schicht entstanden, sondern mit einem Schlag da gewesen. Jählings, dachte Lore, jäh wie ein Springteufel, der, sobald der Deckel geöffnet wird, aus der Kiste schießt und einen erschreckt. Insgeheim fürchtete Lore, Martin ergebe sich absichtlich der Illusion, die Wiederholung des überwältigenden Gefühls sei möglich, er fröne einer Art Selbsteinredung und erwartete von ihrer Kopie, wenn sie denn zu Ende gebracht war, die gleiche Wirkung, die einst das Original Bruegels auf ihn gemacht hatte. Es hatte ihn vor dreißig Jahren regelrecht angesprungen. Als sein Leben in der Teufe von Merkers in der Spanne von ein paar Lichtsekunden umgepolt wurde und einen neuen Plan erhielt und alles Gewesene sich in Makulatur verwandelte.

Während Lore die neue Fassung der *Zwei Affen* vorbereitet hatte, war Martin von ihren Unternehmungen begeistert gewesen. Er half ihr, alle Materialien und Stoffe zusammenzutragen und die Stimmung zu schaffen, ein künstlerisches Ambiente, in dem das Projekt gelingen konnte. Erst als sie mit der eigentlichen Arbeit begann, hatte er sich zurückgezogen, benahm er sich, als sei ihr Atelier verminTes Gelände, als bräuchte sie eine Schutzatmosphäre, als handle es sich nicht um das Handwerk der Malerei, das sie zelebrierte, sondern um Alchemie, um die Verwandlung von Brot und Wein. Und als sie ihn auf sein merkwürdiges Verhalten angesprochen hatte, konstruierte er Rechtfertigungen, brach sie ab und verfiel in ein Brüten. Er konnte Lore nicht anschauen, er konnte darüber letztlich nicht sprechen. Unredliche Absichten unterstellte sie ihm nicht. Durch alles hindurch spürte sie, dass er sie liebte.

Lore fuhr nach Rotterdam und Brüssel. Sie schaute sich Gemälde an: Bruegels Hand, die Pinselstriche, die Schichtungen, der Farbauftrag. Sie wollte lernen und sich inspirieren lassen, sie sammelte Wissen. In Brüssel konsultierte Lore auch einen namhaften Spezialisten für Maltechnik. Manche hielten den Mann schillernden Alters für einen Scharlatan, einen Präparator der Zeit. Obwohl er als Spezialist für das »Rembrandt Research Project« arbeitete. Er war mausgrau gekleidet, hatte graues Haar und blasse Haut und mehr Sommersprossen als sie selbst. Sie bat den Mann, sich die kleine Bildtafel anzuschauen. In seiner Werkstatt untersuchte er sie mit den Händen und mit der Lupe, schnüffelte daran, betupfte die Rückseite mit einer Tinktur, um zu prüfen, ob die Tafel geschwärzt worden war oder natürlich gealtert, und legte das Brettchen auf eine Waage.

»Tadellos«, sagte er dann, »sechzehntes Jahrhundert, an dem Stück gibt es nichts auszusetzen. Malen Sie es nicht kaputt. Auf keinen Fall sollte Farbe in die alten Risse fließen. Das ist eine dumme Falle.«

Auf der Staffelei in seiner Werkstatt, die eher ein klinisches Labor als eine unaufgeräumte Malerbude war, stand ein Bild mittlerer Größe: »Vermutlich aus dem Umfeld von Rubens. Betrachten Sie die brillanten gelben Stellen, hier hat der Maler Lichter gesetzt. Fällt Ihnen etwas auf?«

Lore trat näher heran: »Auf Anhieb nicht.«

Der Meister bemühte sich nun selbst, legte den Finger auf eine raue Stelle: »Eine Retusche. Die Leinwand hat drei retuschierte Stellen. Seltsamerweise immer im hellen Gelbbereich.« Er ermunterte Lore, die Gelbzonen unter die Lupe zu nehmen, und während sie die fraglichen Stellen betrachtete, sprach er von einer Füllmasse, mit der sie das Netz der Risse auf ihrer kostbaren Holztafel abdecken sollte. »Ich schreibe Ihnen das Rezept auf«, bot er Lore an, »Tapetenkleister und Zucker. Sie müssen den Schutzfilm am Schluss mit Wasser wieder wegwaschen, dann bleiben die alten Risse im neuen Gemälde. Und das möchten Sie doch? Das ist doch das Ziel?«

Lore errötete. Der freimütige Maltechniker schien es nicht zu bemerken, für Emotionen war er nicht zuständig, er mied den Augenkontakt und widmete seine Aufmerksamkeit ganz dem Gemälde auf der Staffelei:

»Das Gelb, Auripigment, wird nicht mehr hergestellt. Es ist hochgiftig. Arsentrisulfid. Und trocknet langsam, zerstört Farben, mit denen es gemischt wird. Wenn Auripigment, Königsgelb, unvermeidlich ist«, führte er aus, ohne sich eine Gemütsregung anmerken zu lassen, »beschädigt der Fälscher die betreffende Stelle und retuschiert mit Chromgelb.«

»Ist das Gemälde eine Fälschung?«

»Es ist nicht signiert«, verriet er und lachte schallend. »Sie können sich gar nicht vorstellen, auf wie vielen Dachböden und in wie vielen vergammelten Salons und Bibliotheken alter Herrschaftshäuser dubiose Gemälde auftauchen, in denen die Erben Millionenwerte vermuten. Wer weiß, vielleicht ist das Gemälde auf der Staffelei ein Van Dyck von Rubens«, der Mann schien sich zu amüsieren, »Rubens schätzte den jungen van Dyck außerordentlich. Ließ ihn drei Jahre für sich arbeiten. Van Dyck untermalte meistens mit gelbem Ocker und setzte das Auripigment gern als Licht auf. Die Gelbretuschen stimmen mich skeptisch.«

Ihn nach Antwerpen zu begleiten, hatte Martin Lore gebeten. Es war sein Wunsch, Lore seinem ältesten Freund vorzustellen. Sie verabredeten sich in einem Restaurant mit Blick auf die Schelde, die durch die Stadt floss. Carel van Vliet war inzwischen ein sechzigjähriger Mann, aufgedunsen, die Augen schmale Schlitze, er leitete die Firma in Belgien. Er kam verspätet, atmete schwer und schwitze. Hinkte er ein wenig, oder täuschte sich Lore? Sie freute sich, ihn kennenzulernen, aber Carel hatte offensichtlich einen schlechten Tag erwischt, war grantig, ohne Neugier und Interesse an einem Gespräch, so, als wolle er Lore zu verstehen geben, er habe es längst aufgegeben, sich den Namen und das Gesicht einer neuen Freundin von Martin zu merken, sie stehle ihm bloß seine Zeit. Immer wieder schaute er auf die Uhr, fummelte an den schneeweißen Manschetten herum. Martin entschuldigte sich bei Lore hilflos mit einem Schulterzucken. Mehrmals versuchte er, Carel zum Lachen zu bringen. Der war gallig oder ironisch, dann reichlich mit seinem Steak beschäftigt, ob es auf den Punkt gebraten oder etwas zu blutig sei, kümmerte ihn mehr als das Gemälde, das Lore malte, von dem Martin erzählte. Und vor allem mochte er nicht Deutsch sprechen. Lore zog bald eine Schnute, stocherte in ihrem Teller herum, fühlte sich wie einer der angeketteten Affen und starrte auf die Schelde hinunter, wo nicht mittelalterliche Segelschiffe, sondern Lastkähne verkehrten. Sie verzichtete auf eine Nachspeise, verabschiedete sich, froh, die Männer ihren geschäftlichen Dingen zu überlassen. Martin war enttäuscht.

Der Tag glühte. Die Stadt schloss sich um sie, Lore wähnte sich in einer Falle. Zu ihrer Überraschung erkannte Lore in keiner Straße und in keinem Gebäude die Stadt Bruegels. Sie hatte sich eingebildet, von ihm durch Antwerpen geführt zu werden, aber Pieter Bruegels Augen taugten dazu nicht. Lore ging durch die sommerliche Stadt und suchte das sechzehnte Jahrhundert: Es war unauffindbar. Bruegels Bilder hatten sich verstreut, hingen in Wien, Berlin, Prag, Budapest, Madrid, Darmstadt, Winterthur, München,

New York, London, Brüssel … Türen in eine Vergangenheit, vor der sich die klebrigheiße Gegenwart Antwerpens aufbaute, undurchdringlich mit Bauten aus Stahl, Glas, Beton und viel zu vielen Spiegeln. Die Gemälde waren eine Art geronnener Erinnerung, festgehalten im Medium der Malerei, das beständiger war als das individuelle menschliche Gedächtnis. Und zugleich empfand Lore auch eine Wut auf das lärmige, verstopfte Antwerpen, in dem sie sich kaum zurechtfand, durch das sie schlecht gelaunt stolperte mit dem absurden Wunsch, eine Tür zu entdecken, einen Torbogen, eine Treppe, die doch noch ins sechzehnte Jahrhundert führte, zu Pieter Bruegel, zu seinem Haus, seiner Werkstatt, in der er ein großes Gemälde malte. Im Museum fand sie es dann, *De dulle Griet*, Bruegel hatte es im selben Jahr wie die *Zwei Affen* gemalt, ein schwer zugängliches, ja unverständliches Gemälde, auf dem nichts so war, wie es sein sollte, die Vision (oder das Abbild) einer verkehrten Welt, eine Allegorie, die wohl zeigen sollte, wie krass die Zeit war, in der Bruegel lebte. Ein Albtraum. Ein hässliches Gemälde. Chaos oder gigantischer Scherz? Lore stand ratlos vor dem bizarren Meisterwerk, sie konnte das Bildgeschehen nicht nachvollziehen.

»Carel ist kein Klotz, und auch kein Ignorant, er kann auch liebenswürdig sein«, entschuldigte Martin seinen Freund und Geschäftspartner. Sie fuhren im Ford Mustang nach Amsterdam zurück. Draußen flog die Gegend nur so vorbei. Die Zeit rauscht vorbei, dachte Lore. Die Niederlande kamen ihr wie ein farbiger Bilderstreifen vor, der von einer Spule abgewickelt und auf eine andere Spule aufgewickelt wurde. Ein Reigen. Flaches Land. Und gerade die Flachheit ließ einen den Raum erfahren. »Vergiss es«, sagte Lore. Nachtragend war sie nicht. Martin fuhr mit hundertzwanzig Stundenkilometern Richtung Amsterdam. Wolken hingen wie riesige Objekte am Himmel. Windstille. Tote Felder. Trotzdem schien sich alles zu bewegen, die Erde unter den Wolken funktionierte wie eine Drehscheibe, ein Karussell. »Carel hat oft Schmerzen«, erklärte Martin, »er hat einen kaputten Rücken, und wenn der Rücken ihn quält, ist er unausstehlich, ein Ekel.« Lore wollte gar nichts mehr von diesem Carel van Vliet hören, sie war mit anderen Dingen beschäftigt. »Bruegel könnte die Szenerie da draußen komponiert haben«, wechselte sie das Thema, »er hätte aus der Erinnerung noch einen Fluss, Alpengipfel und Burgen eingefügt, er verschmolz heimkehrende Herden, flämische Dörfer und Eindrücke seiner Italienreise.« Martin konnte nicht viel mit Lores Puzzle anfangen, er sah den Zusammenhang nicht. Der Mustang fuhr mit hoher Geschwindigkeit, es ergaben sich fortwährend neue Ansichten. Lore sah die Landschaft und die Dörfer aus verschiedenen Blickwinkeln, weil sie auf einer kurvenreichen Straße unterwegs waren.

»All das hier hat eigentlich nichts mit Bruegel zu tun«, sagte Martin, »aber wegen ihm beachten wir es.«

»Zeit, Ort und Handlung bilden bei Bruegel selten eine Einheit«, erklärte Lore, »er erzählt im Hintergrund und am Rand seines Gemäldes verschiedene Geschichten. Das wichtigste Ereignis steht nicht unbedingt im Mittelpunkt. Er malt Dinge, die man eigentlich nicht malen kann.«

»Der Teufel sitzt im Detail«, versuchte Martin sich einzubringen und Lore beflissen zu folgen, ihren schwer nachvollziehbaren Ausflügen in eine Zeit, als hier draußen noch keine Lichter brannten und ganz anderes Gras wuchs.

Es war schon Nacht, die Landschaft hatte sich in die Dunkelheit geschmiegt wie in eine für sie bestimmte Kuhle; das Lichtgeflirre des Gegenverkehrs war unangenehm. In das Schweigen hinein begann Martin von seiner Ankunft in Antwerpen zu erzählen: »Die Straße, in der Carel gewohnt hatte, war nicht ausgebombt. Das

Haus stand noch da. Seine Eltern waren noch da, seine Familie, alle waren, wie durch ein Wunder, am Leben geblieben.«

»Sie haben dich akzeptiert?«

»Carel hat nicht gesagt, woher ich stamme, einen deutschen Jungen, einen Moffen, hätten sie lieber abgestochen als aufgepäppelt. Er ist ein Flüchtling, erzählte Carel. Er ist mein Freund, Martin hat mir das Leben gerettet.«

»Das stimmte sie milder?«

»Es war eher so, dass sie Carel glauben wollten. Martin ist ein Däne, eine Kriegswaise, log Carel.«

»Das Eis brach, als Carels Vater Schwierigkeiten mit Schlüsseln hatte. Er war Tischler, schleppte von überall Türen her, zog sie aus Schutthaufen, Ruinen, und war überzeugt, dass man mit Türen ein Geschäft machen konnte. Vor allem mit Schlössern. Er sägte sie heraus. Die Leute sehnten sich nach Sicherheit. Sie wollten das, was ihnen geblieben war, wegschließen. Dieses Bedürfnis, ahnte Carels Vater, wäre eine gute Grundlage, um eine Nachkriegsexistenz aufzubauen. Intakte Schlösser fand er genug, und kiloweise Schlüssel, aber Schlüssel und Schloss passten nicht zusammen.«

»Da kamst du ihm wie gerufen.«

»Er traute seinen Augen nicht. Dass ich das Handwerk beherrschte. Ich konnte Schlüssel zurechtfeilen und Dietriche herstellen.«

»Daraus wurde ein Schlüssel-Dienst.«

»Der erste in Antwerpen; und bald darauf haben wir, nach einer Idee aus dem Notizbuch von Opa Rust, die ich im Kopf hatte, unser erstes Schloss mit einem extra kleinen, flachen Schlüssel gebaut und das Patent angemeldet.«

»Es wurde bestimmt ein Erfolg.«

»Ja, wir kamen schnell ins Geschäft.«

»Darum bist du auch geblieben?«

»Es fiel mir leicht, weil die Suche nach meiner Familie bitter endete. Alle Briefe blieben unbeantwortet; der neue Bürgermeister teilte mir dann mit, die Rote Armee habe Ingenieur Holm und seine Frau nach Russland mitgenommen. Opa Rust sei zu Tode gekommen in den Wirrnissen vor dem Einmarsch der Russen. Von den Brüdern gab nie einer ein Lebenszeichen.«

7

Ein Gemälde, auf das er mit sechzehn zufällig gestoßen war, hatte in Martin Holms Leben ein Fenster aufgestoßen, das er bisher nicht wieder zumachen konnte, und Lore dachte beim Arbeiten manchmal, es sei ihr Auftrag, dieses Fenster nun endlich zu schließen. Alle anderen Gemälde, so erschien es Lore, betrachtete er mit weniger Interesse, als er für die Sicherheitsvorkehrungen aufbrachte. In jedem Museum schüttelte er den Kopf. Eine Einladung zum Kunstraub. Die Systeme waren primitiv, fahrlässig eingedenk des Geldwerts der Sammlungen. Jede Bankfiliale auf dem Dorf war besser gesichert. Als Unternehmer sah er auch einen Markt mit viel Potenzial. In jedem Gebäude schaute er sich insgeheim um, Schlösser, Türen, Fenstergitter, versteckte Vorrichtungen, alle Maßnahmen, die der Sicherung dienten, nahm er in Augenschein. Sogar in Wien. Sie waren zusammen nach Wien geflogen. Im Kunsthistorischen Museum hingen mehr Bruegels als an jedem anderen Ort. Auch hier wunderte er sich über die Diskrepanz zwischen der Unersetzlichkeit der Güter und deren primitiver Sicherung. Man müsste Wien für diesen Leichtsinn strafen, sagte Martin. Schon im Hotel hatte Lore über Martins Marotte gelacht. Er misstraute Schiebe- und Drehtüren und jedem Fahrstuhl. Stets war er im Bild, wo sich der Notausgang befand, wie die Zutrittskontrolle funktionierte, mit welchen Schlüsseln und Magnet- und

Knopfverriegelungen die Türen ausgerüstet waren und welche auf Druck reagierten. Er setzte sich nie mit dem Rücken zur Tür.

»Du weißt nie, wer hereinplatzt, und ob mit friedlicher Absicht, also empfiehlt es sich, die Tür im Auge zu behalten«, flachste er, aber sein Gesicht verriet, dass es kein Scherz war.

Lore hatte sich das Gemälde *Der Turmbau von Babel* lange angeschaut. Antwerpen war damals die Welthandelsmetropole gewesen, mehr als tausend Ausländer mit fremden Sprachen und Sitten lebten in der Stadt. Argwöhnisch beobachtet. Eine multikulturelle Gesellschaft mit besonders extremen religiösen Verständigungsschwierigkeiten. Katholiken, Calvinisten, Wiedertäufer.

»Bruegel erschließt uns diese Welt«, meinte Lore, »aber er verschlüsselt sie auch. Er ist ein subtiler Mahner und trickreicher Erzähler, der sich weder an Regeln noch an Dogmen hält. Was sagt das Bild aus, was ist nur angedeutet, versteckt, was will der Meister uns eventuell zu verstehen geben?«

»Im Niederländischen ist der Maler der *Schilder*«, sagte Martin, »was Bruegel sich alles gedacht haben könnte, ist das wichtig? Was er in seine Kompositionen hineingesteckt hat? Ist es denn das, was wir auspacken?«

»Wir sehen immer auch, was wir wissen«, sagte Lore

»Vor allem sehen wir, was wir sehen wollen.«

»Stimmt«, lachte Lore, »darum schlage ich vor, dass die zwei Affen in einer Fensternische des babylonischen Turms sitzen.«

»Du stellst dir den Turm bewohnt vor?«

»Er ist Baustelle und Wohnturm«, fantasierte Lore.

»Und irgendein Typ hat sich zwei Affen angeschafft?«

»Ein Gaukler lässt sie für Geld auf dem Markt Kunststücke vorführen, oder ein reicher Geschäftsmann hält die Exoten aus Spaß.«

»Das Monstrum wird niemals zu Ende gebaut, der Turm ist eine Investitionsruine«, erklärte Martin.

»Wenn ich Details heranzoome, entdecke ich (wie auf der Version von Rotterdam die kaum erkennbare Prozession mit dem roten Baldachin) das Fenstergewölbe, in dem die Affen hocken«, spann Lore ihre Geschichte weiter.

»Der Turm erinnert mich an die Zeit in der Kaligrube. Auch sie war ein unüberschaubares Bauwerk«, sagte Martin, »im Berg stieß man in die Tiefe, in die irre machende Dunkelheit, im Turm klimmt man in die Höhe, bis die Sonne das Auge verbrennt.«

»Himmel versus Hölle«, grinste Lore.

Martin Holm stockte. Der Kuppelsaal des bombastischen Wiener Museums war ebenfalls ein Tonnengewölbe, er saß mit Lore vertrauensselig da drin, der Kaffee duftete, eine unsichtbare Kette fesselte sie an den Tisch. Sie könnte durch ein schönes Band ersetzt werden, dachte er, und ruhig etwas fester gezurrt sein. Aus seiner Sicht verbrachte er mit Lore annähernd vollkommene Tage. Er schob die Hand unter das Haar in ihrem Nacken, streichelte mit den Fingern ihren Hals. Lore schien es nicht zu bemerken. Ihre Fantasie, die Affen in eine Fensternische des gigantischen Turms zu versetzen, gefiel Martin.

»Die Affen hocken da, sie denken wohl nichts«, sagte Lore, »sie haben bloß Angst vor jeder Veränderung.«

»Sie sind angekettet, aber in Sicherheit.«

Bruegels Turm ging Martin nicht aus dem Kopf, er war massig, schwer, immobil, aber er bröckelte auch. Der Turm beunruhigte ihn; Martin hatte sich intensiv auf dieses Gemälde eingelassen. Pieter Bruegel hatte das Motiv dreimal gemalt, Martin hatte sich informiert, zwei Gemälde waren erhalten (Rotterdam und Wien), das dritte galt als verschollen. Es war in der Dunkelheit verschwunden. In einem Zeitschacht, dachte Martin. Die Erde hatte sich geöffnet und den Turm geschluckt. Der dritte babylonische Turm steckte kopfüber im Bergwerk von Merkers, und Martin hatte im

Turm dringesteckt, ein elender Bruder der zwei angeketteten Affen. Was Lore von der friedlosen Geschichte der Niederlande im sechzehnten Jahrhundert erzählte, kam Martin sonderbar vertraut vor. Es hörte sich wie ein Entwurf der Welt unter den Nazis an; SS, Gestapo, Gesinnungsterror (wer einen Ketzer auslieferte, erhielt die Hälfte des konfiszierten Besitzes). Niemand schlug Alarm, wenn Menschen zu Zehntausenden abgeschlachtet wurden. Ohnehin war das Leben nicht auf ein behagliches Alter hin angelegt. Jung sterben war normal. Hätte die katholische Inquisition die Menschen nicht umgebracht, wären sie an Pest oder Typhus gestorben, niemand zählte die Toten … aus Not schickten sich die Affen in ihr Schicksal, sie fürchteten sich vor der Flucht.

»Sie bangen um ihr Leben«, sagte Lore, »ohne Ketten heißt nicht frei. Man könnte sie in die Freiheit schubsen, in ihr Unglück.«

»Wie durch einen Kamin stiegen wir mühsam die Leitern hoch«, begann Martin, »ich musste Carel stützen und ziehen. Ich fürchtete schon, das Ende des Aufstiegs nie zu erreichen, weil es kein Ende gab, kein Loch oben, weil es mehrere Kamine hatte, eine verwirrende Gliederung, darauf angelegt, uns in die Irre zu führen, und wir kletterten im falschen Kanal. Kein Licht erwartete uns am Ende des senkrechten Schachtes: Ich lechzte nach dem erlösenden Licht, Tageslicht, Sonnenlicht, setzte Licht mit Rettung gleich, verdrängte den Gedanken, ein unüberwindlicher Deckel könnte den Ausstieg versperren, eine tonnenschwere Steinplatte, eine Grabplatte, für die es keinen Schlüssel gab, sondern einen Kran brauchte, um sie zu entfernen. Ich glaubte, ich würde es niemals schaffen, hatte Angst, schiere Angst. Aber dann schafften wir es doch, uns glückte die Flucht. Wie nachtaktive Tiere suchten wir zwischen der amerikanischen und der russischen Walze einen Weg, zwischen den verbündeten Armeen war so etwas wie ein vogelfreier Korridor, in dem alles zermalmt und zerrieben wurde, Hektik, marodierende Soldaten der Reichswehr, Zwangsarbeiter, die sich befreit hatten, zahllose Flüchtlinge … Schießwütige, Rachsüchtige, Kriegsversehrte, Ausgemergelte. Es herrschte das Faustrecht. Einmal stießen wir auf einen Karnevalszug; ehemalige Zwangsarbeiter hatten den Fundus des Opernhauses und des Staatstheaters Berlin entdeckt und geplündert, der in einer benachbarten Grube eingelagert war, und sich neu eingekleidet. Sie liefen in ihrer Not als Faust und Mephisto herum, als Lear, als Hamlet, als Egmont, als erbärmliche Räuber oder im fürstlichen Kostüm Nabuccos, so hieß der judenfeindliche König der Babylonier. Ich glaubte, den Karnevalszug, den ich im Frühjahr 1945 nicht zu deuten wusste, Jahrzehnte später in einem Film von Fellini wiederzuerkennen. Ich saß im Kino – war vor den Kopf gestoßen. Eine Groteske. Damals bitterer Ernst. Denn der Zug war gefährlich bewaffnet, nicht mit Kartonschwertern und Speeren, mit Gummispitzen. Im Zug gab es auch Soldaten, ihre Unform war zusammengesetzt, deutsche Stiefel an den Füßen und eine russische Mütze auf dem Kopf. Carel nahm mir die Luger ab, lud sie und knallte eine Krähe von einem Baum herunter, zeigte mir, dass er schießen konnte. Sein Fuß heilte gut, Carel hatte einen unbändigen Lebenswillen. Er wollte nach Belgien zurück und mich mitnehmen, als hätte er etwas gutzumachen, als sei er das meinen Eltern schuldig. Ich lernte Niederländisch wie besessen.«

8

Sie erinnerte sich nicht, bewusst den Entschluss gefasst zu haben, in Amsterdam zu bleiben, sie war einfach dageblieben. Längst hatte Lore sich in der Stadt eingelebt, sie irrte nicht mehr staunend durch verwinkelte Gassen, wie eine emsig Sehenswürdigkeiten sammelnde Touristin. Auf dem Markt bei der Norderkerk war sie inzwischen eine Einheimische, wechselte versiert von Stand zu Stand, hier war schönes Fleisch im Angebot, dort reifer Käse, Lore wusste über alles Alltägliche Bescheid. Der deutsche Zuckerbäcker und der molukkische Gemüsehändler kannten ihre Vorlieben. Der Mann im Imbisswagen (Matjes, Rollmops und Fritten) wusste, dass sie eingelegte Gurken liebte und Mayonnaise verabscheute. Im Farbengeschäft wurde Lore mit Namen begrüßt. Man bot ihr Zinnober an, der gerade aus China eingeführt worden war. Wenn sie zum Melkweg oder in den Vondelpark wollte, musste sie sich nicht mehr durchfragen; in jedem Museum, das sie vor ein paar Wochen noch als Labyrinth beschrieben hatte, fand sie ohne Umstände zu Vermeer (er lässt mich erröten) oder zu Barnett Newman. »Wer hat Angst vor Rot, Blau und Gelb« hieß seine Leinwand im Format eines Lkws. Lore stand stumm davor, konfrontiert mit Rot. Umflutet von Rot. Ein Kribbeln im Bauch. Und wenn sie den Raum verließ, erschien alles sekundenlang in Grün getaucht zu sein. Das Nachglühen brachte Lore auf die Idee, Sonnenbrillen mit farbigen Gläsern zu tragen und Amsterdam durch verschiedene Brillen zu betrachten. Die gelbe Stadt, die rote Stadt, die blaue Stadt.

Lore fotografierte. Sie benutzte Martins Spiegelreflexkamera und kaufte eine Polaroid. Das Fotografieren war ihre Leiter zurück in die Realität. Beim Malen war Lore über eine unsichtbare Rutschbahn immer tiefer in Bruegels Zeit hinabgeglitten. Sie hatte sich dort verlaufen. Nun hangelte sie sich an Fotos wieder in die Wirklichkeit zurück. Polaroids reihten sich zu einem visuellen Tagebuch. Sie legte sie auf den Tisch, spannte eine Schnur, hängte Polaroids als Fähnchen daran. Mit der Kamera durchkämmte sie die Stadt und stanzte Augenblicke aus. Fotos bleichten auf dem Fensterbrett. Klares Licht. Amsterdam war im Herbst farbstark und kontrastreich. Der Sommer hatte alle Dinge schwer und träg erscheinen lassen. Heere von Tauben auf weiten Plätzen (mit dem Kopf nickend beim Trippeln) hatten Lore schläfrig gemacht. Im Herbst wirkte Amsterdam wie frisch gestrichen, der Sommerstaub war weggewaschen. In den Fensterscheiben leuchteten Bilder. Stein flimmerte. Zu Hause füllte Lore Schachteln mit unentwickelten Filmen, wollte die Aufnahmen eine Zeitlang vergessen und sich dann überraschen lassen. Sie fotografierte manchmal, ohne hinzuschauen, darauf erpicht, was dem Zufall ins Netz ging. Sie streunte durch Amsterdam, ließ sich treiben: Sie hatte dabei das Gefühl, die Zeit zu verschwenden. *Bist du großzügig oder einfach unentschlossen,* fragte sie in ihrem Tagebuch. Einmal, auf dem Flohmarkt, musste sie an ihren Vater denken, hier hatte er vor vielen Jahren blind das Puzzle gekauft, ohne zu ahnen, welche Kettenreaktion sein Geschenk auslöste. Lore entdeckte beim Kramen eine hübsche Spieldose. Auf dem Sockel stand eine Ballerina aus rosa Plastilin, das Tutu war weißer Tüll. Unter der Glasglocke wartete die Tänzerin auf den ersten Takt. Die Verkäuferin starrte Lore an, dann lachte sie befreit auf. Beide trugen denselben Rock und einen schmalen hellblauen Haarreif. Die Verkäuferin wusste nicht, ob der Aufziehmechanismus der Spieldose noch funktionierte.

»Der Schlüssel fehlt«, gestand sie.

»Kein Problem«, antwortete Lore.

Sie bezahlte, ohne den Preis zu drücken. Die Verkäuferin legte ihr das Rückgeld in die Hand, ein paar Münzen. Die Augenfarbe stimmte ebenfalls überein. Helles Kieselgrau. Auf dem Heimweg blieb Lore auf einer Brücke stehen, überlegte, die Ballerina in die Gracht fallen zu lassen. Bestimmt war der Mechanismus kaputt. Der Walze fehlten Zähne. Die Ballerina drehte sich niemals mehr, sie hatte ausgetanzt. Ihr Los war es, ewig in der Ausgangsposition zu verharren. Lore wusste, dass die Zeit reif war, um ihrem Herzen einen Stoß zu geben.

Vor ihrer Ankunft hatte sich Lore keine Gedanken darüber gemacht, wie lange sie denn in Amsterdam bleiben werde. Nun war aus dem Besuch ein ungeplanter Aufenthalt geworden. Aus der Ablieferung hatte sich ein neuer Auftrag ergeben. Aber auch dieser war nun ausgeführt, schon lange erledigt. Die *Zwei Affen* hingen in Martins Arbeitszimmer, und die Berliner Kopie, die sich trotz der am Anfang erweckten Bewunderung als unzulänglich erwiesen hatte, war über Nacht in der in Dahlem eigens dafür gezimmerten Kiste verschwunden. Im Schrank stand sie bei Lores Reisegepäck. Aber wie verlässt man einen Mann und eine Stadt? Die Stadt ist nicht nachtragend, gleichgültig. Du fehlst ihr nicht, wusste Lore. Du kannst eine Stadt nicht enttäuschen und verletzen. Bei einem Mann traf das alles nicht zu. Lore hatte ein schlechtes Gewissen. Du hast ihn hoffen lassen, warf sie sich vor. Du hast seinen Traum nie mitgeträumt. Ist es möglich, *den Mann seines Lebens* nicht zu erkennen, weil er keine vollkommene Kopie des Originals darstellt, das du im Kopf hast? Und spielte Lore denn nicht auf Zeit? Seit das Bild beendet war? Sie suchte Worte, um Martin dies alles zu sagen. Klar, deutlich, ohne ihn zu kränken. Sie wünschte die Sachlage (das Wort Herzensangelegenheit vermeidend) in aller Ruhe vor Martin auszubreiten: und er verstünde Schritt für Schritt ihr Denken. Die Argumente sollten brennen, statt in Asche zu zerfallen. Gäbe es dafür doch eine Formel.

Liebst du ihn?

Liebst du ihn nicht?

Wirf eine Münze: Kopf (ich liebe ihn), Zahl (nicht).

Lore erinnerte sich an ihre nun fatale Fähigkeit, mit der linken Hand Ja und mit der rechten Hand gleichzeitig Nein schreiben zu können.

Martin war ausgeglichen, geduldig, ging in seiner Arbeit auf. Sie stritt mit sich selbst: Ist es nicht ein Zeichen dafür, dass die Liebe fehlt, wenn du Für und Wider abwägst? Er ist liebenswürdig, attraktiv, er besitzt ein schönes Haus, reichlich Geld ist vorhanden (sie schämte sich für diesen Gedanken). Fürchtest du um deine Eigenständigkeit? Natürlich bemerkte Martin ihr Unbehagen, in allem behielt Lore sich eine Reserve. Er drängte sie nicht, ließ ihr den Eigensinn, verlor weder die Nerven noch seinen Humor; er konnte über sich selbst lachen und nahm ihr die Launen (Allüren nannte er es) nicht krumm. Sie braucht noch Zeit (vielleicht machte Martin es sich mit diesem Trost zu leicht). Zeit war eine trügerische Basis, er war sich zu sicher. Martin liebte Lore ganz so, wie sie war. Wenn sie sich in einen Zustand hineinsteigerte, in dem sie weder Liebe noch Glück als Möglichkeit oder gar Zustand gelten lassen konnte, schützte ihn ein Hitzeschild gegen ihren Verbrennungswunsch. Seine Standfestigkeit ärgerte sie am meisten, seine Vernunft setzte sie ins Unrecht, dabei wusste sie, dass die Panzerung nur eine dünne Haut war und Martin nicht vor den Beben rettete, die ihn durchschüttelten.

Die Pinsel waren gereinigt, Farbenreste trockneten auf der Palette ein. Auch ihre Fingernägel sahen nicht mehr aus wie die einer Malerin. Herbstlaub sprenkelte das breite Deck des Hausbootes unter den Fenstern ihres Ateliers. Zwischen den Blättern schimmerte teerfarben das Dach der Kajüte auf. Lore fotografierte die Zwischenräume, um sie später, auf Zeichenpapier, hervorzuheben und zu kolorieren. Sie betrachtete die Welt, unabhängig von der Vielfalt ihrer Formen, als farbiges Ereignis. Sie sah nicht ein Blatt, sondern ein an den Rändern rot werdendes Gelb. Was die Dinge verband und unterschied, war die Farbe; sie brauchten kein Skelett. Der Gegenstand verlor seine Bedeutung, er war nur noch der Träger von Licht, von Farbe. Farbe war das neue Zentrum ihres künstlerischen Denkens. Gerade in diesem Bereich hatte sie in Bruegels Schule eine Unmenge gelernt. Die Bäume hatten ihre Blätter verloren, durch das kahle Geäst konnte Lore auf die gegenüberliegende Seite der Gracht schauen. Die Äste und Zweige sahen aus wie ein schwarzes Gespinst, ein Raster, ein Netz unterschiedlich grober Maschen, in dem Details hingen. Lore zoomte Ausschnitte mit der Kamera heran. Im Sucher entdeckte sie zwischen krummen Stämmen und Astgabelungen eine versteckte Seitengasse. Im Sommer war sie Lore gar nicht aufgefallen, der Herbst musste sie herbeigezaubert haben. Lore nahm sich vor, die Gasse bald zu besuchen. Ein Café fände sie dort wie überall in Amsterdam, verraucht, stabile Hocker, der Tresen mit Brandstellen von Zigaretten. Im Hinterraum ein Billardtisch. Hörte sie nicht das Klacken der Kugeln, die aufeinandertrafen und wegspritzten? Geometrie, Physik, Schönheit und Zufall. In einem Schaufenster Tagebücher mit Goldschnitt und einem Schloss. Ein chinesisches Restaurant. Ein Reisebüro mit europäischen Städteflügen im Angebot. London. Sie wollte nach London fliegen. Lore malte im Kopf. Ein Wimmelbild. Sie malte seit Wochen nur mehr im Kopf und mit der Kamera. Seit sie erschöpft den Pinsel hatte zu Boden fallen und die Arme herabhängen lassen, fehlte ihr die innere Kraft zum Malen. Und die Muskelkraft, um sich nach dem Pinsel zu bücken und ihn aufzuheben. Pinsel und Palette kamen ihr wie nutzlose Requisiten eines vom Spielplan abgesetzten Stücks vor. In Lores Träumerei von einer unbekannten Seitengasse zwischen Bloemgracht und Rozenstraat waren alle Personen in unbequemen Posen erstarrt. Sie schienen darauf zu warten, dass Lore sie anschob.

Um das authentische Gemälde in den Rahmen einzufügen und das verworfene wegzuschließen, hatte Lore eine Reise Martins genutzt, er war in einer geschäftlichen Angelegenheit nach Antwerpen gefahren, zu seinem Partner Carel van Vliet. Lore wollte ihm bei der Heimkehr eine Überraschung bereiten. Sie hatte nach dem Austausch gemischte Gefühle. Der Gewichtsunterschied der beiden Arbeiten, die leichte Leinwand, die schwere Holztafel, hatte sie, obwohl der Vorgang lediglich aus Handgriffen bestand, die sie routiniert ausführte, in Euphorie versetzt. Der Tausch war ein Ritual, Lore tauschte nicht bloß eine gute Kopie gegen eine vollkommene aus, sondern ersetzte eine Kopie durch das Original. Eigentlich hätte sie wie ein beflissener Oberkustos, wenn er im Museum ein wertvolles Bild umhängte, aus Gründen der Sorgfalt weiße Handschuhe tragen sollen. An der Wand hing jetzt Pieter Bruegels Gemälde *Zwei Affen*.

»Das Bild ist perfekt«, schwärmte Martin, als er von Antwerpen nach Hause kam, »es ist großartig, Lore, danke.« Er war ergriffen, er scheute sich nicht, seine Gefühle zu zeigen, und Lore gefiel diese Offenheit. Aus seiner Stimme war kein Unterton herauszuhören, kein abschwächender Nachhall. Martin umarmte Lore, begeistert und erschüttert. Endlich war er in den Besitz des Bildes gelangt, an seiner Wand hing der Bruegel, originalgetreu, niemand hätte eine Kopie vermutet (man musste Bescheid wissen). Lore fühlte sich plötzlich eingeengt. Ein wehes Gefühl durchströmte sie: *Wir sind kein Liebespaar.* Lore war unsäglich ernüchtert, empfand Martins ihren Körper umschlingende Arme als Fesselung und begann sich zu winden, als müsste sie eine Bande abstreifen. Einen Augenblick überlegte sie gar, ihn zu beißen. Er spürte ihren Widerstand und gab sie frei. Was hatte er falsch gemacht? In seine Augen trat ein Schimmer, der Lore anrührte. Sie legte die Hände flach auf seine Brust, unsicher, ob sie diesen Mann zu liebkosen wünschte oder zurückstoßen musste, da sie Angst hatte, sich an ihm zu verletzen. Martin löste ihre Hände, drückte sie ein wenig, scheute sich jedoch, sie zu küssen, die kühlen Fingerspitzen, und setzte sich an seinen Schreibtisch. Da alle seine Stühle ausgewählte Stücke waren, maßgeschneidert, wirkte er dort wie hingegossen. Etwas geknickt allerdings auch, die Ellenbogen auf der Tischfläche aufgestützt, die Hände zu Fäusten geballt, mit denen er leicht gegeneinander schlug, einen Takt, zu dem er die Melodie nicht kannte. Er war bekümmert. Den Raum schützte ein Licht, das alles in der Schwebe hielt. Lore wandte sich dem Gemälde zu. Einmal mehr stand sie vor *seinem* Bild und verdeckte ihm die Sicht. Lore stemmte die Hände in die Seiten. Martin bewunderte ihren roten Schopf und entspannte sich. Lores Haar besaß wirklich denselben Farbton wie die käppchenartige Schädeldecke des einen Äffchens. Die Malerin hatte sich auf dem Gemälde selbst verewigt. Er behielt diesen Scherz für sich. Lore stand da, in Gedanken verloren, erinnerte sich aber an ihr Gespräch in Dahlem. *Die Fessel ist ein Knebel.* Sie war überrascht, wie rational sie sich aus der Affäre zog. Zögernd trat sie einen Schritt von dem Gemälde zurück. Sie fühlte Martins Blick im Rücken. In dieser Situation wollte sie aber nicht fühlen, vielmehr wollte sie verstehen, weshalb sie solch hinderliche Gefühle hatte. Warum sie seine Freude nicht teilte und die Spielverderberin gab? Warum dieses Wechselbad? *Was erwartest du? Was willst du, Lore? Freiheit? Unabhängigkeit? Führst du hier das Leben, das du dir ersehnt hast? Oder stimmt bloß die Kulisse?* Lore fand sich in ihren ungreifbaren Stimmungen nicht zurecht. Ergab es einen Sinn zu klagen, nichts sei so, wie sie es sich erhofft und erträumt habe, wenn sie zugleich behauptete, ohne konkrete Erwartung nach Amsterdam gefahren zu sein? Martins Umarmung war doch nicht unangenehm, sie war vor allem herzlich gewesen.

»Jetzt ist die Luft draußen«, erklärte sie in bemüht lockerem Ton, »eine dritte Kopie schaffe ich nicht.«

»Das verlangt auch niemand, es ist unmöglich, diese Arbeit zu übertreffen«, antwortete Martin.

»Das wär's dann gewesen«, lachte sie.

»Du könntest viel Geld damit verdienen.«

»Kopieren ist nicht das, was mir auf Dauer vorschwebt, es ist ein überholtes Ziel. Es war wichtig, es zu tun, es war heilsam, eine

Auszeit zu nehmen und eine Zeitlang abzutauchen, hochmütig aus der Tageswirklichkeit zu verschwinden und im sechzehnten Jahrhundert ein anderer zu sein, ein Meister der Malergilde Antwerpen. Durch diese Schule bin ich durch. Jetzt ist Schluss damit.«

Martin stand auf, ging zu Lore, die sich wieder dem Bild zugewandt hatte, die Finger auf dem Rücken ineinander verhakt, als sei es sogar ihr verboten, das Gemälde zu berühren, als löste ein Aufseher den Alarm aus, sobald sie ihm zu nahe trat. Martin nahm ihr Haar in die Hände, die ganze Fülle, und hob es an, um ihren Nacken zu küssen, fasste es dann zusammen und ließ es durch die Hände gleiten. Einmal im Monat färbte Lore es nach, jetzt sah er, dass der Ansatz heller schimmerte, ein Blond erriet er als die natürliche Farbe. Schlagartig kamen ihm der dicht geflochtene Zopf und die offene Mähne seiner Mutter in den Sinn. Ihr Haar war allerdings goldblond, eher mais- als nussfarben oder semmelblond wie Lores Haar. Martin schoss durch den Kopf, dass Lore, die in seiner Wahrnehmung junge Frau, nur ein paar Jahre jünger war als seine Mutter damals und er selbst jetzt älter als sein Vater in der Grube von Merkers, wo er ihn, den Ingenieur Holm, im Gespräch mit dem euphorisierten Berliner Museumsdirektor zum letzten Mal gesehen hatte. Haar fühlte sich ganz anders an als Haut und Muskeln, weder warm noch kalt, weder hart noch weich. Es kam ihm ebenso pflanzlich und tierisch wie menschlich vor, es verband die Arten. Martin überlegte, Lores Haar zu einem Pferdeschwanz zu bündeln, sie spürte, wie es über der Stirn spannte. Er ließ es dann fallen. Lore rührte sich nicht, aber sie versteifte sich auch nicht, ließ ihn gewähren. Er legte die Hände auf ihre Schultern, mit den Daumen begann er ihren Nacken zu massieren. Sie genoss das, etwas in ihr sagte Ja, Lores Nacken schien von ihrer Zerrissenheit nichts mitbekommen oder sich neu besonnen zu haben. Martin war auch ein fürsorglicher Mann, seine Hände glitten über Lores

Schulterblätter, massierten sie sanft. Er spürte das Gewebe und die Knochen und schaute unverwandt auf das Gemälde. Wieder war es Bruegels Kunst, die sie vereinte, Zufall konnte das nicht sein. Lores Augen, dachte er, taten dasselbe wie seine Augen, sie sprangen hin und her, auf und ab, um das Gemälde aufzubauen, sechzig, siebzig Mal pro Sekunde, aus kleinsten Ausschnitten bauten sie ein Ganzes zusammen, sie lasen das Bild ein. Aber Lore hielt die Augen geschlossen; sie hatte die Fläche schon tausend Mal abgetastet, das Bild hatte sich für immer in ihre Netzhaut eingebrannt. Die *Zwei Affen*, die uns gemeinsam gehören, dachte Martin, waren ihr Schicksal. Schon war das Gemälde nicht mehr von der Wand wegzudenken, die *Zwei Affen* zählte zum Inventar seines Arbeitszimmers. Er war glücklich und stolz, dass sich alles so gefügt hatte und er der Besitzer dieses wunderbaren Werkes war. Lore kam sich vor wie jemand, der Falschgeld in Umlauf gebracht hatte. In der folgenden Nacht schliefen sie zum letzten Mal miteinander.

Geh nicht fort.

Sollte er diesen Satz wirklich aussprechen? *Bleib hier.* Sollte er Lore fragen: *Auf einer Skala von eins bis zehn, wie stark liebst du mich?* Es war idiotisch, so zu denken, sich mit solch quälerischen Gedanken herumzuschlagen. Martin versuchte nicht, den Grad ihrer Liebe zu bemessen, sondern das Ausmaß seines Verlustes, wenn Lore ging.

Bleiben wir Freunde?

Schreibst du mir?

Wohin zieht es dich?

In der letzen Arbeitsphase, während sie in ihrem Atelier wie in einem Verlies an dem Bruegel malte und malte, das Ziel unablässig vor Augen, war Lore klar geworden, dass sie nie mehr mit diesem aberwitzigen Anspruch auf Fehlerlosigkeit einen alten Meister kopieren würde. Statt ins Offene zu arbeiten, hatte sie sich als Malknecht verdingt, mit der unerbittlichen Vorlage herumgeschlagen und ihr Plansoll erfüllt. Schon vor dem ersten Pinselstrich war ultimativ festgelegt gewesen, wie das Gemälde am Schluss auszusehen hatte. Es gab nur die Pflicht, keine Kür. Ein Zählwerk registrierte jede Bewegung ihrer Hand, Lore musste am Ende die Holztafel mit der Pinselspitze genau gleich oft berührt haben wie Bruegel. Der Reiz, ein Duplikat zu schaffen, das sogar Bruegel bei der Identifizierung vor Probleme gestellt hätte, war verflogen. Kurz vor der Vollendung, als das Glück des Gelingens sie eine Zeitlang taumelig machte, hatte sie einen schmerzhaften Stich verspürt, einen Ekel. Sie existierte nicht mehr, war in Bruegel hineinverdampft worden. Der Auslöschungsgedanke quälte sie. Lore wollte nicht mehr länger Bruegels Hand sein und wünschte sich inständig die eigenen Augen zurück. Genau dies geschah, von einer Sekunde zur nächsten, als die Kopie beendet war und sich von Lore abstieß, ging der Wunsch so leicht in Erfüllung, wie sich eine Seifenblase vom Ring löste und wegschwebte. Entzaubert war Lore von der Staffelei zurückgewichen, hatte die Hand sinken lassen (Bruegels Hand), mit herabhängenden Armen (Bruegels Pinsel lag am Boden) hatte sie dagestanden und geweint. Aller Zwang war von ihr abgefallen, endlich frei. Vollkommene Leere. Nur wusste sie im Augenblick nichts mit dieser Freiheit anzufangen. Was hatte sie jetzt zu tun, wollte sie bleiben, wohin könnte sie gehen? Es fehlte ihr der Überblick, aber sie wusste, dass Bruegels Gemälde *Zwei Affen* auch in ihrem Leben ein Fenster geöffnet hatte.

9

Martin bestand darauf, Lore zum Flughafen zu fahren. Ihre Mutter hatte sie angerufen. Der Vater war plötzlich verstorben, Lores Papa. Er liebte es, Erdnüsse zu knabbern. Er brach die Schale auf, klaubte die Nüsschen heraus, entfernte die Haut, schob sie in den Mund. Er aß sie halt – gedankenlos, wie jedermann sie isst. Keiner denkt darüber nach, wie er geht, wie er eine Tür öffnet, wie er schluckt, sich bewegt: Der Körper richtet das. Ein Fetzchen der roten Haut geriet ihm in den falschen Hals. Er verschluckte sich. Nichts Besonderes, aber tödlich. Statt das Malheur mit heftigem Husten und ein paar Tränen automatisch zu beheben, führte eine Folge unglücklicher Umstände rasch zu seinem Ende. *Alles lief falsch, eine schlimme Kettenreaktion,* sagte die Mutter (sie wirkte erstaunlich gefasst). *Es ist Schicksal.* Lore schossen die Tränen aus den Augen, aber sie glaubte nicht, was sie hörte. Wiederum wusste sie auch, dass ihre Mutter niemals solche Scherze machte. Nach dem Gespräch mit der Mutter stopfte Lore ein paar Kleidungsstücke und ihr Tagebuch in eine Tasche, stellte aber auch den Koffer mit der Berliner Kopie zum Reisegepäck. Alles andere ließ sie in Amsterdam zurück, in Martin Holms Haus, im obersten Stock, in ihrem nun ehemaligen Atelier.

Sie fuhren schweigend durch die Stadt Richtung Schiphol. Der Verkehr war flüssig, Autos wechselten die Spur, überholten, bogen ab, kamen dazu, und der Gegenverkehr strömte ihnen mit seinen vertrauten Bewegungen und Lichtern entgegen: Alles schien sich nach einem großen Plan abzuspielen, als führte jemand Regie, dabei wussten einzig die Fahrer selbst, wohin sie wollten. Der Verkehr rollte undurchschaubar und zusammenhanglos durch Amsterdam, und die Gedanken flossen durch den Kopf von Martin und durch den Kopf von Lore wie Autos durch zwei Städte auf verschiedenen Kontinenten. Es gab nichts zu besprechen. Sie hätten zwar tagelang reden können, aber das, was sie einander zu sagen gehabt hätten, fand keinen Platz in den zwei Stunden, die ihnen bis zum Abschied noch blieben. Der Tag war wolkenlos. Eine Herbstbrise hatte den Himmel leergefegt, das Blau schien ohne Ende durchsichtig zu sein. Lore weinte leise. Ein rotes krümeliges Häutchen, vergleichbar dem Flügel einer Motte, war stärker als das Leben gewesen, das empörte sie. Es war leichter, dem Tod für seinen schäbigen Auftritt Vorwürfe zu machen, als ihn zu akzeptieren. Lore schnäuzte sich. Sie schwor trotzig, nie wieder Erdnüsse zu essen und sich von nichts unterkriegen zu lassen. Sie hing an ihrem Vater und fand es unerträglich, dass er tot war. Erstickt. Sie wusste es, aber das Wissen hatte in ihrem Kopf noch keinen Platz gefunden, sie vermochte zu denken, ihr Vater sei tot, konnte es sich aber nicht vorstellen. Tot? Es musste ihr noch eingebläut werden. Ihr Vater war mit Erdnüssen, die er gern aus der Hand knabberte, in einen heimtückischen Hinterhalt gelockt worden. Es war zum Heulen, und Lore heulte. Martin schlug ihr vor, sie zu begleiten, mit ihr in die Schweiz zu fliegen, sie lehnte sein Angebot mit einer Heftigkeit ab, die ihn erstaunte. Er bot ihr Begleitung und Trost, und Lore wusste instinktiv, dass sie dies (ein Ausweinen an seiner Brust, ein Anlehnen an einer männlichen Schulter) mit ihm verschweißen würde; Lore forderte sich trotzig ein Nein ab, sie musste sich von Martin loseisen. Nein, sie wünschte sich keinen väterlichen Freund, keinen Beistand. Ihr war, als ob die siebzehn Jahre, die zwischen ihnen lagen, sie auseinanderdividierten, jeder kämpfte im Sog einer anderen Strömung. Der Beteuerung zu glauben, sie kehre in ein paar Tagen zurück, fiel Martin schwer, er war zu vorsichtig dafür. Lore verließ ihn, Martin gab sich keiner Illusion hin. Er glaubte nicht an Wunder und zog die Verzweiflung vor. Beim Einchecken half er Lore auf seine sachliche Art, es lenkte ihn ab, der Zuverlässige zu sein, nüchtern zu funktionieren, sich fürsorglich um Lores Bordkarte zu kümmern, ihr Gepäck aufs Laufband zu heben, sozusagen auf Autopilot zu laufen. Es war sein Gegenmittel. Er merkte sich die Nummer des Gates, des Fluges, begleitete sie zur Passkontrolle, und erst als er Lore zielstrebig auf die erste Schleuse der Flughafenmaschinerie zugehen sah, holte ihn der Kummer ein, spürte er das Würgen im Hals, kämpfte er gegen das Weinen an. In der Regel sah er viele Möglichkeiten; jetzt hatte er das Gefühl, eine Tür werde ihm vor der Nase zugeschlagen. Lore war jetzt nicht mehr zu sehen. Die letzte Umarmung gehörte bereits der Erinnerung an: obwohl sein Hals noch nass war von ihren Tränen und er sich wünschte, Male von Lippenstift und Wimperntusche auf der Haut zu tragen. Ihre Brüste spürte er noch auf der Brust, Abdrücke wie in warmem Wachs. In den Händen spürte er Lore, seine Hände hatten sich diese Frau eingeprägt, ihre Formen. Erinnerung war der letzte Kuss, der feuchte Mund, die Lippen. Martin fand wie ein Schlafwandler durch den Flughafen zum Fenster, von dem aus er den Abflug verfolgen konnte, liebeskrank.

Merkwürdig. Als das Flugzeug, eine *Caravelle Super 12*, über die Startpiste raste und abhob, als sie in Schräglage steil nach oben in den Himmel hineinfuhr und sich mit großer Geschwindigkeit entfernte, kam Martin Thüringen in den Sinn, der Himmel über Merkers und Bad Salzungen. Jetzt, nach einunddreißig Jahren, fiel ihm ein, dass am Himmel nicht nur feindliche Flugzeuge, vor denen man sich zu fürchten hatte, ohne Vorwarnung auftauchten, sondern dass der Himmel ebenso ein Raum war, in dem ein Flugzeug mit einer Frau an Bord, die man liebte, rasend schnell verschwinden konnte. Zum ersten Mal hatte Martin Holm Angst vor dem Leben. Sein Leben, fürchtete er, löse sich in Einzelteile auf. Oder die klirrende Kälte, die in seinem Inneren manchmal aufstieg, verwandle sich in den ewigen Winter. Er hatte Angst, in seinem eigenen Leben zu verschwinden.

In den ersten Tagen nach ihrer Abreise mied er zunächst den obersten Stock seines Hauses. Traurig saß er in seinem Arbeitszimmer vor dem kleinen Gemälde, das sie ihm überlassen hatte. Gern hätte er jetzt mit den Affen getauscht, sich als Dritter zu ihnen in die Nische gesetzt. Doch verspräche das Trost? Außerdem war er im Alleinsein geübt, es war manchmal ein fruchtbarer Zustand, aber nur, wenn er selbst gewählt war. Darum beneidete er die Affen auch wieder nicht, es fiel ihm leicht, sich vorzustellen, dass der eine den anderen manchmal inbrünstig wegwünschte. Der oberste Stock, mit dem Blick auf die Gracht, erinnerte ihn an den Turm der Wartburg, die auf einem Hügel über der Stadt Eisenach im thüringischen Wald thronte. Mit den Eltern und Brüdern war er mehrmals dort gewesen, es war ein beliebtes Ausflugsziel. In seiner Fantasie war die Wartburg das Zuhause von Dornröschen gewesen. Die Mutter hatte ihm bei einem Besuch das Märchen zuoberst im Turm erzählt. Das Leben stand plötzlich still. Es wurde abgestellt, malte er sich damals aus, wie der laute Motor eines Lastwagens. Menschen und Tiere unterbrachen ihre Tätigkeit, gähnten verdutzt und fielen in Schlaf. Der König und die Königin, die blutjunge Prinzessin, das Gesinde, sogar die Fliegen an der Wand schliefen ein. Die Fliegen, ohne von der Wand zu fallen. Martin hatte das Märchen nie kapiert. Der Gedanke, dass es Umstände gab, die das Leben zum Stillstand zwangen, die Uhren am Laufen hinderten und den ganzen Betrieb lahmlegten, beschäftigte ihn. Noch bedrohlicher wirkte die Folgerung, die Zeit bilde keine Einheit, sie könne an einem Ort (im Schloss) ausgeschaltet werden, während sie anderswo weiterlief. Und damit niemand es merkte (oder damit es in Vergessenheit geriet), wuchs um die Zeitinsel herum Dornengestrüpp. Er überwand sich, stieg die Treppe hoch, betrat Lores Atelier wie ein verwunschenes Schloss und sah sich darin um. Als er die Palette mit den eingetrockneten Farbklecksen betrachtete, die Gläser, in denen die gewaschenen Pinsel standen, die zugeschraubten Flaschen (Tinkturen, Öle, Harze, Firnisse, Malmittel) und die leere Staffelei, befiel ihn eine unsägliche Wehmut, er sah den Staub schon die Dinge beschichten, sah sie eingegossen in der Zeit, im ohne Lore stillstehenden Leben, hatte aber eine Scheu, eines der Dinge in die Hand zu nehmen oder auch nur zu berühren. Und seine Uhr kam ihm in den Sinn, die in seinem Schachtelzimmer im Elternhaus zurückgebliebene Uhr mit den Leuchtziffern, von der er vermutet hatte, sie sei bei einem Bombenangriff zerstört worden. Vielleicht lief sie ja noch? Tickte an einem Handgelenk? Oder lag, was er für wahrscheinlicher hielt, mit abgelaufenem Werk und seit dreißig Jahren stillstehenden Zeigern irgendwo in einer zugesperrten Schublade ohne passenden Schlüssel, ein vergessenes Überbleibsel der Vergangenheit.

Martin verließ Lores Atelier, ging in sein Stockwerk hinunter, nahm ein Bier aus dem Kühlschrank und setzte sich in den Schaukelstuhl in seinem Arbeitszimmer. Er trank und wiegte sich hin und her und versuchte loszulassen. Ob die zwei Affen wohl jemals schliefen, ob die Angst ihnen den Schlaf raubte und sie zu einem ewigen Dösen verurteilt waren? Er hatte sich als kleiner Junge oft lange gegen das Einschlafen gewehrt, gegen diese Art Betäubung oder Gefangenschaft. Die Befürchtung, in der Nacht werde sein Leben gestoppt und er wache einhundert Jahre lang nicht mehr auf, quälte ihn. Es glückte ihm nicht, das Rätsel zu lösen. Dass die Uhr in der Küche ausfiel, während die Armbanduhr seines Vaters weitertickte, war leicht möglich; doch wenn die Küchenuhr stillstand, blieb gewiss das Leben in Merkers nicht stehen. Dann wachte er in einer fernen Zukunft wieder auf und war immer noch ein kleiner Junge und seine Eltern waren längst tot. Oder um einen Grad gesteigert: Seine Eltern und Brüder schliefen ein und sein Leben lief weiter, er wuchs, wurde älter, überholte sie und war schließlich ein Greis von einhundert Jahren, wenn seine Familie wieder aufwachte und weiterlebte, als wäre nichts geschehen. Sie spielten Federball im Garten und er saß tattrig auf der Bank vor dem Haus, einen Stock zwischen den Knien. Über solchen Gedanken schlief Martin dann ein, es war unmöglich, den Schlaf dauerhaft zu bekämpfen.

Dreizehn Jahre mussten verstreichen, bis Lore Spescha wieder in Amsterdam aufkreuzte und den Bann brach. Auch dann sollte sie nicht lange bei Martin Holm bleiben. Es gab für ihre Liebe immer einen Hinderungsgrund, 1989 wird es die Wut sein, die sie nochmals vertreibt. Und das Warten beginnt erneut.

Vierter Teil

DER VERSCHMUTZTE BLICK

Edinburgh, Zürich, Amsterdam 1989

1

Der Wind wehte von der Küste her landeinwärts, schob graue Wolken vor sich her und hatte ebenso graue Wolken im Schlepptau. Mit Myriaden von Stechmücken. Es war seltsam mild. Lore spazierte die Royal Mile zur Burg hoch, dem Wahrzeichen der Stadt Edinburgh. Gestern war Lore angekommen. Ihre Mutter hatte sie eingeladen. Erna Spescha, nun Mrs. Erna Brown, lebte mit ihrem zweiten Mann in Schottland.

»Wie lange ist Papa jetzt schon tot?«

»Seit dreizehn Jahren.«

Am Vorabend hatten die Mutter und Colin Brown sie am Flughafen abgeholt. Es war für Lore noch immer ungewohnt, die Mutter mit einem anderen Mann zu sehen. Mit einem fremden Mann an der Seite, dachte Lore unwillkürlich und schwächte den Gedanken gleich ab: Fremd war Colin ihr längst nicht mehr. Sie hatte ihn bei ihren Besuchen in Edinburgh schätzen gelernt, eine Schlafmütze war er nicht, und Mutter lebte offensichtlich zufrieden mit ihm in einem steinernen Haus in der Nähe des Botanischen Gartens. Arm in Arm stand das ältere Paar hinter der Trennscheibe beim Ausgang und wartete auf Lore wie auf eine gemeinsame Tochter, die zu Besuch kommt. Mama geschminkt und mit einer braunen Kurzhaarfrisur und erstaunlich hellen Zähnen; sie winkte. Lore zögerte, sie hatte die Mutter zwar erspäht, es aber nicht gleichzeitig geschafft, in ihrem Kopf den Mann auszutauschen, den längst Toten mit dem munter Lebenden. Dann winkte auch sie, mit flatterigen Händen, wie ihr schien. Sie freute sich herzlich, Mama zu begrüßen und ihren stupsnasigen Ehemann mit dem rosafarbenen Gesicht und auf dem Kragen aufstehenden Haar. Colin sprach deutsch, er war ein angenehm kluger Kopf und schürte Mutters neue Leidenschaften: Bridge, Brettspiele, Golf und Gartenblumen.

In Edinburgh schien alles fest gefügt zu sein, aus Stein gebaut für ewig, seit Jahrhunderten da und voller *dunkelblütiger Balladen*, in denen heimtückische Lords, streitsüchtige Clans und fanatische Prediger einander nach dem Leben trachteten. Schwerter mit Blutrinnen. Gälisch und keltisch, calvinistisch und katholisch. Raubeinige Ritter. Liebreizende, in hohen Turmkammern frierende Burgfräulein. Die schillernde Maria Stuart.

»Mit Geschichte ist Schottland vollgepumpt«, scherzte Colin Brown auf einem Stadtrundgang, »und mit Wasser und Wind, Steinen, Gras und Schafen reichlich gesegnet.«

»An jeder Ecke wachsen wilde Brombeeren«, sagte Erna, »nur das Brot ist in Schottland ungenießbar.«

»Preisen wir den Whisky«, lachte Lore.

»Darüber geht nichts«, grinste Colin.

Jetzt fielen Lore die Cafés auf, die Läden, Bars und roten Telefonzellen. Junge Leute flanierten durch die Straßen. Schüler, Studenten. Alle in Turnschuhen, Jeans und Pullovern aus Wolle. Doppelstöckige Busse ragten aus dem dichten Verkehr heraus. Hier und dort standen Dudelsackspieler. Flugzeuge kreisten über der Stadt, bis der Tower ihnen die Landeerlaubnis erteilte.

Als die Mutter Lore mitteilte, sie werde nach Edinburgh ziehen, und zwar wegen eines Mannes, dachte Lore, ihre Mama versuche die Realität gegen eine unmögliche Vision zu tauschen. Eine Liebesgeschichte Mitte fünfzig? Aber Erna Spescha war sich sicher gewesen, sie wagte den Schnitt, unerschrocken. Sie musste ihr Leben nicht korrigieren, sondern neu starten. Ein Kaltstart war die einzige Rettung. Die Quarantäne, von der sie glaubte, sie sei beim Begräbnis ihres Mannes über sie verfügt worden, hatte sich als Selbstbestrafung entpuppt. Länger als ein Jahr war Erna wie ein Schattenwesen durch die Wirklichkeit gehuscht, bis eine Freundin, deren Mann ebenfalls verstorben war, ihr versicherte, Witwenschaft sei nicht in Stein gemeißelt, Trauer dürfe ein Ende haben. Sie wisse von Völkern, bei denen Tote nach dem Begräbnis nie wieder erwähnt werden durften. *Du aber, liebe Erna, redest von nichts anderem mehr. Du brauchst Tapetenwechsel. Komm am Mittwoch zu mir, am Mittwoch spielen wir Bridge.* Beim Bridge fand Erna Spescha wieder ins Leben zurück. Karten werden gemischt und verteilt. Das ist nicht nur eine Spielregel, es ist ein Lebensgesetz. Jetzt hast du ein schlechtes Blatt in der Hand, aber das wird sich ändern. So oder so musst du versuchen, das Beste herauszuholen. Die Runde spielte um kleine Beträge. Das Geld war für eine Reise bestimmt. Nach Schottland, schlug Erna Spescha vor. Den anderen Frauen war Schottland zu rau. Erna bestand nicht darauf. Doch beim Nachgeben dachte sie: *Stets hast du nachgegeben und dich angepasst.* Sie fasste sich ein Herz, flog allein nach Edinburgh und verirrte sich in einem Außenviertel. Es goss in Strömen. Ein älterer Herr kam mit den ausgreifenden Schritten und eckigen Armschwüngen eines seine Abendrunde absolvierenden Sportgehers daher. Sie fragte ihn nach dem Weg. Zuerst musste sie ihn stoppen und ihm Zeit zum Verschnaufen lassen, bevor sie den Namen ihres Hotels wiederholte. Er beschrieb ihr nicht den Weg, sondern bot der fremden Dame mit der Aussprache einer Englischlehrerin sogleich an, sie mit dem Auto in ihr Hotel zu fahren. Er hieß Colin Brown. Sie lud ihn zu einem Drink in der Lobby ein. Er nahm an, und beim Erzählen glitt er zu Ernas Verblüffung ins Deutsche. In den fünfziger Jahren war Colin für eine Nachrichtenagentur in Bonn gewesen. Beim Abschied tauschten sie die Adressen. Für beide war der Vorgang abenteuerlich. Am anderen Tag kaufte Erna in der *New Town* ein Schweizer Messer für Colin: ein rotes mit zwei Klingen, Korkenzieher, Flaschenöffner, Schraubendreher, Schere, Dosenöffner und Zahnstocher. So fing ihre Geschichte an!

Lore erreichte die Burg und suchte sich auf der Zinne eine Stelle, um auf den Fluss, die Uferanlagen (Princes Street Gardens) und die Stadt (New Town) hinunterzuschauen. Vögel kreisten schwerelos um schwerfällige Türme. Was aussah wie ein absichtsloses Spiel mit dem Wind, war der Kampf. Um die Lufthoheit, scherzte Colin Brown. Mit ihm streifte Lore gern durch die alte Stadt. Er führte sie zu abgelegenen Orten, die sie allein nie entdeckt hätte. Eine tote Taube lag auf dem geräumigen Platz, ihr Rücken sah aus, als hätte ein Falke sie geschlagen. Die Zinne wäre ein geeigneter Standort, um die Grautöne der Dächer und Gebäude zu erfassen. Solche Recherchen waren Teil ihrer Arbeit. Den Auftrag, eine Farbkarte von Edinburgh anzulegen, vom Hubschrauber aus Wärmeaufnahmen zu machen und die Stadt mit Farben als thermisches Feld darzustellen, nähme sie ohne Zögern an. Mit Nello, einem verflossenen Partner, hatte sie für das Bauamt in Zürich die Farben der Fassaden in den einzelnen Stadtkreisen ermittelt. Nello war der einzige Mann, den sie nach Edinburgh mitgenommen hatte. Er beherrschte Tricks mit Spielkarten, fächerte sie in der Luft auf und zauberte sie so auf den Tisch, dass sie beim Aufdecken nach Farben geordnet dalagen. Mit seinen Fingerfertigkeiten nahm er Colin, Erna und ihren Edinburgher Club für sich ein. Lore hatte sich von ihm getrennt. Heiraten, Kinder? Lore wollte nie Hausfrau und Mutter sein, sie hatte sich gegen eine Ehe mit Nello entschieden: leichten Herzens, schweren Herzens. Seine Raumplanung (er arbeitete zweihundert Prozent in der eigenen Firma) und ihre Kunstprojekte (sie malte damals großformatige, von der Kritik als »luzide« und »komplex« gerühmte Farbtafeln): Der Anspruch beider, die eigene Berufslaufbahn und Karriere uneingeschränkt zu verfolgen, vereitelte das Familienunternehmen. Ein Leben ohne Ehemann und Kinder war vorstellbar. Aber nicht ein Leben ohne Malerei.

Lore Spescha war dreiundvierzig Jahre alt. An ihrem Vierzigsten hatte sie sich in Zürich in das beliebte Café Odeon gesetzt und sich vorzustellen versucht, wie sie genau an diesem Platz vor zehn und vor zwanzig Jahren einen Kaffee getrunken hatte. Was hatte sich in zwei Jahrzehnten verändert? Mit zwanzig hatte sie ganze Tage im Museum auf dem Klappstuhl vor einem alten Meister sitzend verbracht, studiert, skizziert, kopiert, ja, am liebsten hätte sie im Schlafsack im Museum übernachtet. Sie wähnte sich auf dem richtigen Weg, ohne zu wissen, wohin der Tatendrang sie führte. Mit dreißig glaubte sie, auf einer wichtigen Bühne zu stehen, auf einer Abschussrampe in rosige Zeiten. Sie entschied sich gegen ihren Mann, den Wettschwimmer und Tolstoianer, arbeitete als Kopistin: akribisch, stürmisch, streng mit sich und der Welt, sie war so vielversprechend. Aber kein Mann erreichte auf ihrer Skala jemals genügend Punkte. Martin Holm war in dieser Phase der aussichtsreichste und anziehendste Bewerber gewesen. Die Erinnerung an ihn war nicht verblasst. Sie war nachts auch schon aufgewacht, weil sie meinte, seine Hüften zwischen ihren Schenkeln zu spüren. Wenn sie in ihren Tagebüchern blätterte, tauchte sein Name immer wieder auf. Nein, Liebe war es nicht. Zu wenig Liebe. Nicht die große Liebe. Aber stärkere und innigere Gefühle und angenehmere Hüften hatte sie in den folgenden Beziehungen auch nicht gespürt. Kein Mehr an Erregung und Lust. Nach der überstürzten Abreise hatte sie Martin vermisst, heftiger, als sie zunächst zugab. Doch den Weg zurück schaffte sie nie. Die Zeit mit ihm, in seinem Haus an der Bloemgracht, die versunkene Arbeit am Bruegel, das alles lag unter einer Schutzhaut. Wie sich tausend einzelne Pinselstriche zu einem Bild addierten und sich nicht mehr zählen oder gesondert betrachten ließen, sobald das Gemälde fertiggestellt war, hatte die Zeit in Amsterdam sich zu einem elegischen Stimmungsbild verdichtet.

Mit vierzig hatte Lore immer noch hohe Ziele, verfolgte sie jedoch nicht mehr mit derselben Unbedingtheit. Die Neugier war geblieben. Am schärfsten hatte sich ihr Zeitsinn geschliffen, und Lore behandelte und beobachtete ihren eigenen Körper mit mehr Respekt. Bis dreißig hatte sie auf körperliche Mängel unwirsch reagiert, sich, als sei sie unantastbar, über jede Unebenheit ungläubig gewundert: über einen inmitten der Sommersprossen blühenden Pickel, über ihr ungebärdiges Haar, schon wieder fettig. Seit dem Vierzigsten glaubte sie zu ihrem Verdruss auf der Innenseite der Oberschenkel blau schimmernde Venen auszumachen. Sie waren nicht jeden Tag sichtbar, sie offenbarten sich gelegentlich wie Androhungen, wie Blitze an einem nicht mehr allzu fernen Horizont. Lore wurde dünnhäutiger und durchsichtiger, jetzt bereits schreckte sie die künftige Unsichtbarkeit. Wer beachtete Fünfzigjährige noch? Lore hatte als Künstlerin einige ihr wichtige Projekte verwirklicht und trotzdem lernen müssen, Grenzen zu akzeptieren, ohne sich als Scheiternde zu fühlen. Ihr Leben war weniger von winzigen Verschiebungen und sanften Umorientierungen als von harten Brüchen und klaren Schnitten gezeichnet.

Bevor sie das von der Mutter als Treff vorgeschlagene Pub betrat, nutzte Lore den Außenspiegel eines geparkten Autos, um ihr Gesicht zu kontrollieren, eine alte Gewohnheit, sie würde es mit fünfzig und sechzig noch so halten. Sie zog die Lippen nach und kämmte mit gespreizten Fingern ihr Haar. Lore trug es halblang und hatte das Hennarot schon vor Jahren herauswachsen lassen. Sie hatte zwei, drei Kilo zugenommen. Fältchen in den Augenwinkeln. Und die Hände, ihre Hände verrieten, dass sie keine wirklich junge Frau mehr war. Die Tür des Pubs war grün gestrichen. Schwere dunkelgrüne Ölfarbe mit einem Stich ins Blau. Lore war etwas zu früh. Sie entschied sich für einen Stehtisch mit Blick auf die Straße. Der düstere Raum roch nach Bier und Zigaretten. Lore erinnerte sich an ihre Mutter mit dreiundvierzig: Erna war mit dreiundvierzig doppelt so alt gewesen wie Lore und hatte deren Ehrgeiz, Malerin zu werden, als Grille abgetan. Die Familiengründung wäre ein vernünftiges Ziel. Kunst nicht. Kunst war etwas Abgedrehtes. Vor Edinburgh hatte Erna kaum Verständnis dafür gehabt, dass in Lores Leben alles unbeständig und veränderlich blieb, im Fluss.

Im Pub war es ungewohnt still, die wenigen Gäste schwiegen, als hätte jemand gerufen: Klappe halten. Der Holzboden knarrte, keine Musik. Durch hohe Fenster, die Rahmen ebenfalls dunkelgrün gestrichen, schaute Lore auf die mit Steinen gepflasterte Bank Street. Gesäumt von Läden lief sie zur Royal Mile hinauf, die vom Holyroodhouse zum Edinburgh Castle führte. Lore winkte einem Kellner. Keiner hatte Lust, sich stören zu lassen, zu dritt lehnten sie am Tresen und rauchten mit geschlossenen Augen, um sich nicht um ihre Gäste bemühen zu müssen. Lore schaute aus dem Fenster. Eine ältere Frau kam mit eiligen Schritten von der Brücke daher, ganz in Rot, nicht irgendeine Fremde, sondern ihre Mutter, obwohl die Frau, wie sie gekleidet war und sich bewegte, Lore als Fremde erschien. Sie hatte sich verspätet. An der Princes Street, im Kaufhaus *Jenners*, sagte Erna Brown, sei sie hängengeblieben. Zuerst habe sie nur einen Mantel anprobiert, dann Schuhe. Die Mutter setzte sich, schlug die Beine übereinander, behielt den Hut auf. Auch die Nägel hatte sie rot lackiert und die Lippen rot geschminkt. Lore musterte sie. Ist das meine Mutter? Vieles sprach dagegen. Dass sie sich für die Verspätung nicht entschuldigte. Sie kam Lore frivol vor. Aber warum zöge sie eine dezente Mutter vor? Lore betrachtete jetzt Erna, wie die Mutter die Tochter scheel angeschaut hatte, als sie Mitte der sechziger Jahre einen kaum den Hintern bedeckenden Minirock trug. Zugleich stellte sie sich vor, die Mutter könnte die Hälfte eines Zwillingspaars sein, das eine von zwei Mädchen, die in der Kindheit getrennt wurden. Die verschollene Schwester war unverhofft wieder aufgetaucht und saß Lore in einem Pub gegenüber, dessen Ausstattung zu glühen schien, als bestünden Tische, Tresen, Hocker und die Dekorationen (Fotos von Rugbyspielern) aus glimmenden Molekülen. Auch Lores dunkelblondes Haar schimmerte, als wäre sie eine kontaminierte Frau. Ungeduldig trank die Mutter ihren Tee, nippte mit spitzen Lippen an der Tasse, das Getränk war noch zu heiß, sie fürchtete, sich den Mund zu verbrennen. Die Mutter war mit sich selbst und mit dem Kram in ihrer Handtasche beschäftigt, etwas ungeduldig, als müsste sie widerspenstige Dinge zur Ordnung rufen. Lore beobachtete ihre Mutter. Vielleicht steckte in jedem von uns das Potenzial für mehrere Persönlichkeiten; aber der Charakter, der sich durchsetzte, verhinderte alle anderen. Die Mutter bemühte sich nicht besonders um Lore, stellte keine verfänglichen Fragen, machte keine besonderen Bemerkungen. Die Mamazeit war abgeschlossen, Edinburgh der neue Lebensmittelpunkt. In der Mitte Edinburghs stand ihr steinernes Reihenhaus, die Hauptpersonen im aktuellen Stück hießen Erna und Colin Brown. Nun musterte sie Lore nicht mehr. Dafür wurde Erna einer erbarmungslosen Prüfung unterzogen. Im Pub glaubte Lore, zwei Mütter zu haben. Eine sprach Deutsch, die andere Englisch. Die englischsprachige Mutter gab der Tochter Rätsel auf, war ihr jedoch sympathisch, vielleicht fiel Lore darum der Umgang mit der älteren, ein wenig zu extrovertierten Lady in Rot leicht. Die Frauen tranken ihren Tee mit viel Milch und Zucker. Natürlich sprachen sie nicht Englisch im Pub. Die Mutter verwendete die alten Gesten, die alte Grammatik, die alten Töne. In diesem Damals kam der Vater vor, der erste Ehemann. Es war ein Rückfall: Das gemeinsame Durchstreifen der Zimmer eines vertrauten Hauses. Das Haus stand nur noch in ihrer Erinnerung. Bagger hatten seine Wände zusammengeschoben. Auf Lastwagen war der Schutt abtransportiert worden. Kindheit und Jugend bildeten eine verblassende Fotostrecke im Gedächtnis. Lore hatte sich nach dem Begräbnis den Lieblingsschal ihres Vaters erbeten, er war so lang, dass sie ihn zweimal um den Hals schlagen konnte. Ihr Wunsch, den Geruch des Vaters in dem Schal zu erhalten, erfüllte sich nicht. Der Duft verflog. Vaters Schal hielt sie auch nicht warm, vielmehr strömte er bald Eiseskälte aus, und sie entsorgte das schwarze Stück aus Kaschmir. Lore entsann sich, den trügerischen Schal vom Hals gewickelt zu haben, während sie über eine Brücke schritt, und ihn mit einem doppelten Knoten am Geländer festgebunden zu haben. Sie vermisste ihren Vater entsetzlich, das wollene Andenken spendete keinen Trost und linderte keinen Schmerz.

»Jetzt ist es dreizehn Jahre her«, bestätigte die Mutter und schaute Lore an, unentschieden, ob sie diese dunkle Zeit heraufbeschwören wollte. Bilder traten ihr vor Augen, als zwinge sie jemand, wieder im Familienalbum herumzublättern. Dabei hatte sie es längst ins Regal gestellt.

»Ich flog von Amsterdam nach Hause.« Lore merkte, dass der Ausdruck »nach Hause« nicht stimmte, korrigierte ihn aber nicht. Lore erinnerte sich an die düstere Stimmung in der elterlichen Wohnung, aus welcher der Leichnam ihres Vaters schon weggebracht worden war. An manchen Tagen ging ihr das nach und sie sehnte sich nach ihrem Vater. Je älter Lore wurde, umso besser glaubte sie, ihren Vater auch zu verstehen, seine Unruhe, die ihrer Ruhelosigkeit entsprach. Er hatte sich zur Sesshaftigkeit gezwungen, sie selbst, Lore, hatte sich entschieden, eine Reisende zu bleiben. Im Unterwegs daheim. Aber im Nachhinein ließen die meisten Dinge sich leicht erklären und zurechtrücken. Vaters Begeisterung für den Tanz. Dabei war er viel zu biegsam für seine hölzerne Frau gewesen, wusste Lore jetzt und betrachtete ihre Mutter. Erna hatte sich von ihr weggedreht und schaute aus dem Fenster, sie wirkte nicht mehr so stocksteif und ältlich wie damals. Erna Browns Züge, im Halbprofil, wiesen kaum Ähnlichkeit mit den Zügen von Erna Spescha auf, die ihrer Tochter Lore einst unverblümt Vorhaltungen wegen ihrer Lebensweise machte und sie zurückstutzte: Spuck nicht so große Töne. Oder: Träume sind Schäume, Tochterherz. Erna Spescha hatte zum Glück nicht recht behalten. Sie war selbst wie ein Phönix aus der Asche gestiegen. Vor dem Pub parkte ein Transporter, zwei Männer in grünen Latzhosen luden stählerne Fässer aus und rollten sie ins Haus. Sie trugen schwere Schuhe und Schirmmützen in der Farbe der Hosen und mit der orangefarbenen Aufschrift ihrer Firma. Ein Motorrad fuhr die Straße hoch und zog Lärm wie einen Schweif hinter sich her. Obwohl es dafür noch zu früh war, bestellte Erna Brown für sich und Lore einen Whisky bei einem schläfrigen Kellner.

2

»Setz dich bitte rechts neben Colin«, erinnerte die Mutter Lore, »er hört auf dem linken Ohr schlecht.« Genau das aber hörte Colin. Er sagte: »Ein Überbleibsel aus meiner Zeit bei der Armee.« Erna hatte Lamm gegrillt, Koteletts, und Kartoffeln in Alufolie gewickelt ins Feuer gelegt, es roch nach Thymian und der Glut von Holzkohle. Es war angenehm, im Kaminzimmer zu sitzen, der Blick ging durch cremefarbene Gardinen mit einem feinen Blumenmuster in den Garten, der Tisch stand genau unter dem roten Schirm der Lampe, die Möbel waren aus dunklem Holz, das Sofa rosa gepolstert, die Gemälde hatten feste goldene Rahmen. Alles in dem Haus wirkte solide. Es gab weder kaputte Glühbirnen im Keller noch Spinnweben in der Garage. Das Regenwasser lief durch Traufe und Rohr in ein Fass. Das feine Porzellan kam am Sonntag auf den Tisch. Zu jedem Jackett gehörte ein anderer pastellfarbener Pullunder, und statt Krawatten trug Colin Schals mit schottischen Mustern in frechen Farben. Erna kleidete sich elegant wie die Königin und wagte es, sich Hutungetüme mit Bändern und Blumen auf den Kopf zu setzen. Colin hing an seinen Gewohnheiten und war unzufrieden, wenn er seine Rituale nicht einhielt. Nicht dass die Dinge prinzipiell unverrückbar waren, aber es brauchte schon triftige Gründe, sie zu verrücken. Seine Frau teilte diese Meinung, jedes Ding hatte seinen Platz, die Gabeln gehörten nun einmal links neben die Teller, und beim Kochen benutzte sie den Messbecher und die Waage. Sie hatte keine Rezepte aus der ersten Ehe mit in die zweite gebracht, sondern sich umgestellt. Statt einem *falschen Hasen* briet sie nun echte. Auch Lamm und Fisch gehörten in ihr neues Repertoire. Colin hatte einen französischen Wein geöffnet, den er kostete, für gut befand und behutsam in die Gläser füllte. Kein Tropfen ging daneben. Sie stießen an.

»Wunderbar, dass du da bist, Lore«, sagte Colin.

Lore mochte diesen tapferen Schotten. Er versuchte nie, ihr den Vater zu ersetzen, und bemühte sich auch nicht besonders um ihre Freundschaft. Dabei hielt er sich nur bedeckt, verbarg, dass er voller Vorurteile zu ihren Gunsten war. Eigentlich wusste er, dass Lore ihn durchschaute; das geschah auch ganz in seinem Sinn. Sie beneidete ihn um seine Ordnungsliebe, die sie bei sich oder einem Mann, mit dem sie zusammenlebte, nicht ertrüge. Colin war jedoch kein Pedant, nie geizig oder kleinlich, sondern korrekt, verlässlich, leicht schräg, was seinen Geschmack und die Kleidung betraf, dabei beseelt von einer Sorgfaltspflicht, die Menschen und Dingen galt. Auch ihm selbst; er besetzte das Bad am Morgen ebenso lang wie seine Frau. In seinem Kleiderschrank war kein Bügel frei. Nach seinen Deutschlandjahren wechselte Colin das Fach. Wieder in Edinburgh, schrieb er für Zeitungen und Magazine über Kulturelles und gründete einen Postkartenverlag, den Erna nun schmiss. Für die Organisation der Edinburgh Festivals war der honorige Colin Brown der zweite Wirtschaftsprüfer. Unbestechlich versenkte er sich in Budgets und Bilanzen, tauchte darin ein wie in einen ungemein spannenden Roman. Abgesehen vom Symphonieorchester (zu bombastisch) hegte er gegen keine Art von Musik eine Abneigung, am meisten schätzte er das Quartett (klassisch und Jazz), aber auch Kino, Theater, Literatur und Museen hatten es ihm angetan. Er verpasste keine Ausstellung, die schönen Künste fügten sich in sein Leben wie Golf. Ausgeprägte Vorlieben, dozierte er, engen dich nur ein. Er war nicht leicht zu beeindrucken, aber immer bereit, sich über etwas zu freuen. Ein Glas Wein, ein Buch, ein Bridgeabend, ein Konzert: Er stellte nicht das eine über das andere. Er besaß einen dunklen Anzug für festliche und kirchliche Anlässe; und wenn es ihn zu den Dudelsack- und Militärkapellen zog, trug er den schottischen Kilt, einen karierten Rock, in dem er seltsam steifhüftig aussah, eine lächerliche Figur abgab. Doch das war ihm nicht peinlich. Colin ist ein »stiller Genießer«, sagte Erna. Im gleichen Ton, in dem sie Lore »Zugvogel« nannte, betitelte sie Colin als »Frohnatur«. Er war nun einmal heiter gestimmt, in Dur, und ihre Tochter hielt es an keinem Ort lange. Sie hatte kein Sitzfleisch. Lore vermutete, Colin sei vor allem ein Spieler (das unterschied ihn von ihr, und damit hatte er ihre Zuneigung gewonnen), ein Spieler, der unbeirrt davon ausging, dass ihm jeder Tag eine neue Gewinnchance bot.

Beim Essen wurde nur wenig geredet. Lore fühlte sich wohl, saß entspannt mit den beiden am Tisch, tatsächlich die Tochter auf Besuch. Es war unverfänglicher, die Mutter in Edinburgh zu treffen, in einer vollständig neuen Umgebung, als in Zürich, in der früheren, mit Altlasten vollgestopften Wohnung. Mit der schottischen Mama ergaben sich Gespräche zwischen erwachsenen Frauen, für die ihre Wohnung in Zürich immer zu eng gewesen war. Sogar für Blicke zu eng: Lore hatte sie wie Griffe empfunden, hatte sich zeitweilig als Gefangene des Blicks ihrer Mutter gefühlt. In Edinburgh war es noch nie zu hässlichen Szenen gekommen; die Meinung der Mutter war Lore zwar nicht völlig egal, aber sie hatte nicht mehr dieses Gewicht, war nicht mehr ein Blei, das sich wie ein Lot in alles senkte. Auch das Zimmer, das sie im steinernen schottischen Reihenhaus belegte, mit dem alten Tisch am Fenster, vor dem sich Ernas und Colins Garten wie neutrales Terrain erstreckte, hatte mit der erinnerungsträchtigen Kammer ihrer Kindheit nichts gemein; vor allem das Bett, vermutete Lore, das Bett machte den Unterschied aus. Es konnte noch so spät werden, Lore hatte es als junge Frau nie geschafft, bei einem Besuch der Eltern das Bett in ihrem unveränderten Kinderzimmer zu benutzen, keine einzige Nacht mehr hatte sie darin geschlafen. Wenn Lore an die Kindheit dachte, verspürte sie einen Reiz zu niesen, so stark kehrten die Gerüche und Ausdünstungen von damals in ihre Nase zurück. Sogar nachdem sie in Amsterdam überstürzt aufgebrochen war, um nach Hause zu reisen, hatte sie das Angebot ausgeschlagen, ihr früheres Bett zu benutzen. Bis spät hatte sie mit Mutter in der Küche geschwiegen. In der Wohnung schien sich nichts verändert zu haben. Dabei hatte der Zerfall begonnen, alles wies Risse auf, die von nun an schnell größer wurden. Als die erschöpfte Mutter endlich zu Bett gegangen war, blieb Lore sitzen, das Gepäck neben sich. Sie dachte keinen Moment daran, ihr ehemaliges Kinderzimmer zu betreten. Der Vater könnte hereinkommen, sich auf die Bettkante setzen und ihr Geschichten erzählen: Als Kind liebte sie das, sie hatte den Vater ganz für sich, sein Erzählen schuf einen Raum (eine Baumhütte), der alle anderen (vor allem Mama) ausschloss.

Jetzt wäre es ein Albtraum. Denn er kehrte von den Toten zurück. Nach Mitternacht packte sie das kleine Gemälde aus, legte es auf den Tisch, starrte auf die gefesselten Kreaturen und weinte.

Vor ihrem Besuch in Edinburgh hatte sie einen Zwischenhalt in London gemacht und ein paar Tage Museen und Galerien abgeklappert.

»Neulich war hier eine Ausstellung«, erzählte Colin, »ein Amerikaner zeigte Kopien, perfekte Nachahmungen. Darauf stand: Not Picasso, Not Pollock, Not Yves Klein. Es ist merkwürdig, einen Picasso zu sehen, der kein Picasso ist. Das Gemälde verliert seinen Reiz, du ertappst dich selbst beim Gedanken: Die Signatur ist die Hauptsache.«

»Für mich war es wichtig, Meisterwerke als Vorlage für die eigene Arbeit zu nehmen«, erklärte Lore, »Bruegel statt das Emmental, Morandi statt leere Flaschen.«

»Nach London sollten wir auch wieder einmal fahren«, sagte Colin zu Erna. Sie nickte. »Ja, das ist eine prima Idee.«

»Bei euch Schönen – klappt alles?«, fragte Lore.

»Wir haben es gut miteinander«, antwortete Erna. Der in seinem Körper wie in einer Rüstung steckende Colin legte eine Hand zur Bestätigung auf den schmalen Rücken seiner Frau und kraulte sie zwischen den Schulterblättern. Er erzählte die Geschichte immer wieder gern: Wie Erna sein Training unterbrochen hatte. Ihr wissendes Lächeln, als wollte sie ihm kundtun, sie sei nicht in die Irre gelaufen, sondern habe soeben den richtigen Weg entdeckt. Ihre entschlossene Stimme, während er, Colin, im ersten Augenblick ungehalten über die Störung, nicht ahnte, dass dies die bestimmende Begegnung in seinem Leben war. Diese energische Touristin im Regen brachte ihm die Zukunft. Und erst als die Lady, Erna, ihm das Messer schenkte, »das Liebespfand«, sagte Colin, »hat es bei mir geklingelt.«

»Dabei war es schon fünf vor zwölf«, zog Erna ihn auf.

»Das Glück hat sich mir in den Weg gestellt, bevor es dafür endgültig zu spät war und trotz meiner festen Überzeugung, in meinem Leben werde sich nie mehr etwas Wichtiges ändern.«

»Während ich wusste, dass ich mein Leben nicht mehr wie bisher weiterführen wollte, ich ersehnte ein Erdbeben.«

»Ja, das Leben hat das Lenkrad gedreht«, sinnierte Colin, »es ist mit uns in eine neue Richtung gefahren.«

Nach dem Essen trugen Erna und Lore das Geschirr in die Küche, Colin räumte die Spülmaschine ein. Vom Fenster aus sah Lore in den Garten, Rosen, Dahlien, Steine, und auf einem schwankenden Ast zwei Blaumeisen, die keine Sekunde stillsitzen konnten. Wieder im Kaminzimmer, ließ Lore sich gern Aufnahmen zeigen. Ihre Mutter hatte die Blumenuhr in den Princes Gardens fotografiert, die älteste Blumenuhr der Welt, und Colin beim *Military Tattoo*, die stramme Parade der Dudelsackspieler (Piper), Trommler und Militärkapellen.

»Wir planen eine Serie neuer Postkarten«, erklärte die Mutter, »im Sommer wird die Stadt von Touristen überflutet, das Geschäft läuft, unsere Karten sind Renner.«

Colin hatte eine zweite Flasche vorbereitet, holte sie in der Küche und schenkte nach. Lore wunderte sich, dass ihre Mutter nicht die Hand übers Glas hielt. Colin hatte eine weiße Serviette um den Hals der Flasche gelegt und seinen linken Arm wie ein Kellner auf den Rücken gebogen.

»Hast du die National Gallery schon besucht?«

»Nein, noch nicht«, antwortete Lore.

»Erna hat mir erzählt, dass du Bruegel kopiert hast«, sagte Colin und fragte: »Ist er für dich immer noch ein Thema?«

»Eigentlich nicht«, sagte Lore, »ich habe Bruegels Werk zwar im

Kopf und könnte das Gemälde, das ich kopiert habe ...« Lore stutzte, »nein, falsch, ich bin aus der Übung.«

»Damals warst du besessen davon«, erinnerte sich die Mutter, »ich dachte«, sagte sie zu Colin gewandt, »Lore spinnt, sie malt wie vom Affen gebissen ...«

»Ich hatte mich verrannt, das stimmt.«

»Und verliebt«, ergänzte die Mutter.

»Da bin ich mir nicht so sicher, Mama.«

»Schade.«

»Erna meint, du hattest Scheuklappen ...«, sagte Colin.

»Ich ereichte eine Perfektion, über die ich jetzt staune.«

»Warum hast du mit dem Kopieren aufgehört?«

»Es war ein langer Tunnel«, begann Lore und war selbst über ihr Fazit erstaunt, »ich musste da durch.«

»Nach den *Zwei Affen* hast du das Licht gesehen?«

Lore lachte. »Nie wieder hat ein Werk mich berührt wie die *Zwei Affen*. Das, was mich ins Herz traf, lag außerhalb des Bildes, aber es brauchte die Kunst, Bruegels Meisterschaft, um es konkret werden zu lassen. Am Anfang stand das Puzzle. Mama wird es dir erzählt haben. Ich habe mir das Gemälde Zentimeter für Zentimeter erarbeitet. Am Ende hätte ich in Bruegels Handschrift Briefe schreiben können.«

»Es hängt zurzeit in der National Gallery«, sagte Colin.

»Pieter Bruegels *Zwei Affen*?«

»Ja, wir sollten morgen zusammen hingehen«, schlug Colin vor, »das Bild ist Teil der Ausstellung *Mystery and Illumination*, im Zentrum steht El Greco ... aber dein Bruegel ist auch dabei.«

3

In der Nacht lag Lore lange wach. Im Garten fochten Katzen lautstark ihre blutigen Kämpfe aus. Da sie keinen Schlaf fand, setzte Lore sich an den Schreibtisch, das Licht machte sie nicht an, es war kühl im Raum, das Fenster stand offen, durch das feine Mückengitter starrte sie aus dem Zimmer in die opake Dunkelheit hinaus und wartete darauf, dass die Dinge sich zu erkennen gaben. Dabei musste sie doch noch eingeschlafen sein. Sie wachte wieder auf, weil ihr kalt war. Jetzt herrschten draußen Grautöne vor, verwischte Konturen und schwere Schatten. Die Katzen hatten sich beruhigt. In keinem der Häuser ringsum brannte ein Licht, Lore stellte sich schlafende Menschen in ihren Betten vor, aneinandergeschmiegt, Rücken an Rücken, allein. Reglos lagen ihre Körper da, in den Köpfen spielten sich absurde Dramen ab, kämpften sie, liebten sie, bestritten sie Abenteuer, gerieten sie in Gefahren. Lore überlegte, die Lampe anzuknipsen, um einen Satz aufzuschreiben: *Mit schwarzer Farbe schreib ich Licht in die Nacht.*

Eine Amsel machte sich bemerkbar. Das bleierne Grau der Rosen, deren Name Lore entfallen war, verwandelte sich bald in roten Satin. Wenn man zuschaute, wie das erste Tageslicht die Pflanzen färbte, erfuhr man nichts Bedeutendes über sie, sondern erlebte das Wunder des Farbensehens. *Du verstehst nichts besser, weil es farbig ist,* dachte Lore. Aber Farbe steigert die Schönheit der Welt. Der Mensch sieht Farben und empfindet ihr Fehlen als großes Manko. Er kann sich vor Farben fürchten wie vor Blitz und Donner. Diese Zusammenhänge bestimmten seit zwanzig Jahren Lores Arbeitsgebiet.

Draußen wurde es allmählich heller. Zuerst erloschen die Sterne. Lore wartete. Welche Farbe stellte sich als Erste ein? Sie war Beobachterin. Erblühten sie alle zugleich? Wie oft hatte sie über diesen Countdown schon Protokoll geführt? Lore freute sich auf den Augenblick, in dem die alten Rosen ihr Rot von einer Sekunde zur anderen präsentierten. Als gäbe es keine sanften Übergänge, nur das Eindeutige, dabei war alles im Fluss. Noch vor den Farben traten die Geräusche auf, in der Stadt der Lärm der Müllwagen, der Trambahnen und das Mahnen der Kirchenglocken. Auf dem Land das angeberische Krächzen der Hähne und das unberechenbare Gebell der Hunde. In den Häusern rauschte die Wasserspülung, der Radiowecker startete das Programm, die Kaffeemaschine fauchte. Und im Garten der Browns begannen irgendwelche Vögel, ihr Gezwitscher in die allmählich schwindende Dunkelheit zu weben. Im Haus war es noch immer still. Lore versuchte, an nichts zu denken, aber es gelang ihr nicht, so wie sich das Meer unaufhörlich bewegt, gab es auch keinen Stillstand für das Gehirn, der Vorrat an Gedanken, Erinnerungen, Einfällen und Bildern, geeignet, den Schlaf zu verscheuchen, war unerschöpflich. Auch die Aussicht, dem Gemälde Bruegels wiederzubegegnen, wühlte sie auf. Die Geräusche des erwachenden Tages – oder der sich auflösenden Nacht, Lore schwankte zwischen den Bezeichnungen. Sie hatte die Dämmerung gemalt (Abend und Morgen). Sie hatte in Museen entsprechende Gemälde gesucht (allerdings nur wenige entdeckt), und sie hatte ganz fantastische Sonnenaufgänge fotografiert und als Sonnenuntergänge beschriftet und umgekehrt. Die Dämmerung war das Gefolge oder die Vorhut für den Auftritt oder den Abgang der Sonne im Landschaftstheater. Die Phänomene waren ohne Angabe der Himmelsrichtung für das Auge allein nicht zweifelsfrei zu unterscheiden; die Besucher der Ausstellung lagen mit ihrer Einschätzung genauso oft daneben wie richtig.

4

Colin Brown wartete beim Eingang der National Gallery auf Lore. Er trug einen rehbraunen Anzug, braune Halbschuhe und ein weißes Hemd. Der obligatorische Pullunder und der Schal waren zitronengelb. Colin hatte sich herausgeputzt, er wusste das, und Erna wusste es (sie hatte ihn am Morgen angelächelt), denn Lore sollte sagen: Gut schaust du aus. Das war Colins Wunsch. Und dann durfte er auch Lore ein Kompliment machen. Er kostete das schon vor, überlegte, das Wort »apart« zu benutzen, nein, es klang zu altmodisch; Lores Haar gefiel ihm, die schöne Biegung ihres Nackens. Aber ihre Frisur war sicherlich nicht apart, und ihren Hals zu loben stand ihm nicht zu. Da Lore meistens in Jeans herumlief, würde er auf ihren Gürtel achten, die Schnalle war gewiss schick, super sagte man jetzt. Und Lore hatte bestimmt den Walkman dabei, sobald sie den Kopfhörer abnahm, könnte er fragen: Hörst du *The Police* oder *Supertramp*? Colin wartete, die Beine übereinandergeschlagen, geduldig auf die in seinen Augen junge Frau, und blätterte im Ausstellungskatalog *Mistery and Illumination* (er wollte ihn Lore schenken).

Er hielt sich gern in der National Gallery auf, sein Lieblingsbild hing in der Porträtgalerie und zeigte einen Schlittschuhläufer *(The Reverend Robert Walker Skating on Duddingston Loch*, gemalt von Sir Henry Raeburn, vor zweihundert Jahren). Er besuchte dieses Gemälde mindestens einmal im Jahr, schätzte es vor allem, weil es ihm, je nach Gemütslage, mehrere Möglichkeiten der Betrachtung offen ließ. Am liebsten erkannte er in dem Gemälde die Darstellung seiner Seele, zumindest das Ebenbild seiner Wunschseele. Die Schwerelosigkeit und Grazie, die unverschämte Weltabgewandtheit, mit welcher der Reverend sich über das Eis bewegte, war das pure Gegenstück zu den Demutsgesten der *Zwei Affen*, mit denen Lore sich so lange und ausschließlich beschäftigt hatte: Colin gedachte Lore zu dem heiteren Gemälde hinzuführen, es war das Ziel des Tages, und mit einem Augenzwinkern zu sagen: Schau mal, Reverend Walker träumt. In eisiger Kälte. Das hatte er sich in den Kopf gesetzt. Der Reverend glitt elegant auf einer dünnen Eisfläche dahin, als hätte er festen Boden unter den Füßen und nicht einen Abgrund. So ein Gottvertrauen, so ein Selbstvertrauen (wie man es auch nennen mochte) müsste man haben, wollte Colin zu Lore sagen. Zudem ist er ein begnadeter Selbstdarsteller. Und Lore könnte antworten, es wirke auch ein wenig töricht, wie der Reverend da über das Eis schwebe. So arglos selbstverliebt. Doch das Bild sei wunderbar. Man möchte sofort mit dem schönen Mann tauschen. Einverstanden, würde Colin fortfahren, wenn ich mich in das Bild vertiefe, wünsche ich, dass die Zeit stehenbleibt, dass sie innehält, und ich bete für ihn, dass ihm nichts zustößt. Und wenn ich die *Zwei Affen* betrachte, habe ich nur einen Wunsch: Dass die Zeit einen Sprung vorwärts macht. Denn für alles Beten ist es zu spät.

Lore war eine schöne Frau, und als wäre ihre Schönheit sein Verdienst, fühlte Colin sich geschmeichelt, wenn andere Männer den Kopf nach ihr umdrehten und bewundernde und begehrliche Blicke sie streiften. Ihr Begleiter zu sein versetzte ihn in gehobene Stimmung. Dass er auch gemustert wurde, ließ ihn kalt. In den Blicken, die ihm galten, lag der blanke Neid. Er könnte ja der Liebhaber sein. Der Altersunterschied (siebenundzwanzig Jahre) wäre nicht sein Problem, gestand Colin sich ein, und akzeptierte im nächsten Atemzug den abgesteckten Rahmen wieder, die Spielregeln. Etwas Soldatisches in ihm salutierte vor der Tatsache, dass Lore die attraktive Tochter seiner Frau war. Und mit Erna führte er ein ausgefülltes und glückliches Leben. Es gab Momente, in denen er in Lore Erna zu erahnen glaubte. Ähnlich musste Erna sich bewegt haben, so hatte sie wohl gelacht und geschaut (legten alte Fotos ihm nah) – als sie ihre mittleren Jahre durcheilte und er sie leider noch nicht kannte. Nein, nicht leider, sondern zu ihrer beider Glück, dachte er. Sie hätten damals noch nicht zueinander gepasst, das Leben musste noch an ihrer Form schleifen, bis es Klick machen und das Ding einrasten konnte. Doch wenn Colin alle Spiegel mied, die Augen schloss und weder das Storchenhafte seines Körpers beachtete noch seinen Hörschaden, wenn er sich in sich zurückzog, konnte er leicht in die Haut des Mannes von fünfzig Jahren zurückschlüpfen, den er (als Erna in Lores Alter war) mühelos dargestellt hatte. In solche Träumereien versunken, saß Colin Brown auf seinem Stuhl, den Kopf leicht zur Seite geneigt, das intakte Ohr der Welt wie einen Trichter entgegenhaltend, ein gepflegter Mann, etwas affektiert gekleidet, mit zitronengelben Socken und nach Maß angefertigten Schuhen aus Pferdeleder, die weichen Augen empfindsam geschlossen, dunkle schwere Tränensäcke, als Lore Spescha das Museum betrat.

Die National Gallery of Scotland, ein kunstvolles klassizistisches Gebäude mit vielen Säulen, stand zwischen den beiden Teilen der Princes Street Gardens auf *The Moud*, und bei jedem Besuch in Edinburgh suchte Lore sie auf. Das Licht schmeichelte den Gemälden, die auf rot tapezierten Wänden angebracht waren, ein Patchwork, alles andere als eine strenge, minimalistische Hängung, zuerst einmal Fülle, Prunk, Reichtum und Herrlichkeit repräsentierend, die natürlich auch hochrangige Werte waren, letztlich aber nur im Dienst der Kunst. Er hatte im Katalog die Seite mit der Abbildung der *Zwei Affen* aufgeschlagen und eine Kunstpostkarte hineingelegt, die den dahinschwebenden Reverend zeigte. Bevor er den Katalog zuklappte, betrachtete er die beiden Bilder eine Weile, sie lagen dicht nebeneinander und sein Eisläufer kam ihm nicht nur verwegen, sondern auch ein wenig affig vor. Lore entdeckte

Colin, fast machte es den Anschein, als sei er auf seinem Stuhl eingenickt, nur sein Anzug gab ihm Halt, doch das war eine Täuschung, ein Ruck ging durch Colins Körper, seine Haltung straffte sich (als hätte in seinem Innern jemand mit der Peitsche geknallt), Colin winkte Lore zu, stand flink auf und ging ihr entgegen, aufgeweckt, munter zwischen einer Vielzahl von Besucherinnen und Besuchern. Lore küsste die wohlriechenden Welpenwangen des Mannes ihrer Mutter. Sie war glücklich, dass es ihn gab, Colin Brown hatte Erna Spescha, diese vormals taube Nuss, in eine lebendige Frau zurückverwandelt.

»Gut schaust du aus«, sagte er, »die Halskette ist super.«

»Danke, Sir«, antwortete Lore und hängte sich an seinen Arm. »Ich habe sie vor einem Jahr in San Cristobal gekauft.«

»Türkise?«

Gleich beim Betreten des Saales sah sie das Gemälde, den breiten Rahmen und das kleine Viereck darin: Sie hatte das wohl für immer gespeichert. Schon drei, vier Schritte zuvor löste sie sich von Colins Arm, strebte direkt auf das Bild zu. Die zwei Affen hockten geduckt in ihrer Fensternische, in der Ferne das Meer. Am liebsten wäre Lore jetzt allein in dem Saal mit den roten Wänden und dem monochromen Licht. Umfassende Stille, sie hörte keine Stimmen noch Schritte, jedes Geräusch, jeder Laut in dem Raum war gelöscht, geschluckt von der Zeit, so stark war Lore auf das Gemälde konzentriert, fixiert, als trüge sie Scheuklappen und sei nur hergekommen, um erneut seiner Macht zu erliegen, alles ringsum zu vergessen und ausschließlich die *Zwei Affen* zu sehen. Als Puzzle blieb das Gemälde mit ihrem Vater verknüpft, als Kopie mit Martin Holm. Schloss sie die Augen, verschwand es nicht. Zu sagen, es gebe ihr noch immer Rätsel auf, wäre genauso möglich wie das Gegenteil. Obwohl sie vor dem Gemälde stand, war sie sich nicht ganz sicher, ob sie den Bruegel an der Wand oder den Bruegel in ihrem Kopf betrachtete. Das Bild an der roten Wand kam ihr im Museumslicht ebenso immateriell vor wie das Bild in der Dunkelkammer ihres Gedächtnisses. Das Wiedersehen war ein Schock. Sie glaubte nicht, was sie sah. Sie wollte nicht sehen, was sie sah. Etwas blendete sie.

»Ein ganz eigenartiges kleines Bild, wie wunderbar es gemalt ist, wie tief empfunden«, sagte Colin, seine Stimme erreichte sie von weither: »Es löst bei mir etwas aus, ich kann es nicht in Worte fassen, jetzt wirkt es klar in mir, aber spräche ich darüber, würde ich mich verhaspeln.«

Da, für den Bruchteil einer Sekunde, fletschte einer der beiden Affen die Zähne. Verstörend und boshaft. Lore hatte es ganz deutlich gesehen und wusste zugleich, dass es nicht möglich war. Dass sie es nicht gesehen haben konnte. Aus dem schlichten Grund, weil sie ein Gemälde betrachtete. Ihr Bild. Demnach musste der Affe auf dem Bild in ihrem Kopf im Bruchteil dieser Sekunde die Zähne gefletscht und ihr sein hässliches Gebiss gezeigt haben. Wollte er Lore verhöhnen? Und wie weit durfte sie den eigenen Augen trauen?

»Zwei Angsthasen«, kicherte Colin (ihm war, ein anderer spreche aus ihm heraus), »das eine der Äffchen schaut so hilfesuchend, es dämmert ihm, dass es etwas nicht versteht, aber keine Ahnung hat, was! Und als Anhänger der Lehre von Buddha müsste ich ihm zuflüstern: Es gibt keine Hilfe.«

Lore hörte Colin sprechen, ohne zu verstehen, was dieser Mann sagen wollte, seine Stimme erzeugte Geräusche, er stakste um sie herum, bestens gelaunt, und etwas in ihr weigerte sich, dieses Zischeln zu dekodieren, es war ohne Bedeutung, sie hatte genug mit sich selbst zu schaffen, in ihrem Kopf purzelten Dinge durcheinander. Lore akzeptierte noch immer nicht, was sie sah. Sie bildete sich ein, das, was sie vor Augen hatte, werde von ihrem Sehnerv willkürlich produziert. *Nur du siehst deine »Zwei Affen«,* dachte sie.

Ein Tinnitus ist ein Geräusch im Innenohr, das man selbst erzeugt und als Einziger hört, es quält einen, obwohl es eingebildet ist; das Gebell von Hunden, die im Wohnzimmer toben, kann einen nachts verrückt machen, eine Bassgitarre, die im Schlafzimmer wummert, und vielleicht gibt es einen dem Tinnitus entsprechenden Defekt des Sehens, der einem Details vorgaukelt (ein Rot, wo kein Rot sein kann, ein Äffchen, das die Zähne fletscht). Von einer so gearteten Fälschung des Auges hatte Lore nie etwas gelesen und gestand sich endlich ein, was sie entdeckt hatte, eine Ungeheuerlichkeit. Die Augen spielten ihr keinen Streich.

»Das Bild ist hinreißend gemalt«, plauderte Colin daher.

»Das ist nicht das Original«, platzte Lore heraus, »das ist ein Duplikat, jemand muss hier, Martin Holm ...«, sie hielt sich die Hand vor den Mund.

Colin lachte, er vermutete, Lore mache einen Scherz. Aber was war da lustig? Hatte er sich verhört? Hatte er Lore falsch verstanden? Er sah, wie aufgebracht sie war. Blickte sie zornig, war ihr Blick leer? Das Ungewisse machte ihn nervös. Was verwirrte Lore dermaßen, wo steckte das Problem? Colin las das Schildchen. Es löste seine Beklemmung. Das Gemälde war das Original, selbstverständlich, was denn sonst? Pieter Bruegels *Zwei Affen*, eine Leihgabe der Gemäldegalerie, Berlin.

»Es ist nicht das Original«, flüsterte Lore. Sie war blass. Sie bemühte sich um Fassung. Der Mund ein Strich, als hätte sie angewidert ein letztes Urteil gesprochen.

»Aber da steht doch, schwarz auf weiß ...«

»Es ist meine Kopie!«

»Aha«, knurrte Colin hilflos, »aha ... verstehe.«

Dabei verstand er nichts. Die Komplikation kam ihm ungelegen. Um sie aufzumuntern, legte Colin den Arm um Lores Schultern. Aber sie entzog sich ihm, sie brauchte jetzt keinen Trost. Sie wollte in Ruhe gelassen werden. Trotz seiner Ratlosigkeit und der Abfuhr empfand Colin väterliche Gefühle. Vielleicht beruhigte sich Lore, und allein seine Anwesenheit schützte sie vor weiteren inneren Turbulenzen. Lore war verkrampft, Colin hatte die Muskeln, die Knochen, die Verspannung ihres Körpers während der kurzen Umarmung gespürt. Er hätte gern eine eigene Tochter gehabt, eine Tochter sträubte sich nicht, wenn er ihr den Arm um die Schultern legte, und dieses Bedürfnis hatte sich noch nie so deutlich geregt wie im Augenblick, als er sich wünschte, Lore eine Stütze zu sein.

»Woran erkennst du deine Kopie?«

»Es ist … das Gesamte, kein Detail.«

»Könnte es nicht eine Täuschung sein, nach so vielen Jahren?«

Lore schüttelte den Kopf.

»Lass uns gehen«, sagte Colin.

Colin zog Lore an der Hand von dem Gemälde weg und aus dem Saal. Niemand schien von dem Zwischenfall etwas mitbekommen zu haben. Ein Museumswärter, die Hände auf dem Rücken, träumte vor sich hin, er war beleibt, hatte den Kopf in den Nacken gelegt. Der Hautsack unter seinem Kinn zitterte bei jedem Atemzug wie der Kehlbeutel eines Reptils. Lore ließ sich willig abführen. Aus der National Gallery in die Princes Gardens.

»Deine Kopie ist doch …«

»Ja, ja, du hast ja recht.«

Lore schwieg. Sie musste zuerst mit sich ins Reine kommen. Und sie musste den fürsorglichen Colin abschütteln. Er hielt ihre Zweifel an dem Gemälde für ein Hirngespinst, eine Verstiegenheit und suchte angestrengt nach einem leichten Thema, nach einem das Missverständnis auflösenden Wort. Das Ungemach sollte wie eine Schäfchenwolke in der Sonne verdampfen. Und er überlegte, von Reverend Walker zu sprechen, der über den irdischen Dingen zu stehen schien, so zumindest mutete das Gemälde ihn an, obwohl man Robert Walkers Art, sich auf dem Eis zu bewegen, auch als Exaltiertheit beschreiben könnte. Colin war klar, dass Lore jetzt nicht für einen Gang durch die Porträtgalerie zu gewinnen war. Dort, glaubte Colin, wich die Befangenheit von ihm, löste sich der Krampf, und kluge Sätze kämen ihm leicht über die Lippen: Hatte der Maler einen ironischen Blick? Er beneidete und bewunderte den geschmeidigen Reverend Walker. Himmel: So fliegen können möchte er auch. Alle Gedanken blieben unausgesprochen. Lore war nicht zu erreichen, die *Zwei Affen* hatten sie offensichtlich auf dem linken Fuß erwischt. Sie trat mit dem Schuh gegen Steine, kickte sie in Richtung der auf dem Weg umhertrippelnden Tauben. Am liebsten ließe Lore sich jetzt gehen, es wäre befreiend, nun laut zu schimpfen, zu weinen, zu schreien und zu beichten. Sie eilte durch den weitläufigen Park, ohne Blick für die prächtigen Blumen, das Rot und Gelb zwischen dem saftigen Grün. Colin vermochte nicht Schritt mit ihr zu halten. Lore verkniff das Gesicht. Nase, Mund, Augen, Kinn: Alles hätte bequem in einer Hand Platz. Nichts löste sich, weder Zunge noch Tränen noch die Wut. Colin blieb stehen, betreten.

»Was ist in dich gefahren?«, keuchte er.

Er stellte seine Frage ihrem Rücken. Sie stürmte wie eine Getriebene vorwärts. Colin gab es auf, ihr folgen und beistehen zu wollen. Mit einem Schulterzucken schaute er der launischen Tochter seiner Frau hinterher.

5

Lore floh vor dem Bild, vor ihrem Bild, es war ihr bewusst, und obwohl es ihr nicht anzusehen gewesen war, hatte sie das Museum überstürzt und mit flatterndem Herzen verlassen. Nun lief sie durch die Princes Street Gardens, als hätte sie Angst vor schnurgeraden Wegen und beschnittenen Büschen, vor der labyrinthischen Geometrie der Gartenbaukunst. Beim Denkmal Sir Walter Scotts spielte ein leibhaftiger Dudelsackpfeifer. Das Quengeln und Näseln seines Instruments verstärkten Lores Panik. *Ich muss die Polizei informieren, dachte sie, ich muss Anzeige erstatten.* Aber sie fragte niemanden, wo eine Dienststelle zu finden sei oder gar die Hauptwache, sondern eilte am Dudelsackpfeifer und am Dichterdenkmal vorbei Richtung Old Town. Lore überquerte die Royal Mile und ging zum Grassmarket hinunter. Sie betrat ein Pub und bestellte einen doppelten Whisky. Glenmore Orange hatte eine besänftigende Wirkung auf sie, auf ihr erhitztes Gemüt, er kühlte es herunter. *Warum hast du auf der Royal Mile keinen der Polizisten angesprochen?* Lore wusste es nicht. Ein junger Kellner brachte ihr den Whisky, sie trank schneller als gewohnt, bestellte bald einen zweiten. Sie war noch ganz klar im Kopf, einen Moment lang blitzten alle Zusammenhänge auf. Lore wusste, dass sie dabei war, sich zu betrinken. *Warum fresse ich das alles in mich hinein, warum bin ich außerstande gewesen, mich Colin anzuvertrauen?* Sie betrachtete ihre offenen Hände, als wäre im Muster der Linien eine Antwort eingeschrieben. *Colin ist ein einfühlsamer Mensch, Colin hätte ein offenes Ohr für meinen Kummer gehabt. Geh zum Telefon. Ruf die Polizei an. Jetzt gleich.* Aber Lore blieb sitzen, das eigene Gewicht hinderte sie daran, nun aufzustehen. Was konnte sie der Polizei denn erzählen? Was hatte sie aufgedeckt, was glaubte sie als Verbrechen anzeigen zu müssen? Ich bin Zeugin, das wäre ein Einstieg. Ich bin bereit, »unter Eid« auszusagen.

– Dieses Bild ist kein Bruegel?

– Welches Bild, wovon sprechen Sie?

– In der National Gallery, in der Ausstellung »Mystery and Illumination«, hängt ein kleines Ölgemälde von Pieter Bruegel, das kein Pieter Bruegel ist.

– Wer hat es Ihrer Meinung nach denn gemalt?

– *Ich, ich habe es gemalt.*

– *Aha! Interessant!*

Es war unmöglich, diesen Verlauf durfte das Gespräch auf keinen Fall nehmen. Sie stellte sich das geringschätzige Lächeln des Kommissars vor. Wenigstens war die Frau nicht gefährlich, aber für spleenig halten dürfte der erfahrene Mann sie schon. Was sie »unter Alkohol« vortrug, veranlasste ihn nicht, einen Bericht zu verfassen. Ihre Aussage klang unglaubwürdig. Die Frau sah Gespenster. Der Kommissar würde auf die Uhr schauen, sich eine Zigarette anzünden, Lore abwimmeln und ihr den Rat erteilen, das Ganze noch einmal zu überdenken. Vielleicht war der Kommissar ein netter Mann, fasste Lore am Ellenbogen und begleitete sie höflich zur Tür. Sie stünden mit herabhängenden Armen nebeneinander im Neonlicht eines Büros der Edinburgher Hauptwache.

– *Sie haben das Bild tatsächlich gemalt? Erstaunlich. Und nun hängt es im Museum. Gratuliere. Ein Pieter Bruegel. Eine Kopie? Alle Achtung. Meine Frau malt auch, Blumen und Tiere, sie sehen absolut echt aus, wie fotografiert.*

Inzwischen war es spät geworden, sternenlos dunkel, sie würde das Pub am Grassmarket verlassen, ohne die tausend Scherben in ihrem Kopf zu einem Ganzen gefügt zu haben: Vielmehr waren ihre um die Unumgänglichkeit der Anzeige kreisenden Überlegungen mehr und mehr zersplittert. Details, grübelte sie, sollten wie Knöpfe sein, die man nach Größe und Farbe ordnen und auf den Tisch legen konnte. Und das Pub war voller Zigarettenrauch, als schwele ein Torffeuer. Die Augen begannen zu tränen. Als Lore, kurz vor dem Aufbruch, die Toilette aufsuchte, blieb sie wie hypnotisiert stehen. Neben der WC-Tür war ein Telefon an der Wand befestigt. Lore sah sich außerstande, es anzufassen. Eher hätte sie einen dicken Mann vom Barhocker als den Telefonhörer von der Gabel heben können.

Lore zog durch die Altstadt; es war möglich, hier noch einen Whisky zu trinken und dort einen weiteren. In jedem Pub verstopfte die Luft ihre Lunge mit Watte. Von Minute zu Minute wurde es unmöglicher, jemanden anzurufen. Lore wollte Anzeige erstatten. Sie wollte mit dem Direktor des Museums sprechen. Und mit Martin Holm. Aber nicht mehr heute, nicht jetzt, jetzt wollte sie nach Hause. Ins Bett. Nur noch schlafen. Nichts mehr denken. Im Augenblick merkte sie, dass ihr Denken wie der Grund eines Teiches aufgewühlt wurde. Im Schlaf würde der Schlamm sich setzen. Am Morgen sähe sie klar.

Lore fand sich vor dem Pub wieder. Sie erinnerte sich nicht daran, eine Tür geöffnet zu haben. Plötzlich stand sie auf der Straße, als sei sie durch ein Loch in der Zeit ins Freie geschlüpft. War da ein Plan, auf den sie keinen Einfluss hatte? Beim Gehen berührten ihre Füße den Boden kaum, sie schwebte. Und hörte trotzdem ihre Schritte auf dem Asphalt. Ihr Herz klopfte. Es war kühl, sie trug eine zu dünne Jacke. Plötzlich sah sie den kleinen Affen, er fletschte die Zähne. Lichter gingen aus, Ventilatoren trieben Rauch und andere üble Dünste auf die Straße. Sie vermischten sich mit dem dünnen Nebel. Eine einzelne Taube, irgendwo aufgeschreckt, rannte über die Straße. Lore glaubte in der nächtlichen Stille das Kratzen der Taubenkrallen auf dem Asphalt zu hören. Sie blieb stehen, hatte sich nicht verirrt, wusste genau, wo sie sich befand, aber statt des direkten Weges nach Hause, wohin sie ja wollte, schlug sie den Umweg über die Nationalgalerie ein, wohin sie eigentlich nicht wollte. Die Browns, Erna und Colin, hatten sich nach ihrem Bridgeabend im Club bestimmt schon schlafen gelegt, in der Regel gingen sie um elf Uhr ins Bett. Man hörte sie im Bad. Aus ihrem Schlafzimmer drangen keine Geräusche, nicht einmal ein Schnarchen. Lore hoffte, dass kein Licht mehr brannte und niemand aufgeblieben war, um auf sie zu warten. Der gute Colin, der im Lampenschein ein Buch las und dabei Pfefferminzschokolade naschte und von Lore eine Erklärung erwartete.

Die Schottische Nationalgalerie. Lore stand davor. Säulen, als Kind hätte sie bestimmt die vielen Säulen gezählt und gezeichnet. Keine zu viel, keine zu wenig. Finster, Fledermäuse würden ins Bild passen. Mit dem Titel der laufenden Ausstellungen bedruckte Fahnen hingen zwischen den Säulen herunter. Kein Mensch anwesend, außer Lore. Das Museum stand im Schutz der Dunkelheit, umgeben von den Princes Street Gardens mit ihren schwelenden Düften und Geräuschen. Dahinter erhob sich die Burg als Schattenriss. Sie wirkte wie eine geheime Schattenmacht. Der Boden war feucht, obwohl es nicht geregnet hatte. Lore stierte auf die verschlossene Tür. Zum Glück war kein Wachmann oder Polizeibeamter unterwegs. Lore hätte den Grund ihres Hierseins nicht in einem geraden Satz zu erklären gewusst, hätte nicht vermocht zu erläutern, warum sie wütend an der Tür rüttelte. Lächerlich, die Tür war massiv, nichts rührte sich, aussichtslos, Lore hätte ebenso gut eine der Säulen angreifen können. Die Aufsicht hätte Lore, wenn nicht für verrückt, so doch für ziemlich betrunken gehalten. Beschwipste Lore, nein, du hast beim Hauptportal der National Gallery of Scotland nichts verloren, nichts zu suchen und, Geisterstunde hin oder her, weniger plausible Gründe, dich hier aufzuhalten, als eine um die Säulen streichende Katze oder ein streunender Hund, den jeder Wachmann mit einem »Hau ab« weggescheucht hätte. Wer sich um diese Uhrzeit an dem erlauchten Ort aufhielt, machte sich verdächtig und stand selbstredend vor einem verschlossenen Portal. Es öffnete sich nicht, auch nicht zu Ehren oder auf Drängen einer Künstlerin, einer überspannten Malerin aus der Schweiz, von deren Hand ein Gemälde in der laufenden Ausstellung stammte, worauf sie eigentlich stolz sein müsste, *ja, du darfst dir etwas darauf einbilden, es in die National Gallery geschafft zu ha-*

ben, wenngleich kopfüber aus der eigenen Epoche gestürzt und zwischen El Grecos Zeitgenossen bauchgelandet und obendrein unter einem falschen Namen, Pieter Bruegel alias Lore Spescha oder umgedreht. *Aber wie machst du das den Verantwortlichen klar, den zuständigen Instanzen, sie halten dich für übergeschnappt, zumindest für eine Angeberin und Hochstaplerin, für eine Frau, die nicht alle Tassen im Schrank hat.* Sie trat mit den Füßen mehrmals hart gegen die massive Tür. Jede Patrouille würde Lore in diesem biestigen Zustand als eine alkoholisierte Person kurz vor der Randale einschätzen, es bliebe den Wachmännern nichts anderes übrig, als sie wegzuweisen oder einzubuchten: eine verhaltensauffällige Frau in den mittleren Jahren, die Schwierigkeiten hatte gerade zu stehen und nach Whisky roch, glasige Augen hatte und nun, als hätte sie einen Faustschlag auf die Kinnspitze erhalten, genau auf den Punkt, in den Knien einknickte. Vor der Tür zwischen den schattenlosen Säulen setzte sich Lore auf den Boden. Ihr war alles einerlei. Besiegt hockte sie da, den Kopf in die Hände gestützt, einen pochenden Schädel, in dem das Gehirn, falls unter der gewölbten Schale nicht gerade ein hässlicher Affe keifte, ein weißes Rieseln simulierte. Wie *Kanal 48* nach Mitternacht, wenn es auf dem Bildschirm nur noch schneite.

6

Ein Taxi brachte Lore im Morgengrauen nach Hause. Und sie wachte erst am frühen Mittag wieder auf. Sie hatte keine Ahnung, ob im Haus die Umstände ihrer späten Heimkehr bemerkt worden waren. Vor ihrem Bett lagen Klamotten; es waren ihre Kleider. Sie rochen nicht nach Parfüm. Das Licht im Zimmer blendete, draußen musste die Sonne scheinen. Niemand da. Der Parkplatz war leer. Müllsäcke standen zum Abholen bereit. Ein Laubrechen lehnte am Tor der Garage. Das gelbe Wasserfass, die Oberfläche unbewegt und schwarz, als sei es mit Öl gefüllt. Vor dem Spiegel streckte Lore die Zunge heraus: pelzig. Sie trank ein großes Glas Wasser. Und noch eines. Sie duschte lange, heiß und kalt, seifte sich ein, scheuerte den Körper, als müsste sie den Schmutz eines Jahrzehnts entfernen, eine Kruste, um endlich zur Haut vorzudringen. Zuletzt putzte sie die Zähne, bis das Zahnfleisch brannte (sogar die Zunge schrubbte sie), zog sich an und ging in die Küche hinunter. Im Radio berichtete ein Reporter von nach Prag gereisten DDR-Bürgern, Touristen; sie hatten den Park der Deutschen Botschaft gestürmt und campierten nun dort. Von Suppe und Decken war die Rede, von prekären sanitären Anlagen und von der Hoffnung auf Sonderzüge nach West-Berlin. Das bis vor kurzem Undenkbare schien plötzlich möglich zu werden, die Ausreise über Prag in die BRD. Der Sekundenzeiger der Uhr lief im Kreis wie ein Hamster im Rad. Es lag kein Zettel auf dem Tisch. Lore hatte Hunger, Lust auf Deftiges. Sie briet Kartoffeln, Spiegeleier und Speck. Dazu trank sie Milchkaffee. Zur Abrundung schnitt sie Scheiben von Mutters selbst gebackenem Brot, bestrich sie dick mit Butter und Orangenmarmelade. Es schmeckte ihr. Sie fühlte sich besser, gut. Die Details in ihrem Kopf hatten sich zwar nicht in Knöpfe verwandelt; doch Lore könnte jetzt weiße Karten mit ihrer kleinen Schrift vollkritzeln und damit auf dem Tisch eine Patience legen, die Patience der komplexen Lage. Erstens lobte sie sich für ihre Unterlassung. Jemanden ins Vertrauen zu ziehen, gar Anzeige zu erstatten, wäre unverzeihlich gewesen, voreilig und folgenschwer.

In ihrem Zimmer, mit dem Blick durch Fliegenfenster auf Blumenbeete, zwischen deren farbigen Verlockungen sich ein später Zitronenfalter nicht entscheiden konnte, saß Lore am Tisch, vor ihrem Tagebuch. X hat die Kopie dem Museum in Edinburgh als Original untergejubelt. X hat einen Aktionsradius. Jetzt hing der Spescha-Bruegel in Edinburgh. Gut möglich, dass die Kopie schon in Berlin-Dahlem in die Sammlung eingeschmuggelt wurde, bevor sie als Leihgabe für »Mystery and Illumination« nach Edinburgh kam. *Wo befindet sich das Original?* Lore hatte mehr als eine Ahnung. Sie versetzte sich in Martin Holms Arbeitszimmer, sah die Wand, den perfekten Platz für das kleine Gemälde, den sie selbst ausgesucht hatte. In Amsterdam fehlte ihre Kopie der *Zwei Affen*, das war die einzige Gewissheit. Daraus zu schließen, dort hänge stattdessen, sogar an denselben Nägeln, das Original, war jedoch vermessen. Die Möglichkeit bestand. *Wahrscheinlich,* notierte Lore. *Zwangsläufig ist es nicht.* Vor allem setzte es voraus, dass Martin die Kopie aus den Händen gegeben hatte, dass er sie verkauft hatte, verschenkt ... ausgetauscht? War ihm das Bild am Ende gestohlen worden? Oder leiteten ihn andere, dunkle Motive, die er sich nicht eingestand (oder selbst noch nicht verstanden hatte), als sie in Amsterdam für ihn arbeitete? Lore ging in die Küche hinunter, setzte Wasser für einen Tee auf. Der rote Sekundenzeiger lief unverzagt im Kreis herum, er würde das auch tun, wenn der große und der kleine Zeiger abgebrochen wären. Ohne den unermüdlichen roten Sekundenzeiger entstünde der Eindruck, die Uhr stehe still. Das Wasser kochte. Ihr fehlte die Geduld für eine britische Teezeremonie, sie nahm einen Beutel aus einer Dose, erwischte Hagebutte und übergoss ihn mit heißem Wasser. Lore trug die Tasse in ihr Zimmer, setzte sich an den Tisch, kühlte den Tee mit leichtem Blasen und überlegte: Warum sollten Einbrecher gerade bei Martin Holm erfolgreich sein, in seiner Festung? Die eingebauten Sicherheitsanlagen, Testschlösser und Standards waren ein unüberwindliches Hindernis, Martin Holm lebte in einem einbruchsicheren Bunker.

Im Bad schminkte Lore sich sorgfältig. Sie hatte ihre Mutmaßungen und fiktiven Lageskizzen plötzlich abgebrochen. Gestern traute sie ihren Augen nicht und heute zog sie in Zweifel, was sie erkannt hatte. Lore misstraute der eigenen Erinnerung. Sie verließ das Haus, schloss die Tür und ging zu Fuß zur National Gallery, um *Mystery and Illumination* noch einmal zu sehen. Eine getigerte Katze lauerte vor einer immergrünen Hecke, bewegte sich in Zeitlupe, hielt eine Vorderpfote sekundenlang still in der Luft. Zwei junge Amseln keckerten und flogen hoch. Sie stritten um das Revier. Die Sonne schien, Lore ging, gemeinsam mit ihrem kurzen Schatten, und störte sich daran, wie unnötig hart sie die Absätze in den Asphalt schlug. Das Museum war gut besucht. Das Licht, trüber als am Vortag, sickerte in der Farbe dünner Milch durch das gläserne Dach. Zusammen mit anderen Besuchern, meist älteren Paaren, betrachtete Lore das Gemälde. Es war ihre Kopie. Lore stand vor ihrem eigenen Bild, dieser angebliche Pieter Bruegel da auf der roten Wand war ihr Werk. Seit längerem im Glaskörper ihrer Augen flottierende Fusseln beeinträchtigten zwar ihren Blick, doch die Gewissheit blieb und brachte sie heute nicht aus der Fassung. Allerdings schien plötzlich alles weniger real zu sein. Wie von starken Tabletten betäubte Kopfschmerzen. Jäh wandte Lore sich von dem Gemälde ab und verließ den Saal. Erst als sie die Treppe hinunterstieg, registrierte sie die leichte Schwäche und hielt sich am Handlauf des Geländers fest. Machte sie jetzt einen Fehltritt, könnte sie ihren Sturz beobachten.

Zurück am Arbeitstisch rechnete sie nochmals durch, ob es klug wäre, zunächst den Direktor einzubeziehen. Aber welchen Direktor: Edinburgh oder Berlin? Sie stellte sich mühevolle Behördengänge vor. Warum sollte sie sich das antun, das ganze Brimborium? Was ging sie der Fall an? War es nicht höchst schmeichelhaft? Ihre Kopie galt unbeanstandet als Original. War es nicht eine Ehre, die inoffizielle Bestätigung ihres stupenden Könnens, ihrer Meisterschaft, die höhere Weihe? Zahllose Besucherinnen und Besucher, Kunstliebhaber, Kuratoren, Direktoren, Professoren und Experten: Die Kunstwelt bewunderte ihr Werk. Und niemand hatte von dem räuberischen Tausch einen Nachteil. Niemand? In ihr Tagebuch schrieb sie: *Ist eine Tat, wenn sie von niemandem bemerkt wird und keinen erkennbaren Schaden anrichtet, ein Verbrechen?* Von keinem bemerkt? Tappte Lore in die Falle, sobald sie sich offenbarte? Als Urheberin, als Kopistin, als Fälscherin? Wie sollte sie beweisen, dass sie nichts mit dem Tausch zu schaffen hatte? Lore hätte ihre Unschuld zu erklären (Hand aufs Herz). Sie hätte begründete Verdächtigungen zu entkräften. Dies war keine harmlose Übertretung. Sie müsste sich verteidigen.

Colin kam nicht auf den Vorfall im Museum zurück, auf Lores verwunderliche Reaktion, und wie sie ihn in den Princes Street Gardens unversehens stehen ließ. Er schien auch nicht nachtragend zu sein, kramte in seinem Arbeitszimmer herum, verrichtete die anstehende Arbeit im Haus, hörte Radio (immer wieder bildete die Deutsche Botschaft in Prag den Brennpunkt) und beschäftigte sich still mit seiner Post. Langweilig war es ihm nie, tausend zu erledigende Dinge hielten ihn auf Trab, überdies liebte er den Frieden (vor allem in den eigenen vier Wänden). Colin neigte zur Nachsicht. Die bizarren *Zwei Affen* hatten Lore durcheinandergebracht, offensichtlich stiftete das Gemälde nach wie vor große Verwirrung in ihrem Herzen, er bauschte Lores Verhalten nicht auf, er konnte den Vorfall auf sich beruhen lassen. Um ihr zu zeigen, dass er ihn als Bagatelle betrachtete, als Ausrutscher, und dass es viele andere und angenehme Dinge gab, über die zu sprechen sich lohnte, fragte er:

»Womit beschäftigt du dich zurzeit?«

»Ich experimentiere mit einer verschwundenen Farbe, mit Ägyptischblau«, sagte Lore, »das Pigment ist in Vergessenheit geraten, ich will es rekonstruieren.«

»Was ist der Anreiz dafür?«

»Ein Wettbewerb, es geht um eine Wand, zehn Meter lang, vier Meter hoch, in einer Eingangshalle, meine Idee ist es, diese Wand al fresco mit reinem Ägyptischblau einzufärben.«

Der Aufenthalt in Edinburgh wurde Lore in diesem Sommer fast zu lang, sie blieb nur deshalb geduldig, um Colin und Erna nicht vor den Kopf zu stoßen, saß aber oft und lange in ihrem Zimmer über Bücher und Skizzen gebeugt, als hätte die steinerne Stadt ihre Anziehungskraft eingebüßt. Auch dem Garten, mit seinen überaus wohlriechenden Rosen und fleischigen Dahlien und der Vielfalt anderer einjähriger Sommerblumen, konnte sie nicht viel abgewinnen und geizte mit Lob. Als sie dann abreiste, waren alle erleichtert.

Auf dem Rückweg vom Flughafen in die Stadt fuhr Erna. Sie war in Gedanken, legte aber unversehens eine Hand auf Colins Knie und drückte es ein wenig. Er liebte diese Frau. Wegen Lore hatte er in den letzten Tagen die Gartenarbeit vernachlässigt, das musste er nun nachholen, aber vorher wollte er in die Porträtgalerie, es war dringend notwendig, den Eisläufer zu besuchen, sich von seiner Leichtigkeit anstecken zu lassen. Erna fuhr ruhig und aufmerksam, sie fuhr gut, besser als er. Colin legte nun seine Hand auf den Schenkel von Erna. Jetzt sollte die Zeit stillstehen; Erna führe weiter, und die Zeit bliebe zurück, liebend gern würde Colin sie hinter sich lassen. In seltenen Stunden färbte die Sonne Edinburgh mit einem Licht, als sei Goldstaub auf die Stadt herabgerieselt. Exakt einen dieser Momente genoss Colin Brown jetzt. Alles schimmerte. Mit einem Mal spürte er, wie zufrieden er mit dem war, was er hatte, und wie froh, niemals den Drang verspürt zu haben, unbedingt etwas Eigenes schaffen zu wollen, sondern sich an den vielen schönen Dingen freuen durfte, die schon da waren.

7

In Zürich war Lore der Herbst die liebste Jahreszeit. Jeden Tag verbrachte sie Stunden in ihrem Atelier im obersten Stock einer ehemaligen Kleiderfabrik am Fuß des Hausberges der Stadt; aber die Arbeit stockte, sie kam nicht voran, die Konzentration fehlte.

Lore rieb das von ihr rekonstruierte Ägyptischblau mit verschiedenen Bindemitteln wie Ölen und Harzen und Wachszugaben an und trug es auf Zement und auf Kalk auf. Mit ihrer blauen Wand wollte sie etwas Vollkommenes schaffen. Ein Licht, das Fragen erübrigte. Aber sie war nicht bei der Sache. Die Edinburgher Entdeckung rumorte wie ein Spuk in ihrem Kopf, ein Gespenst. Von ihrem Atelier aus ging der Blick zum Berg hinüber, die Jahreszeit hatte die Bäume entzündet. Sie blickte aber auch auf bepflanzte Flachdächer hinunter, auf Kübelpalmen und zusammengeklappte Liegestühle, auf einen roten Fressnapf und einen hellblauen Pingpong-Tisch, auf dem ein vergessenes Stofftier lag, ein scheckiger Hase. Ihr Blau sollte den Wunsch und die Scheu wecken, die damit bemalte Wand zu berühren, das Blau sollte unvergesslich sein und sich in eine bleibende Erinnerung verwandeln. Niemand sollte es benennen oder beschreiben können. Bruegel benutzte kein Ägyptischblau (bereits Ende des vierten Jahrhunderts war das Wissen über die Technik der Herstellung verloren gegangen); Bruegel arbeitete mit Bergblau, mit Azurit: ein hell leuchtendes Pigment, in Öl vergrünend. Um sich dem ursprünglichen Farbzustand eines alten Gemäldes zu nähern, brauchte es Einbildungskraft. Lore war noch weit von ihrem Blau entfernt. Sie stellte es sich im Augenblick wie das originale Blau Bruegels vor, an das sie sich damals mittels der Fantasie herantasten musste. Sie stand am Fenster. Sah auf Schuppen, Hallen, Unterstände und Lager herunter, auf stillgelegte Gleisanlagen und einen Fahrzeugpark. Der Schutzanstrich von Geräten, Maschinen, Gussformen, Werkzeugen, Behältern, Containern gefiel ihr. Sie bewunderte die nüchterne Schönheit der industriellen Produkte nicht weniger als das bunte Laub oder die hinter dem gelichteten Uferpark sich ausdehnenden Blauzonen des Sees. Sie suchte den See gern auf, seit die Badesaison beendet und der Ölfilm von Sonnencreme und Body Lotion abgebaut war. Der Herbst schmeichelte den Farben. Im Sommer waren viele Orte fast blickdicht grün. Die tief stehende Sonne (ihr flacher Tagesbogen) und die bereits ausgedünnten Sträucher und Bäume erlaubten ungewohnte Durchblicke. Verborgene Dinge rückten ins Licht. Und zum Herbst gehörten die satten Farbtöne der Wintermode in den Schaufenstern der Bahnhofstraße. Lore nahm sich vor, nach ihren heute nur halbherzigen Experimenten mit blauen Pigmenten und Farbstoffen einen leichten Mantel zu kaufen und als Trost einen glockigen Rock für ihren Abstecher nach Amsterdam. Lore hatte beschlossen, nach Amsterdam zu reisen und Martin Holm mit der Tür ins Haus zu fallen. Sie hatte sich dafür eine Lüge zurechtgelegt. Das Ägyptischblau. Lore wollte vorschützen, in Apeldoorn eine Farbmühle der Firma Talens besucht zu haben. Plötzlich habe sich die Möglichkeit ergeben, ein Zeitfenster, wird sie sagen, um nach Amsterdam zu fahren. Wie an Schnüren geführt, sei sie durch die Stadt gelaufen, zur Rozenstraat, zur Bloemgracht: Und nun bin ich da.

Hatte sie eine andere Wahl? Sie musste ihn überraschen, durfte ihm nicht die Chance einräumen, seine Machenschaften zu verschleiern. Meldete sie ihren Besuch höflich an, könnte ihn das auf die Idee bringen, die *Zwei Affen* von der Wand nehmen. Falls er das Original noch besaß. Wenn es bei ihm zu Hause hing, im Arbeitszimmer, genauso, wie sie sich das vorstellte. Er hatte es bestimmt nicht aus dem Gemäldesaal eines Museums verschwinden lassen, um es im Safe einer Bank zu verstecken. Die *Zwei Affen* hingen in seinem Arbeitszimmer, nur er wusste Bescheid; wer ihn besuchte, wer Zugang zu seinen privaten Räumen hatte und das Bild bewunderte oder nach seiner Herkunft fragte, bekam die Auskunft: *Lore Spescha, eine perfekte Kopie.* Es war eine perfide Tarnung. Die Ungeheuerlichkeit, die er sich mit dem Tausch herausgenommen hatte (jetzt einmal angenommen, ihr Verdacht bestätigte sich), wog die Schuld auf, die sie auf sich geladen hatte. Martin Holm und sie waren jetzt quitt. Damals war sie nicht zurückgekehrt, hatte sie ihn warten lassen, sitzen lassen. Sie hatte ihn verlassen und jetzt kehrte sie zurück.

Sie plante, an der Bloemgracht in einem Hotel ein Zimmer zu mieten, sah sich bereits die enge Treppe hochsteigen und auf einen düsteren Hinterhof schauen. Ein kümmerlicher Baum, Fahrräder. Nur wenig Licht. Und aus den Fenstern der anliegenden Häuser der Duft von Plätzchen und Braten. Lore hatte vor, die Zeit zwischen den Jahren zu nutzen. Weihnachten war schon vorbei, Silvester stand bevor. Mit einem Mal fürchtete Lore, Martin Holm könnte gerade dann wegfahren, um den Jahreswechsel irgendwo mit Freunden zu feiern, in einem schönen Haus, das ihm gehörte. Spanien, Kalifornien, was wusste sie. Lore fuhr nach Amsterdam, um ihn zu überraschen, um Martin zu überfallen (genau besehen), und er hielt sich gerade in London auf, in Berlin, in Antwerpen besuchte er Carel van Vliet, oder Carel van Vliet besuchte Martin Holm in Amsterdam. Sie geriet in eine Schleife negativer Gedanken. Der Verdacht begann zu bröckeln, am Ende erwies er sich als unberechtigt, und wenn sie Pech hatte, wohnte Martin Holm nicht mehr im Haus an der Bloemgracht. Gut möglich, dass sich sein Leben in den vergangenen dreizehn Jahren verändert hatte, sogar wahrscheinlich. Verwunderlich war eher ihre Vorstellung, in Amsterdam könnte alles beim Alten geblieben sein, das Karussell habe sich nicht weitergedreht. Das Karussell sei vor dreizehn Jahren angehalten worden, als sie, Lore Spescha, in Schiphol in den Flieger stieg und in die Schweiz flog. Seitdem warte er, Martin Holm, im Besucherbereich, mit Blick auf das Flugfeld und den verhangenen Himmel, auf ihre Rückkehr. Die Schultern leicht hochgezogen, stehe er dort, ein groß gewachsener, blonder Mann, eingefroren, sie müsse ihn nur leicht antippen und mit einem Kuss wieder zum Leben erwecken.

8

Sie wog ihr Vorhaben ab, ging den Plan Schritt für Schritt durch. Das Schwierigste war die Angst, sie musste selbst angebrachte Zweifel ausräumen und berechtigte Bedenken über den Haufen werfen: Was kann dir denn schon zustoßen? Lore konnte sich mit der Realität des Gemäldetausches nicht abfinden. Die Sache ließ ihr keine Ruhe, demnach musste sie nach Amsterdam reisen. Lore konnte herumschimpfen, sich den Kopf zerbrechen, eine Vase zerdeppern, losheulen, Martin Holm verfluchen oder bewundern: Das alles änderte die grundlegende Situation nicht. Wollte sie Gewissheit, musste sie fahren. Außerdem beschäftigte Lore sich quälerisch mit Martins Motiv: Was hatte ihn dazu bewogen? Warum war ihm das Original lieber und nicht ihr Bild, mit dem sich ja auch ihre gemeinsame Geschichte verband? Die Fragen wechselten die Richtung und richteten sich an sie: Was spielte sich in ihrem Kopf ab? War sie gekränkt, dass er nicht ihr Bild vorzog? War sie enttäuscht, dass er sie benutzt hatte? Fand sie, Martins eigenmächtige Tat sei ein Delikt, das geahndet werden musste? Und falls ja, war ihr Vorhaben dann nicht eine ebenso verbrecherische Tat? Ihr Plan hatte nicht das Ziel, ein begangenes Unrecht zu beheben. Sie schämte sich dafür, dass es ihr nicht darum ging, eine aus dem Gleichgewicht geratene Sache auszubalancieren. Mit Gerechtigkeit meinte sie Genugtuung. Aber sie sollte nicht auf diesen Dingen herumreiten: Sie machten sie konfus. Du hast die Wahl, die Umstände sind so, dass du dich entscheiden kannst. Du bist frei (auch um dicke Fehler begehen zu können). Du musst den Wunsch in einen Willen verwandeln, die Koffer packen und fahren. Wegen der Folgen durfte Lore sich nicht den Kopf zerbrechen. Sonst büßte sie ihre Handlungsfähigkeit ein. Sie war aufgewühlt, also anfällig für falsche Entscheidungen. Aber entschied Lore denn etwas? War der Schiedsspruch nicht schon in Edinburgh gefallen? Als sie im milchigen Licht des Museumssaals mit den roten Wänden vor dem kleinen Gemälde stand und feststellte: Es ist kein Bruegel, es ist meine Kopie.

9

Ende Dezember 1989. Bang, mit einem stark klopfenden Herz, bog Lore in Amsterdam in die Bloemgracht ein und klingelte an der Haustür von Martin Holm. Die Gracht lag still, eine anthrazitfarbene, spiegelnde Fläche, die Bäume kahl, in Martins Haus brannte auf allen Stockwerken Licht, es war erleuchtet, als fände eine große Party statt. Zu hören war allerdings nichts, Lore wartete, den Rücken zur Tür. Dann knackte etwas, »hallo« tönte eine weibliche Stimme aus dem Lautsprecher über der Klingel. »Ist Martin zu Hause?«, fragte Lore ohne lange zu fackeln. »Wer sind

Sie«, wollte die Stimme wissen, »sind Sie mit ihm verabredet?« »Ja«, sagte Lore bestimmt. »Um welche Zeit?« Lore schaute auf die Uhr, es war Punkt vier Uhr am Nachmittag. »Um sechzehn Uhr«, log sie. Ein Summton zeigte an, dass die elektronische Schließanlage die Tür entriegelte. Lore trat ein, ihr Herz begann zu rasen. Ihre Absicht, weder Sorge noch Freude und vor allem keine Angst zuzulassen, war verflogen, nun hätte sie am liebsten Beruhigungspillen geschluckt. Das Haus roch ganz anders. Nach warmem Gebäck und frischem Kaffee und parfümierten Kerzen. Und nach Weihnachtswald aus der Sprühdose. Jemand übte Klavier, mechanische Etüden, irgendwo lief laut die Musikanlage, melodiöser Gitarrenrock, Lore erkannte die *Dire Straits*. Das Treppenhaus war geräumiger, höher als in Lores Erinnerung, was an dem vielen Licht liegen mochte und der bunten Leuchtgirlande, die vom obersten Stock als lose Spirale bis zur Eingangstür herunterhing. Lore legte beide Hände aufs Herz, eine Sekunde, dann fasste sie den blank polierten Handlauf des Geländers und stieg die mit einem grün gemusterten Teppich belegten Stufen hoch. Eine Frau kam ihr entgegen, freundlich, jung, und blieb auf dem ersten Treppenabsatz stehen. Das war der wesentlichste Unterschied, Martin Holms Haus war belebt, hier wohnte eine Familie. Lore spürte einen Anflug von Eifersucht und räusperte sich, als müsste sie einen drohenden Schluckauf verhindern. »Martin telefoniert gerade«, rief die Frau. Sie war Ende dreißig. Hatte schwarzes Haar, einen Pagenschnitt. Helle Haut, bestimmt war ihr Nacken schneeweiß. Sie war groß und sportlich, ihr Mund war schön geschwungen, sie hatte weiße Zähne und aparte kleine Brüste. Die Frau gehörte zur Familie, Lore hatte sich mit dem Umstand abzufinden, Martin nicht allein zu Hause anzutreffen, weil er nicht allein lebte. Daher das viele Licht, die Stimmen und Gerüche, das Geschäftige. Die Frau trug Jeans und einen gelben Pullover. Lore durfte sich von den Umständen, den unerwarteten Neuerungen nicht beirren lassen.

Ihren Plan betraf das nicht, Martins Lebensform durfte keinen Einfluss darauf haben. Die Frau war eher hübsch als eine Schönheit. Lore fand sich trotz der vielen Änderungen gleich zurecht, Treppe und Haus, die Atmosphäre war ihr vertraut. Auf jedem Stock gab es eine geräumige Diele, von der Türen in jeweils zwei Zimmer mit Sicht auf die Gracht und zwei mit Fenstern in den Hof abgingen. Eine Türe öffnete sich, ein Junge kam heraus, er mochte zehn sein und zeigte der Frau ein offenes Buch. Miriam, er nannte die Frau Miriam. »Ich sage Martin gleich Bescheid«, richtete Miriam sich an Lore, »einen Moment noch.« Sie winkte Lore hoch und wandte sich dem Jungen zu, um ihm bei den Schulaufgaben zu helfen.

Die Tür zu Martin Holms Arbeitszimmer war geschlossen. Lore hörte ihn am Telefon sprechen, er lachte. Miriam klopfte kurz an und machte die Tür auf, durch den Spalt entdeckte Lore das Gemälde, es hing am alten Platz. Daneben, sie sah seinen breiten Rücken, stand Martin am Fenster, er presste ein schnurloses Telefon an das rechte Ohr, hielt den Kopf leicht gesenkt. »Ja«, sagte er, » ja gewiss, neinnein«, und das Gespräch war beendet.

»Frau Spescha ist hier«, sagte Miriam.

Martin drehte sich nicht gleich um, er trug ein marineblaues Sakko und eine anthrazitfarbene Hose. Sein Haar war kurz geschnitten und grau. Ihr entging, was sich in seinem Gesicht abspielte, sie hätte es, gespiegelt im Fenster, sehen können, war jedoch von den eigenen Gefühlsregungen absorbiert, als werde ihr erst jetzt in vollem Umfang bewusst, was sie angezettelt hatte und was ihnen nun bevorstand. Welche an Leichtfertigkeit grenzenden Risiken sie einging. Zu viel auf einmal, zu viel für den Augenblick. Im Haus hatte sich einiges verändert, das Arbeitszimmer schien die Ausnahme zu bilden. Der Schaukelstuhl bewegte sich leicht, jemand musste darin sitzen, ein Mensch oder ein Tier. Ein Mobile, wohl das Werk eines Kindes, hing vor einem der Fenster, die Figuren, aus Goldfolie geschnittene Vögel, drehten sich. Eine Bar fiel Lore auf. Die Bar hatte sie bisher übersehen. Sie war neu. Hier, stellte sie sich vor, verbrachte Martin seine Zeit, wenn er am Abend eine Stunde allein sein wollte, sich ein Glas Wein gönnte, ein Buch las, Musik auflegte, den Tag ausklingen ließ, allein mit den *Zwei Affen* von Bruegel.

Er drehte sich um, und Lore schaute in ein freundlich lachendes Gesicht. Es war gealtert. Martin streckte die Hände aus, ging auf Lore zu und ließ die Arme plötzlich sinken. Um Lore nach einem Zögern schließlich doch mit dem üblichen Wangenkuss zu begrüßen. Dabei legte sie die Arme um ihn. Es war eher angenehm als abstoßend: sein großer fester Körper, etwas magerer als damals, etwas weniger biegsam vielleicht. Aber das fühlte sich nur so knöchern an, weil sie selbst erstarrte, jetzt, als er die Umarmung erwiderte.

»Lore, du«, sagte er, »lass dich anschauen.« Er ließ von ihr ab, trat einen Schritt zurück. »Leg doch den Mantel ab«, forderte er sie auf, wollte ihr dabei helfen. Lore steckte die Hände in die Taschen. Und nun, als sei ein Schiedsspruch gefällt und ein Schalter umgelegt worden, trat Lore, bevor sie auch nur ein Wort gesprochen hatte, trotzig zwei Schritte vor zum kleinen Bruegel, ein gefrorenes Lächeln auf dem Gesicht. Unfähig zu Konversation, unter Druck stehend, so wie sie mit der Tür ins Haus gefallen war, kam Lore direkt zur Sache.

»Hast du die Bilder vertauscht?«

Er schwieg.

»Du hast sie ausgetauscht!«

Er schwieg weiterhin, scheuchte die Katze vom Schaukelstuhl, ein dicker roter Kater sprang geräuschlos herunter. Martin setzte sich in den Stuhl, die Hände umschlossen die Lehne, den Bügel aus Metall, so stark, dass die Handgelenke weiß wurden.

»Ich wusste es doch«, sagte Lore.

»Nein«, sagte Martin, »nein …«

10

Er saß im Schaukelstuhl und stellte fest, wie unerträglich verkrampft sich seine Hände um die kalte Lehne schlossen. Lore hatte ihn überrumpelt, geradezu physisch überfallen: Nun pflanzte sie sich in seinem Arbeitszimmer vor dem Bruegel auf, stand rechthaberisch da, breitbeinig wie eine unverrückbare Bronze. Was nahm sich diese Person heraus? Er war erleichtert, dass die ihm so fremde wie nahe Frau ihn nicht weiter beachtete, ihn nicht gnadenlos anschaute, ihn im Moment sogar vergessen hatte. Ihre Fixierung auf Bruegel ersparte Martin die Folter, das Gesicht unbedingt wahren und seinen Missmut verbergen zu müssen. Martin hatte sich nicht im Griff. Seine Züge, er bemerkte es selbst, in seinem Gesicht zuckten jetzt kleine Muskeln. Martin schloss die Augen aus Scham und Groll, atmete flach, löste die Hände, den eisernen Griff, langsam von der Lehne, Finger nach Finger, und legte beide Hände, die rosafarbenen Innenflächen nach oben, in seinen Schoß.

»Warum«, fragte sie, »warum hast du es getan?«

Die Zeit rieselte ihm manchmal nur so durch die Finger und ließ sich, wie sehr er sich auch darum bemühte, weder festhalten noch verlangsamen: Jetzt stoppte sie abrupt, blieb stehen wie eine Uhr, deren Batterie eben die letzte Energie abgegeben hatte. Die Umstände behagten Martin gar nicht. Sie waren unerträglich. So hatte er sich als Kind Starrkrampf vorgestellt. Er hatte das Gefühl, die

Zeit wie ein erlegtes Tier in den Händen zu halten. Sie stand still. Die Frau stand still. Die große Tasche umgehängt, blieb sie vor dem kleinen Bruegel stehen, die Hände (zu Fäusten geballt) weiterhin tief in den Manteltaschen; sie hatte ihren Mantel nicht einmal aufgeknöpft, der Stoff spannte über ihrem Rücken und ihrem Hintern. Martins Gesicht entzerrte sich. Er lächelte wieder, hatte in die bewährte Lächelform zurückgefunden, die ihn einnehmend erscheinen ließ. Ein Mann von sechzig Jahren, klug, erfolgreich, humorvoll, wenngleich ohne Sinn für unliebsame Überraschungen, er hasste es, Lore hatte ihn auf dem falschen Fuß erwischt, er zog es bei weitem vor, den Unwägbarkeiten des Lebens anders als frontal zu begegnen.

Jemand klopfte an die Tür, öffnete sie einen Spalt, Miriam sagte: »Ich sollte jetzt gehen, sonst komm ich zu spät.« »Schon gut«, antwortete Martin, »geh nur.« »Vergiss die Kinder nicht«, mahnte Miriam. Martin lachte. »Ich werde mir Mühe geben.« Die Unterbrechung kam ihm gelegen. Er saß in der Falle. In seinem eigenen Haus war er noch nie derart in die Enge getrieben worden. Während Lore vor dem Gemälde verweilte und es mit den Augen zentimeterweise abtastete, um einen inneren Abgleich vorzunehmen, suchte er nach Ausflüchten, nach einer Strategie und plausiblen Erklärung. In Brüssel, in der Ausstellung Bruegel, *Une dynastie de peintres,* war er erneut auf die *Zwei Affen* gestoßen. Und dann? Sollte er Lore schildern, was sich darauf in seinem Kopf abspielte? Sollte er aussprechen, dass die perfekte Kopie in seinem Arbeitszimmer das Original wie eine Blende abgedeckt hatte? Und nun war diese Blende entfernt. Worin unterscheiden sich auf den ersten Blick identische Dinge? Deine Lieblingsjacke aus Nappa von einer genau gleichen Jacke (Größe 52), die neben deiner an der Garderobe im Restaurant hängt?

Lore nahm das Gemälde von der Wand (es hing an den alten Nägeln). Mit einer raschen Verlagerung des Körpers nach vorn kippte Martin Holm sich selbst aus dem Schaukelstuhl und ging hastig zur Tür. »Ich mache Kaffee für uns«, sagte er laut und floh aus seinem Arbeitszimmer. Lore hörte, wie die Türe in ihrem Rücken geöffnet und geschlossen wurde. Es war das Zeichen, sie hatte auf ein Zeichen gewartet. Ruhig stellte sie ihre Umhängetasche auf den Boden, öffnete sie und nahm die in Luftpolsterfolie verpackte Dahlem-Kopie heraus, ihre erste, auf Leinwand gemalte Version der *Zwei Affen*. In Edinburgh hatte sie ihre zweite, die perfekte Kopie im Rahmen des Originals entdeckt und nicht glauben wollen, was ihre Augen sahen und wie ihr geschah. In Amsterdam sah sie gleich, was sie sehen wollte, dem Gemälde gelang es nicht, Lore zu überraschen, sie erwartete das Original von Bruegel und es war da. Pieter Bruegels *Zwei Affen* hing an der Wand, eingefasst von der perfekten Kopie des Rahmens, den Martin dafür hatte nachbauen lassen. Lore zweifelte keine Sekunde und fragte sich noch weniger lang, ob Martin, wenn er mit dem silbernen Tablett, den zwei Tassen, der Kanne frischen Kaffees zurückkam, akzeptierte, was er sah. Ob er, während er in der Küche hantierte, sogar ahnte, was ihn erwartete. Ob er Lores Eingriff guthieß, sogar wünschte, und den Raum verlassen hatte, um ihr Zeit einzuräumen, um zu tun, was sie offenbar nicht lassen konnte. Er könnte sie an der Ausführung hindern, aber er hatte nicht vor, sich ihr in den Weg zu stellen. Doch was geschähe, wenn er beim Zurückkommen nichts bemerkte, wenn ihm Lores Korrektur im ersten Moment gar nicht auffiel? Wann hatte er die *Zwei Affen* zuletzt bewusst angeschaut? Das im Gedächtnis abgespeicherte Original überlagerte das Ersatzbild? Alles lag offen vor seinen Augen, nichts versteckte sich. Trotzdem sah er es nicht. Bei diesem Gedanken geriet Lore selbst ins Schwanken. Gemälde sahen bei jedem Licht anders aus, das Licht präsentierte sie, und Farben waren Chamäleons. Mittlerweile war Lore auf Sehhilfe angewiesen, sie trug eine Brille oder Kontaktlinsen. Eine gute Brille hilft Ihnen, Ihre schlechten Augen zu vergessen, hatte der Arzt getröstet. Heute sah sie den echten Bruegel zum ersten Mal durch eine Brille. Ihr Puls beschleunigte sich, die Hände wurden feucht. Du siehst, was du glaubst, du stehst vor dem Original, wisch die Bedenken fort, es ist die falsche Zeit dafür, es ist zu spät. Lore benötigte kaum fünf Minuten, um das Original aus der Einfassung zu lösen und ihre Dahlem-Kopie in den Rahmen einzufügen, für den er angefertigt worden war, 1976, in Amsterdam. Damals hätte Lore jeden ausgelacht, der ihr prophezeite, welchen Verlauf die Geschichte, die Liaison mit Pieter Bruegel und Martin Holm nehmen werde.

Als Martin wieder in sein Arbeitszimmer trat, um den Kaffee zu servieren, fiel ihm nichts auf. Er war blind. Was Lore gefürchtet und gehofft hatte, trat ein. Arglos, wie er war, bemerkte er nicht, dass in dem Raum etwas entschieden verändert war, und verhielt sich wie ein Ehemann, dem es drei Tage nicht auffiel, wenn seine Frau ihr Haar umfärbte. Lore hatte den Mantel ausgezogen und wie eine Tarnkappe über die Tasche gelegt und sich auf den Stuhl vor dem Schreibtisch gesetzt. Das Stillsitzen fiel ihr schwer. Zu viel Adrenalin im Blut. Sei auf der Hut, Lore, geh nicht auf Konfrontationskurs. Martin gefiel es, wie sie dasaß im Schein der Lampe.

»Du isst doch ein Stück Kuchen?«

»Wann hast du die Gemälde ausgetauscht?«

Lore rührte den Kuchen nicht an. Er stach mit der Gabel ein Stück ab, schob es in den Mund. Kaffee nahm sie, Lore hielt die Tasse mit beiden Händen. Sie hatte sich im Griff. Das Klavierspiel hörte auf, jemand polterte die Treppe hinunter, die Tür fiel ins Schloss.

»Rück mit der Wahrheit heraus.«

»Ich weiß nicht, wovon du sprichst, Lore.«
»Stell dich dumm, wenn du willst.«

Nachdem Lore ihr Wort gebrochen und nicht nach Amsterdam zurückgekehrt, sondern fortgeblieben war … Damit wollte er nicht anfangen. In die damalige Leere passten die *Zwei Affen* genau hinein. Sie schlossen eine Lücke. Seltsamerweise hatte er die Empfindung, sie fühlten mit ihm: Sie verstanden und akzeptierten ihn in seiner Verlassenheit. Sie verkörperten das Festgefahrensein, eine furchtbar klare Einsicht. Martin begann sich intensiv mit Pieter Bruegel auseinanderzusetzen, ja, dies könnte er zu Lore sagen, es war eine erfolgreiche Therapie. Mehr noch: ein Virus hatte ihn befallen. Er rekapitulierte seine Museumsbesuche mit Lore im Kopf, die Reise nach Wien … ich begann, das wäre ein möglicher Einstieg ins Gespräch, ich klapperte alle Museen ab, die sich rühmten, Originale von Pieter Bruegel in der Sammlung zu haben. Ich reiste, ich las, ich war angefressen, ein Besessener, ich hatte alle ihm zugeschriebenen Gemälde im Kopf und gesehen. Aber waren die Gemälde immer Originale? Wer bürgte dafür? Ein renommierter Kunsthistoriker hatte erklärt, von den vielen Fälschungen und fehlerhaften Zuschreibungen in den Museen sei unser Blick verschmutzt. Das Falsche gewohnt, davon verdorben, können wir es vom Echten nicht unterscheiden. Bei seinen Lektüren stellte Martin fest, dass ein und dasselbe Gemälde zweimal, in London und in Wien, zum Bestand zählte. Und von dem wunderbaren Werk *Der Sturz des Ikarus* existierten zwei Versionen (zu sehen in zwei konkurrierenden Museen in Brüssel). Namhafte, mit schlagenden Details und Theorien operierende Bruegel-Experten behaupteten jedoch, beide Ausführungen seien maltechnisch mangelhafte Kopien des unglücklicherweise verschollenen Originals, keines der Gemälde erlaube die Zuschreibung *von Pieter Bruegels Hand*. Pieter Bruegels *Der Sturz des Ikarus* befand sich (nach Ansicht der Experten) irgendwo, nirgendwo, das Gemälde galt als unauffindbar. Vielleicht hatte die Zeit es verschluckt, das Fatum, vielleicht hatte ein bedürftiger Mensch die massive Eichentafel als Tischplatte verwendet, es maß (mutmaßlich) 73,5 mal 112 Zentimeter, die Rückseite war unbemalt, genau richtig für einen Tisch.

»Hast du das gewusst«, fragte er Lore, »von der *Vogelfalle* existieren einhundertzwölf Kopien.«

»Du lenkst vom Thema ab«, hielt sie ihm vor.

»Die Werke Bruegels wurden von seinen Söhnen Pieter und Jan und deren Söhnen Jan, Ambrosius und dem Urenkel Abraham, der sogenannten ›Bruegel-Dynastie‹, kopiert, von sechs geschickten Malern. Viele Gemälde Bruegels sind verschollen. Obendrein verschwanden einige vorübergehend, für ein paar hundert Jahre, irgendwo in der Versenkung«, holte Martin aus, »doch was geschieht mit einem Ölgemälde in der Zeit der Unauffindbarkeit? Tauchte es als Original ab und als Kopie wieder auf, weil der Platz des Originals inzwischen anderweitig besetzt war? Oder umgekehrt? Verschwand es als Kopie, um dann ein Revival als Original zu erleben?« Martin erhob sich und ging zum Fenster. Jetzt, dachte Lore, jetzt sieht er das Bild, er muss es bemerken. Aber sie täuschte sich, Martin schaute durch das Bild und durch die Wand hindurch, und auch durch das Fenster sah er nicht auf die Gracht hinunter, sein Blick blendete die Gegenwart aus.

»Bruegel geriet in Vergessenheit«, behauptete er, »die Wertschätzung fehlte. Eine seiner heute berühmtesten Arbeiten, *Die Jäger im Schnee,* kannte man lange nur vom Hörensagen. Das Ölgemälde ging nicht auf einem Bischofssitz, in einem Herrenhaus oder Schloss verloren, sondern (wie auch immer) im labyrinthischen Depot des Kunsthistorischen Museums in Wien. Unerkannt stand es in einem Stapel von Gemälden und wurde dort wiederentdeckt ... ein sensationeller Fund nach mehr als einhundert Jahren Suche.«

»Und die *Zwei Affen*«, insistierte Lore.

»Eine Ewigkeit im Dunkeln.«

»Hol sie in die Gegenwart zurück.«

»In Brüssel«, fing Martin an, »1980, im Palais des Beaux Arts, ich besuchte die Ausstellung *Die Maler-Dynastie Bruegel*«.

»Dort hingen die *Zwei Affen*?«

»Sie kauerten in ihrer Fensternische.«

»Hast du denn etwas anderes erwartet?«

»Es hat mich aufgewühlt, ich sah das Bild, Lore, und sah mich als Jungen im Karbidlicht der Grube, das Bild in den Händen, und ich sah dich, Lore, in Dahlem und Amsterdam beim Malen. Und etwas in mir bestimmte, dass nun die Zeit gekommen sei, um das Bild zu kassieren.«

Am nächsten Morgen betrat Martin das Museum nicht mehr als Besucher, sondern als Fachmann für Schließsysteme und Sicherheitsvorkehrungen. Er machte sich kundig. Er war ganz ruhig, weder ein Wort noch eine Geste verriet seine wahren Absichten, keine falsche Bewegung. Das Palais war, wie viele Museen, während der Öffnungszeit weniger gesichert als in der Nacht. Trotzdem: Martin plante, sich im Morgengrauen einzuschleichen; er wusste, dass nichts ihm den Zutritt verwehrte. Die Alarmanlage bot dem Museum nur ungenügend Schutz. Die Türen und Schlösser sollten kein Problem darstellen. Entschlossen fuhr Martin nach Amsterdam zurück und holte Lores Kopie, um sie in den Bruegel-Kanon einzuschleusen.

»Meine Kopie war ein Pfand, um ans Original zu kommen?«

»Vielleicht hast du recht.«

»Du bist ein Spinner.«

Er erkannte die Schärfe des Widerspruchs. Ein Ingenieur, der Schlösser baute, sollte nicht Schlösser knacken. Er handelte jedoch im Irrationalen ganz kühl, er machte einen großen Fehler, dabei aber nichts falsch. Seltsamerweise gewann nicht die Vernunft, sondern der Reiz des heimlichen Tauschs die Oberhand. Letztlich setzte Martin nur eine Entscheidung, die er mit sechzehn in der Kaligrube von Merkers getroffen hatte, mit fünfzig in die Tat um.

»Was es für mich bedeutet, hast du das nicht bedacht«, wollte Lore wissen, »die Implikationen …«

»Doch, Lore, ich habe es einbezogen.«

»Es ist das Schlimmste, das ich je zu verkraften hatte.«

»Da würden viele gern mit dir tauschen.«

»Du bist im Unrecht, ohne einen Funken von Einsicht.«

»Ich bereue nicht, nein.«

»Offensichtlich hast du keine Schuldgefühle.«

Martin Holm verschanzte sich wieder hinter seinem Schreibtisch, er lehnte sich im Stuhl zurück, beim Sprechen spielte er mit der Brille, nun setzte er sie auf. Vom Kuchen aß er kaum etwas, auch die Hälfte des Kaffees wurde in der Tasse kalt. Lore saß vor seinem Schreibtisch, angespannt, die Hände ineinander verknotet. Sie trug Armbänder, schmale Reifen aus Silber, die alle nach vorn gerutscht waren. Ihre Haarfarbe stimmte nicht mehr mit dem kupferroten Scheitel der Affen überein. Martins Blick streifte nun das Gemälde. Er stutzte, legte unwillkürlich eine Hand auf den Mund, als müsste er den Aufschrei verhindern. Er sah doch richtig? Oder erfanden seine Augen ein Bild? Gaukelte die Erinnerung ihm etwas vor? Martin schluckte, der Adamsapfel bewegte sich auf und ab. Er räusperte sich. Es war die einzige Reaktion. Lore hatte ein Ding gedreht. Lore hatte aus der Hüfte geschossen. Das konnte er noch nicht glauben. Es durfte nicht wahr sein, nicht vollumfänglich, er brauchte ein bisschen Zeit, um die heikle Tatsache anzuerkennen. Es war ihm zu komplex. Martin brachte kein Wort mehr heraus, hielt den Blick gesenkt. Eher beißt du dir die Zunge ab, dachte er, als einzugestehen, was du siehst. Vor dir selbst und vor dieser dreisten Frau! Er hörte ein Gelächter. Danach fiel es ihm nicht mehr schwer, verräterische Gefühlsäußerungen zu unterbinden und am ausgetauschten Gemälde vorbei aus dem Fenster zu blicken. Er sah auf die hell erleuchteten, alten Häuser auf der anderen Seite der Bloemgracht. Mit sechzig misst man den Dingen ein neues Gewicht zu. Martin Holm erlaubte sich nun ein Lächeln. Vielleicht besaß echte Liebe Prägekraft. Wenn sie (warum auch immer) zu Bruch ging, blieben Scherben: demzufolge (weil nichts ganz verloren geht) liebte er Lore Spescha noch immer, ein Rest war geblieben, eine spitze Scherbe. Nein, seine Theorie war falsch, ihn berührte die Erinnerung. Die Liebe hatte mit der Zeit eine andere Gestalt angenommen. Er dachte an Rosenblätter in einem alten Brief in einer vergessenen Schublade. Ihr Duft hatte sich längst verflüchtigt, aber die Blätter waren noch da, brüchig, das Rot verblasst, unberührbar. Trotzdem noch nicht verschwunden, noch in der Welt. Der Wunsch, mit Lore das Leben zu teilen, war allerdings verflogen. Die Frau, die für ihn im Sommer 1976 die letzte Chance verkörperte, im Leben glücklich zu werden, besaß keine Macht mehr über ihn. Dass man einen Wunsch nicht erfüllt bekam, war nicht ungewöhnlich.

Mit sechzig hielt Martin Wünsche nicht mehr für hilfreich, sie entwickelten zu wenig Schubkraft. Sich etwas zu wünschen half nie und genügte Martin längst nicht mehr. Mit dem Älterwerden verschwanden schwache Wünsche, *ich möchte* war zu wenig stark. Es brauchte ein heftiges: *ich will.* Wünsche ohne den starken Willen zur Umsetzung waren für ihn bedeutungslos geworden. Vernachlässigbar wie Träume. Er könnte nur noch wenige Dinge nennen, die er unbedingt besitzen wollte. Bruegels Original gehörte nicht mehr dazu. Mit der Dahlem-Kopie ließe es sich gut leben, ohne Lore Spescha auch. Obwohl sie noch immer eine begehrenswerte Frau war. Etwas verkniffen die Linie des Mundes, jetzt, die Nase weiß, blutleer (vielleicht vor Aufregung). Vor seinem inneren Auge blieb ihr Haar eine kupferrote Fülle. Martin war erleichtert, enttäuscht, frei. Die Frau seines Lebens, seine große Liebe, hatte ihn soeben bestohlen. Einmal hatte er befürchtet, ein Leben ohne sie habe keine Perspektive, sei gar nicht lebenswert. Er hatte sich getäuscht. Es warf ihn nicht aus der Spur. Es verursachte keinen unerträglichen Schmerz. Auch als sie damals weggegangen war, hatte sich sein Leben nicht von Grund auf verändert. Die schlimmsten Befürchtungen traten nicht ein. Martin war zu stark in seiner Existenz verankert gewesen, in Amsterdam und in seinem Beruf. Er konstruierte Schlüssel und Schlösser. Erhalten geblieben war nicht die Liebe selbst, sondern ihr Echo, und er ahnte, dass sich das damalige Hochgefühl in seinem Leben nie mehr einstellen würde. Die Liebe war verpufft. Bis auf einen unerklärlichen Rest, der auch mit Selbstachtung zu tun hatte. Seine Liebe war kein Fehler gewesen, zu lieben war niemals ein Fehler. Er hatte einen dicken Strich darunter gezogen, nicht mit dem Lineal, mit der Hand und wackelig, aber einen Schlussstrich. Und nun berührten ihn Erinnerungen an die Frau, an Lore Spescha. Er hatte sie verloren geglaubt und vermisst, nun war sie wieder aufgetaucht und saß in seinem Arbeitszimmer, die geklauten *Zwei Affen* in der Tasche versteckt und die Tasche mit dem Mantel zugedeckt, den wundersamen Pieter Bruegel, um den sie ihn auch hätte bitten können. Sie schien es nicht in Betracht gezogen zu haben, dass er ihr das Gemälde ohne Kampf überlassen würde. Martin musterte Lore, suchte in ihrem Gesicht etwas Verborgenes, das er noch nie entdeckt, aber immer vermutet hatte. Nun wollte er es finden. Ein Zug, ein Detail, die ihm bestätigten, was er immer gedacht hatte: dass Lore Spescha ein ganz schön harter Knochen war. Nun hütete sie ihre Tasche. Er lächelte. Sie versuchte es auch, sie lächelte zurück. Im Prinzip herrschte Einigkeit zwischen ihnen. Jeder war für sich zum Schluss gekommen, nichts mehr vom anderen zu wollen.

Lores Gesicht war strenger als früher, die Figur weicher, und vor allem war sie nicht mehr die Frau, die er lieben wollte. Ihre Leben hatten sich getrennt, sie waren voneinander weggedriftet, der gemeinsame Weg, dieser Pfad, den er in euphorischen Augenblicken als Leuchtspur gesehen hatte, war nicht Wirklichkeit geworden. Einzig die *Zwei Affen* waren geblieben. Martin Holms Zuversicht hing nicht mehr von Lore Spescha oder einem Pieter Bruegel ab. Dass er nun wieder in den Besitz der ursprünglichen Kopie gelangt war, die Lore in Arbeit hatte, als sie in Dahlem vertieft vor dem Bruegel saß und ihm die Sicht verstellte, war so etwas wie ein Happy End. Ein Dorn im Auge war Lore ihm zunächst gewesen. Und ihre gewissermaßen »originalen« *Zwei Affen*, die er Lore abgekauft hatte, hingen nun wiederum in seinem Arbeitszimmer, für das Lore sie gemalt hatte. Es sah aus, als wäre nichts vorgefallen und nie etwas dazwischengekommen, als sei alles unentwegt so gewesen, wie es sich nun präsentierte. Dies wäre ein ungeheuerlicher Verstoß gegen das Gesetz, nach dem nichts so bleiben durfte, wie es war. Als sei das Rätsel unerheblich, wie lange etwas so weitergehen konnte und bleiben durfte, wie es war, besonders wenn man es liebte. Martin betrachtete, ohne Lore weitere Aufmerksamkeit zu schenken, ihr Bild an der Wand. Es gefiel ihm. Die Frage, ob man jemandem ein Gemälde entwenden konnte, einen echten Bruegel, der ihm gar nicht gehörte, den er selbst gestohlen hatte, war beantwortet: Gewiss, man konnte den Dieb um die Beute prellen. Lore Spescha hatte es mit tiefer Befriedigung und dem seltsamen Gefühl ausgleichender Gerechtigkeit soeben getan.

Als Lore aufstand, um sich zu verabschieden, half Martin ihr in den Mantel und begleitete sie bis zur Haustür, höflich, als habe er den Tausch selbst vorgeschlagen. Die Betrachtung des Gemäldes hatte ihn versöhnt. Was in der vergangenen Stunde vorgefallen war, fühlte sich eher wie ein Geschenk an als etwas, das er betrauern musste. Es war kein schlechter Tausch. Es ähnelte einem Traum, dem man nach dem Aufwachen eine Weile nachhing, bevor man ihn abhakte. Letztlich war es nicht nur unangenehm gewesen, sich mit Lore zu unterhalten. Es war ihm leichter gefallen, als er im ersten Schreck befürchtet hatte, als sie ihn in seinem Arbeitszimmer überrumpelte. Trotzdem war es keine Option, das Gespräch bei einem Glas Wein, bei einem Essen fortzusetzen und es in einer Umarmung enden zu lassen. Und Lore, die Treppe hinuntersteigend, wurde von der Gewissheit überrascht, die Auswechslung finde seine Billigung, Martin wolle nur kein Aufhebens davon machen.

11

Wie in Trance fuhr Lore nach Zürich zurück, mit einer ledernen Umhängetasche, die Stunde um Stunde schwerer wurde und sich beim Grenzübertritt in Blei verwandelte. Bei der Kontrolle interessierte sich niemand für das unscheinbare Gemälde. Fragte jemand danach, gäbe sie an, es selbst gemalt zu haben. Sie hatte den Tragriemen um das Handgelenk geschlungen, damit niemand ihr die Tasche entreißen konnte. In der Straßenbahn stellte Lore sie auf die Oberschenkel und schlang die Arme schützend darum. So behütet, wechselten die *Zwei Affen* ein weiteres Mal den Standort und gelangten von Amsterdam nach Zürich. Das Gemälde erhielt vorübergehend Asyl in Lores Atelier. Später fand es in ihrer Wohnung einen Platz. Es hing im Schlafzimmer, bis Lore aus Albträumen hochfuhr, an Verschwörungen zu glauben begann, die Polizei auf ihrer Spur wähnte und sich bereits in Handschellen abgeführt sah. In dieser Phase neigte Lore zu dem Glauben, die Affen tuschelten hinter ihrem Rücken, sie telefonierten in ihrer Abwesenheit. Der Tausch war ein Fehler, dachte Lore, nie hast du eine größere Dummheit begangen. Martin Holm hat das alles geschehen lassen, weil du ihm damit einen unschätzbaren Gefallen und dir selbst einen Bärendienst erwiesen hast. Sie hegte den Groll, von Martin ein zweites Mal übers Ohr gehauen worden zu sein, obwohl sie ihm das Bild wie eine Ladendiebin direkt von der Wand geklaut hatte. Ohne Anstrengung war er das Ding losgeworden, den Schwarzen Peter. Du wirst für deine Tat zur Rechenschaft gezogen werden und büßen müssen. Du wirst im Gefängnis enden. Das schlechte Gewissen ließ sie keinen Frieden mit sich schließen. Sie durfte nicht mit Nachsicht rechnen. Um das Gemälde, das diese unguten Gedankenläufe antrieb, nicht täglich sehen zu müssen, verstaute Lore das lästige Original in dem für die Dahlem-Kopie gezimmerten Koffer und versteckte es zuunterst im Schrank. Dort lagerte es, bis ihre Panik nachließ und Lore wieder daran glaubte, der Kunstraub sei tatsächlich unbeachtet geblieben. Niemand bemerkte den Unterschied, ihre Kopie weckte nirgendwo Argwohn. Lore holte das Gemälde aus dem Schrank. Die *Zwei Affen*, still rehabilitiert und neu platziert, schmückten nun ihr Wohnzimmer.

Jahre verstrichen. An den *Zwei Affen* ging die Zeit spurlos vorbei, die harmlose Gegenwart (jetzt einmal abgesehen davon, dass das letzte Viertel des zwanzigsten Jahrhunderts in Berlin die Mauer schleifte, die DDR und die Sowjetunion abservierte, den Eisernen Vorhang zerriss und den Balkan mit einem üblen Krieg heimsuchte) schien sie nicht zu beunruhigen, ebenso wenig von Lore adoptiert worden zu sein. Keiner der kunstbeflissenen Gäste, die, meist mit einem gefüllten Glas in der Hand, wie nebenbei nach der Herkunft des Gemäldes fragten, schöpfte Verdacht, wenn er von Lore zu hören bekam, sie habe das Bild vor vielen Jahren nach Pieter Bruegel kopiert. Eine Kopie, ein Duplikat, eine Anverwandlung? Die Gäste lobten nur ihre Fertigkeiten, ihr scharfes Auge, die phänomenale Hand. Lore, darin war man sich einig, war eine fantastische Künstlerin.

Niemals meldete eine offizielle Stelle das kleine Gemälde als vermisst, es fehlte keinem ehrgeizigen Direktor in der Sammlung. Und Kuratoren, erpicht auf Leihgaben, um die Räume zu bespielen, in denen sie glänzen wollten, waren ohnehin betriebsblind: Sie sahen lediglich, was sie bereits im Kopf hatten, in ihrem kunstsinnigen Gehirn. Lore Speschas Kopie bewährte sich tadellos als Original. Nach der erfolgreichen Ausstellung in Edinburgh wurde das Gemälde umsichtig verpackt und nach Berlin zurückgeschafft. Nach dem Mauerfall und dem Bau eines modernen Museums zog es mit dem Bestand von Berlin-Dahlem in einem gepanzerten, von Sicherheitsbeamten begleiteten Fahrzeug in die neue Gemäldegalerie um, wo es, im Kulturforum, in Berlins neuer Mitte, hinter dem funkelnden Sony Center und in der standesgemäßen Nachbarschaft der Philharmonie, in einem der zweiundvierzig Kabinette der Spezialsammlung eine sichere Bleibe fand.

Fünfter Teil

EIN GROSSER KRIEGER DER VERGANGENHEIT

Amsterdam, Zürich, Berlin 2006

1

Das Flugzeug landete in Amsterdam. Lore war etwas bang. Doch für eine Umkehr war es nun zu spät. So planvoll und sicher wie der Pilot das Flugzeug in fünf Minuten auf der Piste aufsetzen würde, wünschte auch sie zu handeln und ihre Angelegenheiten in Ordnung zu bringen. Noch bevor die ausgefahrenen Räder den Boden berührten, kam Lore Spescha die kleine Kneipe an der Gracht in den Sinn. Martin Holm war ohnehin in ihren Gedanken. Der alte Mann, der ihr Herz berührt und geschädigt hatte.

Neben der gelandeten Maschine wartete ein Bus mit laufendem Motor. Der nasse Asphalt spiegelte alles, Licht gleißte. Es roch nach Kerosin. Die Maschine strahlte Wärme ab, Metall knackte. Die kühle Luft tat Lore gut, die paar Spritzer, die sie abbekam, störten sie nicht. Am liebsten wäre sie zu Fuß zum Flughafengebäude gegangen.

Nach der Passkontrolle betrat sie das Laufband; das Gleiten steigerte ihre Unruhe, sie zog los, der Boden fuhr mit, und sie glaubte, jeder sichere Halt werde ihr entzogen. Das Gefühl gemahnte sie an den Wirklichkeitsverlust, vor dem sie in Amsterdam auf der Hut sein musste. In der Haupthalle blieb sie plötzlich stehen, alles summte, flimmerte, kreiste in einem rätselhaften Gleichgewicht, und sie bildete die Achse. Auf Autopilot geschaltet, fanden Reisende, Personal und Besucher Wege aneinander vorbei. Die Gegenstände flimmerten farbig an den Rändern. Das blieb auch so, als sie die Brille aufsetzte, eine schillernde, wohl auf ihre Müdigkeit zurückzuführende Unschärfe. Reglos dastehend hatte sie die Empfindung, von Strömen durchflutet und von Signalen perforiert zu werden.

Martin Holm verließ sein Haus, nahm den sandigen Pfad zum Strand hinunter. Der Wind hatte das Gras flachgedrückt und die Biegsamkeit der Bäume geprüft, jetzt ließ er nach. Martin marschierte über den Sand, der war flach und trittfest und mit Muschelsplitt übersät. Martin war trainiert, hatte kräftige Beine und einen Oberkörper, der noch vorzeigefähig war. Aber er trug immer ein Hemd. Eine blasse Sonne stand am Himmel. Kein Mensch weit und breit, genau das hatte er gehofft. Ein Ball, dem die Luft ausgegangen war, lag im Sand. Martin trat nicht dagegen, die Knie, nein, es wäre dumm. Nach einer halben Stunde Gehen hielt er an, um ein paar Übungen zu machen. Er sammelte sich. Seine Bewegungen waren langsam und präzise, er hielt sich gerade und sein Blick folgte konzentriert den in die Luft gezeichneten Linien seiner Hände. Es sah aus wie Tai Chi, für ihn war es aber Turnen. Er hatte Zen und Transzendenz längst abgeschworen; es war weit komplexer, ein Realist zu sein. Die Übungen lockerten die Schultern und die steifen Gelenke. Er war ein alter, drahtiger Mann. Kein Wunder an Gelenkigkeit, keineswegs steif, immer noch sportlich. Natürlich stemmte er keine schweren Hanteln mehr. Das Brennholz für seinen Kamin könnte er allerdings noch selbst hacken. Nur schlug er nicht gern Scheite entzwei, der Mann seiner Zugehfrau Connie erledigte es für ihn.

Martin hinkte ein wenig, nicht jeden Tag, bisher hatte noch niemand diesen Mangel bemerkt, er spürte es. Er war wetterfühlig und schluckte, wenn Schmerzen ihn quälten, Pillen. Das war vor allem in der Nacht der Fall. Der Arzt hatte ihm Entzündungshemmer verschrieben und spritzte ihm gelegentlich ein Mittel gegen Rheuma und Arthrose oder wie auch immer die Übel hießen, die unerbittlichen Begleiter des Alters. Mit der Hilfe der segensreichen Pharmaindustrie hatte er sie zu akzeptieren. Schmerzen gehörten zum Leben eines alten Mannes wie Testosteronschübe zum Leben eines jungen. Und neulich hatte Martin sich mit dem Messer verletzt, es war abgerutscht, als er eine Tomate aufschnitt. Die Heilung hatte doppelt so lang wie vor vielleicht zwanzig Jahren gedauert. Die Wunde wollte sich nicht mehr schließen.

Ein Hund kam ihm entgegengelaufen, ein Streuner. Die feuchte Nase zwei Zentimeter über dem Sand, das Fell zottelig, Rastafarilocken, dachte Martin, ein glücklicher Köter. Martin Holm fand Tiere liebenswürdig. Er sah sie gern, ihre Bewegungen, das Geschmeidige, das Animalische. Er beneidete Hunde um die Gabe, immer nur ein Ziel zu verfolgen. Über die Straße watschelnde Gänse erheiterten ihn, schnatternde Pulks. Auch die ihr Nest in einem Polder bauenden Schwäne hatten es ihm angetan. Er beobachtete ihre Starts, den langen Anlauf, wie sie sich sputeten, bevor sie abhoben. Fliegen war bei ihrem Gewicht ein Kraftsport. Oft blieb Martin stehen und schaute den Wildenten zu. Sie kreisten am Himmel und landeten wie auf Kommando gemeinsam draußen im Feld. Andere Vögel staksten durch das Gras und pickten irgendwelches Getier aus der Erde. Überall standen die gescheckten Kühe herum, wiederkäuende Milchproduzenten. Sie konnten kaum gehen, so prall waren die Euter. Martin Holm erwog, sich einen Esel zu kaufen, Platz hatte er genug, im Obstgarten hinter dem Haus ließe sich ein Stall bauen. Esel und Hund, Katze und Hahn, die Bremer Stadtmusikanten waren mittlerweile seine Lieblingsidee. Er fände im Dorf bestimmt jemanden, der seine Menagerie fütterte und pflegte, er sollte Connies Mann den Job anbieten, dann könnten die beiden am Morgen gemeinsam zu ihm hinausfahren. Bei aller Tierliebe wollte er nicht den Esel striegeln müssen, dem Hund Zecken ablesen und für die Katze frisches Herz in Stücke schneiden. Der Hahn wäre unglücklich ohne Hennen, pur ließ die Stadtmusikanten-Idee sich nicht realisieren. Die Abweichung gehörte mit dazu. Ein Ideechen von der Idee abweichen, philosophierte er. Der Hahn sollte einen Hühnerhof bekommen. Er sollte sich sein Glück und seinen Herrschaftsanspruch jeden Morgen mit blutgefülltem Kamm aus dem Leib schreien dürfen und Martin zu Unzeiten aus dem Schlaf reißen. Wie der Esel mit seinem markdurchdringenden Gebrüll. Der Esel war das einzige beim Ein- und beim Ausatmen schreiende Tier und erinnerte Martin Holm an einen ohne Herzschlag lebenden Mann, an diesen Burschen in Kanada, dem eine künstliche Pumpe eingepflanzt worden war. Sie verursachte einen kontinuierlichen Blutfluss, er hatte als einziger Mensch weder Puls noch Blutdruck. *Heartmate II* hieß das beutelartige Ding. Die Bremer Stadtmusikanten bereiteten ihm gewiss auch Ärger, er gehörte dazu. Die Katze würde sich ins Haus schmeicheln, dabei ertrug er Katzenhaare überhaupt nicht, und der *dumme*, vom Regen nasse Hund, würde sich *gedankenlos* im Wohnzimmer schütteln.

Lore war sechzig geworden und vor diesem Tag nach Arizona geflüchtet. Der endlose Himmel hatte sie angezogen und die Wüste mit den riesigen Kakteen, die eigene Lebensräume bildeten. Mit dem Mietwagen war sie in Tucson losgefahren, einer vor Hitze wabernden und mit weißem Staub bedeckten Stadt. *New Mexiko. Spanische Siedlungen, weiß getüncht, indianische Lehmdörfer, verlotterte Wohnwagenparks ohne Namen,* schrieb sie unterwegs in ihr Journal, *alle Motels haben einen Pool. Blau gestrichen und leer.* Ohne ein bestimmtes Ziel ließ sie bizarre Berge, Wüsten aus Gips und grünes Farmland hinter sich zurück. Im Rückspiegel und vor der Frontscheibe dasselbe Bild. Lore war eine Frau, die sich an Landschaften nicht sattsehen und trotzdem in ihr Kopfkino abtauchen konnte. *Du bist in Gedanken, aber das ist man ja immer, es ist kaum möglich, ohne einen Gedanken zu sein.* Zuletzt blieb Lore vier Wochen in Albuquerque. Sie hielt sich nicht zum ersten Mal in dieser Stadt auf. Nirgendwo gab es einen blaueren Himmel und würzigere Luft, als Albuquerque sie zu bieten hatte, diese alte, zwischen dem Rio Grande und den Sandia Mountains gelegene und von der legendären Route 66 durchkreuzte Stadt. Auf dem Balkon ihres Hotels wertete sie Skizzen aus, zeichnete, malte und wagte auch eine Bilanz ihres bisherigen Lebens, der letzten Jahre zumindest. *Was zählt? Gibt es Dinge, auf die du besonders stolz bist, und andere, für die du dich schämst?*

Lore war es vor Jahren gelungen, das Ägyptischblau zu rekonstruieren. Ein Farbenhersteller produzierte es in Lizenz. Lore färbte Wände mit dem wiederentdeckten Pigment und schuf so magische Räume. Ihr Blau war begehrt, sie verdiente Geld damit, vernachlässigte aber ihre Malerei. Für Firmen gestaltete sie Gebäude und Räume, Corporate Art nannte sie diese Tätigkeit. Sie spannte keine Leinwände mehr auf, ihre Farbtuben trockneten aus. Der Traum von der großen Malerin verblasste. *Mit dreißig nach den Sternen gegriffen, mit sechzig ein paar Schnuppen in der Hand. Trotzdem hat es sich gelohnt.* Auch der Kunstbetrieb hatte sich verändert, seit dem Wandel, einer Abkehr von der nicht figurativen Malerei, kaufte niemand mehr monochrome Gemälde oder abstrakte Farbkompositionen. *Du rennst in eine bestimmte Richtung, allein auf weitem Feld.*

Seit einiger Zeit malte sie nun trotzdem wieder, kleine Formate, leichthändige Aquarelle und eigensinnige Stillleben in Öl. Letztens war sie sogar versucht gewesen, die *Zwei Affen* auf ihre Art zu malen. War aber daran gescheitert. Zu viel Erinnerungsballast, zu viele Lebensbedenken behinderten die Arbeit. Es war noch immer der Prüfstein ihrer Gefühle, ihrer Liebesgeschichten. Zweimal war sie mit einem Mann längere Zeit zusammen, lebte sie in Beziehungen, die an der Frage scheiterten: Sag ich es ihm? Beiden Partnern verriet Lore ihr Geheimnis nicht. Der Wunsch, sich zu öffnen, musste unbefriedigt bleiben, für die erleichternde Beichte fehlte Lore das letzte Körnchen Vertrauen. Dafür wuchsen ihre Zweifel. Liebte sie den Mann, wenn ihr das Geständnis nicht über die Lippen wollte und sie nicht zu ihm sagen konnte: *Das kleine Gemälde im Wohnzimmer ist ein echter Bruegel. Ich habe ihn gestohlen.* Diesen sie ausliefernden Satz müsste sie laut aussprechen können. Sie sollte ihn wagen. Nicht bloß denken. Das schuldbeladene Geheimnis wog ungeteilt zu schwer für ein Paar. Falls mit der Liebe rundum alles stimmte, müsste sie doch den Mut fassen, es zu lüften. Lore stilisierte die Sache so sehr zu einer Gewissensprüfung hoch wie andere Frauen die Frage, ob sie sich den Mann als Vater ihrer Kinder vorstellen könnten. Keinem hatte Lore sich offenbart und daraus den Schluss gezogen, der Mann sei nicht der Richtige. Du kannst nicht über alles mit ihm sprechen. Schon gar nicht lässt du ihn in deine Seele blicken. Darum saß sie allein auf dem Balkon in Albuquerque und las im Buch ihres Lebens.

Die Sommersprossen hatte sie nun akzeptiert, fand sie manchmal apart; doch länger als erwartet hatte sie für die Entscheidung gebraucht, die natürliche Farbe ihres Haars zu tragen. Ein mit grauen Strähnen durchsetztes Dunkelblond, probehalber. Lediglich auf Zeit. Wobei die Zeit gegen sie arbeitete, das wusste sie schon. Ihr Haar war auch dünner geworden, manchmal bildete sie sich ein, die Kopfhaut schimmere schon durch, und sie müsse sich mit einem Hut vor Sonnenbrand schützen. Lore stand oft endlos lang vor dem Spiegel, paralysiert, räumte ungern ein, dass die Zahl der Flakons und Tuben, der mitgeführten Pomaden, Lotionen, Cremes, Sprays und Stifte zugenommen hatte. Ihr Reisegepäck war mit den Jahrzehnten noch schwerer geworden. Rundherum wurden sämtliche Gegenstände des täglichen Gebrauchs kleiner und leichter, nur ihre Bagage nicht.

Die Dünen, die Deiche, die Tiere, die alten Höfe in den Poldern. Martin könnte hundert Jahre im Dünen- und Strandgebiet verbringen, sie reichten nicht aus, um sich an den wechselnden Wolkenformationen über dem flachen Land und der flimmernden Weite der See sattzusehen. Am täglichen Lichtspiel, am wilden Wetterleuchten, am farbigen Grau. Die nachlassende Sehkraft machte hier die Welt nicht kleiner, sondern größer. Der graue Star trübte ihm den Blick; wenn er ein Buch las, benutzte er eine starke Brille, und sobald er die Brille weglegte und in die Ferne schaute, wurde alles noch diffuser, als es ohnehin war: der Horizont, vor dem die Schleppkähne vorbeizogen, war ja niemals eine Linie, sondern ein flackerndes Feld, genauso nahm er es auch wahr. Und die ihre Netze auslegenden und einholenden Fischer sähe er mit maximaler Sehkraft oder einer präzisen Brille ausgestattet auch nicht schärfer, sie waren zu weit weg. Alles rückte weit weg. Es war nicht so, dass die Dinge sich Martin nur entzogen, er selbst war einen Schritt zurückgetreten und manche Dinge hielt er sich schon lange vom Leib. Er hatte sich aus allen Bereichen der Firma verabschiedet und dieses schöne Haus entdeckt. Das Leben auf dem Land, auch wenn er kaum daran teilnahm, sondern hier wie ein Kurgast zurückgezogen lebte, wie ein introvertierter Professor, erinnerte ihn, ohne ihn damit zu tyrannisieren, an die Kindheit in Bad Salzungen und Merkers (die gleichen Tätigkeiten und Situationen, allerdings ohne das braune Element). Die Landschaft jedoch nicht, sie war endlos weit vom Thüringer Wald entfernt, und die Nordsee war ohnehin unvergleichlich. Dass er in der Nähe von Bergen aan Zee gelandet war, hatte vielleicht mit Bruegel zu tun, mit der Landschaft im Bildhintergrund der *Zwei Affen*. Den zart gemalten Ausblick, dem die Äffchen nichts abgewinnen konnten, schätzte er außerordentlich, hatte der ferne Horizont ihm doch damals in der Grube von Merkers die Augen für das Mögliche und die Schönheit geöffnet, so wie ihm die angeketteten Affen die eigene geknechtete Situation spiegelten. Nun lebte er in diesem Hintergrund und vor diesem Horizont mit seinen ziellosen Bewegungen.

Jahrelang war Martin wie jemand, der unter Gedächtnisverlust leidet, von seiner Vergangenheit abgeschnitten gewesen. Carel und er hatten den Krieg überlebt. Gegen die Front der Amerikaner, den Atem der Russen im Nacken, schlugen sie sich nach Belgien durch. Martin hatte kaum Bilder ihrer Ankunft in Antwerpen im Kopf behalten. Die Erschöpfung schien zu verhindern, dass sein Gedächtnis die Erinnerungen bewahrte. Angeblich fiel er in der ersten belgischen Nacht in einen fiebrigen nervösen Zustand. In eine Art Verpuppung. Während er schlief und schlief, versickerte Deutschland in seinem Gedächtnis. Er schälte sich in wirren Träumen aus seiner Muttersprache und deutschen Haut heraus und schlüpfte in das Niederländische hinein, in eine neue Identität. Der thüringische Akzent? In Antwerpen wurde Martin für einen Jungen aus Amsterdam gehalten, dagegen sprach nur, dass er so scheu war.

Wir sollten zusammen nach Thüringen fahren, schlug Carel Jahrzehnte später vor. Sonst schleppen wir die Geschichte noch mit uns herum, wenn wir reiseunfähig sind. 1990. Die Mauer war durchbrochen, die DDR Geschichte, und Carel entschloss sich zum Aufbruch. Seine letzte Reise. Er ging am Stock. Beflügelt von einer Hoffnung: Endlich frei zu sein, wenn er das Lager Buchenwald besuchte und die Kaligrube Merkers, wenn er den geheimen Ausstieg wiederfände und das Haus der Holms mit der angebauten Werkstatt. Dem Werratal, dem thüringischen Wald, der Landschaft war nichts anzulasten, sie wählte sich ihre Bevölkerung nicht aus, den Menschenschlag. Der Augenschein hatte für Carel einen Zweck zu erfüllen. Nach der Reise wollte er mit Sicherheit wissen, dass all das, was ihm in tausend schlaflosen Nächten durch den Kopf zog, endgültig vorbei war. Das Unsägliche hatte ein Ende genommen. Das wollte er mit eigenen Augen sehen. Endlich könnte er aufatmen. Die Gegenwart würde seine schrecklichen Erinnerungen nicht mehr bestätigen. Terror und Zwangsarbeit waren aus der Realität verschwunden. Für ihn wäre das die Lossprechung. Das System hatte Abbitte leisten müssen. Die damaligen entsetzlichen Verhältnisse und entsetzlichen Menschen herrschten nur mehr in seinem gemarterten Gedächtnis, in seinen Albträumen. Carel wollte noch einmal, diesmal freiwillig, nach Thüringen fahren, um dort zu weinen und zu fluchen, um zu trauern.

Was Martin wollte oder hoffen sollte, hätte er nicht zu sagen gewusst. War es gut, wenn alles so aussah, wie er es in Erinnerung hatte? Was wollte er in Thüringen, wo doch seine Familie dort längst nicht mehr lebte? Auf der Reise erzählte Carel von Martins Eltern. Ich habe deine Mutter zuerst nicht ausstehen können, eine schlimme Person, braun bis in die blonden Haarspitzen. Dein Vater, ein feiner Mensch. Es war ihm nicht gegeben, den Stall auszumisten, er war eher ein Hasenherz als ein Herkules. Thoreaus »Die Pflicht zum Ungehorsam gegenüber dem Staat« kannte er nicht, die Lektüre hätte ihm das Herz zerrissen. Ohne deinen Vater wäre ich verreckt. Es kam dann der Tag, an dem auch Gerda *ein Licht aufging*. Ich profitierte von ihrer späten Einsicht und Reue, sie versuchte, etwas wiedergutzumachen. Mir gewährte sie Schadenersatz. Sie nahm mich mit auf ihr Zimmer. Nach dem ersten Mal hatte ich das befriedigende und belebende Gefühl, einen Sieg errungen zu haben. Sie (die Nazifrau) hatte sich mir (dem Zwangsarbeiter) hingegeben. Dann wurde aus der falschen Hingabe aus Scham eine echte Liebe. Über Nacht. Wir hatten uns wie Ringkämpfer erschöpft, schliefen ein und wachten am Morgen als Liebespaar auf.

Die Grube Merkers stillgelegt. Das ehemalige Lager eine Gedenkstätte. Das Haus von Opa Rust verschwunden. Von ihm fanden sie den schiefen Grabstein. Die vermissten Brüder galten inzwischen offiziell als tot. Die Sowjets verschleppten Ingenieur Holm nach Russland, dafür gab es Augenzeugen und ein Protokoll. Die Armee demontierte die Fabrik unter Tag, verlud sie auf Bahnwaggons und transportierte sie ab. Da in Russland für den Neuaufbau und die Wiederinbetriebnahme Fachleute fehlten, wurde Ingenieur Holm zu einer langen Reise genötigt. In der Sowjetunion verwischte sich seine Spur, und auch die Spur von Gerda verlor sich, die ihren Mann gezwungenermaßen begleitete.

Wir wollten eine Menge Ballast abwerfen, sagte Martin unterwegs in Thüringen zu Carel van Vliet, aber ich fürchte, man wirft gar nichts ab, man nimmt immer mehr Säcke an Bord. Mit dem Auto fuhren sie durch das nun im selben Jahrhundert zum zweiten Mal befreite Land. Jetzt war es eines der neuen Bundesländer und trotzdem bedürftig geblieben. Martin versuchte momentlang, die Verbindung wieder aufzunehmen, an alte Fäden anzuknüpfen, aber es gelang ihm nicht. Er war nicht fähig, sich wie der junge Carel zu verhalten, als er nach seiner Verschleppung nach Deutschland die Uhr einfror und beschloss, sie erst in Antwerpen wieder aufzutauen, nach der Rückkehr. Er hatte die Jahre in der Zwangsarbeit nicht gezählt. Er blendete sie aus. Magere Jahre konnte man verdrängen. Martin hatte in Antwerpen und Amsterdam fette Jahre erlebt und wollte sie auf keinen Fall missen. Eher konnte er sich vorstellen, dass die ersten sechzehn Jahre seines Lebens sich auflösten, weniger wurden wie die Sauerstoffmoleküle in zunehmender Höhe. Die Luft wurde immer dünner. Die Erinnerung auch. Er wünschte, sie ganz zu vergessen. Martin Holm war ein Reisender aus dem Westen. Auf der Autobahn hatte er die falsche Ausfahrt erwischt und suchte nun auf schlecht ausgeschilderten Nebenstraßen nach dem richtigen Weg.. Zerfallene Gebäude, traurige Wohnblocks, Salzhalden. Neben gelungenen Neubauten, hübschen Häusern. Blitzblanke Vorgärten, der Kies geharkt, die Platten gefegt, Gemüse in Reih und Glied, Blumen etwas freier gesetzt. Auf der Wartburg wehte die schwarzrotgoldene Fahne. Dem Thüringer Wald war die Wende (noch) nicht anzumerken. Lediglich die Autos hatten sich wunderbar vermehrt: Trabi und VW, Opel, Skoda, Toyota, Mazda, gewaschen und gewachst. Zahlreiche mit Geschnatter den Hof bewachende Gänse. Mastanlagen für Schweine verpesteten die Luft. Aus Hochkaminen kroch Rauch. An manchen Tagen war er graublau getönt, dann wieder elfenbeinfarben, manchmal nur ein Hauch, gasförmiger Dunst. Eierfabriken, keine Hühner sichtbar, lange, fensterlose Bauten. Und kein Laut. Gelbe und rote Traktoren, blaue Busse, die grüne Bahn, die Strecke von Bad Salzungen nach Eisenach war (schon zu DDR-Zeiten) elektrifiziert. In Martins Kopf verkehrte noch die Bimmelbahn. Menschen kannte er hier keine. Die er gekannt hatte, waren verschwunden. Nach Kriegsende nicht heimgekehrt, gefallen, verschollen oder seit der Wende abgewandert. Ausgedünnte Jahrgänge, verlassene Orte, große Erwartungen, geplatzte Träume. In einem Hotelzimmer, nach Mitternacht, als Martin nicht einschlafen konnte und vor dem Fenster nichts als dunkler Wald stand und ein besternter Himmel darüber, fragte er sich, ob es eine gute Idee gewesen war, nach Thüringen zu fahren, so, als hätte ein beflissener Therapeut ihm den Rat erteilt, bevor er mit dem gegenwärtigen Leben weiterfahren könne, müsse er dringend einen Boxenstopp einlegen und seine Vergangenheit reparieren. War das nicht eine Lüge? Hatte er denn Zeit für die zyklopische Revision? Dauerte das innere Aufräumen nicht so lange, dass man nie in der süßen

Gegenwart landete, war es also klüger, einen harten Schnitt zu wagen? Verpiss dich, Vergangenheit. Niemand konnte in seinem Leben alle Dinge befriedigend erledigen, und es war unmöglich, sein Leben immer in Ordnung zu bringen. Ja, es war vielleicht nicht einmal besonders erstrebenswert.

Die reumütige Empfindung, dass deutsche Städte nach dem Krieg ein Trümmergelände waren, sei eine verdiente Bestrafung für die Verbrechen einer wahnsinnig gewordenen Nation, konnte er nachvollziehen, aber er teilte sie nicht. Warum und wofür sollte ich büßen, fragte er Carel. Ich habe das alles nicht gewählt: In Deutschland geboren zu werden, hier ein Kind zu sein, aufzuwachsen im Reich der Nazis, braune Schulen zu besuchen, den Krieg zu erleben, in der Kaligrube zu arbeiten. Daraus ließ sich weder ein Vorwurf begründen noch eine Schuld ableiten. Martin fühlte sich eher betrogen als schuldig. Dass sein Vater, Ingenieur Holm, durch Nichthandeln und Schweigen zum Mittäter wurde, könnte man diesem anlasten. Das totalitäre System erstrebte die unbedingte Gefolgschaft aller und belohnte willfährige Zuträger. Seit der Kapitulation mussten sich Deutsche im Ausland scheele Blicke gefallen lassen, jeder bekam bei der Zuweisung der Schuld einen Löffel voll ab. Gern hätte Martin mit seinem Vater über damalige Verwicklungen gesprochen, leider konnte er das nur in Gedanken tun, wenn er jetzt mit den Eltern redete, waren sie willenlose Geschöpfe seiner Einbildungskraft. Martin, ein Junge, tanzte damals unfreiwillig auf einer braunen Bühne. Als Marionette. An Schnüren. Dass er seine Familie in diesem verfluchten Krieg verloren hatte, konnte er unmöglich als gerechte Strafe annehmen, nein, damit durfte ihm keiner kommen. Galle stieg hoch, sobald er an seine Familie dachte: ausradiert. Die Brüder (beide gefallen), Opa Rust (im Chaos des Kriegsendes zu Tode gekommen), seine Eltern (verschleppt nach Russland). Worin bestand seine Schuld? Dass er

Deutscher war? Hatte er denn selbst nicht bluten müssen? Weil er Deutscher war? Du bist ein Junge gewesen, damals. Es gab allerdings einen bedeutenden Unterschied zwischen einem Mann und einem Jungen: Ein Mann verantwortete sein Tun, er hatte die Wahl, sein Vater hätte Ja oder Nein sagen können, trotz der Konsequenzen. Diese Freiheit war lebensgefährlich und kein Jota wert, wenn man nicht danach handelte. Er fürchtete sich vor dem Gewicht der Freiheit. Sie war eine zu schwere Bürde. Es war nicht Brüten und Schweigen, in das sich der Vater, wie man annehmen konnte, allzu oft hüllte, es war Indifferenz: eine finstere, in manchen, ihn verstörenden Momenten auch hasserfüllte Scham. Und der Eindruck überwog, er habe alles, auch sich selbst, aus den Augen verloren. Dein Vater, hatte Carel ihm schon früh auseinandergesetzt, wählte zwischen zwei Übeln das in seinen Augen geringere. Das Hemd war ihm näher als der Rock. Er war ein nüchterner Ingenieur, kein Held, kein Traumtänzer, er handelte vernünftig, sein Ziel war die Schadensbegrenzung.

Nun war Martin Holm ein alter Mann, nun hatte sich all das, wenn nicht gelegt, so doch geglättet. Er lebte damit (hier dürfte der verstoßene Therapeut nun wieder lächeln und nicken) wie mit einem lästigen Herpes, wie mit Fieberbläschen, die von Zeit zu Zeit aus den Lippen hervorbrachen. Das Virus konnte für Jahre verschwinden, es störte ihn dann nicht und Martin vergaß sein Dilemma, er vergaß, dass er ein Deutscher war, gebürtig aus Thüringen. Dann trat der Juckreiz unvermittelt wieder auf, ein Bläschen wuchs. Herpes galt als unheilbar, es war ein schleichender Schaden.

Lore war angespannt und übermüdet, während des Fluges war es ihr nicht gelungen zu lesen oder zu schlafen. Die ganze Nacht kein Auge geschlossen, dachte sie, obwohl die Behauptung auf einem Langstreckenflug von Westen nach Osten nicht stimmte. Die Sonne war auf- und untergegangen, Lore hatte die Zeitzone gewechselt, ein kleines Stück des Himmels durchquert, während unten auf der Erde das geriffelte Blau des Atlantiks sich ausgedehnt hatte. *Dazwischensein, nicht mehr in Albuquerque und noch nicht in Zürich, keinem Ort zugehörig, der Flieger könnte irgendwo gestartet sein und irgendwo landen.* Lore hatte zugeschaut, wie das Flugzeug auf dem Monitor über den Sitzen langsam vorrückte. Es schien sich kaum zu bewegen und raste doch hoch über den Wolken (als einziger in dieser Höhe lebensfähiger Vogel) durch die Luft. Kurs, Höhe, Kilometer pro Stunde, alles normal. Eine blaue Linie zeigte die bereits zurückgelegte Strecke an, die Destination war ein blinkender Punkt, und die eingeblendete Uhr sagte die Ankunftszeit voraus. Das Fliegen war ein auf die Erde bezogenes System.

Auf dem Weg zum Gate, von dem aus ihre Maschine nach Zürich fliegen würde, nahm Lore die Männer aus den Augenwinkeln wahr, dann erst hörte sie die Durchsage, Männer mit Schusswaffen rannten quer durch die Halle, fünf, sechs Schutzmänner der Flughafenwache, wie sich später herausstellte. Man hörte sie kaum auf ihren Gummisohlen. Die heftige Bewegung war Lore aufgefallen, sie passte nicht ins Bild, das sie von Flughäfen hatte. Über Lautsprecher dirigierte ein Sicherheitsoffizier die auf ihre Flüge wartenden Passagiere aus der Transfer Lounge. Gläserne Türen öffneten sich, Lore hatte keine Wahl, sie wurde in einen anderen Raum gedrängt, fand sich unter einer Kuppel wieder, zusammengepfercht mit zahllosen Passagieren, die sich alle ungemein diszipliniert verhielten (es geschah genau das, was man insgeheim schon lange befürchtet hatte, worauf man innerlich bestens vorbereitet war). Lore arbeitete sich in dem Gewühl zur Mitte durch. In der Mitte des Raumes, in dem sie nun eingeschlossen war, dachte sie, sei sie am besten vor Schüssen und einer Explosion geschützt. Falls nicht gerade in der Mitte eine Bombe hochging. *Es besteht für Sie keine Gefahr,* beschwichtigte eine sonore Stimme aus dem Lautsprecher. Im Freien, vor der nun menschenleeren Transfer Lounge, sperrten Männer in Schutzanzügen eine kreisförmige Zone ab (man konnte ihre Arbeit durch die Fenster wie auf Breitleinwand verfolgen), mit rotweißem Klebeband grenzten sie ein Stück der asphaltierten Piste ein, auf der ein Koffer stand. Unscheinbar schwarz, herrenlos, gefährlich. Die Männer zogen sich zurück, sie gingen in Deckung. Ein Scharfschütze schoss auf den Koffer. Fetzen flogen durch die Luft und Papierschnitzel. Der schwarze Koffer war mit nichts als Zeitungen gefüllt. Nachdem das Problem gelöst war, forderte die Lautsprecherstimme die Passagiere auf, sich in die Transfer Lounge zurückzubegeben. Lore Spescha eilte auf noch verschlossene Türen aus Glas zu, die sich lautlos öffneten. Draußen begann sie zu laufen. Die Angst brach durch – nachdem die Gefahr vorüber war. Kopflos rannte Lore durch die Korridore des Flughafens. Nun selbst ein Störfaktor, auffällig und ohne Ziel in dem Gewimmel. Lores Herz hämmerte. Sie dachte nicht daran, jemanden anzurufen. Sie wusste, dass sie jetzt keine Stimme hatte und am Handy wirres Zeug reden würde. *Nur weg von hier, aus dem Flughafen heraus.* Dieser Gedanke, das in diesem Augenblick Unwiderrufliche ihrer Entscheidung, besänftigte sie. *Du fährst jetzt mit der Bahn nach Amsterdam,* redete sie mit sich selbst, beschwichtigend wie nach einem schweren Traum, wenn es galt, Land unter die Füße zurückzugewinnen, *du gehst in die kleine Kneipe und rufst Martin Holm an. Ich habe die Geheimniskrämerei satt. Wir machen endlich reinen Tisch.*

Lore war sicher, die Kneipe an der Prinsengracht blind zu finden, bangte, das Café sei nicht mehr da. Und gewiss auch der Kellner nicht. Warum sollte er noch hinter dem Tresen stehen und Biergläser spülen, Johan, damals mit verfilzter Mähne, dünn, mit so hellen Augen, dass man glaubte, in seine Seele hineinsehen zu können, jetzt ein älterer Herr mit grauem Haar und ein paar Kilo mehr auf den Rippen.

Hey Johan, bin von einer langen Runde nach Hause zurückgekehrt. Johan lächelt und stellt Lore ohne zu fragen das Übliche hin. Er zeigt keine Neugier. Er benimmt sich, als sei es das Normalste, dass eine Frau aus der Tür geht und dreißig Jahre später mit einem Grinsen durch dieselbe Tür wieder hereingeschneit kommt. Johan bezieht sich mit keinem Wort auf die Zeitspanne, die außerhalb der Kneipe verstrichen ist. Sie existiert nicht. In der Kneipe ohne Uhr, in der nur etwas verändert ist. Der Kakadu im Käfig ist ein ausgestopftes Exemplar mit eingebautem Tonband, das »Hallo« krächzt. Der Kakadu von damals, das Original, ist an Lungenkrebs gestorben und von einem Präparator, der sich hier auch sein täglich Bierchen gönnte und ein selbstgedrehtes Zigarettchen rauchte, in eine Kopie seiner selbst umgearbeitet worden.

So stellte sich Lore während der Bahnfahrt vom Flughafen in die Stadt das Wiedersehen vor. Vor allem brauchte sie das Café als Rückhalt. Ihr Plan war einfach. *Du gehst zur Bloemgracht und schaust, ob Martin noch dort wohnt, dann trinkst du in der Kneipe einen Kaffee und planst das weitere Vorgehen.*

Lore schaute aus dem Fenster des Zugabteils. Es hatte zu regnen aufgehört, alles troff noch vor Nässe. Schwere Kühe standen gesenkten Kopfes reglos zusammen, ihre Beine steckten in der aufgeweichten Wiese. Die weiß gestrichenen Fensterrahmen der Backsteinhäuser gleißten, obwohl der Himmel mit Wolken verhangen war. *Woher kommt das Licht?*

Kurz gefasst könnte Lore behaupten, es habe sie mit dreißig eines Mannes und eines Gemäldes wegen nach Amsterdam verschlagen. Die Kombination von Liebe und Malerei sei der Ausgangs- und Angelpunkt gewesen. Nach Berlin war sie aufgebrochen mit der

Euphorie des Neuanfangs, aber auch im Gefühlschaos, wenn sie an Zürich dachte, und nicht zuletzt in einer wackligen finanziellen Situation, aber ihr Stolz schloss eine Rückkehr aus. Da war ihr Martin Holm über den Weg gelaufen. Die schlimmste Epoche ihres Lebens fand ein Ende und die wohl beste begann.

Trotzdem hätte Lore Spescha die nachfolgende Geschichte am liebsten für sich behalten. Sie war nicht nur unerledigt, sondern auch peinlich. Da ihr Stoff ein Verbrechen einschloss wie klebriges Spinnweb eine fette Fliege, durfte Lore sich der in Albuquerque gewonnenen Einsicht nicht verschließen, weil sie unangenehm war. In New Mexiko hatte sie die Entscheidung getroffen. Als hätte er ihr ein Zeichen gegeben, wollte sie nun handeln wie der Schütze beim Flughafen, der, auf das Schlimmste gefasst, mit seinem Präzisionsgewehr unbeirrt auf den schwarzen Koffer geschossen hatte. Das Wissen, das Lore Spescha seit vielen Jahren wie einen viel zu schweren Rucksack mit sich herumschleppte, war nicht privat und nicht intim und keinesfalls ein nur sie und Martin Holm betreffendes Geheimnis. In der Zeit ihrer schlimmsten Befürchtungen hatte sie erwogen, das Bild zu verpacken und anonym dem Direktor der Berliner Gemäldegalerie zu schicken: es ihm anzuvertrauen. Der Direktor, ein kluger Kopf und besonnener Mensch, würde die Ordnung wieder herstellen. Aber damit wäre auch das Schicksal der Kopie, ihres Originals, besiegelt. Lore konnte nicht anonym bleiben und es gleichzeitig zurückfordern. Ihr Werk würde in einer Besenkammer ohne Licht landen, im labyrinthischen Depot verschwinden. Es würde still ausgelöscht, und dafür war es schlicht zu gut, zu wertvoll, ein zu wichtiges und unersetzliches Zeugnis ihres Lebens und ihrer Könnerschaft. Pieter Bruegels *Zwei Affen* lag seit fünf Jahren in einem Bankfach, das sie in Zürich dafür gemietet hatte. In den unterirdischen Banksafe der UBS gehörte das Gemälde definitiv nicht. Es gehörte nach Berlin, es gehörte rechtmäßig zum Bestand des Preußischen Kunstbesitzes und war Eigentum einer Stiftung, und es gehörte gefühlsmäßig – wenn Lore ihrem Herz ein Mitspracherecht einräumte – allen an Malerei interessierten Menschen, woher aus der Welt sie auch immer erwartungsvoll anreisten, um das seltsame Kunstwerk im Museum zu betrachten.

2

»Martin, ich bin in Amsterdam, ich möchte dich treffen.«

Er hörte ihre Stimme auf dem Anrufbeantworter, nahm aber den Hörer nicht ab. Er hatte das Telefon klingeln lassen, war gerade dabei, sich für einen langen Marsch am Strand geeignete Schuhe anzuziehen und wollte sich nicht aufhalten lassen, er musste jetzt los, um die Ebbe zu nutzen, den breiten Strand, auf dem er am liebsten ging. Ihre Stimme berührte ihn, sie klang so nah, vertraut und fremd zugleich und schlug sofort eine Brücke. Er machte einige Schritte zum Telefon hin, zögerte.

»Miriam hat mir die neue Nummer und deine Adresse gegeben.«

Die Zeit, in der Martin Holm auf einen Anruf von Lore geradezu lauerte und als Letztes, bevor er sein Haus verließ, einen Blick auf das Telefon warf, zur Kontrolle, ob das Aufnahmegerät auch eingeschaltet sei, gehörte längst der Erinnerung an. Ob Lore wusste, wie sehr er damals auf ihren Anruf gewartet hatte?

»Bist du zu Hause, Martin? Hallo, hier spricht Lore Spescha.«

Zweimal in seinem Leben wäre ihm ein Anruf von Lore Spescha wichtig gewesen. Zum ersten Mal als er Mitte vierzig war und sich in den Startlöchern für ein neues Leben wähnte und er sich wünschte, sie rufe an, um ihm Datum und Ankunftszeit ihres Rückflugs nach Amsterdam mitzuteilen. Das zweite Mal, als er sechzig war (in der Phase, als Miriam und die Kinder bei ihm wohnten und er überlegte, sich aus der operativen Leitung der Firma zurückzuziehen, um mehr Muße zu haben), nachdem Lore ihn überrascht und mit dem geliebten Bruegel verschwunden war, selbstgerecht. Sie hatte nicht angerufen, keine Erklärung abgegeben. Aus der unerhörten Tatsache, dass er, im Stil eines ausgebufften Magiers, ohne ihre Erlaubnis einen Spescha in einen Bruegel verwandelt hatte (niemand bemerkt den Unterschied, wie alle den Elefanten übersehen, obwohl er auf der Bühne steht), hatte sie ein Anrecht auf das nun gewissermaßen überzählige Stück abgeleitet, notabene das Original. Sie hatte es entführt. Erhobenen Hauptes war Lore abgerauscht, ohne sich später zu melden. Ohne sich jemals wieder zu melden.

»Bist du nicht da? Martin, hörst du mich?«

Nein, er hörte sie nicht, er wollte sie nicht hören. Denn er wartete nicht mehr auf einen Anruf von dieser Frau, schon lange nicht mehr. Martin hatte sich das Warten überhaupt abgewöhnt und stufte die meisten Dinge als *nicht dringlich* ein. Die Hoffnung, da komme noch etwas Umwerfendes, auf das zu warten sich unbedingt lohne und das zu verpassen eine Sünde wäre, quälte ihn nicht. Lore hatte eine seltsam junge Stimme. Neugierig machte sie ihn schon. Er war sich nicht sicher, ob es ein Geschenk oder eine Heimsuchung wäre, wenn sie aus den Kulissen heraus erneut seine Lebensbühne stürmte. Diese Frau wollte ihn doch nicht noch einmal auf die Probe stellen, er hasste Prüfungen. Wenn es ihm gut ging, fühlte sich sein Leben wie die Fahrt in einem Oldsmobile an, in einem Chevrolet mit Weißwandreifen. Die Reifen waren zu wenig aufgepumpt, viel zu weich, der Motor beschleunigte schlecht und die Schaltung war nicht synchronisiert. Ja, so war das Alter. Es gab trotzdem nichts, worüber Martin sich beklagen müsste. Er wohnte seit einigen Jahren in einem Haus mit freier Sicht auf die Nordsee. Er beobachtete die unverschämten Wasservögel, die so gellend schrien und trotzdem ungehört blieben, weil der Sturm sie überbot oder der Wind ihr Geschrei übers Meer verstreute. Die lauten Vögel, da war er sicher, hatten keine Botschaft. Gehört zu werden bedeutete für sie nichts. Zu schreien bereitete ihnen Lust. Martin bewunderte sie vom Haus aus und am Strand. Möwen waren Räuber und Akrobaten. Jeden Tag marschierte Martin hinter dem Deich mit seinen struppigen, winderprobten Gräsern am Meer entlang. Die salzige Luft tat ihm gut. Er atmete den Salzgeruch ein, das Salz erinnerte ihn, wenn er dazu in Stimmung war, an seine Kindheit und Jugend. Er war jetzt siebenundsiebzig Jahre alt. Er hatte keine Zeit, um noch auf irgendetwas oder auf irgendwen zu warten. Beim Warten verfaulte die Zeit, Warten war Zeitverschwendung, beim Warten versäumte man den Tag. Jede Stunde, jede einzelne Minute war kostbar, war sein Leben. Und falls doch noch etwas (was auch immer) Umwerfendes kommen sollte, so kam es, auch wenn er es nicht erwartete. Das Warten beschleunigte nichts und das Warten bremste nichts; die Dinge entwickelten sich unabhängig davon. Das Warten machte unfrei.

»Ich miete ein Auto und fahre zu dir hinaus. Du wohnst doch südlich von Bergen aan Zee?«

Sollte Lore doch antraben, sollte sie doch ein Auto mieten und ihn hier aufstöbern. Er würde ihr einen alten Portwein kredenzen und sie zum Essen in den »Dorfkrug« einladen und ihr sogar das Gästezimmer anbieten und alle ihre Fragen mit Geduld beantworten, er war mit sich und seinem Leben im Reinen. Es gab kein Geheimnis, keine Tabus, keine Leiche im Keller.

Vier Jahre verheiratet gewesen, kinderlos, zum Glück, wie sich nach der Scheidung herausstellte. Er hatte die Frau, Tilla, als Ersatz benutzt, um das Begehren zu stillen, das Lore in ihm geweckt hatte. Und er war Balsam für Tillas Wunden gewesen. Zu wenig für ein Paar. Jetzt wären die Kinder, hätten sie Kinder gehabt, erwachsen. Martin hätte gern erwachsene Kinder. War darum glücklich gewesen, als Miriam seinen Vorschlag annahm und mit ihren Kindern zu ihm ins Haus an die Bloemgracht zog. Miriams Kinder waren nun junge Erwachsene, sie erfanden das Leben jeden Tag neu und besuchten ihn hier, oder er sah sie, wenn er nach Amsterdam fuhr, wo Miriam an der Bloemgracht immer ein Zimmer für ihn bereithielt. Sie war die Exfrau des einzigen Sohnes von Carel van Vliet, Martin hatte ihr das Haus in Amsterdam überlassen. Nein, ein Liebesverhältnis hatte er mit Miriam nie gehabt. Leider. Andere Frauen? Es hatte viele Frauen in seinem Leben gegeben, aber leider niemals *die* Frau, die einzig richtige Frau, es gab nur *mögliche* Frauen. Was nicht heißt, dass die Liebe fehlte. Sie war nur zu wenig dauerhaft. Sie erschöpfte sich wie ein Paar in einer langen Liebesnacht; nur folgte dann nicht das freundschaftliche Nachbehagen, sondern die Langeweile. Zuerst ging der Gesprächsstoff aus. Es gab Situationen, in denen es herrlich war zu schweigen, in denen Schweigen das Vollkommene gewesen wäre; aber es kam öfter vor, dass Schweigen eine Qual bedeutete, man stapfte gemeinsam durch das raschelnde Laub im weitläufigen Vondelpark und hatte einander weniger zu erzählen als die Elstern in den Bäumen, man saß nach dem Kino am Tresen einer exotischen Bar, aber statt über den Film zu sprechen, starrte jeder ins langstielige Glas, in seinen himbeerroten oder grasgrünen Drink, unten schmolz das

Eis, oben schwammen Fruchtteile, sodass der letzte Schluck in der Regel lau und eklig war und ein Unbefriedigtsein erzeugte, das mit der Bestellung eines weiteren Drinks am schnellsten zu beseitigen war. Beim Schweigen, das Martin liebte, reichte die Sprache nicht aus, um all das herrliche Gesumme im Kopf differenziert zum Ausdruck zu bringen, beim Schweigen, das er hasste, schwieg man, weil man einander nichts zu sagen hatte und der Kopf leer war, und noch leerer das Herz. Und die Hoden waren anästhetisiert, während sie sich bei dem vollkommenen Schweigen mit Blut füllten. Martin hatte sich jedoch nicht zu beklagen. Zuletzt über Frauen. Schon gar nicht über sein Liebesleben. Das er auch jetzt noch nicht als abgeschlossen betrachtete. Martin war stabil in seinem Begehren, er wollte und er konnte noch; er hatte seinen letzten Walzer noch lange nicht getanzt.

»Martin, hier spricht Miriam, hat diese Frau dich angerufen?«

Er hörte das Band nach seinem Strandgang ab. Miriam wollte er später zurückrufen. Mit ihr war er immer in Kontakt; seit Carel van Vliet verstorben war, hatte sich die Beziehung zwischen dessen Schwiegertochter und Martin noch vertieft. In seinem Testament stand nun ihr Name und der ihrer Kinder. Lore war wohl unterwegs, sie hatte sich bestimmt ein Auto mit einem Navigationssystem gemietet und wurde von einer sanften Stimme sicher durch die Niederlande geleitet. Aus dem verstopften Amsterdam heraus und über die stark befahrene Autobahn Richtung Norden. Über verzweigte Haupt- und abbiegende Nebenstraßen bei allmählich nachlassender Verkehrsdichte punktgenau vor seine Haustür. Er sah sie aussteigen. Er sah sie auf sein Haus zugehen. Er sah sie vor der Tür stehen. Lore klingelte. Er hätte Schriftsteller werden sollen, es fiel ihm leicht, sich Situationen und Figuren plastisch vorzustellen, sinnlich. Sich ausdenken, was geschehen könnte, war eine bestrickende Sache. Es hatte keine Folgen. Das Erdachte sprang der Wirklichkeit nicht plötzlich auf den Buckel, es spielte sich ausschließlich im Kopf ab. Vor dem inneren Auge. Aber Lore Spescha war jetzt unterwegs, sie war wirklich in der Welt unterwegs. Sie könnte ihr Auto in den Straßengraben steuern und jemand Wirklicher müsste es bergen, sie könnte von der echten Polizei angehalten und echt kontrolliert werden und ein gültiger Ausweis belegte, dass sie eine Frau aus Fleisch und Blut war. Kein Hirngespinst, keine Kopfgeburt, sondern eine weibliche Person von sechzig Jahren, die mit ihm (aus ihrer Sicht) eine Rechnung offen hatte. Lore Spescha tauchte hier auf. Es war nur eine Frage der Zeit, er konnte auf die Uhr schauen und diese Zeit vorausberechnen. Es wird geschehen, in spätestens zwei Stunden wird sie klingeln. Ein Vorteil, den die Wirklichkeit einem bot, war, dass man sich nichts auszudenken, auszumalen und vorzustellen brauchte. Man konnte es allerdings tun. Es bereitete einen vor, es schützte einen unter Umständen vor bösen Überraschungen. Martin rief nicht Miriam an, er reservierte im »Dorfkrug« einen Tisch.

Jetzt wartest du, jetzt wartest du doch auf die Ankunft von Lore, stellte er fest und war enttäuscht, in ein altes Muster zu fallen, das er selbst als überwunden deklariert hatte. Um etwas Wirksames gegen den Rückfall zu unternehmen, begab er sich ins Untergeschoss, wo er ein Schwimmbecken hatte einbauen lassen. Schwimmen war eine handfeste Abhilfe gegen das Warten. Martin konnte eine ihm genehme Strömungsgeschwindigkeit wählen und am immergleichen Ort schwimmen, mit genauso viel Kraft, wie er einzusetzen wünschte, mindestens eine halbe Stunde. Und falls dereinst eine Zeit eingeläutet werden sollte, in der er es nicht mehr konnte, weil das Alter seine Bewegungsfreiheit einschränkte (Umstände, die er seit Carel van Vliets letzten und gebrechlichen Jahren auch für sich nicht ausschloss), bliebe ihm im Obergeschoss ein Raum mit einem breiten Fenster zum Meer; im bequemen Stuhl sitzend schaute man von dort aufs Wasser, auf die unruhige See. Nahm sein Sehvermögen weiterhin ab (was zu erwarten war), würde Martin Holm sich dereinst mit dem Gedanken anzufreunden haben, das Meer und die salzige Luft bei offenem Fenster wenigstens noch riechen und hören zu können. Wenn auch dieser Zustand ein Ende nahm, dann spürte er die schrumpfende Außenwelt halt blind und taub und riefe das aus dem Gedächtnis ab, was ihm fehlte, wonach er sich sehnte (falls das Sehnen nicht ebenfalls aufhörte und sich im Kopf eine unüberwindbare Müdigkeit ausbreitete). Dann müsste er sich an die Sicht aufs Meer erinnern und an die mannigfaltigen Gerüche und an das Tosen der Sturmflut und an den sanften Wellenschlag an milden Sommertagen. Aber so weit war es noch nicht, noch war Martin Holm lange nicht an diesem Punkt angelangt. An der Endstation, wie Carel van Vliet es knapp formuliert hatte. Im Obergeschoss hingen auch Lores *Zwei Affen* an der Wand. Nebst einer Zeichnung (Feder und Tusche), angeblich von Pieter Bruegel. Martin hatte die Arbeit auf einer Auktion in London erworben. Sie trug den Titel »Maler und Kenner« und galt als Selbstporträt des Künstlers. Das *quasi autobiographische* Blatt gehörte zu den meistkopierten und einflussreichsten niederländischen Zeichnungen der Spätrenaissance. Die graphische Sammlung Albertina behauptete, das Original zu besitzen, für die Wiener stammte ihre Zeichnung von Bruegels Hand, jede andere Zuschreibung schlossen ihre Experten aus. Martin Holm hütete sich, darüber eine Meinung kundzutun, er war mit seinem Blatt sehr zufrieden. Dass es nie eine letzte Gewissheit gab, bekümmerte ihn nicht. Vielleicht hatte Pieter Bruegel es gezeichnet, vielleicht Jacob Savery I, Georg Hofnagel, Eric Hebborn oder ein Anonymus es kopiert. Das Blatt war meisterlich, ein geglücktes Werk. Ob der dargestellte Mann mit dem Pinsel in der Hand tatsächlich Pieter Bruegel so ähnlich sah, dass man sagen konnte,

Bruegel schaut in den Spiegel und zeichnet genau, was er sieht, war ebenfalls nicht erwiesen. Niemand wusste, wie Meister Bruegel wirklich ausgesehen hatte. Für Martin exakt wie der alte Mann auf dem ungefähr vor vierhundertfünfzig Jahren geschöpften Papier. Er glaubte, in dieser Arbeit Bruegel zu sehen, obwohl der Dargestellte, mit heutigen Augen betrachtet, doppelt so alt sein musste, wie Bruegel damals gewesen sein mochte, knapp vierzig. Der Mann auf der Federzeichnung passte in ein Altenheim und dürfte dort in der Malgruppe mitmachen. Und es könnte geschehen, dass niemand seine Begabung erkannte und die Leiterin den grimmig konzentrierten Greis mit dem zerzausten Haar für seinen Eifer lobte, wie sie auch ein mit heraushängender Zunge vollkommen vertieft mit Buntstiften hantierendes Kind ermutigte.

Beim Schwimmen dachte Martin nicht an Lore. Möglichst wenig dachte er an Lore. Er verdrängte die Gedanken an diese Frau wie das Wasser. Im Verlauf der Jahre war das Bild, das er von ihr hatte, immer undeutlicher geworden. Ohnehin war sie seiner Erinnerung und sich selbst entwachsen. Es musste so sein. Sie war jetzt sechzig. Es nützte ihm nichts, wenn er ein genaues Bild von ihr hätte, es wäre eine veraltete Version, abgelegt in einer Schublade seines Gehirns. Sein Herz klopfte stark und regelmäßig. Es war im Wasser nicht zu spüren, im Wasser wurde der Körper schwerelos und schmerzfrei. Aber er wusste es. Lore folgte ihrem Leitstern und verfehlte das gesetzte Ziel nicht. Eine erneute Karambolage war programmiert. Die Wassertemperatur betrug siebenundzwanzig Grad Celsius. Die Strömung bot Martin sanften Widerstand. Eine Freundin, die sich mit Fengshui beschäftigte, hatte ihm prophezeit, fortwährend gegen den Strom zu schwimmen schade seiner Seele. Das war Unsinn. Es stärkte sein Herz. Bei einer Beckenlänge von genau sieben Metern müsste er ohne Strömungsmaschine ständig wenden, das schadete seinen Gelenken und verdürbe ihm den Spaß. So konnte er, die wasserdichte Brille aufgesetzt, schwimmen und schwimmen und beim Schwimmen alles vergessen und erinnern. Aber die Erinnerung war nicht sein Hauptgeschäft. Manchmal gab er dem Vergessen den Vorzug. Gern stellte er sich vor, *was wäre, wenn.* Und das meinte er nicht rückwärtsgewandt, es öffnete den Tag, es war ein Ansporn, etwas zu unternehmen, für das er sich aufraffen musste, überwinden, um dann belohnt oder enttäuscht zu werden. Nur wenn der Blues ihn lähmte, fragte er sich: *Was wäre gewesen, wenn; was hätte sein können?* Das Rückwärtsgerichtete baute ihn jedoch nicht auf, im Gegenteil, der Wunsch, das gelebte Leben (wie ein Hemd) gegen ein anderes zu tauschen, verminderte seinen Wert. Die Dinge sind, wie sie sind. Sie könnten immer besser sein. Noch besser. Jetzt schwamm Martin mit ruhigen Froschbewegungen am selben Ort, während Lore sich mit ihren berechtigten Vorwürfen, unberechtigten Forderungen und zahllosen Fragen im Tempo von hundert Kilometern pro Stunde im Strom der Fahrzeuge, aus dem sie rechtzeitig ausscherte, durch die Niederlande auf ihn zubewegte.

3

Lore hatte in der überraschend unverändert gebliebenen Kneipe ein Bier getrunken und, da sie Martin nicht in seinem Hause antraf, im Hotel übernachtet. Sie kam am frühen Abend in Bergen aan Zee an, erschöpft, die Zeitumstellung machte ihr zu schaffen, und hungrig, sie hatte den ganzen Tag nur Kaffee getrunken, und war gleich einverstanden, das Gästezimmer zu beziehen und später im *Dorfkrug* zu essen.

»Nicht schlecht«, sagte sie.

Martin erinnerte sich, dass sie sich schon einmal so geäußert hatte. Sie standen im oberen Stock am breiten Fenster und schauten auf die Nordsee, wo im schwindenden Licht flüssiges Blei und flüssiges Messing vermischt wurden und ein karminroter Streifen am Horizont dort eine Grenze vorgaukelte, wo die Weite erst begann.

»Für einen Spaziergang ist es zu spät«, sagte Martin, »morgen haben wir reichlich Zeit dafür.«

Er zeigte ihr die Federzeichnung. Mit großem Ernst betrachtete Lore das Blatt. Martin glaubte in ihrem Gesicht auch Verwunderung zu sehen, musste sich allerdings eingestehen, ihr Gesicht gar nicht zu kennen. Er hatte es geküsst, er hatte es an seiner Brust gespürt, er hatte es mit den Händen berührt. Aber all das zählte jetzt nicht mehr. Vor ihm stand eine Frau mit ihm unbekannten Absichten und Beweggründen.

»Vermutlich ein Selbstporträt«, sagte Lore.

»Einige Bruegel-Experten vermuten, der große Meister habe sich auf dreien seiner Werke selbst dargestellt. Die Federzeichnung zeigt ihn ohne Tarnung. In zwei Gemälde hat er sich hineingeschmuggelt. Er nimmt am berühmten *Hochzeitsessen* teil, rechts am Bildrand sitzt er am Tisch. Und er lauscht, mitten in der Menge stehend, der *Predigt Johannes des Täufers.* Eine letzte Gewissheit gibt es natürlich nicht. Die drei Bruegel sehen ja ganz unterschiedlich aus, wenn ich ihre Gesichter betrachte, stelle ich keine Ähnlichkeit fest.«

»Alle tragen Bart«, scherzte Lore.

»Zwei sind Zuhörer. Der eine folgt mit verschränkten Armen der verbotenen Predigt. Der andere hört mit unbewegter Miene einem Mönch zu. Der Künstler in der Rolle des kühlen Beobachters, des unbeteiligten Zuschauers, als Zaungast.«

Lore wandte sich von der Federzeichnung ab und, wie ihm schien, mit gerümpfter Nase den *Zwei Affen* zu, ihrer Kopie.

»Sie ist immer noch ausgezeichnet«, meinte Martin.

»Ja, sie hat sich gut gehalten«, bestätigte Lore, ohne verächtlichen Unterton. Martin hatte ihre Miene falsch gedeutet, das leichte Kräuseln des Nasenrückens war ein Zeichen der Billigung, eine neue mimische Variante in Lores Gesicht; Martin hatte keine Erinnerung daran, er bemerkte es zum ersten Mal. Es weckte sein Misstrauen, warum war sie hier? Diese energische ältere Frau mit dem Make-up einer Diva, den karmesinrot geschminkten Lippen und dem grau melierten Haar? Sie trug einen safrangelben Hosenanzug, einen hellblauen Pullover und teure weiße Turnschuhe.

»Du bist wegen der *Zwei Affen* gekommen?«

»Es gefällt ihnen nicht im Safe«, sagte Lore.

»Wo würde es ihnen besser gefallen?«

»In der Berliner Gemäldegalerie.«

Sie gingen zu Fuß zum »Dorfkrug«, Martin hängte sich bei Lore ein. So zart könnte eine von verpasster Liebe und der zweiten Chance handelnde Geschichte beginnen. Ein frischer Abend.

»Bist du inzwischen verheiratet?«, fragte Martin.

»Nein.«

»Dann hast du keine Kinder?«

»Ich war mit einem Mann zusammen, der Kinder hatte; ein Junge und ein Mädchen«, erzählte Lore und fragte, »Miriam? Ist sie deine Frau, hast du Familie?«

»Hätte ich gern gehabt, hat aber nie geklappt«, gestand Martin. »Miriam war die Frau von Carels Sohn.«

»Jetzt ist sie deine Geliebte?«

»Dagegen hätte ich nichts«, sagte Martin und lachte.

Die Straße war spärlich beleuchtet. Deutlich sah man die erhellten Fenster der Häuser und Gehöfte, die verstreut im Wiesenland und im Schutz von Bäumen standen, gelbe Fenstervierecke wie in einem Kalender. Die Bäume dienten als Windfang, ihre Kronen bogen sich, die Blätter raschelten ununterbrochen; in manchen

Nächten raubte das ewige Zischeln Martin den Schlaf und er verfluchte das ziselierte Geräusch, es zerrte an seinen Nerven.

Das Dorf bestand aus ein paar vereinzelten Häusergruppen. Milch und Fleisch. Blumenfelder. Vereinzelte Wanderer in den gelben Dünen. Radfahrer im harten Gegenwind auf der Landstraße. Pfeifende Wildkaninchen. Randlage. Eine Prachtkulisse für figurative Maler, leider das falsche Jahrhundert. Hier fand Martin Holms Leben statt. Ausgeräucherte Fuchsbauten. Heulen in der Nacht. Im Frühling der schwere Duft der Tulpen. Er liebte das, er hatte es sich ausgesucht. Gespenster bei Vollmond (Silhouetten von Jagdbombern, sie brachen aus dem Nichts hervor). Schlangen im Strandhafer. Martin hatte sich hier eingefügt. Zu jedem Hof gehörte ein Hund. Die gelangweilten Köter betrieben eine Art Buschtelefon. Ihr Gebell eskortierte das ins Gespräch vertiefte Paar auf der asphaltierten Landstraße. Man konnte Martin und Lore durchaus für ein bewährtes Ehegespann halten. Aber sie teilten keine gemeinsam entwickelten Gewohnheiten. Das Gekläff lief dem Paar um ein, zwei Häuser voraus. Der »Dorfkrug« war ein reetgedeckter Landsitz. Früher sollte ein Graf ihn bewohnt haben. In der Gaststube silbergrau gescheuerte Dielen, Blumen aus Stroh und gehäkelte Gardinen. Auf den Tischen brennende Kerzen. Die Lampenschirme waren aus kariertem Stoff, im Kamin knackte ein Feuer. Überdies lief keine Musik, nie. Der Wirt des »Dorfkrugs« war entschieden ein Menschenfreund, er verwöhnte seine Gäste und verschonte sie mit Soße aus dem Radio und dem CD-Player.

»Suppe, ich nehme die Kartoffelsuppe.«

»Danach das Wienerschnitzel.«

»Und Gemüse?«

»Ja, gerne und als Nachtisch Rote Grütze.«

»Und gleich eine Flasche Burgunder.«

4

Martin Holm wollte nichts mehr beweisen: weder sich selbst noch jemand anderem, und schon gar nicht wollte er sich einreden lassen, sich oder jemandem noch etwas beweisen zu müssen. Er war so frei – kein Held sein zu müssen. Dem Zugzwang entronnen, dem Druck zu handeln. Er konnte dafür durchaus eigensinnig sein. Er ging am Strand neben Lore, die Hände hinter dem Rücken verschränkt, das Kinn vorgereckt, und hörte sich Lores Ausführungen eher missmutig an. Sie verfolgte ein Ziel. Martin Holm musste dazu überredet werden, sich der Herausforderung einer verschlossenen Tür ein letztes Mal zu stellen, dem Widerstand eines Schlosses, das, laut Garantie der Firma, niemand zu knacken imstande war, einer theoretisch unüberwindbaren, modernen Sicherheitsanlage. Ein alter Mann will nichts mehr beweisen müssen. Er wiederholte das. Es fehlte ihm der Ehrgeiz, ja er fände es lächerlich, die Ambition zu hegen, Bruegels *Zwei Affen* in einer Nacht-und-Nebel-Aktion ebenso unbemerkt wieder in den Bestand der Berliner Gemäldegalerie einzugliedern, wie er es daraus entfernt hatte. Es war Lores Wille. Martin sollte die Ordnung, in die er wie mit Zauberhand eingegriffen hatte, wiederherstellen.

»Was willst du damit sagen?«

»Du hast das Bild aus dem Museum entfernt und bringst es wieder ins Museum zurück.«

»Du hast mir das Bild geklaut«, kicherte er.

»Geklaut? Gehörte es denn dir?«

»Grimmig bist du mit den *Zwei Affen* in der Tasche abgerauscht.«

»Ich bringe es dir wieder, so einfach ist das.«

»Ich will das verflixte Bild gar nicht zurückhaben«, sagte er. Und als bereite es ihm Spaß, sie ein wenig zu ärgern, fügte er mit einem Lächeln hinzu: »Liebe Lore, lass mich kurz nachdenken. Du hast mir niemals ein Bild geklaut. Nicht dass ich wüsste, mir fehlt kein Bild, die *Zwei Affen* in meinem Haus sind eine Kopie, Lore Spescha …«

»Die *Zwei Affen* in der Gemäldegalerie sind auch eine Kopie von Lore Spescha«, sagte sie mit einem sarkastischen Unterton, »was für ein Zufall!«

»Es gibt eben nicht nur Familiengeheimnisse, es gibt auch Museumsgeheimnisse.«

Statistik und Wahrscheinlichkeit hatten Martin Holm immer geholfen, sein Leben zu ordnen, mit beiden Füßen auf dem Boden zu bleiben. Er glaubte an Wahrscheinlichkeiten, nicht an den Zufall. Viel mehr Dinge, als die meisten Menschen ahnten, ließen sich pragmatisch berechnen. Er war ein Datensammler. Mit jedem Jahr, das er älter wurde und glücklich überstand, erhöhte sich logisch die Wahrscheinlichkeit, die statistische Lebenserwartung für Männer seiner Generation zu übertreffen. Die Prognose war gut. Nur wenn seine Gesundheit eine überraschende Wendung zum Schlechten nahm (und warum sollte sie das tun, es gab keine Anzeichen dafür), musste er sich akut Sorgen machen. Im Normalfall lagen noch zehn Jahre vor ihm, und das konnten zehn richtig gute Jahre werden. Er setzte das Lore auseinander. Es wollte ihm nicht in den Kopf, warum er das Risiko eingehen sollte.

»Wir sind doch auf der sicheren Seite.«

»Ich könnte dich verpfeifen, Kunsträuber Holm.«

Raub, ein Verbrecher war er nicht, er hatte nichts beschädigt, keinen Schädel und auch kein Schloss zertrümmert; er hatte die sanfte Tour gefahren. Hausfriedensbruch könnte die Anklage lauten. Ohne Erlaubnis, aber auch ohne eine Tür, ein Schloss oder ein Fenster zu beschädigen, hatte er das Palais des Beaux Arts im Morgengrauen betreten und die *Zwei Affen* entwendet. Kunstraub, Besitzgier ohne die Absicht materieller Bereicherung oder Erpressung könnte man ihm vorwerfen. Die stille Entführung der *Zwei Affen*. Dafür erhielte er im schlimmsten Fall Haft auf Bewährung. Er war ein unbescholtener Mann, keine Vorstrafen.

»Mir kann nicht viel passieren«, sagte er. Und um sie zu ärgern: »Liegt das Bild nicht in deinem Banksafe?«

»Wir müssen es zurückgeben«, sagte Lore.

»Warum?«

»Es ist eine äußerst unverantwortliche Illusion zu glauben ... Scheiße, es ist Diebesgut, und ...«

»Solange das Original ordentlich aufbewahrt wird, ist es zweitrangig, wo es sich befindet«, holte Martin aus, »Banksafe, Dachboden, Flohmarkt, Museum«, zählte der alte Mann gleichgültig auf, »Hauptsache die Tauben scheißen nicht darauf und es hängt nicht in einem heruntergewirtschafteten Herrschaftshaus, wo im Salon der Kamin raucht.«

»Hör auf damit, Martin, was du auch daherredest, alles Stuss, nichts davon ändert die grundsätzliche Situation.«

»Immer noch besser, als in die Hände eines blindwütigen Kunsthassers oder gewöhnlichen Banausen zu geraten«, fuhr er unbeirrt und scheinbar ohne Skrupel fort, »am schlimmsten wäre, wenn das Original als Rückwand eines Vogelkäfigs Verwendung fände, als eine bemalte Kulisse, vor der zwei traurige Wellensittiche sitzen, Hansis, ein unfruchtbares Paar.«

»Es ändert nichts, ob es uns passt oder nicht, die Lage ist klar: Das Bild muss zurück.«

»Dein Sinn für Korrektheit ...«

»Du windest dich, du willst dich drücken.«

»Leider hast du recht«, räumte Martin zu Lores Überraschung ein, »ich zögere die Entscheidung hinaus, die ich treffen muss, aber nicht treffen möchte, alles in mir sträubt sich dagegen.«

»Ich fliege nach Zürich und hole das Bild. Wir sehen uns in Berlin.«

Martin berührte Lores Nacken und fuhr mit der Hand ein wenig nach unten, seine Hand deckte ihr Schulterblatt ab. Er bereute, es verpasst zu haben, sich all dies einzuprägen, alle die köstlichen Stellen, er hätte Lores Körper mit seinen Händen auswendig lernen sollen, für immer und ewig, er hätte wissen können, dass ihnen nur wenig gemeinsame Zeit blieb. Schon nach der ersten Nacht hätte er es wissen müssen. Er nahm die Hand weg. Mit raschen Schritten ging er weiter, die Möwen ärgerten ihn, ihr Lärm, der Strandhafer sah lächerlich gelb und steif aus, ein schwarz lackierter Hirschkäfer rannte über den Weg, die grauen Kutter auf See schipperten davon, und er musste demnächst nach Berlin fliegen, um eine Alarmanlage auszuschalten. All dies passte ihm nicht in den Kram, es ging ihm regelrecht gegen den Strich, er machte ein verdrießliches Gesicht, Flugenten segelten ihm über den Kopf, eine Brise kam auf, er roch einen Kadaver (Katze, Fisch, Ente, der Tod machte sie gleich), ein Horn tutete, Martin spürte einen Druck hinter den Schläfen, der kleine Bruegel hatte ihn einmal mehr eingeholt. Um seine Ruhe zu stören, diesmal. So ein blödes Durcheinander. Welcher der beiden Affen bist du heute, Martin, dachte er kummervoll. Alter Narr, du. Deine Welt ist nicht die allerbeste, sie ist höchstens die für dich bestmögliche, ha, machte er, ha, und war ganz verblüfft: Lore schob ihren Arm in seine Armbeuge, sie hängte sich bei ihm ein. Sie hatte ihn herumgekriegt, er war bereit, das in seinen Augen Unsinnige zu wagen (er stufte es als »nicht dringlich« und »riskant« ein); nun erhielt er prompt eine Belohnung dafür, braver Hund. Er fraß dieser fremden Frau mit den spitzen Knien, die energisch und mit langen Schritten neben ihm ging und von der er vor drei Tagen noch gesagt hätte, er traue ihr nie ganz (so wie sie ihm wohl nie ganz getraut hatte), ergeben aus der Hand. Aber er war selber schuld. Er hatte viel zu lange darauf gebaut, dass etwas geschah, ohne sein Zutun: er hatte die Sache aus der Hand gegeben, er hatte ihr die Initiative überlassen, und

Lore hatte sie bestimmt nicht selbstlos ergriffen. Und an seinen Arm hatte sie sich gehängt, er spürte sie an der Seite und zog sie etwas enger an sich, drückte ihren Arm an seine begehrlichen Rippen. Es war ein schmaler, fester Arm mit einer gepflegten, das Zupacken gewohnten Hand. Lange Finger, schöne Nägel. Es lag eine warme Frauenhand auf seinem Unterarm. Sie löste einen lange vermissten Taumel aus, verursachte ihm eine kribbelige Kopfhaut. Die Liebe zwischen zwei Menschen, hatte das Leben ihn gelehrt, war keine Einheit oder gar Verschmelzung, kein fest gebundenes Band. Es handelte sich bei jedem Paar um zwei voneinander getrennte Lieben, von denen jede eine andere Form hatte, ihr eigenes Gewicht und Gesetz, einen besonderen Wärmegrad, eigene Farben und eine andere Konsistenz.

»Ich miete für uns eine Suite in Berlin«, sagte er.

»Abgemacht«, antwortete Lore.

5

Mitten in der Nacht ging in den leeren Sälen der Berliner Gemäldegalerie das Licht an. Wer draußen auf dem Platz am Kulturforum stand, musste davon nicht unbedingt etwas mitbekommen. Es gehörte zu den Marotten des Direktors, seinem Haus gelegentlich einen Besuch zur Unzeit abzustatten und ganz allein mit den Meisterwerken Zwiesprache zu halten. Ich habe ein Rendezvous mit Rembrandt und Vermeer, kokettierte der Direktor und nahm in Kauf, seinen Stiftungsrat, den Oberbürgermeister und die hauseigene Sicherheitscrew zu verärgern. Was nützten ausgeklügelte Alarmsysteme und kostspielige Vorkehrungen gegen die dreiste Kunstraub-Mafia und gegen verwirrte Typen mit Säureballons und kranke Schlitzer mit Teppichmessern, wenn der Herr Direktor selbst eigenmächtig die Regeln brach? Jedes Mal, wenn er einen Kunstanfall erlitt, trieb ihn eine unkontrollierbare Kraft aus dem Bett und in die Tiefgarage und nötigte ihn dort, ins Auto zu steigen und durchs nächtliche Berlin zu seinem Museum zu fahren. Von seinem Büro aus drang er durch eine unscheinbare Tapetentür in die prächtigen Säle ein. Er stand unter Strom. Die Kunst schien ihn zu rufen, die Versuchung war stärker als seine Widerstandskraft. Laut einer Notiz des Sicherheitschefs war der kunstfiebrige Nachtwandler selbst ein Risikofaktor. Obwohl er der ranghöchste Beamte war, hatte der Direktor in der Gemäldegalerie morgens um drei so wenig zu suchen wie der Chef der Deutschen Bank im Tresor seines Geldinstituts.

In das kleine Kabinett, in dem die *Zwei Affen* von Bruegel hingen, schaute er nur kurz hinein. Er schätzte Bruegel, seine Verehrung galt jedoch Rembrandt, dem goldenen Zeitalter der Niederlande. Im hinteren Teil des Kabinetts war eine Sitzbank, und ein Fenster ging auf einen Platz hinaus. Dort draußen war es dunkel. Das Museum war eine Festung, eine Burg. Die Außenwelt, das Sony Center kam dem Direktor manchmal ferner vor als ein bunter Planet. Das Museum war seine Schatzinsel, geborgen streifte er darin herum, erkundete abgelegene Winkel, versponnene Werke. Oder sein Auge entdeckte mit einem Mal Elemente, die verblüffend neue Zusammenhänge schufen. *Wenn du auf eine Wahrheit stößt,* wollte er in einen Aufsatz einbauen, *deren Gegenteil auch eine Wahrheit ist, bist du der Wahrheit am nächsten.* Die Gemälde sahen nicht jede Nacht gleich aus, sie hatten auch die Unart, sich dem Direktor zu verschließen, als hätte ein oberflächlicher Betrachter oder eine Besucherhorde sie verärgert. Wiederum überraschten sie ihn manchmal mit ihrer, ja, Mitteilsamkeit. Du bist der Direktor dieses Hauses nur, um zwei-, dreimal im Jahr das Privileg auszukosten, mit den wunderbaren Gemälden allein zu sein. In diesen intimen

Nächten, wenn das Licht der Lampen sich im Parkett spiegelte und die Gemälde nur für ihn an den Wänden zu hängen schienen und ihn die Vision übermannte, sie nicht nur zum ersten Mal zu sehen, sondern als Erster und Einziger zu sehen, sie gerade zu entdecken, geriet er in einen Taumel, erlebte er ein weltfremdes Glück. Dann war die Gemäldegalerie nicht eine Burg oder Insel, sondern ein riesiges Schiff: Der Direktor entfernte sich mit seinem Schiff und seinen Gemälden immer weiter von jedem Ufer. Natürlich hatte er sich auch schon ausgemalt, wie es wäre, in der Nacht von der Wache überrascht und in Handschellen abgeführt zu werden. Der Wachmann wollte ihn partout nicht erkennen, das Missverständnis nicht auflösen. Der Sicherheitschef rächte sich. Ebenso lief in seinem Kopf der Film ab, unverhofft einem brutalen Kunsträuber zu begegnen, den er bei Vermeer in flagranti ertappte und der natürlich bewaffnet wäre. Und welches der Gemälde würde der Direktor selbst abstauben? Die unerhörte Frage ließ sich nicht verbieten, und er wandelte sie aus Selbstschutz in ein statthaftes Gedankenspiel um: Die Sintflut, die Sintflut wiederholt sich und du erhältst den Auftrag, eine Arche mit Gemälden zu bestücken wie zu biblischer Zeit Noah mit Tieren. Welche Gemälde würde der Direktor an Bord schaffen lassen, welche Auswahl träfe er in schlaflosen Stunden? Und falls er sich bei seinem Rücktritt, wenn er in einigen Jahren in den Ruhestand ging und das selbstangemaßte Privileg verlor, nachts in der Gemäldegalerie ganz ungebunden zu flanieren und verstiegen zu philosophieren, wenn er den Schlüsselbund abzugeben hatte und sich das geliebte Museum für ihn in eine uneinnehmbare Festung verwandelte, falls ihm dann, an jenem nicht mehr allzu fernen Tag, ein Gemälde seiner Wahl als Abschiedsgeschenk angeboten würde, welches ... Der Direktor wusste es nicht, er wusste es nicht mehr, er könnte sich nicht für ein bestimmtes Werk entscheiden. Er wusste allerdings, dass er als Student der Kunstgeschichte ohne jedes Zögern Rembrandts

Mann mit dem Goldhelm gewählt hätte, es war zu seiner Studienzeit das berühmteste Gemälde von Rembrandt gewesen und hatte ihn tief beeindruckt. Es hatte für ihn, den Studenten, die Kunst verkörpert. Sein Vater hatte ihm einen Kunstdruck des Gemäldes geschenkt; es hing über seinem Bett wie das Porträt eines Schutzengels, eines großen Kriegers der Vergangenheit. Und er hatte denselben Kunstdruck seiner ersten Freundin zum Geburtstag geschenkt. Sie schliefen miteinander und über ihnen wachte der Mann mit dem goldenen Helm. Der Augenblick, in dem er es zum ersten Mal im Museum wirklich sah, als er vor dem Original stand, war ihm unvergesslich geblieben. Vielleicht sein stärkstes Kunsterlebnis. Der Direktor wanderte durch die Säle zu dem Gemälde und genoss die Vorstellung, dass von den kostbaren Originalen der Gemäldegalerie Millionen von Postern und Kunstdrucken existierten, ganze Schiffsladungen voll, Flugzeuge voll, Lkws voll, Abbildungen und Kopien, die irgendwo in Wohn- und Schlafzimmern und Studentenbuden hingen, in Arzt- und Zahnarztpraxen, in Hotels und Büros. Man verschickte sie als Kunstpostkarten und verschenkte sie als Puzzles. Und den Besitzern bedeuteten sie etwas. Keiner hängt ein Poster auf, das ihm nichts bedeutet. Und die Bilder erschienen in Millionen von Köpfen wie auf Monitoren, flimmernde Bruchstücke, Einzelheiten, vage Erinnerungen, verschwommene oder glasklare Abdrücke standen im Gedächtnis von Menschen überall auf der Welt, die diesen Gemälden irgendwann irgendwo begegnet waren und sie, einige wohl auch ihrer grandiosen Hässlichkeit wegen, in Erinnerung behielten. Er war damals als Junge und später als Student keine Ausnahme gewesen. Und jetzt durfte er sie täglich sehen, war es nicht richtig, sich als glücklichen Menschen zu bezeichnen?

Nun stand der Direktor vor Rembrandts *Mann mit dem Goldhelm.* Es war, als hätte Rembrandt alles, was ihn als Maler groß machte, in diesem Bild zum Ausdruck gebracht. Wie er das Licht behandelte, die Farben auftrug und den Helm in ein das goldene Zeitalter repräsentierendes Prunkstück verwandelte, kurzum, der *Mann mit dem Goldhelm* war die Rembrandt-Ikone schlechthin. War sie gewesen. Das Gemälde war kein Rembrandt, seit 1985 galt der *Mann mit dem Goldhelm* nicht mehr als Original, sondern als Werk eines nicht namentlich bekannten Malers aus Rembrandts Epoche – aus seiner Werkstatt vielleicht – der Rembrandt, seinen Meister, sozusagen übertroffen hatte. Das Bild misst 67,5 mal 50,7 Zentimeter und zeigt einen älteren Mann vor einem dunklen Hintergrund mit einem golden leuchtenden Helm auf dem Kopf. Der Helm ist der beherrschende Bildgegenstand, gegen den das halb beleuchtete Gesicht und der dunkle Hintergrund an Bedeutung verlieren. Es war zu viel Rembrandt, zu viel des Guten, und alle Kunsthistoriker waren darauf hereingefallen, davon begeistert gewesen über Jahrhunderte, er selbst auch. Der anonyme Künstler hatte das rembrandtsche Prinzip über sich selbst hinausgetrieben. Er hatte eine perfekte Parodie geliefert. Gerade deswegen wurde das Gemälde so berühmt, es war für eine bestimmte Zeit der Inbegriff von Rembrandt, ohne von Rembrandt zu stammen. Aber stimmte das, enthielt diese Sicht die ganze Wahrheit? War es nicht auch schäbig, nun über ein Bild herzufallen, dem man eben noch, wie einer Geliebten, bevor sie einen verlassen hatte, zu Füßen gelegen hatte und an der man sich nun rächte? Blindlings von einem Extrem ins andere fallend. Der große Wilhelm von Bode, notabene einer seiner Vorgänger, hatte das Gemälde erworben, eine übel verschmutzte Leinwand, und das restaurierte Werk dann über alles geschätzt und gelobt, und Wilhelm von Bode war doch kein Banause gewesen, keiner, der eine Karikatur für ein Meisterwerk hielt? Berlin hatte das Bild auf Druck der Forscher abgeschrieben. Nicht von Rembrandts Hand. Bestimmt hatte von Bode sich im Grab umgedreht. Das von ihm erworbene und mit großem Stolz in die ohnehin erhebliche Sammlung eingefügte Meisterstück war vom »Rembrandt Research Project« enttarnt, entlarvt und vernichtet worden. Das vorher beliebteste Gemälde der Sammlung wurde in eines der letzten Kabinette umgehängt, sozusagen in die Besenkammer hinter dem Museumscafé, wo kaum noch jemand es sah. Die Geschichte von Aschenbrödel, nur andersherum erzählt. Statt Happy End ein Absturz. Der Marktwert des Gemäldes war ruiniert, die Aura dahin. Der Magnet hatte seine Anziehungskraft eingebüßt. Der Schaden für die Stiftung Preußischer Kunstbesitz war immens … aber die Verwaltung sparte seit der Abschreibung vor allem die Versicherungsprämie. Das Gemälde war dasselbe geblieben wie vorher, wenn man die innere Größe besaß, das so zu sehen: Am *Mann mit dem Goldhelm* selbst hatte sich nichts verändert. Man schaute ihn vielleicht bloß an wie eine Wagenladung voller Tausenderscheine nach einer enormen Inflation. Anlässlich seiner Ansprache auf der Vernissagefeier für das neue opulente Rembrandt-Buch, ein nun wissenschaftlich abgesichertes Werkverzeichnis, hatte der Direktor sich den von einigen der anwesenden Professoren und Koryphäen als süffisant empfundenen Scherz erlaubt, in fünfhundert Jahren lachten sich Kunsthistoriker – insofern die Berufsgattung dann noch existierte – krumm über die *1985er-Rembrandtverwirrung*, als man in *völliger Verblendung* – die kleinen Kreise auf dem Helm seien perspektivisch, als Ellipsen, dargestellt, Rembrandt habe nie so pingelig genau gemalt – sein Meisterwerk *Mann mit dem Goldhelm* nicht mehr erkannte und es zu einer folgenschweren Abschreibung kam, die jetzt, anno 2185, wieder korrigiert werde. Der Applaus war spärlich gewesen. Dafür war er ja bekannt, *unser Herr Direktor pinkelte gern an die Säulen des Heiligen Tempels.* Er liebte solche Scherze. Das Fazit hatte er trotzdem und aus Selbstschutz nur im Stillen gezogen: Misstrau dem Blick der Kunstwissenschaft, der Kunstkritik und aller Historiker, sie tragen Brillen mit vom Geist ihrer Zeit gefärbten Gläsern. Sie tragen Zeitgeistschuhe, mit denen sie, so schnell sie können, in die von ihnen als einzig richtige proklamierte Richtung rennen, um plötzlich abrupt innezuhalten, sich kurz umzuschauen und ebenso schnell in eine völlig andere richtige Richtung weiterzuspurten. Insgeheim träumte der Direktor von einer Rückeroberung des Gemäldes, von seiner glorreichen Wiedereingliederung in den Rembrandtkanon.

Nichts überstand ohne Schaden zu nehmen die Zeit. Der Direktor wusste das. Er saß auf einer der Sitzbänke, alles um ihn herum flimmerte ein wenig. Er vermutete Stromschwankungen, wünschte sich, das Licht möge ausgehen. Durch das gläserne Dach strömte schwaches Licht herein, die Augen müssten sich langsam daran gewöhnen und könnten dann allmählich wieder Konturen sehen und Dinge unterscheiden. Was siehst du, wenn du nichts erwartest? Der Dunkelheit ordnete er keine Farbe zu, weder Blau noch Schwarz. Dem nächtlichen Licht fehlte die Energie, Dinge zu färben, Dinge klar zu zeigen. Dafür spielte es die Fähigkeit aus, sie im Raum verschwinden zu lassen. Das Verschwinden der Dinge, ihre innere Auflösung geisterte ihm im Kopf herum. Es war eine feindliche Macht. Der Direktor beschäftigte sich Tag für Tag mit jahrhundertealten Ölgemälden, deren Farbigkeit sich in braune Soße verwandelte. Die Zeit (ein chemischer Prozess) hob Nuancen auf und ließ die Farben Ton in Ton verschwimmen, die Alterung machte alles gleich. Das Auge alterte und die Gemälde alterten. Vergilben und Vergrauen, Ausbleichen und Verdunkeln. Der Prophet Jesaja fiel ihm ein: *Über euren Städten wird Gras wachsen.* Alles, was ist, vergeht. Gras wächst darüber. Und auf dem Gras entsteht eine neue Stadt, Schicht über Schicht über Schicht wie in der Malerei und in der Erinnerung, wo Rückzugsgefechte stattfanden, Gebietsverluste zu verzeichnen waren, wo Bilder überblendet und gelöscht wurden. Die Zukunft baut auf Trümmer. Mit einem Mal streifte den Direktor der Gedanke, diese Bilder nie mehr in der Gemäldegalerie, sondern nur noch in seinem Kopf besichtigen zu können. Die Operation könnte misslingen, sein Augenlicht ausgeknipst werden. In zwei Tagen würde er in die Berliner Charité einrücken und sich für eine Hornhautverpflanzung unters Messer des Professors für Augenchirurgie legen. Er wusste, dass er nach dem Eingriff die Welt samt den Bildern seiner Gemäldegalerie mit neuen Augen sehen würde. Mit fremden Augen? Die für ihn bestimmten Hornhäute warteten bereits in einer Lösung auf ihn. Und seine verbrauchten endeten im Brennofen. Er hatte Angst vor dem Eingriff. Obwohl die Erfolgschance bei neunzig Prozent und die Komplikationsrate unter drei Prozent lag. Die Eintrübung konnte behoben werden, die lästigen Entzündungen der Vergangenheit angehören. Dies hatte ihm der Chirurg in Aussicht gestellt. Zuversicht war angesagt. Ein Rest Angst blieb trotzdem, Bodensatz. *Fürchte dich nicht,* redete der Direktor sich ein: Vor der veränderten Sicht, veränderten Farben, einem anderen Licht. Sein Blick hatte sich in den letzten Jahren schlimm eingetrübt, geradezu verschmutzt. Nun sollte er endlich wieder heller werden, klar, hoffte der Direktor. Wie ein akkurat gereinigter Filter. Nur eines konnte der Blick nicht: derselbe bleiben. Nichts blieb, und nichts entging seinem Schicksal.

Leider wusste Martin Holm nichts von den nächtlichen Eskapaden des Direktors; sonst hätte er ihn bestimmt anders eingeschätzt, als er es später tun wird, sich ein Herz gefasst und ihm einen Deal vorgeschlagen. Die beiden hätten sich im Museum treffen sollen, zur Geisterstunde. Aber ihre Wege werden sich nie kreuzen. Zu schön, wenn Martin den Direktor vor dem verbannten Rembrandt überraschen und ins Kabinett mit dem Spescha-Bruegel führen könnte. Das Einfachste gibt sich nicht immer zu erkennen. Im Berlin unserer Tage geschehen Zeichen, aber keine Wunder.

6

Eine Erkältung verzögerte das Vorhaben. Martin Holm hustete, er hatte im Internet Informationen über neue Sicherheitsanlagen gesammelt und in Fachzeitschriften gelesen. Seit er aus der Firma ausgeschieden war, interessierte ihn das Thema nicht mehr besonders. Als er die Schaltpläne las, kam er ins Grübeln, zweifelte an der Machbarkeit. Dann wieder überwog der Leichtsinn, ja ein lange vermisstes Gefühl, über das er, gerade weil er ihm wegen seines Alters misstraute, nachgedacht hatte: Übermut war die richtige Bezeichnung dafür, er blieb dabei. Lore war nach einem Zwischenstopp in München ins Flugzeug gestiegen und ohne dass sie bei der Abreise darüber gesprochen hatten, ohne Vorwarnung, spottete sie, nach Bergen aan Zee zurückgekehrt. Ihm war, als löse Lore ein vor dreißig Jahren gegebenes Wort jetzt ein, aber er machte kein Aufhebens davon. Er wusste inzwischen, wann es klüger war, die Klappe zu halten. Es war ein Fehler, immer offen sein zu wollen. Im Wohnraum auf der ersten Etage arbeitete sie an einem langen Tisch. Sie hatte ihn vor das Fenster gerückt und tupfte Gouachen hin und farbige Skizzen, aus denen sie Ölgemälde entwickelte, Seestücke; feurig, mit Könnerschaft gemalt, mit einer Freiheit der Hand, die Martin Holm erstaunte und entzückte. Lore liebte die Vorstellung, ein Panorama zu schaffen, Bergen aan Zee, ein langes Querformat, die detailgetreue Kopie dessen, was da draußen zu sehen war, und die Aussicht mit einer Verfremdung einzufangen, dass man glaubte, die Zeit halte kurz den Atem an, bevor sie weiterlaufe, so wie ein erschrockenes Herz, das stolperte und dann korrekt weiterarbeitete.

Sie gingen oft zusammen am Strand spazieren. Einmal, die See lag bleigrau vor ihnen, Regen trommelte unhörbar ins Wasser, da nahm Lore Martins Hand und ließ sie nicht mehr los. Hinter dem

Deich riss der Himmel auf, ein glasklarer Regenbogen überspannte das grüne Land. Martin brütete das Berliner Ding aus. Es war kein Klacks. Ihre Fußabdrücke im nassen Sand, sein Schritt war kürzer als der Schritt von Lore, obwohl er größer war, längere Beine hatte. Er musste einen Ablaufplan erstellen, Punkt für Punkt. Nichts durfte schiefgehen, es gab nur eine Chance, nur einen Weg. Sesam öffne dich. Keine Vögel am Himmel. Regen schaffte schwierigere Flugbedingungen als Wind. Auf den Wind konnten die Vögel sich einstellen, sie nutzten ihn. Regen machte ihre Flügel schwer, nass waren sie fluguntauglich. Er musste herausfinden, was ihn begünstigte und was ihn lähmte. Schließlich wollte er mit dem Kopf durch die Wand. Keine guten Voraussetzungen. *Du hast die Wahl, das macht den Fall komplex,* dachte Martin Holm. Er fuhr mit der Zunge über die von Salz und Wind ausgetrockneten Lippen. Lore bot Martin ihren Lippenbalsam an. Der Stick roch nach Vanille. *Du möchtest gar nichts unternehmen, nichts drängt dich zum Handeln,* glaubte er. *Du kannst es tun oder lassen.* Er deckte die Lippen zu dick mit Pomade ab. Er würde die Angelegenheit am liebsten vergessen und plante doch ihre Durchführung. Richtig, redete Lore in seine Gedanken hinein, *du nimmst nur deine Verantwortung wahr. Es ist deine verdammte Pflicht, du elender Dieb.* Es ärgerte ihn, Lore derart despektierlich sprechen zu hören, obwohl er wusste, dass es seine innere Stimme war.

Er wandte sich an seine Firma, deren Direktion er längst nicht mehr angehörte. Beträte er das Bürogebäude in Amsterdam, grüßten die jungen Ingenieure ihn nicht mehr als einen der beiden Firmengründer. Das im Sitzungszimmer hängende Porträt zeigte den Entwickler des legendären elektronischen Türöffners für Automobile als Mann in den mittleren Jahren. In seiner Ex-Firma war man bemüht, ihm einen Gefallen zu erweisen, man hörte sich bei der Konkurrenz um. Ebenso hilfreich war das Wissen eines Mitarbeiters, der neu angestellt worden war und fremdes Know-how mitgebracht hatte. Van Vliet & Holm erstellte für Martin ohne Fragen das Dossier, um das er gebeten hatte. Das lag nun auf seinem Tisch, er las darin. Das quasi ausspionierte Wissen dämpfte seine optimistische Einschätzung eher, als dass es ihn befeuerte. Das Berliner Sicherheitskonzept ließe sich nicht mit links austricksen. Die Hoffnung, dass ihm die unbemerkte Überlistung glückte, war mit der Angst verknüpft, genau dies nicht zu schaffen und wie ein panischer Affe an einer Gittertür zu rütteln, die sich nicht öffnete. Zumindest nicht in diesem Leben. Er hatte es versäumt, mit Lore über seine Bedenken zu sprechen. Er hatte nicht zu ihr gesagt, Brüssel 1980 und Berlin 2006: Das sind zwei verschiedene Paar Stiefel. Er rieb ihr auch nicht unter die Nase, damals sechsundzwanzig Jahre jünger gewesen zu sein, in seinen besten Jahren. Und wütend *(auf dich, Lore)* und stolz *(auch auf dich). Ich war verletzt und beleidigt, ein gestandener Mann und Ingenieur. Besessen von einer Idee, deren Umsetzung kriminell war (was ich verdrängte). Ich sah die offen stehende Tür und missachtete das Stoppschild. Ich habe mich gefährlich weit auf die Äste hinausgewagt. Der zertretene Acker kam mir in den Sinn. Ich hatte die »Zwei Affen« damals gerettet. Und die »Zwei Affen« mich. Die Kaligrube öffnete sich nochmals weit vor meinen Augen. Das Gelübde des Sechzehnjährigen, das Gemälde in einer anderen Zeit, in einer besseren Zeit zu holen, rührte mich an. Ich handelte skrupellos und romantisch.* Das alles erwähnte er nicht. Dass seine Hände zwar noch immer schlank und schön waren und trotz der Altersflecken auf den Handrücken und der faltigen Haut auf den helleren Innenflächen weiche und kräftige Hände. Aber Martin besaß nicht mehr die Beweglichkeit von damals, die für das Feinmechanische notwendige Fingerfertigkeit. Er verstand die schreckliche Todesangst, die der alternde Entfesselungskünstler Houdini ausgestanden haben musste, wenn er sich im New Yorker Hippodrome zu einem Paket verschnürt in ein Wasserbecken werfen ließ und ihm höchstens zwei, drei Minuten blieben, um sein Leben zu retten.

In Berlin, Unter den Linden, besprachen sie letzte Details bei Kaffee und Kuchen. Das Ritual beruhigte Martin heute nicht, er fühlte sich unbehaglich, nichts passte ihm; der Kaffee war zu dünn, der Kuchen zu trocken, das Lokal zu düster, unfreundlich. Martin wusste, dass dies alles mit dem Ort wenig zu tun hatte, er wollte die Dinge in diesem ungünstigen Licht sehen. Es war zu warm in dem Café, aber noch zu kühl, um im Freien zu sitzen. Die Sonne wärmte gerade einmal die Spatzen, die sich aufplusterten und nichts zu tun hatten als zu zwitschern und Krümel aufzupicken und trotzdem ungemein aufgeregt waren. Lore hatte ihm auseinandergesetzt, warum sie ihn nicht ins Museum begleiten würde. Martin war froh darüber. Er brauchte keine Begleitung. Er musste das heikle Geschäft allein hinter sich bringen. Die Vorstellung, der eigenen Kopie zu begegnen und vor Scham und vor Stolz zu erröten, hielt Lore davon ab, das Museum zu betreten. Und einfach so durch die Säle schlendern, ohne auch nur einen Blick ins Kabinett zu werfen, wo der Spescha'sche Bruegel in einem in die Wand eingelassenen Schaukasten hing, gleichmütig, als versuchte sie nicht, einen Coup zu landen, als stünde sie nicht Schmiere, sondern halte sich bloß in der erlauchten Sammlung auf, um wieder einmal ehrerbietig zu staunen und vor unübertroffenen Gemälden auf die Knie zu sinken, dazu fehlten ihr die Nerven. Die lagen ja blank.

Kühles Blut bewahren, natürlich, kühlen Kopf bewahren, ja, Beton, Stahl, Panzerglas, massive Türen und ein Sicherheitssystem, das sich gewaschen hatte. Martin Holm war allein, er hatte sich mit dem Taxi zum Potsdamer Platz fahren lassen. Zu Fuß war er am schlanken, die neue Berliner Größe demonstrierenden und Manhattan zuzwinkernden Skyscraper der Deutschen Bahn vorbei zum schillernden Sony Center gegangen. Er misstraute seiner Entschlossenheit, widersprach sie doch einer Einsicht des Alters, nämlich in die eigene Mangelhaftigkeit und Fehleranfälligkeit; er neigte jetzt mehr zu falschen Urteilen als früher; und der Körper gab gelegentlich eine Streikwarnung durch: Er konnte nicht mehr locker über eine kleine Klippe springen, und es wäre ihm nicht mehr möglich, einen der vier mit Traggurten versehenen Männer zu ersetzen, die ein Klavier transportierten. Es war dieses unendlich mühsame und ärgerliche Abwägen, was ging noch und was schon nicht mehr (oder bald nicht mehr). Aber er wusste auch, dass es bloß Wörter waren, mit denen er versuchte, die Bedingungen seines Lebens zu umschreiben. Er musste neue Wörter finden, um sich selbst neu zu definieren. Der junge Martin und der in den mittleren Jahren – er erinnerte sich an sie wie an Klone, hatten sich, je öfter er an sie dachte, in eine Fiktion verwandelt. Er sollte das ihn abwertende »noch« dringend eliminieren, dieses infame *kannst du das noch, geht das noch, fährst du immer noch Auto,* er sollte das herablassende Fragezeichen hinter allem löschen, er sollte alle mit dem Etikett *Nicht mehr* beklebten Dinge vergessen, loslassen. Gerade das Alter verlieh ihm doch die Freiheit dazu. Und er durfte entspannt Hilfe annehmen, wenn ihm, dem alten Mann, jemand (Lore) in den Mantel helfen wollte (die verflixte Schulter, er konnte den linken Arm nur mehr schlecht nach hinten ausstrecken). Und war es denn peinlich, dass es ihm Mühe bereitete, das Gewirr der Stimmen in einem Restaurant zuzuordnen, in einem Foyer, in einer Halle, auf der Straße, wenn die Frequenzen einander überlagerten? Er sollte auch weniger auf seine innere Stimme hören: was sie ihm alles auftrug und vorwarf und zu beherzigen empfahl. Auch dieses rüpelhafte innere Gelächter sollte er nicht länger zulassen. Er wollte einfach sein Leben wie eine Fortsetzungsgeschichte weiterführen, und das glückte ihm nur, wenn er den Anspruch aufgab, im Gewesenen aufzuräumen und das Vergangene zu ordnen. Vor allem durfte er nicht an Orten hängen, an seinem prächtigen Haus in Bergen aan Zee; Orte sind treulos, sie kümmern sich nicht um dich, du bist dem Haus und dem Meer egal. Überlässt du es einem Makler, verkauft er es einer Familie, die beim Einzug daran glaubt (wie du es damals geglaubt hast), das genau auf sie zugeschnittene Haus gefunden zu haben, das Traumhaus. In dem nichts mehr an Martin Holm erinnerte, nichts im Obergeschoss, wo er oft am Fenster saß und den Horizont mit dem Feldstecher absuchte (um eine Lücke zu finden), nichts mehr im Untergeschoss, wo die Strömung, gegen die er jeden Tag angeschwommen war, nun jemand anderem, einem Fremden, dem neuen Hausbesitzer, Widerstand und Befriedigung bot. Das Haus loslassen. Diesen vermaledeiten Bruegel loslassen, den er in der ledernen Tasche mit sich trug, ihn vergessen. Könnte er ihn doch vergessen, segensreich wäre es. Das Unerledigte vergessen, es unerledigt bleiben lassen, ihm den Rücken kehren, es ohne Bedenken und Angst begraben, auf einem Stück Land, das er nie mehr betreten wollte, es war zu steinig, es war voller Scherben. Wahrscheinlich begann die Vergangenheit punktgenau dann, wenn man keine Korrekturen mehr anbringen konnte und alles so stehen lassen musste, wie es war, fehlerhaft. Wenn man dies akzeptierte. Für einen Mann von siebenundsiebzig Jahren war das Hier und Jetzt ein hinreichend vermintes Gelände. Wozu braucht er da eine aufgeräumte Vergangenheit? Aber, und auch das war eine Macke des Alters, er beschloss etwas und ließ es dann bleiben, ja er tat genau das Gegenteil, er brauchte einen Hut und kaufte neue Schuhe. Er hatte Miriam versprochen, für ein paar Tage nach Amsterdam zu fahren, und war im Handumdrehen nach Berlin geflogen. Er verrechnete sich öfter und leichter und bedenkenloser, und obwohl alle Dinge schwerer wurden, verloren sie an Gewicht, an Wichtigkeit. Einzig dem leeren Himmel misstraute er noch immer, die Lücke über dem Horizont war nicht nur eine Einflugschneise des Feindes, sie könnte sich obendrein als Schlupfloch in die Ewigkeit entpuppen.

Sony Center. Martin Holm trank eine Tasse Kaffee, er saß gern unter dem farbigen Dach. Es erinnerte ihn je nach Stimmung an eine Margerite oder an die drehbaren Flügel einer Libelle. Er wartete, umgeben von großflächigen Monitoren, Kinos, Bars, Restaurants, in der Nähe des wabenartigen Büroglasturms, hoffte auf einen Impuls, der den Anlasser betätigte, seine Maschine in Gang setzte: Start, jetzt. Er saß allein vor seinem Kaffee, nervös, unentschlossen. Leute zu beobachten lenkte ihn ab, Touristen und Berliner, alte und junge, ein Geschiebe ohne Richtung. Viel mehr junge Frauen und Männer als alte Personen, mehr Jugendliche als Erwachsene. Er schaute gern jungen Menschen zu, wie sie sich bewegten, ein Notebook zuklappten, wie sie herumhingen oder herumalberten, sich langweilten und amüsierten, als stünde ihnen unendlich viel Zeit zur Verfügung. Ein Meer von Zeit. Junge Menschen modellierten jetzt ihr Leben, sie suchten eine passende Form dafür. Sein Leben hatte die Form schon lang gefunden. Manchmal schloss er die Augen und schaute tief in sich hinein, um sie zu sehen. Die Wunschform junger Menschen ähnelte wohl eher der fluktuierenden Architektur des Sony Center und seine Form einer … ja, am ehesten der Bauweise des Kolosseum … nein, einer antiken Vase, schön getöpfert, fragil, gebrannt vor Jahrhunderten, aber immer noch intakt. Sie stand da, im Museum seines Lebens auf einem Sockel, hoffentlich kam kein Idiot daher und schubste sie herunter. Hör auf zu träumen, mahnte er sich. Verlier dich nicht in Hirngespinsten. Im Kopf hast du die Sache hundert Mal durchgespielt, jetzt musst du sie ausführen, einmal genügt.

Er zahlte seinen Kaffee, nahm die lederne Tasche mit dem Bruegel und verließ das Sony Center Richtung Kulturforum. Ein alter

Mann (schokobrauner Cordanzug, rosa Hemd, schwarze Schuhe aus Pferdeleder), groß gewachsen, leicht gebeugt. Er presste die Tasche gegen den Körper. Die Absätze schlugen hart auf den Gehsteig. Aber niemand achtete drauf, keine Auffälligkeiten. Der Herr ging bei Grün über die Straße und wartete bei Rot. Er hatte den Potsdamer Platz im Rücken, das hochgeschossene Berlin. Über Martin Holms Brust und Rücken lief der breite, lederne Tragriemen der mit einem Schloss versehenen Tasche. Passanten, falls sie ihm Beachtung schenkten, mochten denken, er lächle, der Mann lächle, in sich gekehrt. Ohne den Drang, zwei Stufen auf einmal zu nehmen, stieg Martin Holm die breite, steinerne Treppe hoch, ging quer über den Platz und betrat die neue Berliner Gemäldegalerie durch die Drehtür. Das Foyer hatte die Größe eines Fußballfeldes. Er kannte sich aus und strebte ohne Zögern zu den Schließfächern, nahm den in Klarsichtfolie gewickelten Bruegel aus der Tasche und bedeckte ihn, als sei das alte Gemälde ein schlichtes Klemmbrett, mit einem Schreibblock. Er sperrte die nun leere Aktentasche weg, löste eine Karte und ging, ohne Ungeduld, aber zielstrebig zur breiten, in den ersten Gemäldesaal führenden Tür. Ein älterer Wachmann prüfte seine Karte genau, bevor er sie entwertete. Das Klemmbrett unter seinem Arm wurde toleriert und Martin Holm durchgewinkt.

Er trug genau die richtigen Schuhe, um auf diesem gelben Parkettboden geräuschlos zu gehen. Vor den Gemälden, die in prächtige goldene Rahmen eingepasst an den mit grauem Stoff bezogenen Wänden hingen, standen Besucher. Die meisten hatten die Hände auf den Rücken gelegt, die Finger verknotet. Liebespaare lehnten sich aneinander und betrachteten Gemälde, die mit ihrem alltäglichen Leben nichts zu schaffen hatten, Szenen, die von einem anderen Stern stammten. Jugendliche trotteten hinter Lehrern her, sie erörterten ein Fußballspiel, ihre Gesichter waren Porträts zeitloser Langeweile. Eine Studentin skizzierte beflissen, sie war in ihre Arbeit vertieft und durch das Gemälde, vor dem sie saß, in eine fremde Vergangenheit geschlüpft. Museumswärter harrten statuengleich und mit scheinbar ins Leere gehendem Blick auf ihren Posten aus, in Wahrheit tasteten ihre Augen den Rand des Geschehens ab und registrierten auch Martin Holm. Vom hohen Saal mit dem glänzenden Parkett und dem warmen Licht wechselte er durch einen weiß eingefassten Durchgang in ein rechts abgehendes Kabinett. Dort hingen die Gemälde nicht frei an der Wand, sondern in hell ausgeleuchteten und mit Panzerglas versehenen, tief in die Mauer eingelassenen Schaukästen. Darunter auch Pieter Bruegels *Zwei Affen*, ein auf den ersten Blick unspektakuläres, kleines, etwas blass anmutendes Gemälde. Aber wer ihm auch nur kurz Beachtung schenkte, behielt es unlöschbar im Gedächtnis. Es nahm den Betrachter gefangen, fesselte ihn, ohne dass er es zunächst bemerkte. Die Decke in dem deutlich niedrigeren Raum war tunnelartig gewölbt, eine gewiss unbeabsichtigte, aber von Martin Holm sogleich als angemessen empfundene Reminiszenz an das triste Fenstergewölbe, in dem die Äffchen ihr Dasein fristeten: Er war berührt. Das Bild war wunderbar. Seine Augen füllten sich mit Tränen. Und er stand etwas hilflos da, verloren, mit einem tonnenschweren Herzen, die Füße einwärts gekehrt, einsam, mit seinem noch viel schwereren Wissen. Eine Aufsicht war nicht in der Nähe, und es gab an dem Ort auch kein Kameraauge, vor dem er sich hüten musste. Sah man ihm seine gute Absicht denn nicht deutlich an? Den reinen Wiedergutmachungswunsch? Trug er stattdessen ein Mal? Bisher unsichtbar gewesen, leuchtete es jetzt auf. *Seht her, ein Dieb!* Noch ärger: *Er tappt gleich in die Falle, der Täter kehrt zum Tatort zurück.* Wenngleich Brüssel nicht Berlin war, die Tat der Rückgabe eine andere Dimension hatte: Der Eingriff sollte die Tat ungeschehen machen, den Makel löschen. Es handelte sich um eine Korrektur. Wenngleich niemand den Tausch bemerkt hatte. *Sei auf der Hut, Martin Holm.* Unversehens setzt sich ein strenger Wärter in Gang, wie ein Männchen aus Blech, das auf Knopfdruck energisch losmarschierte und fragt, was zum Teufel er hier mache, warum er überhaupt hier sei. Warum? Der Engel der Erkenntnis half ihm weiter: Nicht ein Museumswärter stellte diese komplizierten Fragen, er selbst, Martin Holm, führte ein Selbstgespräch.

Dem offenen Eingang mit der weißen Holzverkleidung gegenüber befand sich ein zweiter, mit einem zugezogenen Vorhang versehener Durchlass. Hinter den schlüpfte Martin Holm. Und befand sich in einem engen Raum (ein Appendix), mit Aussicht auf den Museumsgarten. Eine Bank war da (von Wand zu Wand), auf die er sich setzte. Der weiße Vorhang reichte nicht bis zum Boden, er war so angebracht, dass einem kontrollierenden Wärter die Schuhe und die Kleidung bis zum Knie einer Person nicht entgehen konnten, falls jemand den Ort als Versteck wählte. Martin Holm zog seine langen Beine auf die Sitzbank hoch. Er gedachte hier ganz naiv zu warten, bis das Museum geschlossen wurde. Entdeckte man ihn, entschuldigte er sein Verhalten mit einer Schwäche, die ihn befallen habe, einem verzeihlichen Nickerchen. Man würde ihn als harmlosen alten Narren in die Nacht hinausschicken. Es war unbequem, mit angezogenen Beinen, die Knie vor der Nase, dazusitzen und Daumen zu drehen. Und fasste man ihn mit dem Gemälde (der ungerahmten Eichentafel), würde das die Wärter stutzig machen, aber kaum auf die Idee bringen, das Klemmbrett in den Händen des alten Mannes sei das Original und das Gemälde hinter unversehrtem Panzerglas im hell erleuchteten Schaukasten die Kopie. Bei den *Zwei Affen* im Schaukasten lag auch das Schildchen mit der Zuschreibung. Das Gemälde, dieses nicht einmal A4-Blatt große, ungerahmte Ölgemälde auf Holz, knapp ein Zentimeter dick, das ein Klemmbrett simulierte, wäre bei einer Aufspürung zunächst nicht einmal ein Verdachtsmoment. Jetzt wünschte Martin Holm sich geradezu, von einem Wärter beobachtet und zur Rede gestellt zu werden, ja es wäre ihm in gewisser Hinsicht (fatalerweise) gedient, wenn man ihm das hübsch bemalte Klemmbrett abnähme und ihn mit einem Verweis entließe. Dabei würde ihm ein Stein von der Brust fallen. Ein Berg. Denn hatte der Engel der Erkenntnis ihm eben nur Andeutungen ins Ohr geflüstert, so wurde er jetzt von ihm geküsst. Mit einem dicken Kuss. Martin, es ist nichts zu machen. Du schaffst es nicht. Das System ist zu komplex, du hast zwar das Prinzip erfasst, nicht aber die Details, du kennst die Baupläne und Schaltkreise und weißt, wo sich die Kästen mit den Knöpfen und Tasten befinden (natürlich eingeschlossen in zugesperrten Räumen voller Augen und Ohren), aber es hilft dir nicht weiter. Du hast auf deinen Erkundungsgängen die Tapetentür entdeckt und die Ablöse- und Kontrollzeiten ausgekundschaftet. Aber du kommst nicht an die Schalter heran. Und die den Schaukasten in der Mauer abdeckenden Panzerglaselemente sind viel zu schwer für einen einzelnen Mann. Du fängst dir einen Leistenbruch ein und dein Rückgrat bricht durch, Hände weg von diesen Dingern, es sind Grabplatten. Selbst in der deprimierten Kauerposition der zwei Affen dazuhocken und Trübsal zu blasen war keine gute Idee. Die Angst aufzufliegen war auszuhalten. Dagegen nicht die Scham, die Demütigung, falls er nach einer Aufstörung, um seinen Kopf aus der Schlinge zu ziehen, sich selbst zum Affen machen und vortäuschen müsste, ein Tattergreis zu sein, leicht verwirrt: *Versteckt sich der Alte mit seinem Zwei-Affen-Klemmbrett doch hinter dem Vorhang, weil er sich im Museum verlaufen hat, weil er Angst hat, den Weg hinaus und nach Hause nicht mehr zu finden.* Es wäre unerträglich, wenn der Wärter auf seinem letzten Rundgang ins Kabinett träte, den weißen Vorhang öffnete und fragte:

– *He, Sie, was wollen Sie denn hier?*

– *Ich möchte Ihnen ein Gemälde übergeben.*

– Ja?
– Es handelt sich um Bruegels »Zwei Affen«.
– Wie bitte?
– Ich denke, das Bild im Schaukasten ist nicht das Original.
– Wollen Sie mich auf den Arm nehmen?

Auch den Direktor der Gemäldegalerie anzurufen und eine Beichte abzulegen führte nicht zum gewünschten Erfolg. Martin Holms Ansinnen, beide Werke zu vergleichen, hätte den immensen Nachteil, dass ausgerechnet die *Zwei Affen* der Gemäldegalerie das Falsifikat sein sollten und das als Klemmbrett getarnte Gemälde das Original. Der Direktor sähe keinen Grund zum Handeln. Ein wissenschaftliches Verfahren wäre aufwendig, und wenn der Direktor etwas zuallerletzt wünschte, dann die Abschreibung seiner glanzvollen *Zwei Affen*. Im Schaukasten hing hell beleuchtet das unangefochtene Original aus dem früheren Bestand von Dahlem. Es bedurfte keiner Abklärung, der Anrufer hatte eine Schraube locker … *Sie wollen die Wahrheit gar nicht wissen,* stellte sich Martin die Fortsetzung seines imaginären Gesprächs mit dem Direktor vor, der in der Berliner Charité mit neu eingenähten Hornhäuten und dicken Mullbinden auf den Augen nichts ahnend in der vorübergehenden Dunkelheit seines Einzelzimmers lag. *Sie haben nicht das geringste Interesse an der Wahrheit.*

Martin sah sich gezwungen, die steif gewordenden Beine zu strecken, die Füße wieder auf den Boden zu stellen. Krumm hinter einem Vorhang im Verborgenen zu hocken war unerträglich, ein pelziges Gefühl nistete zwischen den Schulterblättern und alle Gelenke schmerzten. Er verwarf die Möglichkeit, sich auf die Bank zu stellen, wollte sich nicht selbst lächerlich machen. Es hatte den Anschein, als sei er in etwas Unüberlegtes hineingeraten. Das war aber nicht der Fall. Ein Ingenieur handelte nie ohne Plan. Er strebte an, dass alles genauso ablief, wie es vorgesehen war. Einzig, dass er den Mut verlieren könnte, stand nicht auf seiner Rechnung, dass ihm das Herz in die Hose rutschte. Die Rechnung ging nicht auf. Es ließ sich nicht länger verleugnen. Er überlegte, wie er Lore das erklären könnte, es gab für das traurige Kapitel mehrere Versionen, aber das Fazit blieb dasselbe: Der Erfinder der Fernbedienung zur Entriegelung von Autoschlössern war am Tiefpunkt seiner Karriere als Ingenieur angelangt, er musste vor der überlegenen Technik kapitulieren. Ja, schreiben wir dem Herrn Direktor einen Brief, in dem wir die Vortrefflichkeit seiner Sicherheitsvorkehrungen loben und ihn beglückwünschen, könnte er Lore vorschlagen, bestätigen wir ihm die Unüberwindlichkeit seines Alarmsystems, mit dem er allerdings nicht nur seine wunderbaren Meisterwerke vor jedem Zugriff schützt, sondern auch alle seine Falsifikate, die Duplikate, Kopien und Fälschungen …

»He, Sie«, sprach ein Wärter ihn an, »was machen Sie dort hinter dem Vorhang?«

»Ich guck aus dem Fenster, wie es Abend wird in Berlin.«

»Das sehen Sie draußen besser, ich muss Sie bitten, wir schließen in zehn Minuten.«

7

Das Sony Center war ein guter Platz, um sich aus Scham zu verstecken. Im gläsernen Büroturm könnte Martin Holm selbst durchsichtig werden und sich irgendwo in eine stille Ecke zurückziehen wie ein Tier zum Sterben. Er könnte sein Bruegel-Klemmbrett irgendwo auf einen Bürotisch legen und verduften. Bisher hatte er sich noch nicht dazu aufraffen können, Lore anzurufen.

– Du hast es nicht einmal versucht?

– Die Umstände haben mich zur Aufgabe gezwungen.

– Ich bin von dir enttäuscht, Martin, du hast mich maßlos enttäuscht, ich habe dir vertraut, ich glaubte an dich ... ich dachte, dieser Mann öffnet Türen – wie ein Magier Löffel verbiegt. Ich habe dich überschätzt.

– Das Leben ist kein Puzzle, Lore, die Teile passen nicht zusammen. Plötzlich war das Risiko klar kalkulierbar und eindeutig zu groß.

– Du hast Schiss bekommen, Martin.

– Ehrlich gesagt, habe ich es schon gewusst, als ich die Unterlagen der Firma erhielt, es tut mir leid, Lore.

– Und was machen wir jetzt, lenkte sie ein.

Das transparente Dach des Sony Center schimmerte türkisfarben, die Konstruktion erinnerte jetzt an eine Blume mit sternförmigem Blütenstand. Wer darunter saß und hochblickte, durfte sich einbilden, seinen Imbiss unter dem Schirm einer futuristischen Pflanze zu verzehren. Martin Holm hatte eine Flasche Burgunderwein bestellt, einen Grand Cru. Aus Trotz und aus Notwehr. Er wollte sich jetzt etwas Gutes tun, nach seinem grandiosen Scheitern. Er hatte im Museum die richtige Entscheidung getroffen und ein unbefriedigendes Ergebnis in Kauf genommen wie einen Tritt in den Hintern. Eine Flasche Burgunder half gegen diesen zähen Kummer, sie war das wirksamste Gegenmittel, das wusste er aus Erfahrung. Um sich mit den garstigen Umständen (um nicht zu sagen mit dem Leben) auszusöhnen, mit der Trauer, der beschissenen Versagensgewissheit. Martin Holm war am Nullpunkt angelangt. Schließ Frieden mit dir, es kann jetzt alles nur noch besser werden, positiv gedacht. Er wollte keineswegs in die Ironie ausweichen oder ein inneres Gelächter zulassen. Es drohte den zarten und wehmütigen Keim in seiner Seele auszulöschen, der auch sprießen sollte, wenn es weh tat.

Die Farben der Monitore, Lampen, Leuchtreklamen, Schriftbänder und der Kerzen auf den Tischen mischten sich nach Regeln, die er nicht durchschaute. Aber sie waren zur Zerstreuung gerade darum tauglich, er konnte an der Lösung herumstudieren. Ein Abglanz schimmerte auf allem. Nichts erlangte im Schein der Farben Stabilität. Die schöne Tasche mit dem Bruegel hing am Stuhl. Das Nummernschloss glänzte. Wie vom Strahl eines Lasers erfasst und animiert. Ein Kreis, reines Weiß, lag auf dem Tisch, darin stand das bauchige Burgunderglas mit dem langen Stiel, der Wein glomm, Punkte funkelten darin. Martin versuchte sich zu konzentrieren. Er hatte kaum ein Gefühl für seinen Körper. Die Hand hob das Glas, die Lippen berührten es, Flüssigkeit lief in den Mund, benetzte Gaumen und Zunge, wurde geschluckt und rann die Speiseröhre hinunter, um sich im Magen auszubreiten. In der Nase der Duft. Er blieb. Die Nase rettete ihn. Er entspannte sich. Scheißmuseum und Scheißbruegel und Scheißliebe. Trüge er einen Hut, zöge er ihn vor den modernen Ingenieuren der Sicherheitsbranche.

Ein Gesumm von Stimmen und Geräuschen und eine Vielzahl von Bewegungen; Martin gab sich keine Mühe, einzelne Gesichter auszumachen. Oder Klingeltöne. Überall Frauen und Männer, in deren Hand ein Display leuchtete, sie lasen und sendeten Botschaften. Er hatte das Handy ausgeschaltet und zum Bruegel in die Tasche gesteckt. Auf der als Sitzbank konzipierten Einfassung einer Wasserfläche saßen zwei junge Männer mit beleuchtetem Gesicht, sie hatten ein Notebook auf den Knien und betätigten Tasten. Die meisten jungen Männer beschäftigten sich mit ihrem Handy. Die Flasche war zur Hälfte geleert. Du bist kein junger Mensch mehr, junge Menschen telefonieren. Sie senden und empfangen. Sie sind nicht hier und nicht dort. Die Berliner Realität scheint sie anzuöden. Sie verzehren sich nach etwas Unerreichbarem, Fernem, für das sie noch keine Sprache besitzen. Und die SMS-Kürzel reichen dafür nicht aus. Harndrang, es war der Harndrang, der in seine Hirngespinste hineinfunkte. Martin Holm nahm einen weiteren heilsamen Schluck. Dann stand er auf und schaute sich nach der Toilette um. Er entdeckte das den Weg weisende Symbol und suchte die entsprechende Tür. Das Wasserlassen, das Händewaschen, der Blick in den Spiegel. Das Ritual stellte Normalität her. Man kann nicht jeden Tag schön sein. Er befand sich nicht auf einem anderen Stern, sondern auf seinem Kurs. Dieser Kurs musste allerdings korrigiert werden. Er kam sich wie ein Bergsteiger vor, der von der nicht geschafften Steilwand zurückgekehrt ist und sich wieder dem bewältigbaren Alltag zuwendet. Er setzte sich an seinen Tisch. Der Wein begann ihm in den Kopf zu steigen. Trotz seines Kummers war er hungrig geworden und bestellte beim Kellner eine Kürbissuppe.

Er löffelte die Suppe, aß Baguette. Vorsichtig schenkte er sich den Rest des Weins in das große Glas, roch wieder lange daran. Es war ihm ja nichts Schlimmes zugestoßen. Ein aussichtsloser Plan war tatsächlich gescheitert. Im Augenblick war Martin der einzige Mensch, der das wusste. Niemand betrachtete ihn als Versager, als alten Sack. Eigentlich war es wie beim Schach. Man verlor ein Spiel meistens nicht, weil man einen kapitalen Fehler beging, der das Ende besiegelte, sondern weil man im Verlauf des Spiels nie den besten, sondern immer nur einen gut möglichen Zug gemacht hatte. Die Niederlage resultierte aus der schlechten Stellung, in die man sich mit zweit- und drittbesten Zügen manövriert hatte, bis es nur noch eine Frage der Zeit war, dass der überlegene Gegner »Schach« und dann »matt« sagte und sich zufrieden zurücklehnte und einen mit langem Gesicht und verlegen mit den Achseln zuckend dasitzen ließ. Genauso wollte er die Sache Lore darlegen. Außerdem brauchten sie sich beide keine Sorgen zu machen. Sie beide waren die Einzigen, die wussten, dass so ein Plan überhaupt existiert hatte. In Martins Kopf wies der Direktor der Gemäldegalerie den Antrag, einen Echtheitstest durchzuführen, zurück. *Die Frage stellt sich mir so gar nicht, sagte der uneinsichtige Mensch. Die Kunsthistoriker haben die »Zwei Affen« definitiv Pieter Bruegel zugeschrieben.* Und als Geschäftsmann stimmte Martin ihm sogar zu. Echt oder falsch? Es war das Ergebnis von Übereinkünften, eine Konstruktion wie Wahrheit und Lüge. Eine wissenschaftliche Theorie galt so lange als richtig, bis sie widerlegt wurde, und im Fall der *Zwei Affen* interessierte sich keine Menschenseele für den Gegenbeweis. Es war kein Spezialist angesetzt, kein ehrgeiziges Team, das die Zuschreibung zu Fall bringen wollte, um eine Viertelstunde Ruhm einzuheimsen und sich für ewig Feinde zu schaffen. Martin nahm den letzten Schluck, die Flasche war geleert. Ein dunkler Rückstand zeichnete sich ab, ein Bodensatz, der im Innern der Flasche eine Spur zog, als hätte sie eine Naht. Martin überlegte sich eine besänftigende Strategie für Lore. Die Unterlassung war ein Akt der Selbsterhaltung gewesen. Ohne Scherben und Lärm wäre der Tausch nicht zu schaffen gewesen. Nun hatte er zwar trotz Gewaltverzicht einen Scherbenhaufen angerichtet, aber den beachtete außer ihm keiner. Wir sollten die Sache auf sich beruhen lassen, Lore, gedachte Martin vorzuschlagen. In freundlichem Einvernehmen. Und wenn sie das nicht akzeptierte, durfte er sich die Frage erlauben, wovor sie so schreckliche Angst habe. *Ich habe keine Angst, Martin, hörte er ihre Stimme. Wie du die Sache auch drehst, der Bruegel muss ins Museum zurück.* Sie wird nicht mit sich reden lassen, jeder Versuch, sie zu beschwichtigen, reizte sie, schürte das Feuer. Sie folgte einer privaten Logik, seine Argumente waren in ihren Augen fadenscheinig. Ihre sture Art, sich im Recht zu fühlen, ärgerte ihn. Aber er wusste auch, dass er Lore das alles unterstellte. Er überlegte sich ein anderes Vorgehen. Wie muss der Beweis *echt oder falsch* geführt werden, könnte er Lore fragen, damit ein Gericht die Indizienkette anerkennt? Und wenn wir es herausgefunden haben, ist das Hauptproblem noch lange nicht gelöst. Wie bringt man den Streit vor den Richter, ohne sich selbst die Schlinge um den Hals zu legen? Aber auch damit wird er Lore nicht beeindrucken. Und vor allem wollte er keine schlafenden Hunde wecken. Entweder ließ die Sache sich ohne Aufsehen bereinigen. Oder er stieg aus. Obwohl seine Tat längst verjährt war, verspürte er nicht den mindesten Drang zu einer Selbstanzeige.

»Kellner, bezahlen.«

Martin Holm begann nach seiner Brieftasche zu tasten, suchte blind danach. Er fand sie nicht, dafür loses Geld, er beliebte Münzen und Scheine irgendwohin zu stecken, Anzüge hatten viel zu viele Taschen. Er hing noch dem letzten Schluck nach, den Gedankenspielen, die der Wein begünstigte, wenn er im Gaumen herumwanderte. Es ging ihm nun besser, er war über den Berg. Martin Holm war unbestritten der beschwipste Herr der Lage. Wo befand sich die Brieftasche? Er hatte die Brieftasche irgendwohin gesteckt. Er hielt Scheine in der Hand, aber die Brieftasche fehlte noch immer, du hast sie in die Aktentasche gesteckt, zum Bruegel. Die schwarze Tasche hing am Stuhl, er hatte die lederne Schleife um die Lehne gelegt und griff jetzt danach, drehte sich zur Seite, um sie bequem an sich nehmen und öffnen zu können. Seine Tasche war nicht da, sie hing nicht mehr am Stuhl, die schwarze Aktentasche war verschwunden. Verschwunden waren auch die jungen Männer mit dem Notebook. Aber dort entdeckte er zwei andere junge Männer, sie entfernten sich rasch, er griff sich ans Herz, an den Kopf. Auch beim Eingang des Restaurants standen junge Männer, und junge Männer verließen das Sony Center, einer machte sich auf einem Rollbrett davon: Mit seiner Tasche? Haltet den Dieb, haltet ihn, wollte Martin rufen. Aber der Aufschrei blieb ihm im Halse stecken, er brachte nur ein Krächzen heraus. Er brauchte Hilfe, er brauchte eine rettende Idee. *Du hast die Tasche in der Toilette vergessen, du hast sie dort stehen lassen.* Bestimmt war er nicht so unvorsichtig gewesen, ohne die Tasche pinkeln zu gehen. Mit einem Stöhnen stand er auf. Etwas begann, das er als sinnlos wahrnahm, als Strampeln in einem Kokon aus türkisfarbenem Licht. Und Geräusche bedrängten ihn, Stimmen, Musik. Er eilte zur Toilette. Nichts. Keine Tasche. Keine verdammte Tasche. Er lief zu seinem Tisch zurück, suchte darunter, starrte den Stuhl an, bestimmt eine Minute lang starrte er den Stuhl an, bevor er sich setzte, vielmehr willenlos auf seinen Hintern plumpsen ließ. Er sollte jetzt Lore anrufen, unbedingt. Tat es nicht. Er hatte ihre Handynummer vergessen, so sehr schämte er sich, und der Name des Hotels, in dem sie auf ihn wartete, war ihm auch entfallen. Wie sollte er Lore jemals wieder unter die Augen treten? Er verschob den Anruf auf später, aber er musste mit ihr sprechen, es war unvermeidlich. Ihre Koordinaten fielen ihm bestimmt wieder ein. Savoy, Hotel Savoy. Blumen? Nein, keine Blumen. Die Sache war mit Blumen nicht wieder ins Lot zu bringen. Er müsste jetzt zur Polizei gehen und Anzeige erstatten.

– Eine Tasche …

– Wann und wo?

– Im Sony Center. Ich trank einen Wein, es war etwas frisch, die Blase, ich ging zur Toilette, als ich zurückkam, war die Tasche weg.

– Wie sieht die Tasche aus?

– Schwarz, Leder, eine Aktenmappe.

– Und was war drin?

– Ein kleines Gemälde.

– Wert?

– Fünfzehn Millionen Euro.

– ???

– Es handelt sich um Pieter Bruegels »Zwei Affen«. Das Werk gehört der Gemäldegalerie.

– Wie ist es dann in Ihre Tasche gelangt?

Der Beamte schüttelte den Kopf, stand auf und verließ das Zimmer. Als er zurückkam, unterstellte er Martin Holm:

– Sie machen eine Falschaussage, das ist strafbar. Das Bild, das Ihnen angeblich gestohlen wurde, hängt, wo es hingehört, hinter Panzerglas im Museum, es kann also nicht in Ihrer Tasche gesteckt haben. Ich werde hier nicht schreiben, der Wert des Bildes sei fünfzehn Millionen.

– Dann schreiben Sie halt fünfzehn Euro.

– Sie ziehen Ihre Aussage zurück? Ihnen wurde gar kein Bild gestohlen? Zumindest räumen Sie ein: Das gestohlene Bild hat keinen materiellen Wert!

Martin Holm schaute sich um. Sein Hals ließ sich nur schwer drehen, wie ein verkalkter Schwenkkopf, ein Turm, auf dessen Zinne ein Sichtgerät montiert, aber falsch eingestellt war. Es wuselten im Sony Center ungezählte junge Männer herum, zu viele seltsame Gestalten, denen er zutraute, seine Tasche geklaut zu haben. Jedem traute er es zu. Ob sie kleine, flinke Mützenmänner oder lange Schlakse waren, Haar oder Glatze hatten, tief hängende Hosenböden oder modische Anzüge trugen und in welcher Sprache sie auch redeten: Es wimmelte im Sony Center von echten und falschen Dieben, und es war eine Unmöglichkeit, sie alle festzuhalten, Martin sah sich außerstande, auch nur einen einzigen von ihnen festzuhalten, und gelänge es ihm, wenigstens einen zu schnappen, narrte ihn beim Zugriff das helle Lachen von zwei jungen, mit seiner Tasche davonstiebenden Frauen, eine Gruppe Mädchen, entdeckte er aus den Augenwinkeln, süße Diebinnen, die sich in der Menge verloren wie Farbtupfer in einer Blumenwiese. Martin Holm saß mit stolperndem Herzen da, unfähig sich zu rühren und unfähig, all das, was jetzt geschah oder eben jetzt geschehen war, zu verstehen. Auf seinem Stuhl, unter dem langsam von Türkis zu Rosa wechselnden Zirkusdach des Sony Center, hockte er, das Gesicht von Staunen und Kummer und Widerwillen gezeichnet, in sich zusammengesackt vor einer leeren Flasche und einem leeren Glas, ein stummer Gast, reglos, mit leeren Händen und einem Kopf, in dem der Film gerissen war.

Der alte Mann fiel dem Kellner auf. Hatte er nicht eben die Hand gehoben und ihn hergewinkt? Seine rechte Hand lag geöffnet auf dem Tisch, und daneben die linke zur Faust geballt, als wollte er sie gleich wütend heben. Der Dienst ging zu Ende, der Kellner musste abrechnen und der Gast von Tisch siebzehn hatte noch nicht bezahlt, einen sündhaft teuren Wein, den der Kellner unbedingt abkassieren statt der Bedienung überlassen wollte, die ihn gleich ablöste. Wenn er das richtig einschätzte, lag ein sattes Trinkgeld drin, er musste sich bei dem Herrn nur einschleimen, den Burgunder loben – das zog immer –, mit Bewunderung gestehen: So eine Flasche habe ich noch nie servieren dürfen. Er näherte sich dem Tisch, er nahm sich vor, auf keinen Fall »edler Tropfen« zu sagen. Damit stellte er sich bloß, klüger wäre es, interessiert Fragen zu stellen, zum Weingut, zum Jahrgang, ganz im Sinn, *der junge Kellner lernt gern etwas von einem Kenner und Gentleman.* Er stockte. Der alte Mann war doch nicht etwa gestorben? Himmel, das hätte ihm gerade noch gefehlt, fünf Minuten vor der Ablöse. Aber Tote bewegten die Augen nicht.

»Sie möchten bezahlen?«

Was in der Gemäldegalerie bitter begonnen hatte, war nun im Sony Center besiegelt worden. *Du steckst in einer Verstrickung, die jeden Entfesselungskünstler überfordern würde, selbst den großen Harry Houdini,* stellte er entzaubert fest und wunderte sich, dass er über sich selbst nachdachte wie über einen anderen und sich fragte, ob dieser andere nun unter Schock stand. Ja, bestimmt, er stand unter Schock: *Du bist den Bruegel los.* Sein Herz blieb aber nicht stehen. Es schlug weiter, tock-to-tock, wie ein von einem rhythmusfesten Drummer geschlagenes Tamtam. Zum zweiten Mal war er seine *Zwei Affen* losgeworden, das Werk, das er selbst auf unfreundlichste Weise in sein Portefeuille eingegliedert hatte. Es war sein Los, ein Weichenwärter auf der Bahn des altmeisterlichen Gemäldes zu sein. Diesmal war sein Anteil nur Vergesslichkeit gewesen, Harndrang, dem er nachgegeben hatte, drei Minuten Zeit, die er einem Widersacher geboten hatte, um am Lotterierad des Schicksals der *Zwei Affen* zu drehen.

Niemand kennt die ganze Geschichte. Niemand kennt die reine Wahrheit. Niemand kennt die vollständige Geschichte des Bildes. Es gibt zu viele Lücken. Wo das Gemälde wann zu bewundern gewesen war, in welchen öffentlichen Museen und reichen Häusern. In welche Versenkungen es geriet, in welche Schattenreiche und Sonnenfelder in Europa und Amerika. *Über die »Zwei Affen« bin ich 1945 gestolpert. 2006 habe ich sie wieder aus den Augen verloren.* So beabsichtigte er das Unfassbare für Lore zusammenzufassen. Zum Glück war niemand sein Zeuge gewesen. Keinem Menschen war der kühne und verzweifelte und vergebliche Tatendrang des alten Mannes mit dem schokofarbenen Anzug und einem Klemmbrett unter dem Arm im Museum aufgefallen. Um Lore zu beeindrucken, hatte er sich verdammt weit aus dem Fenster lehnen wollen. Umsonst. Das nagte an ihm. Nach der Selbstüberschätzung hatte er sich auch selbst demaskiert. Martin Holm hatte sich in nichts von den zweitausend anderen Personen unterschieden, die heute die Gemäldegalerie durchwanderten. Seine heldenhafte Absicht wog weniger als eine Seifenblase. Vorsätze genügen nicht, Wünsche bewegen nichts. Martin Holm könnte nicht einmal nachweisen, die Gemäldegalerie betreten zu haben. Du hast nicht gehandelt und keine Spur zurückgelassen. Auch jetzt, im Sony Center, gab es keine Zeugen seines Versagens. Seiner unverzeihlichen Schlamperei. Er rümpfte die Nase. Mit der Hand machte er eine unwirsche Bewegung, als müsste er eine lästige Fliege verscheuchen. Viele Taschen werden in Berlin jeden Tag gestohlen. Sie tauchen nie mehr auf, sie enden in Mülltonnen. Er könnte nach Bergen aan Zee zurückreisen und vortäuschen, den Ort nie verlassen zu haben. Martin Holm glaubte, niemandem Rechenschaft schuldig zu sein. Es half ihm über die Runden, so zu denken, es funktionierte. *Deine schwarze Aktentasche ist weg. Welche Tasche? Ich vermisse keine Tasche.* Irgendjemand lief demnach mit einer ledernen Tasche, die niemandem gehörte, durch Berlin, mit fetter Beute, darunter ein in Klarsichtfolie eingewickeltes Bild, mit dem er nicht viel anzufangen wusste.

»Ja«, sagte Martin Holm zum Kellner, »bringen Sie mir die Rechnung, und leihen Sie mir bitte das Handy.« Er wählte Lores Nummer, wollte ihr eins nach dem anderen erzählen, sei tapfer, dachte er, den Summton im Ohr …

Er traf Lore in der Nähe des Hotels. Was jetzt? Wie sollten sie die neue Situation bewältigen? Zunächst gingen sie hinunter zur Spree. Der Fluss roch nach Fisch. Sie gingen den Uferweg entlang. Enten landeten auf dem Wasser, um sich für die Nacht einzurichten.

»So eine Scheiße«, schimpfte Lore und begann plötzlich mit den Fäusten auf Martin einzuhämmern.

»Lass das, hör auf, du tust mir weh.«

Die Geräusche der Stadt und der Spree und ihres traurigen Zweikampfes waren auf getrennten Tonspuren laufende Weisen, sie schienen nichts miteinander zu schaffen zu haben. Lore ließ von ihm ab. Sie gingen weiter. Keiner beachtete die Glitzerketten und Reflexe im schillernden Wasser oder die imposante Fassade des beleuchteten Bodemuseums, die mächtige Kuppel unter dem dunklen, in Berlinerblau gehaltenen Himmel über der Stadt.

»Ein Desaster«, erklärte Lore, »wir hätten …«

»Es hätte weit böser enden können.«

Was er genau damit meinte, behielt Martin für sich. Er ahnte, dass es für Lore nicht schlimmer gewesen wäre, wenn man ihn im Museum überrascht und festgenommen hätte, ja nicht einmal, wenn eine Panzerglasscheibe ihn …

»Ich habe es vermasselt, tut mir leid.«

Ihre Überlegungen kreisten um das verschwundene Werk, um den unendlichen Verlust. Der Himmel war voller Blinkzeichen. Piloten sendeten Signale an den Funkturm oder verschlüsselte Botschaften an alle. Vielleicht machten die glühenden Flugzeuge nur auf sich selbst aufmerksam, auf ihren Flug, auf ihre Kriechspur am Himmel.

»Niemand weiß etwas von der Sache.«

»Das ist doch nicht der Punkt.«

»Was dann?«

»Begreifst du es tatsächlich nicht? Bruegels *Zwei Affen* sind unersetzlich. Kunst ist die wichtigste Spur, die der Mensch legt und hinterlässt, was wären wir alle ohne sie? Du hast dir das Original klauen lassen.«

Martins Schritt war schwer vom Wein und sein Kopf vom Ereignisgewitter der letzten Stunden betäubt. Fang nochmals an, erzähl Lore eins nach dem anderen. Fass dir ein Herz, erstell eine Liste. Punkt für Punkt.

1. die Einsicht (mir wurden die Scheuklappen abgenommen),
2. die Schmach (ich zog mit eingekniffenem Schwanz ab),
3. der Schock (die Tasche war weg).

Er kostete ihn einige Überwindung, die sich summierenden Krisenelemente unverblümt vorzutragen: Es war ein Puzzle, dessen Teile überraschend zusammenpassten. Aber er registrierte beim Sprechen auch, dass Lore seinen Arm fest drückte und sich an ihn schmiegte. Nach ihrem Ausbruch hatte er das Gegenteil befürchtet, eine Abwendung, eine Abfuhr. Ihr Verhalten blieb schwer zu deuten, bisher hatte sie ihn nicht gerade ermutigt.

»Als Junge habe ich einmal einen ausgestopften Bären gesehen, im Museum, er stand auf den Hinterbeinen, fletschte die Zähne und hatte eine Tatze erhoben«, gestand Martin versöhnlich gestimmt, »er wirkte echter als jeder lebendige Bär.«

»Er war echt ausgestopft«, schniefte Lore, »im Zoo hättest du dich betrogen gefühlt und losgeschimpft: Es ist eine Kopie.«

»Ich hätte nichts bemerkt.«

»Du machst alles nur noch schlimmer.«

Ohne Lore ins Gesicht zu schauen, wusste er, dass in ihren Augen Tränen standen, die sie eigentlich nicht wollte. Seine Augen hingegen wollten sich mit Tränen füllen, die nicht kamen. Nicht mit Tränen der Wut oder Enttäuschung oder weil er niedergeschlagen war, ihm wollten die Tränen kommen, weil er mit Lore übereinstimmte: Sie beklagten gemeinsam einen Verlust. Sie waren Vertraute im Kummer. Der Schlamassel, samt Vorgeschichte, schweißte sie zusammen. Jeder wusste von der Schuld und Last, die den anderen beschwerte, obwohl jeder weiterhin seine eigene Sicht auf die Dinge hatte.

Lore und Martin gingen eine Zeitlang schweigend weiter. Das Paar könnte sich ineinander verhaken und verbeißen. Die Zerfleischung brächte sie so wenig vom Fleck wie eine versöhnliche Umarmung. Sie hielten nicht schlechte Karten in den Händen, sie waren aus dem Spiel genommen worden. Lores Kopie hing in der Gemäldegalerie, das Original war verschwunden. Sie standen mit leeren Händen da. Auf dem Weg lag ein Tennisball. Lore bückte sich und hob ihn auf, der gelbe Filz wirkte blass in ihrer Hand. Martin sprach leise weiter, bemüht, den Wust gedanklich zu durchdringen, es fühlte sich an, als bohrte er mit den Fingern Löcher in eine zähe Masse. Er war ratlos, aber trotzdem nicht todunglücklich. Eine heftige Geschichte hatte eine betrübliche Entwicklung genommen, war vielleicht sogar am Ende angelangt, sicherlich an ihrem Tiefpunkt, seine Liaison mit den *Zwei Affen*.

»Die Talfahrt begann, als ich beim Kunsthändler in Amsterdam die Holztafel bestellte, baltische Eiche«, fing Martin wieder an, »als ich mich in die Vergangenheit einschlich und Pieter Bruegel quasi eine Maltafel aus der Werkstatt klaute.«

Lore hörte betreten zu, auf dieses Geständnis hatte sie lange vergeblich gewartet. Sie musste jedoch einräumen, dem Reiz der kleinen hölzernen Tafel aus dem sechzehnten Jahrhundert damals selbst erlegen zu sein.

»Es gab da eine dünne magische Linie.«

»Wir haben sie überschritten. Mit einem Mal glaubten wir uns mit Meister Pieter Bruegel auf Augenhöhe zu befinden, der helle Wahnsinn.«

»Nach Edinburgh hätte ich dich hochgehen lassen sollen.«

»Du hast es vorgezogen, mich zu berauben.«

»Auf Nimmerwiedersehen«, sagte Lore und schleuderte den gelben Tennisball mit einem energischen Wurf in die Spree. Platsch. Er zog mit dem Fluss fort und war bald nicht mehr auszumachen.

»Es kommt vor, dass verschollene Gemälde plötzlich wieder auftauchen«, erklärte Martin und hängte sich bei Lore ein. »Es ist nur eine Frage der Zeit. Und es liegt nicht in unserer Hand. Wir müssen die *Zwei Affen* loslassen.«

»Hoffentlich kommen sie durch«, wünschte sie.

»Wir müssen sie vergessen«, schloss er.

Dicht über ihren Köpfen flatterten zwei Flugenten und gewannen rasch an Höhe. Vereint in ihrem Pakt strenger Geheimhaltung, den sie stumm besiegelt hatten, gingen Lore und Martin langsam die Spree entlang bis zur nächsten Treppe, die zur Straße hinaufführte. Da jeder in seine Gedanken versponnen war, gelang es ihnen nicht gleich, eine Lücke zwischen den lauten und schnellen Autos zu finden, und als sie die Straße endlich überquerten, fassten sie einander wie unsichere, ein wenig ängstliche Kinder bei den Händen. Zum ersten Mal fühlten sich beide, Frau und Mann, im gleichen Maß als ein Paar, allerdings als ein zermürbtes Paar, das seine nicht gänzlich geglückte Hochzeitsreise vorzeitig abbrach; das wichtigste Gepäckstück war unterwegs in die falsche Maschine geraten und spurlos verschwunden. Sie fanden den Weg zurück zum Hotel, wo sie wortlos ihr Zimmer räumten, entschlossen, mit der nächsten Maschine gemeinsam nach Amsterdam zu fliegen und von dort mit einem Taxi nach Bergen aan Zee zu fahren und Gras über die Sache wachsen zu lassen.

Epilog

DIE ZEITKAPSEL

B Die Fahrt nach Berlin war der zweite gemeinsame Ausflug von Paula und Lars. Die Konferenz »Ökonomie des Klimawandels«, auf der Al Gore einen kurzen Auftritt hatte, war der Grund ihrer Berlinreise. Lars hatte in Zürich grünes Licht erhalten: Fünf Minuten mit Al Gore. Dank Greenpeace. Er war Aktivist. Lars durfte die DVD »Eine unbequeme Wahrheit« signieren lassen. Die DVD stand auf der Liste der Gegenstände, die er unbedingt in seine Zeitkapsel packen wollte. Die Zeitkapsel wollte er an seinem fünfundzwanzigsten Geburtstag in den Aletschgletscher einlassen. Er hatte die Stelle und Tiefe im oberen Drittel der jetzt noch dreiundzwanzig Kilometer langen Gletscherzunge mit einem Glaziologen errechnet und schon bestimmt.

R Der Mützenmann war siebzehn und froh, dass er die lederne Tasche nicht aufbrechen musste. Er löste das Problem Zahlenschloss ungern mit dem Hammer. Zwei, drei harte Schläge genügten. War auch Scheiße, eine Aktentasche mit Verriegelung, wenn man sie mit dem Messer aufschneiden konnte. Das Messer benutzte er nie. Geschlitzte Taschen kannst du gleich in die Mülltonne werfen. Seine kleine Schwester nahm ihm die verschlossene Tasche ab. Mann, sagte sie, Brotgehirn, wenn du das Schloss zerdeppperst, denkt jeder, Tasche geklaut. Seine Schwester war vierzehn und vertickte, was er von seinen Beutezügen heimbrachte, auf dem Flohmarkt. Das Bargeld gehörte ihm, diesmal dreihundert Euro. Geiles Geld. Für das Handy hatte er Abnehmer, *voll easy*. Kreditkarten und Papierzeug warf er weg. Es war Scheißware. Mit Karten und Ausweisen kann man alles verkacken.

»Darum wirst du auch nie fett Kohle machen, du hast voll Schiss … wie ein Schwuli«, reizte ihn die Schwester.

»Halt den Rand, du Schlampe«, schlug er zurück.

Er zog Mutters Küchenhandschuhe an, bevor er die Karten entsorgte. Seine Schwester war echt eine kleine Schlampe, hatte aber total Grips, sie brauchte keine zehn Minuten, um eine Kombination zu knacken. Die Leute haben keine Fantasie, grinste die Schwester. Wegen ihres neu gesteckten Zungenpiercings lispelte sie. Er äffte sie nach. Vor allem nicht eine so dreckige Fantasie wie du, zog er sie auf. Sie war mit vierzehn schon Frau, voll da, sie hatte einen festen Freund, war aber auch noch ein Kind. Das kleine Bild in der schwarzen Tasche, die er heute im Sony Center eingetütet hatte, als der Komposti zum Pinkeln ging und sie am Stuhl hängen ließ, fand sie echt abgefahren. Schau die Äffchen da, sagte sie, sind sie nicht megasüß? Er fand die angeketteten Affen auch ziemlich cool, wie Bekiffte hockten sie da. Die Scheißwelt war ihnen scheißegal.

U In der Aula der ETH Zürich verliebte sich Paula in den Mann mit dem Dreitagebart. In der zweiten von fünf Vorlesungen zum Thema Klimawandel. Sie saß neben ihm. Er hieß Lars (der Name stand auf dem Etikett seines Rucksacks). Auf dem Deckel des Laptops klebte das Logo von Greenpeace. Lars hatte einen fuchsroten Krauskopf, kleine knubbelige Ohren und roch gut, nicht deodoriert, animalisch gut roch dieser Mann. Paula wollte Tiermedizin studieren. Sie liebte Tiere, alle Tiere, Vögel, Katzen, Hunde, Vögel flogen ihr zu, Katzen strichen um ihre Beine, Hunde liefen ihr hinterher, es war schon immer so gewesen. Sie hatte ein Herz für Tiere, und Tierschutz war ihr ein heiliges Anliegen. Sie hatte, seit sie zwölf war, kein Fleisch mehr gegessen und wollte es niemals wieder tun, nicht einmal in Not, lieber stürbe sie mit den Tieren. Sie glaubte zwar nicht wie Pythagoras, die Seelen verstorbener

Menschen gingen in Tiere ein, man sollte darum nie ein Tier töten und essen. Aber sie trug dieses religiöse Argument manchmal vor: Es machte Eindruck. Paula sprach mit Tieren, in ihrer Gesellschaft hatte sie nie das Gefühl, etwas an ihr oder mit ihr stimme nicht. Unter Menschen war sie zu groß, sie war als Frau zu lang, sie war so groß wie die Topmodels, aber nicht so dünn, sie hatte nicht deren Proportionen. Dafür war ihr Haar dünner als das der Models und nichtssagend mausbraun. Auch Lars war einen halben Kopf kleiner als sie, er hatte die kompakte Figur eines Ringers, und als er sie dann angesprochen hatte, war sie errötet. War es nicht pervers, sie gleich wegen Nacktaufnahmen zu fragen? *Auf dem Aletschgletscher. Kommst du mit? Ein paar hundert Leute werden mitmachen. Ein amerikanischer Fotograf will uns nackt auf dem Gletscher fotografieren, eine lebende Skulptur, für Greenpeace: Der menschliche Körper ist verletzlich, genauso wie der sterbende Gletscher. Darum geht es.* Und nun waren sie ein Liebespaar.

E Ihre erste Reise führte sie von Zürich über Bern und Brig zur Bettmeralp, zum noch mächtigsten Gletscher der Alpen, auf dem die lebende Skulptur gebildet und fotografiert werden sollte. Sechshundert Menschen fanden sich ein. Trotz der Leibermasse fiel es Paula nicht leicht, sich nackt auszuziehen. Sie fror ein wenig. Plötzlich fiel alle Beklemmung von ihr ab. Nackt auf dem Gletscher zu stehen mit einem Mann, mit dem sie noch nicht geschlafen hatte, erregte sie. Ihm den muskulösen Rücken mit einer vor Sonne und Kälte schützenden Emulsion einzureiben und sich in der gleichen Weise berühren zu lassen, seine Hände auf der Haut und das eigene wachsende Begehren zu spüren im Wissen, dass sie einander in dieser Nacht ganz bestimmt lieben würden. Ein Tatzelwurm nackter Männer und Frauen jeglichen Alters bewegte sich über die Gletscherzunge zum Shooting. Ein Teil von ihnen bettete sich auf Geheiß des Fotografen in eine flache Vertiefung, eine Senke, in der zweihundert Nackte ein Knäuel bildeten. In dieser Kuhle schmiegte Lars sich an Paula. Fremde Körperteile und für die Aufnahmen unvermeidliche Berührungen störten das Paar nicht.

G Im Zug hatte Lars von der Zeitkapsel erzählt. Ein Freund baute sie für ihn, aus Titan, unzerstörbar, wasserdicht und stoßfest. Solide wie eine Schweizeruhr! Paulas Analogie verblüffte ihn. Aber sie hatte recht. Die Idee, eine Zeitkapsel zu versenken, trug Lars seit der Kindheit mit sich herum. Bei einer Grundsteinlegung war er darauf gekommen. Er durfte als jüngster Zeuge dabei sein, als sein Vater, ein Architekt, einen metallenen Koffer mit wichtigen Dokumenten ins Fundament einmauern ließ. Dass dieser blitzblanke Koffer in einer noch fernen Zukunft wiederentdeckt und dann geöffnet werden sollte, beeindruckte den Jungen tief. Für den erwachsenen Lars, den angehenden Greenpeace-Juristen, war der Aletschgletscher der ideale Ort, um die eigene Zeitkapsel zu versenken. Sie war als Mahnmal gedacht, als Prophezeiung: in hundert Jahren, wenn der Gletscher so stark abgeschmolzen war, wenn er sich so weit zurückgezogen hatte, dass die Zeitkapsel ans Tageslicht kam (Lars sah sie im Sonnenlicht gleißend auf einer kahlen Geröllhalde liegen), weil eine frühere Generation es unterlassen hatte, wirkungsvoll gegen den Klimawandel anzukämpfen. Lars schrieb eine Dissertation über die bestehenden und fehlenden Grundlagen für den Klimaschutz in Verfassung und Recht.

E Auf der Museumsinsel war Flohmarkt, überall Stände mit Trödel. Paula und Lars probierten Hüte aus, vor allem um über ihr Aussehen zu lachen. Eine Zeitlang stöberte jeder für sich herum. Lars sichtete historische Berliner Ansichten, alte Postkarten mit ungewohnt verschnörkelten Handschriften lagen in einer Kartonschachtel. Bei Recherchen wunderte er sich immer wieder darüber, wie stark sich die Handschrift seit dem neunzehnten Jahrhundert verändert hatte. Federhalter, Tintenfass, Streusand. Vergangene Zeiten. Paula suchte nach einem breiten Armreif. Sie liebte es, in dem alten Kram zu wühlen und sich vorzustellen, wer die früheren Besitzer gewesen sein könnten. Die Dinge auf dem Flohmarkt hatten eine ihr unbekannte Geschichte, und manchen war anzusehen, dass sie nicht immer nur geschätzt und gut behandelt worden waren.

L »Wow, Wahnsinn. Das Bild haut mich um.« Paula war empört und verzückt, sie schaute sich nach Lars um. »Komm einmal her«, rief sie ihm zu, »das Bild musst du dir unbedingt anschauen.« Er legte die Berliner Postkarten in die Schachtel zurück. Sie wartete beim nächsten Stand, redete mit der jungen Frau, die den Trödel feilbot, lederne Taschen, bunte Schals, farbige Glasperlen, Steine und billigen Schmuck. Die Frau entpuppte sich als aufgebrezeltes Mädchen. Älter als vierzehn war die nicht. Sie hatte mehrere enge Teile übereinander angezogen, verziert mit Oma-Rüschen und Tussi-Flitter, und trug rote Handschuhe mit halb abgeschnittenen Fingern. Lars sah die grün lackierten Nägel. Mitten in ihrem Krimskrams hatte Paula ein einzelnes Bild entdeckt. In einem kleinen Alurahmen, unter Glas, sah man zwei angekettete Äffchen. Sie kauerten apathisch in einer kerkerartigen Fensterwölbung.

»Es ist mein Lieblingsbild«, erklärte das Mädchen, »ich habe es geschenkt bekommen.« Sie hatte ein silbernes Zungenpiercing und stieß beim Sprechen mit der Zunge leicht gegen die Zähne.

»Käfighaltung, krass wie Batteriehühner, ein drastischer Verstoß gegen artgerechte Tierhaltung«, urteilte Paula.

Lars betrachtete das Bild und schaute dann das Mädchen an. Sie trug mehrere Halsketten, an denen ein Preisschild hing.

»Ist es nicht toll für die Zeitkapsel?«, fragte Paula.

»Wie dafür gemacht«, erklärte Lars, »die reine Tierquälerei …«

»Ich schenke es dir«, entschied sich Paula, »ein schlagkräftigeres

Beispiel dafür, wie unendlich schlimm Tiere behandelt werden, lässt sich kaum finden.«

»Es ist mein Lieblingsbild«, wiederholte die Kleine.

»Wie viel kostet es?«, fragte Paula.

»Fünfzig Euro, mindestens. Es ist echt auf Holz gemalt.«

»Fünfzehn«, sagte Paula.

»Wir zahlen dreißig«, mischte Lars sich ein.

Das Mädchen zog die hübsche Nase kraus.

»Unter fünfzig gebe ich es nicht her.«

Lars hatte sich in das Bild vernarrt, es passte haargenau in sein Konzept. Er wollte die Zeitkapsel mit Gegenständen bestücken, die ein Schlaglicht auf unsere Zivilisation warfen und eine unmissverständliche Botschaft hatten. Er liebte Paula. Die angekettet in ihrem Knast leidenden Äffchen deckten ihre Anliegen, kompatibel mit seinen, so punktgenau wie die lebende Skulptur am Gletscher ab, von der Lars bereits eine Dokumentation in der Kapsel eingelagert hatte. Sein Traum waren nachhaltiges Handeln, ein umfassender Schutzgedanke und die kühne Gleichstellungsidee: Natur, Mensch und Tier sind in derselben Weise verletzlich. Der Alurahmen mit den zwei Äffchen war der Schlussstein seines Puzzles. Er gehörte unbedingt in seine Zeitkapsel.

»Wir nehmen es, definitiv«, sagte Lars.

»Soll ich das Bild in eine Tüte stecken?«

»Nein«, sagte Paula, »wir packen es in den Rucksack.«

Die kursiv gesetzten Passagen auf den Seiten 116 bis 118 sind dem Aufsatz »Im Bergwerk von Merkers« von P. O. Rave entnommen, erschienen 1946 in der Zeitschrift »Das Kunstwerk« (Paul Otwin Rave war von 1937 bis 1950 Direktor der Berliner Nationalgalerie).

Der Autor bedankt sich bei Dr. Rainer Michaelis (Gemäldegalerie, Berlin), Dr. Alexander Wied (Kunsthistorisches Museum, Wien), Hartmut Ruck (ehemals Bergmann in der Kaligrube Merkers und Autor), Dr. Alex Rübel (Zoodirektor, Zürich). Ohne Einblick in das entstehende Buch zu erhalten, haben sie meine Fragen mit Geduld beantwortet und mir schriftlich und mündlich wertvolle Hinweise gegeben.

BRVEGEL · MDLXII